Diogenes Taschenbuch 21700

de
te
be

LEO TOLSTOI wurde 1828 in Jasnaja Poljana als Sohn eines Grafen und Großgrundbesitzers geboren. 1847 brach er sein Studium ab, um sich um die Verwaltung des elterlichen Gutes zu kümmern. Durch Landreformen versuchte er die Situation der Leibeigenen zu verbessern. Nach Militärdienst und diversen Reisen durch Europa zog er sich schließlich nach Jasnaja Poljana zurück, wo er seine großen Romane schrieb. Leo Tolstoi starb 1910.

Leo Tolstoi

Meister-erzählungen

Ausgewählt von Christian Strich

Aus dem Russischen von Arthur Luther, Erich Müller und August Scholz

Diogenes

Die vorliegende Auswahl erschien erstmals 1985
unter dem Titel ›Die besten Geschichten von Tolstoi‹
in der Reihe ›Diogenes Evergreens‹
Sie beruht auf den *Gesammelten Werken
in sechs Bänden*, erschienen 1985
im Diogenes Verlag auf Grundlage
der Gesamtausgabe des dichterischen Werkes
im Malik Verlag, Berlin 1928
Covermotiv: Gemälde von Iwan Gorjuschkin-Skoropudov,
›Winterlicher Markttag in einer alten Stadt‹, um 1910
(Ausschnitt)
Foto: Copyright © Artothek

Veröffentlicht als Diogenes Taschenbuch, 1989

info@diogenes.ch · www.diogenes.ch
In Fragen zur Produktsicherheit (GPSR):
truepages UG (haftungsbeschränkt)
Westermühlstraße 29, 80469 München
info@truepages.de
ASR / 21 / 852 / 13
ISBN 978 3 257 21700 1

Inhalt

DREI TODE

I

Es war Herbst. Auf der großen Landstraße fuhren in raschem Trab zwei Wagen. In dem vorderen, einer geschlossenen Kutsche, saßen zwei Frauen. Eine von ihnen, die Herrin, war mager und bleich. Die andere, das Dienstmädchen, war voll und rotbäckig. Ihr kurzes, sprödes Haar kam immer wieder unter dem ausgeblichenen Hut hervor, soviel sie ihn auch mit der roten Hand im zerrissenen Handschuh zurechtschob. Die hohe Brust, die von einem großen Umschlagtuch umhüllt war, atmete Gesundheit; die lebhaften schwarzen Augen folgten einmal den vorübereilenden Feldern vor den Wagenfenstern, dann wieder irrten sie scheu zur Herrin hinüber und unruhig von einer Wagenecke zur andern. Vor der Nase des Mädchens schaukelte der am Netz hängende Hut der gnädigen Frau, auf ihren Knien lag ein Hündchen, die Füße waren hochgestellt durch die am Boden aufgeschichteten Schachteln und trommelten kaum hörbar auf ihnen, im Takt der rasselnden Räder und klirrenden Fensterscheiben.

Die Hände auf den Knien gefaltet und die Augen geschlossen, schaukelte die Herrin schwach in den Kissen hin und her, die ihren Rücken stützten, und hustete, leicht vorgebeugt, in sich hinein. Auf dem Kopf trug sie ein weißes Nachthäubchen und um den zarten, blassen Hals lag ein hellblaues Tüchlein. Der grade Scheitel, der unter dem Häubchen verschwand, teilte die blonden, glatt pomadisierten Haare, und es war etwas Trockenes, Lebloses in der Weiße der Haut dieses breiten

Scheitels. Die schlaffe, etwas gelbliche Haut über den zarten, schönen Gesichtszügen hatte an Wangen und Kinnbacken einen leichten rosa Schimmer. Die Lippen waren trocken und nervös, die undichten Wimpern waren gar nicht geschwungen, und der Reisemantel aus Tuch legte sich auf der eingefallenen Brust in grade Falten. Obgleich die Augen geschlossen waren, hatte das Gesicht der Herrin einen Ausdruck von Nervosität, Abspannung und gewohntem Leiden.

Der Lakai saß auf dem Bock, an die Lehne seines Sitzes gestützt, und döste; der Postkutscher trieb mit lauten Zurufen das schweißige, kräftige Viergespann an, und sah sich ab und zu nach dem andern Kutscher um, der rufend hinter dem ersten Wagen herfuhr. Die gleichmäßigen, breiten Wagenspuren zogen sich durch den kalkigen Schmutz der Landstraße. Der Himmel war grau und kalt, feuchter Nebel fiel auf Feld und Landstraße. Im Wagen war es dumpf und roch nach Eau de Cologne und Staub. Die Kranke zog den Kopf in den Nacken und öffnete langsam die Augen. Die großen Augen waren glänzend und tiefschwarz.

„Schon wieder“, sagte sie, und stieß mit ihrer schönen, mageren Hand den Mantel des Dienstmädchens fort, der ganz leicht ihren Fuß berührte, und ihr Mund verzog sich krankhaft. Matrioscha nahm mit beiden Händen den Mantel zusammen, erhob sich auf den kräftigen Beinen und rückte etwas weiter. Ihr frisches Gesicht überzog sich mit grellem Rot. Die schönen, dunklen Augen der Kranken folgten gierig den Bewegungen des Dienstmädchens. Die Herrin stützte sich mit beiden Händen auf den Sitz und wollte sich auch erheben, um höher zu rücken; doch ihre Kräfte versagten. Ihr Mund verzog sich und ihr ganzes Gesicht hatte den Ausdruck einer machtlosen Ironie. „Wenn du mir wenigstens helfen würdest! . . . Ach! Es ist nicht nötig! Ich kann es schon selbst, tu mir nur die Liebe, und pack' nicht deine Säcke und Bündel hinter meinem Rücken auf! Aber rühr' mich lieber gar nicht an, wenn du es nicht verstehst." Die Herrin schloß die Augen, schlug dann schnell die Lider noch einmal auf und blickte auf das Mädchen. Matrioscha sah sie an und biß auf ihre rote Unterlippe. Ein schwerer Seufzer hob die Brust der Kranken, doch der Seufzer wurde zum Husten. Sie wandte sich ab, zog sich zusammen und griff mit beiden Händen an ihre Brust. Als der Anfall vorüber war, schloß sie wieder die Augen und saß wie vorher reglos da. Die Kutsche und der Wagen fuhren ins Dorf ein. Matrioscha zog die dicke Hand unter dem Tuch hervor und bekreuzte sich.

„Was ist da?" fragte die Herrin.

„Die Station, gnädige Frau."

„Warum du dich bekreuzt, frage ich."

„Da ist eine Kirche, gnädige Frau."

Die Kranke wandte sich zum Fenster und begann sich langsam zu bekreuzen, die großen Augen auf die große Dorfkirche gerichtet, um die der Wagen herumfuhr.

Die Kutsche und der Wagen hielten beide an der Station. Aus dem Wagen stieg der Mann der Kranken und der Arzt; beide traten an die Kutsche heran.

„Wie geht es Ihnen?" fragte der Arzt, den Puls fühlend.

„Nun, mein Herz, bist du nicht müde?" fragte der Gatte französisch. „Willst du nicht aussteigen?"

Matrioscha hatte die Bündel zusammengerafft und drückte sich in eine Ecke, um das Gespräch nicht zu stören.

„Nichts, es ist immer das gleiche", antwortete die Kranke. „Ich steige nicht aus." Nachdem der Mann eine Weile am Wagen gestanden hatte, ging er ins Stationsgebäude. Matrioscha sprang aus dem Wagen und lief auf Zehenspitzen durch den Schmutz zum Tor.

„Wenn mir nicht wohl ist, so ist das kein Grund für Sie, nicht zu frühstücken", sagte die Kranke mit schwachem Lächeln zu dem Arzt, der am Wagenfenster stand.

„Keiner kümmert sich um mich", sagte sie zu sich, als

der Arzt, nachdem er sich erst mit langsamen Schritten von ihr entfernt hatte, die Treppen des Stationsgebäudes eilig hinauflief. „Ihnen ist wohl, und damit gut. Oh, mein Gott!"

„Nun wie steht's, Eduard Iwanowitsch?" sagte der Mann, als er dem Arzt begegnete, lächelnd und händereibend. „Ich habe die Proviantkiste holen lassen, wie denken Sie darüber?"

„Man könnte wohl", antwortete der Arzt.

„Nun, wie steht's mit ihr?" sagte der Mann mit einem Seufzer, die Stimme senkend und mit hochgezogenen Brauen.

„Ich habe es gesagt: sie kommt nicht nur nicht mehr bis Italien, sondern mit knapper Not bis Moskau. Besonders bei diesem Wetter."

„Was soll man denn aber tun? Oh, mein Gott! Mein Gott!" Der Mann bedeckte die Augen mit der Hand. „Gib her", sagte er zu dem Diener, der die Proviantkiste hereintrug.

„Man hätte dableiben sollen", antwortete der Arzt achselzuckend.

„So sagen Sie doch, was ich hätte tun sollen!" entgegnete der Mann. „Ich habe alles versucht, um sie zurückzuhalten; ich habe von meinen Geldverhältnissen gesprochen, von den Kindern, die wir zurücklassen mußten, und von meinen Geschäften — aber sie wollte nichts davon wissen. Sie macht Pläne über das Leben im Auslande wie eine Gesunde. Und sie über ihren Zustand aufklären hieße doch sie töten."

„Sie ist des Todes, Sie müssen es wissen, Wasilij Dmitritsch. Ein Mensch kann ohne Lungen nicht leben, die Lungen aber können nicht nachwachsen. Das ist traurig und schwer, aber was ist da zu machen? Ihre und meine Pflicht ist es nur, dafür zu sorgen, das sie ein leichtes Ende hat. Wir brauchen einen Geistlichen."

„Ach, mein Gott! Begreifen Sie doch meine Lage, wenn ich von ihrem letzten Willen zu ihr reden soll! Mag es kommen, wie es will, ich werde es ihr nicht sagen. Sie wissen doch, wie gut sie ist ..."

„Trotzdem versuchen Sie, sie zu überreden, daß sie wartet, bis wir Schlittenbahn haben," sagte der Arzt und schüttelte bedeutungsvoll den Kopf, „sonst kann es unterwegs schlimm werden."

„Aksiuscha, he Aksiuscha!" rief die Tochter des Posthalters, die Jacke über den Kopf werfend und ungeduldig auf dem schmutzigen hinteren Treppenflur hin und her trampelnd. „Komm, wir wollen die gnädige Frau aus Schirkino ansehen; man sagt, daß sie wegen eines Brustleidens ins Ausland führe. Ich habe noch nie gesehen, wie Schwindsüchtige aussehen."

Aksiuscha sprang auf die Schwelle, und beide liefen Hand in Hand aus dem Tor. Mit verlangsamtem Schritt gingen sie an der Kutsche vorüber und blickten in das heruntergelassene Fenster. Die Kranke wandte ihnen den Kopf zu, als sie aber ihre Neugier bemerkte, runzelte sie die Brauen und drehte sich weg.

„M–meine Gü–te!" rief die Tochter des Posthalters, den Kopf rasch umwendend. „Was war das für eine Schönheit und was ist jetzt aus ihr geworden? Einfach schrecklich. Hast du gesehen, Aksiuscha, hast du gesehen?"

„Ja, wie mager!" bestätigte Aksiuscha. „Komm, sehen wir noch einmal hin, wir können ja so tun, als gingen wir zum Brunnen. Nun hat sie sich weggewandt, und ich habe sie noch nicht gesehen. Wie traurig, Mascha!"

„Ja, und was für ein Schmutz!" antwortete Mascha und beide liefen zurück zum Hause.

„Jedenfalls bin ich häßlich geworden", dachte die Kranke. „Nur so rasch wie möglich ins Ausland, dort werde ich bald gesund."

„Nun, Herz, wie geht's?" fragte der Mann, der kauend zum Wagen trat.

„Immer dieselbe Frage," dachte die Kranke, „und selbst ißt er."

„Ganz gut", stieß sie zwischen den Zähnen hervor.

„Weißt du, mein Herz, ich fürchte, daß die Reise bei diesem Wetter dir nicht gut tun wird, und Eduard Iwanowitsch sagt es auch. Sollten wir nicht umkehren?"

Sie schwieg ärgerlich.

„Vielleicht wird das Wetter besser! Wir haben dann bald Schlittenbahn, du wirst dich wohler fühlen, und wir reisen dann alle zusammen."

„Entschuldige bitte. Wenn ich schon früher nicht auf dich gehört hätte, wäre ich jetzt vielleicht bereits in Berlin und ganz gesund."

„Was ist da zu tun, mein Engel, du weißt doch, daß es unmöglich war. Wenn du aber jetzt noch einen Monat warten würdest, könntest du dich gut erholen, ich würde meine Geschäfte beenden und wir könnten die Kinder mitnehmen . . ."

„Die Kinder sind gesund, ich nicht."

„Versteh doch, mein Herz, wenn dir bei diesem Wetter unterwegs schlechter wird . . . dann ist es zu Hause immerhin noch besser."

„Was ist denn zu Hause? . . . Zu Hause sterben?" antwortete die Kranke heftig. Doch das Wort „sterben" erschreckte sie sichtlich und sie blickte den Mann flehend und fragend an. Er senkte die Augen und schwieg. Der Mund der Kranken verzog sich wie der eines Kindes und Tränen stürzten aus ihren Augen. Der Mann bedeckte sein Gesicht mit dem Tuch und ging fort.

„Nein, ich reise", sagte die Kranke, die Augen zum Himmel erhoben, faltete die Hände und flüsterte unzusammenhängende Worte. „Mein Gott! Wofür denn?" murmelte sie, und ihre Tränen flossen stärker. Sie betete lange und heiß, doch in ihrer Brust fühlte sie den gleichen Druck und Schmerz; Himmel, Felder und Straße waren noch ebenso grau und trübe, die gleiche herbstliche Feuchtigkeit rieselte nicht öfter und nicht seltener, sondern ganz wie vorher auf den Schmutz der Straße, die Dächer, die Kutsche und die Mäntel der Fuhrleute, die laut und lustig plaudernd die Wagen schmierten und anspannten ...

2

Der Wagen war angespannt, doch der Kutscher zögerte noch. Er war in die Kutscherstube gegangen. Drinnen war es heiß, dumpf, dunkel und drückend, es roch nach bewohntem Raum, frischgebackenem Brot, Kraut und Schafpelzen. Es waren mehrere Kutscher darin versammelt, am Ofen wirtschaftete die Köchin, und auf dem Ofen lag, in Schafpelze gehüllt, ein Kranker.

„Onkel Chweodor! He, Onkel Chweodor!" rief der junge Bursche, ein Kutscher, der im Pelz, die Peitsche am Gürtel, eintrat, zum Kranken gewendet.

„Was willst du von Fedka, du Lump!" sagte einer der Kutscher. „Am Wagen wartet man auf dich."

„Ich will ihn um seine Stiefel bitten; meine sind ganz abgetragen", antwortete der Bursche, das Haar zurückwerfend, und schob seine Ärmel zurecht. „Schläft er etwa? He, Onkel Chweodor!" wiederholte er, an den Ofen tretend.

„Was gibt's?" ertönte eine schwache Stimme, und ein magerer Rotkopf erschien am Rande des Ofens. Eine breite, magere und blasse, mit Haaren bedeckte Hand zog die Jacke über die spitze, von einem schmutzigen Hemd bedeckte Schulter. „Gib mir was zu trinken, Freund. Was willst du denn?"

Der Bursche reichte ihm einen Krug mit Wasser.

„Hör' mal, Fedja," begann er verlegen, „du wirst deine neuen Stiefel jetzt ja nicht brauchen, gib sie mir, du gehst jetzt doch nicht mehr aus."

Der Kranke hatte den müden Kopf auf den blanken Krug gesenkt, so daß der spärliche, herabhängende Schnurrbart in das dunkle Wasser tauchte, und trank mit schwachen, gierigen

Zügen. Sein wirrer Bart war schmutzig, er schlug die trüben, eingefallenen Augen nur mit Mühe zu dem Burschen auf. Als er genug getrunken hatte, wollte er die Hand heben, um sich die feuchten Lippen abzuwischen, doch er vermochte es nicht, und wischte sie am Ärmel seines Rocks. Er atmete schwer und schweigend durch die Nase und blickte, alle Kräfte sammelnd, dem Burschen gerade in die Augen.

„Hast du sie vielleicht schon jemandem versprochen?" fragte der Bursche. „Das wäre schade. Die Sache ist nämlich die, daß es draußen feucht ist, und ich muß fahren; da habe ich mir gedacht: ich will den Fedka um seine Stiefel bitten, er braucht sie ja doch nicht. Aber vielleicht brauchst du sie noch, dann sag's nur . . ."

In der Brust des Kranken begann es zu gurgeln und zu röcheln: er beugte sich vor und würgte an einem tiefen, ungelösten Husten.

„Wozu sollte er sie denn brauchen?" begann ganz unerwartet die Köchin wütend durch die ganze Stube zu keifen. „Jetzt sind es bald zwei Monate, daß er nicht mehr vom Ofen herunterkommt. Hört nur, wie er hustet, da tut einem vom bloßen Hören schon die eigene Lunge weh. Was soll er mit den Stiefeln? Begraben wird man ihn doch nicht in neuen Stiefeln. Und dazu wäre es längst Zeit, Gott verzeih mir die Sünde! Hört nur, wie er würgt! Man sollte ihn wenigstens in eine andere Stube bringen, oder sonst wohin! In der Stadt soll es Krankenhäuser dafür geben; denn ist das etwa in der Ordnung, daß er hier die ganze Ecke einnimmt? Da hat ja niemand anders Platz. Und dann verlangt man noch Sauberkeit von mir!"

„He, Serioga! geh jetzt: die Herrschaften warten!" schrie der Oberkutscher durch die Türe.

Serioga wollte gehen, ohne eine Antwort abzuwarten, doch der Kranke gab ihm während des Hustens ein Zeichen mit den Augen, daß er etwas sagen wolle.

„Nimm die Stiefel, Serioga", sagte er, als er den Husten erstickt und sich etwas erholt hatte. „Aber kauf' mir einen Grabstein, wenn ich tot bin, hörst du", setzte er röchelnd hinzu.

„Danke, Onkel, ich nehme sie, und den Stein kaufe ich, bei Gott!"

„Ihr habt es gehört, Kinder", konnte der Kranke gerade noch herausbringen, dann beugte er sich nieder und begann wieder am Husten zu würgen.

„Es ist gut, wir haben es gehört", sagte einer der Kutscher. „Geh jetzt aber auf deinen Bock, Serioga, sonst kommt wieder der Oberkutscher gelaufen. Die gnädige Frau aus Schirkino ist krank, sagt man."

Serioga warf rasch seine zerrissenen, unverhältnismäßig großen Stiefel ab und schleuderte sie unter die Bank. Onkel Feodors neue Stiefel paßten ihm genau, und auf sie hinabschauend begab er sich zum Wagen.

„Ei, die feinen Stiefel! Komm, ich fette sie dir ein", sagte der andere Kutscher, mit der Fettbüchse in der Hand, während Serioga auf den Bock kletterte und die Zügel zusammensuchte. „Hat er sie dir umsonst gegeben?"

„Bist wohl neidisch?" antwortete Serioga, aufstehend und die Schöße seines Mantels unter die Beine schiebend. „Das macht mir nichts aus! Nun los, meine Lieben!" schrie er den Pferden zu, schwenkte seine Peitsche, und die Kutsche und der Wagen mitsamt ihren Insassen, Koffern und Bündeln rollten die nasse Straße entlang, im grauen Herbstnebel verschwindend.

Der kranke Kutscher blieb in der dumpfen Stube auf dem Ofen, und, ohne sich ausgehustet zu haben, drehte er sich mit verzweifelter Kraftanstrengung auf die andere Seite und wurde still.

In der Stube kamen und gingen, aßen und tranken die Menschen bis zum Abend — von dem Kranken war nichts zu hören. Vor Einbruch der Nacht kroch die Köchin auf den Ofen, um über seine Beine weg den Pelz zu holen.

„Sei mir nicht böse, Nastasja," sagte der Kranke, „deine Ecke wird bald frei werden."

„Schon gut, schon gut, es macht ja nichts", murmelte Nastasja. „Was tut dir denn weh, Onkel? Sag's doch!"

„Das ganze Innere ist ausgehöhlt. Weiß Gott, was das ist!"

„Da tut dir die Kehle wohl beim Husten auch weh?"

„Alles tut weh. Der Tod kommt — das ist's. Ach — ach — ach!" stöhnte der Kranke.

„Deck' deine Füße zu, — so", sagte Nastasja, kroch vom Ofen herunter und zog ihm dabei den Rock auf die Beine.

Das Nachtlämpchen gab die Nacht hindurch einen schwachen Schein in der Stube. Nastasja und etwa zehn Kutscher schliefen laut schnarchensd auf dem Boden und den Bänken. Nur der Kranke ächzte schwach, hustete und wälzte sich unruhig auf dem Ofen. Gegen Morgen verstummte er ganz.

„Seltsam, was ich heute geträumt habe", sagte die Köchin am andern Morgen in der Dämmerung und dehnte sich. „Ich träumte, daß Onkel Chweodor vom Ofen kletterte und hinausging, um Holz zu hacken. ‚Komm, Nastasja,' sagte er, ‚ich helfe dir.' Ich sage ihm: ‚Wie willst denn du Holz hacken?' Er aber packt das Beil und fängt an zu hacken, so kräftig, daß die Splitter nur so fliegen. ‚Wie kommt denn das,' sage ich, ‚du warst doch krank?' — ‚Nein,' sagt er, ‚ich bin gesund', und holt so aus, daß ich einen Schreck kriege. Ich schrie auf und erwachte. Er wird doch nicht gestorben sein? Onkel Chweodor! He — Onkel!"

Feodor antwortete nicht.

„Er ist doch nicht etwa tot? Geh, sieh nach!" sagte einer der Fuhrleute, der erwacht war.

Die magere, rötlich behaarte Hand, die vom Ofen herabhing, war kalt und bleich.

„Geh, melde es dem Posthalter, er scheint wirklich gestorben zu sein", sagte der Kutscher.

Verwandte hatte Feodor nicht, — er war ein Fremder. Am folgenden Tage beerdigte man ihn auf dem neuen Friedhof hinter dem Walde, und Nastasja erzählte mehrere Tage allen den Traum, den sie gehabt hatte, und daß sie die erste gewesen sei, die darauf gekommen sei, nach Onkel Chweodor zu sehen.

3

Der Frühling kam. Auf den feuchten Straßen der Stadt rannen zwischen den gefrorenen Klumpen von Schmutz eilige Bäche von Tauwasser. Die Kleider und die lauten Stimmen des umhereilenden Volkes hatten etwas Grelles. In den Gärten hinter den Zäunen schwollen die Knospen der Bäume und ihre Äste schaukelten kaum merklich in dem frischen Winde. Überall rannen und fielen durchsichtige Tropfen ... Die Spatzen schilpten unharmonisch und flatterten mit ihren kleinen Flügeln. Auf der Sonnenseite an den Häusern, Zäunen und Bäumen glänzte und regte sich alles. Froh und jung war es überall, am Himmel, auf der Erde und in den Herzen der Menschen.

Auf einer der Hauptstraßen, vor einem großen, herrschaftlichen Hause war frisches Stroh gelegt; in dem Hause lag dieselbe sterbende Kranke, die ins Ausland hatte eilen wollen.

Vor der geschlossenen Zimmertür standen der Gatte der Kranken und eine ältere Dame.

Auf dem Sofa saß der Geistliche, die Augen gesenkt, und hielt etwas in den Händen, was vom Beichttuch verdeckt war. In einer Ecke lag im Lehnstuhl eine alte Frau — die Mutter der Kranken — und weinte bitterlich. Neben ihr stand das Dienstmädchen und hielt ein frisches Taschentuch bereit, für den Fall, daß die Greisin es verlangen würde; ein zweites Mädchen rieb ihr die Schläfen mit etwas ein, und blies unter das Häubchen auf ihrem grauen Kopf.

„Nun, Gott geleite Sie, liebe Freundin“, sagte der Mann zu

der ältlichen Dame. „Sie hat soviel Vertrauen zu Ihnen, Sie verstehen so gut mit ihr zu reden, sprechen Sie ihr gut zu, Teure, gehen Sie.“ Er wollte schon die Tür öffnen, doch die Cousine hielt ihn zurück, legte ein paarmal das Tuch vor die Augen und schüttelte den Kopf.

„Ich glaube, nun sehe ich nicht mehr verweint aus“, sagte sie, öffnete selbst die Tür und ging hindurch.

Der Mann war in großer Aufregung und schien ganz fassungslos. Er wollte schon zu der Greisin gehen, doch als er nur noch wenige Schritte von ihr entfernt war, machte er kehrt und ging durch das Zimmer zum Geistlichen. Dieser sah ihn an, zog die Brauen hoch, blickte gen Himmel und seufzte. Sein dichter, angegrauter Bart hob und senkte sich auch mit.

„Mein Gott! Mein Gott!“ sagte der Mann.

„Was soll man machen?“ sagte der Geistliche seufzend, und wieder hoben und senkten sich Bart und Brauen.

„Und ihre Mutter ist auch noch hier!“ sagte der Mann in voller Verzweiflung. „Sie wird es nicht ertragen. Denn so lieben, sie so lieben, wie sie ... ich weiß nicht! Wenn Sie, Hochwürden, doch versuchen wollten, sie zu überreden, daß sie fortgeht.“

Der Geistliche erhob sich und trat zu der alten Frau.

„Es ist wahr, niemand kann nachfühlen, was ein Mutterherz leidet,“ sagte er, „aber Gott ist gnädig.“

Das Gesicht der Alten begann plötzlich sich zu verzerren, und sie brach in hysterisches Schluchzen aus.

„Gott ist barmherzig“, fuhr der Geistliche fort, nachdem sie sich ein wenig beruhigt hatte. „Ich muß Ihnen erzählen, — ich hatte in meiner Gemeinde einen Kranken, dem ging es weit schlechter als Maria Dmitrijewna, und doch ist es einem einfachen Kleinbürger gelungen, ihn in kurzer Zeit durch Kräuter zu heilen. Und dieser Mann ist noch in Moskau. Ich habe schon zu Wasilij Dmitrijewitsch gesagt, man könnte es doch versuchen. Es wäre wenigstens ein Trost für die Kranke. Bei Gott ist nichts unmöglich.“

„Nein, sie wird nicht mehr leben,“ stieß die Greisin hervor, „wenn doch Gott mich zu sich nähme, statt ihrer.“ Und der Weinkrampf wurde so stark, daß sie das Bewußtsein verlor.

Der Mann der Kranken bedeckte sein Gesicht mit den Händen und lief aus dem Zimmer.

Der erste, der ihm im Korridor begegnete, war ein sechsjähriger Knabe, der, so schnell er konnte, hinter einem kleinen Mädchen herlief.

„Soll man die Kinder nicht zur Mutter führen?“ fragte die Kinderfrau.

„Nein, sie will sie nicht sehen. Es regt sie auf.“

Der Knabe blieb einen Augenblick stehen, sah den Vater aufmerksam an, sprang dann plötzlich hoch und lief fröhlich schreiend weiter.

„Wir spielen, daß sie das schwarze Pferdchen ist, Papachen!“ rief er, auf das Schwesterchen zeigend.

Unterdessen saß die Cousine im andern Zimmer bei der Kranken und suchte sie durch ein geschickt geführtes Gespräch auf den Gedanken des Todes vorzubereiten. Der Arzt stand am andern Fenster und mischte das Getränk.

Die Kranke saß, ganz von Kissen umgeben, in einem weißen Morgenkleid im Bett und sah die Cousine schweigend an.

„Ach, mein Herz,“ sagte sie, sie plötzlich unterbrechend, „du brauchst mich nicht vorzubereiten. Halte mich nicht für ein Kind. Ich bin eine Christin. Ich weiß das alles. Ich weiß, daß ich nicht mehr lange zu leben habe, ich weiß auch, daß, wenn mein Mann früher auf mich gehört hätte, ich jetzt in Italien und vielleicht, ja gewiß, gesund wäre. Das haben ihm alle gesagt. Aber was nützt das, Gott hat es wohl anders gewollt. Wir alle haben viele Sünden auf dem Gewissen, das weiß ich, aber ich hoffe auf Gottes Gnade; allen, ja gewiß, allen wird vergeben werden. Ich suche mir über mich selbst klar zu werden. Auch ich habe viel gesündigt, mein Herz. Aber wieviel habe ich dafür gelitten! Ich habe versucht, meine Leiden geduldig zu tragen ...“

„Soll ich nicht den Geistlichen rufen, Liebe? Es wird dir noch leichter sein, wenn du das Abendmahl genommen hast“, sagte die Cousine.

Die Kranke machte mit dem Kopf ein Zeichen der Zustimmung.

„Gott, verzeih mir Sünderin!“ flüsterte sie.

Die Cousine ging hinaus und gab dem Beichtiger ein Zeichen.

„Sie ist ein Engel!“ sagte sie mit Tränen in den Augen zu dem Mann. Der Mann weinte, der Beichtiger ging hinüber, die Greisin war noch immer bewußtlos, und es wurde ganz still im Vorderzimmer. Nach fünf Minuten trat der Geistliche wieder in die Türe, nahm das Beichttuch ab und strich sein Haar zurecht.

„Gott sei gelobt, nun ist sie ruhiger,“ sagte er, „sie möchte Sie sehen.“

Die Cousine und der Mann gingen hinüber. Die Kranke weinte leise und sah auf das Heiligenbild.

„Gottes Segen über dir!“ sagte der Mann.

„Danke! Wie wohl mir jetzt ist, welch unbegreifliche Süßigkeit erfüllt mich“, sagte die Kranke, und ein leises Lächeln spielte um ihre schmalen Lippen. „Wie gnädig Gott ist! Nicht wahr? Er ist gnädig und allmächtig.“

Und sie blickte wieder mit heißem Flehen in den tränenvollen Augen auf das Heiligenbild.

Dann war es, als fiele ihr plötzlich etwas ein. Sie rief durch ein Zeichen ihren Mann zu sich.

„Du tust ja zwar nie, um was ich dich bitte“, sagte sie mit schwacher, unzufriedener Stimme.

Der Mann hörte ihr mit vorgestrecktem Halse demütig zu.

„Was denn, Herz?“

„Wie oft habe ich gesagt, daß diese Ärzte nichts verstehen; es gibt ganz gewöhnliche Heilmittel, die machen die Menschen gesund ... Da sagt der Beichtvater, es gebe einen Kleinbürger ... Schick' nach ihm!“

„Nach wem, Liebe?“

„Mein Gott, nichts will er verstehen!“ Und die Kranke zog sich zusammen und schloß die Augen.

Der Arzt trat zu ihr hin und fühlte ihr den Puls. Dieser wurde merklich schwächer und schwächer. Er machte dem Mann ein Zeichen. Die Kranke bemerkte diese Bewegung und erschrak sichtlich. Die Cousine wandte sich ab und weinte.

„Weine nicht, quäle dich und mich nicht noch mehr,“ sagte die Kranke, „das nimmt mir die letzte Ruhe.“

„Du bist ein Engel!“ sagte die Cousine, ihre Hand küssend.

„Nein, küsse mich hierher, nur Toten küßt man die Hand. Mein Gott! Mein Gott!“

Am selben Abend war die Kranke nur noch ein Körper; und der Sarg, in dem dieser Körper lag, stand im Saale des großen Hauses. In dem großen Zimmer mit der verschlossenen Tür saß ein Mesner und las mit näselnder, eintöniger Stimme die Psalmen. Das grelle Licht der Wachskerzen in den hohen, silbernen Leuchtern fiel auf die bleiche Stirn der Toten, auf die schweren, wächsernen Hände und die erstarrten Falten der Decke, die sich an den Knien und den Zehen unheimlich hob. Der Mesner las eintönig, ohne seine eigenen Worte zu verstehen, und die Worte klangen und erstarrten unheimlich in dem stillen Raum. Ab und zu drangen aus den andern Zimmern die Stimmen und das Trappeln der Kinder.

„Verbirgst Du Dein Angesicht, so erschrecken sie,“ hieß es im Psalm, „Du nimmst weg ihren Odem, so vergehen sie und werden wieder zu Staub. Du lässest aus Deinen Odem, so werden sie geschaffen und Du erneuerst die Gestalt der Erde. Die Ehre des Herrn ist ewig.“

Das Gesicht der Toten war streng und erhaben. Weder an der reinen, kühlen Stirn noch den fest geschlossenen Lippen rührte sich etwas. Sie war ganz Aufmerksamkeit. Ob sie wenigstens jetzt diese erhabenen Worte verstand?

4

Nach einem Monat erhob sich über dem Grabe der Verstorbenen eine aus Stein gebaute Kapelle. Auf dem Grabe des Kutschers war noch immer kein Stein, und nur das junge Gras sproß auf dem Hügel, dem letzten Zeichen der Erinnerung an die Existenz eines Menschen.

„Es ist eine Sünde, Serioga," sagte die Stationsköchin eines Tages, „daß du dem Chweodor keinen Grabstein kaufst. Erst sagtest du immer: ‚Es ist Winter, es ist Winter!' Aber warum hältst du jetzt wieder nicht Wort? Ich war doch dabei. Er ist dir doch schon einmal erschienen, dich darum zu bitten; wenn du es jetzt nicht tust, kommt er wieder und würgt dich."

„Ja, weigere ich mich etwa?" antwortete Serioga. „Ich werde schon einen Stein kaufen, wie ich es versprochen habe, für anderthalb Rubel. Ich habe es nicht vergessen, aber ich muß ihn doch herfahren. Wenn sich eine Gelegenheit bietet, in die Stadt zu kommen, kaufe ich ihn."

„Du solltest vorläufig wenigstens ein Kreuz aufstellen", meinte ein alter Kutscher. „Das ist ja ein Unrecht so . . . Die Stiefel trägst du doch."

„Woher soll ich ein Kreuz nehmen? Aus Brennholz kann ich keines machen."

„Was schwatzest du nur! Aus Brennholz geht es nicht, — so nimm ein Beil, und geh frühzeitig in den Wald, da kannst du schon eins zurechtzimmern! Hau dort eine kleine Esche um. Dann hast du, was du brauchst. Sonst mußt du noch den Waldhüter mit einem Schnaps bestechen. Wegen jeder Kleinigkeit kann man das aber doch nicht. Da habe ich vor kurzem eine Deichsel zerbrochen und habe mir die neue auch frühmorgens aus dem Walde geholt, kein Mensch hat was gesagt."

Früh am andern Morgen, als es eben zu dämmern begann, nahm Serioga ein Beil und ging in den Wald.

Alles war bedeckt von dem immer noch fallenden, matten Tau, auf dem noch kein Sonnenstrahl glänzte. Der Osten wurde kaum merklich heller, und das schwache Licht schimmerte auf den am Himmel schwebenden Wölkchen. Kein Grashalm am Boden, kein Ästchen in den Kronen der Bäume regte sich. Nur ab und zu klang das Rascheln von Vogelflügeln im Dickicht der Bäume oder dem Gestrüpp am Boden durch die Stille des Waldes. Plötzlich ertönte ein seltsamer, der Natur fremder Laut und erstarrte in den Wipfeln des Waldes. Doch er wiederholte sich, und wiederholte sich immer von neuem, unten am Stamm eines der reglosen Bäume. Eine der Kronen schwankte unnatürlich hin und her, die saftigen Blätter flüsterten und ein Rotkehlchen, das auf einem der Äste gesessen hatte, flatterte zweimal zwitschernd auf und setzte sich, mit dem Schwänzchen wackelnd, auf einen andern Baum.

Das Beil in der Tiefe klang dumpfer und dumpfer, die saftigen weißen Splitter flogen auf das taufeuchte Gras, und es knatterte bei den Schlägen. Der ganze Baum zuckte, bog sich und richtete sich rasch wieder auf, erschrocken in der Wurzel schwankend. Für einen Augenblick wurde es ganz still, doch wieder bog sich der Baum, es knackte in seinem Stamm und mit brechenden, sinkenden Ästen stürzte er mit der Krone auf den feuchten Erdboden. Die Klänge des Beiles und der Schritte verstummten. Das Rotkehlchen zwitscherte und flatterte noch höher. Der Zweig, den es mit seinen Flügeln gestreift hatte, schwankte noch eine Weile, dann wurde er still wie die andern, mit all seinen Blättern. Die Bäume breiteten ihre reglosen Zweige noch freudiger aus in dem neuen freien Raume.

Die ersten Strahlen der Sonne, die durch die vorbeiziehenden Wolken drangen, leuchteten am Himmel auf und huschten über Himmel und Erde. Der Nebel wallte in den Tälern, der Tau spielte glänzend auf dem Grün, die durchsichtigen, weißen Wölkchen verteilten sich eilig am bläulichen Horizont. Im Dickicht zwitscherten die Vögel etwas weltfremd Seliges; froh und ruhig flüsterten die saftvollen Blätter in den Kronen, und die Äste der lebenden Bäume rauschten langsam und majestätisch über dem Gestürzten.

1858

DER LEINWANDMESSER

DIE GESCHICHTE EINES PFERDES

I

Immer steiler stieg das Himmelsgewölbe in die Höhe, jede Sekunde breiter überflutet vom Licht der Morgenröte, immer weißer schimmerten die mattsilbernen Tautropfen, die Mondsichel ward blasser und blasser, und im Walde regte sich das Leben ... Die Menschen erhoben sich von ihren Lagern; in dem herrschaftlichen Gestüt vernahm man immer häufiger Schnauben, Scharren im Stroh und ab und zu sogar zorniges, kreischendes Wiehern von Pferden, die sich aneinanderdrängten und um etwas stritten.

„Nuu! Es kommt ja jeder an die Reihe, seid wohl hungrig, was?" rief ein alter Pferdeknecht und öffnete rasch das kreischende Tor. „Wohin?" rief er einer Stute zu, die sich durch das Tor drängen wollte, und scheuchte sie mit dem Arm zurück.

Der Pferdeknecht Nester trug einen Kosakenrock, der mit einem reichverzierten Riemen umgürtet war; seine Peitsche hatte er über die Schulter gehängt, und am Gürtel hing ihm ein Brotbeutel herab. In den Händen trug er Sattel und Zaumzeug.

Die Pferde schienen über den spöttischen Ton des Pferdeknechts keineswegs ärgerlich oder erschrocken zu sein; sie sahen aus, als ob ihnen alles gleichgültig sei und zogen sich langsam vom Tor zurück. Nur eine alte, dunkelbraune Stute mit einer langen Mähne spitzte die Ohren und drehte sich rasch mit dem ganzen Körper herum. Eine junge Stute, die weiter hinten stand und auf die sich das Gebaren der alten gar nicht bezog, stieß in diesem Augenblick einen schrillen Ton aus und schlug gegen das erste beste Pferd, das ihr in den Weg kam, aus.

„Nu! . . .“ rief der Pferdeknecht noch lauter und drohender und begab sich sodann in eine Ecke des Hofes.

Von allen Pferden, die sich im Gestüt befanden (es waren ihrer ungefähr hundert Stück), zeigte ein scheckiger Wallach die geringste Ungeduld; er stand allein in einem Winkel unter dem Schuppen und leckte mit zusammengekniffenen Augen an dem Eichenpfosten der Scheune.

Es bleibt unerklärlich, was der scheckige Wallach für einen Geschmack daran finden konnte, allein er war mit ernster, nachdenklicher Miene ganz seiner Beschäftigung hingegeben.

„Tu dir nur eine Güte!“ wandte sich der Pferdeknecht mit dem gleichen Ton dem Wallach zu, während er an ihn herantrat und den Sattel sowie eine vom Schweiß glänzend gewordene Filzdecke auf die Dunghaufen neben dem Pferd niederlegte.

Der scheckige Wallach hörte auf zu schlecken und blickte Nester lange Zeit unbeweglich an. Er war weder freundlich noch böse, machte auch keine brummige Miene, sondern wendete sich nur mit dem ganzen Leibe herum, seufzte tief und schwer und drehte sich um. Der Pferdeknecht schlang ihm die Arme um den Hals und streifte das Zaumzeug über.

„Was hast du denn zu seufzen?“ fragte Nester.

Der Wallach wedelte mit dem Schweif, als wenn er sagen wollte: „Nur so, Nester, es war nichts Besonderes.“ Nester warf ihm die Filzdecke und den Sattel über. Der Wallach legte die Ohren zurück, was gewiß sein Mißvergnügen zum Ausdruck bringen sollte. Allein der Pferdeknecht schalt ihn nur einen „Dreckbatzen“ und begann, den Sattelgurt anzuziehen.

Es half dem Wallach nichts, daß er sich aufblähte. Der Knecht steckte ihm einen Finger ins Maul und stieß ihn mit dem Knie in den Bauch, sodaß der Wallach die Luft ausstoßen mußte. Nichtsdestoweniger legte er, als der Obergurt mit den Zähnen angezogen wurde, abermals die Ohren zurück und blickte sich sogar um. Obwohl er von der Nutzlosigkeit seines Tuns überzeugt war, hielt er es dennoch für notwendig, zum Ausdruck zu bringen, daß ihm dies unangenehm sei, und daß er nie aufhören würde, seinen Unwillen darüber zu äußern. Als er gesattelt war, stellte er die rechte, etwas angeschwollene Vorderhand seitlich heraus und begann am Gebiß zu kauen, womit er wohl gleichfalls etwas Besonderes zum Ausdruck bringen wollte, denn er hätte doch längst wissen sollen, daß eine Kandare keinerlei Geschmack hat.

Nester schwang sich mit Hilfe des kurzen Steigbügels auf den Wallach, zog seine Peitsche lang, lockerte unterhalb des Knies den Kosakenrock, setzte sich im Sattel auf die besondere Art zurecht, in der alle Kutscher, Jagdburschen und Pferdeknechte zu reiten pflegen, und zog die Zügel an. Der Wallach hob den Kopf in die Höhe und drückte seine Bereitwilligkeit aus, in jede befohlene Richtung zu gehen, rührte sich indes nicht von der Stelle. Er wußte, daß der auf ihm sitzende Nester vor Beginn des Rittes noch laut über den Hof schreien und Waska, dem zweiten Pferdeknecht, sowie den Pferden noch mancherlei Befehle zurufen würde. Und in der Tat begann Nester auch sofort loszubrüllen: „Waska! He, Waska! Hast du die Mutterstuten hinausgelassen, ja? Wo willst du denn hin, du Satansbraten? Nuu! Du schläfst wohl? . . . . Mach' auf! Laß zuerst die Stuten hinausgehen" — und so weiter.

Das Tor öffnete sich kreischend. Ärgerlich und verschlafen stellte sich Waska mit seinem Pferde, das er am Zügel hielt, neben dem Türpfosten auf und ließ die Pferde hinaus. Die Pferde stampften vorsichtig über das Stroh, schnupperten daran und begannen nacheinander am Knecht vorüberzugehen; an der Spitze die jungen Stuten und jährigen Hengste mit den gestutzten Mähnen, dann die saugenden Füllen und trächtigen Mutterstuten, die einzeln und behutsam ihre schweren Leiber durch die Tür trugen. Manchmal drängten sich zwei, drei junge Stuten in das Tor hinein, wobei sie einander die Köpfe auf den Rücken legten, und jede wollte zuerst ins Freie kommen, wofür sie jedesmal von den Pferdeknechten derb gescholten wurden. Die Saugfohlen liefen zuweilen fremden Müttern unter die Beine und wieherten als Antwort auf den kurzen Lockruf des eigenen Muttertieres laut auf.

Eine junge, mutwillige Stute bog sogleich nach Verlassen des Stalles den Kopf nach unten und zur Seite, sprang hinten hoch und wieherte, wagte aber dennoch nicht, der alten, grauen Schimmelstute Shuldyba vorauszulaufen, die mit langsamen, schweren Schritten, den Bauch von einer Seite auf die andere schlenkernd, wie immer an der Spitze aller Pferde würdevoll dahinschritt.

Einige Minuten später lag der sonst so lebhafte Gestütshof traurig und verlassen da; trübselig ragten die Pfosten unter dem leeren Schuppen in die Höhe, und man sah nichts mehr, als zerstampftes, mit Mist bedecktes Stroh. So sehr sich der scheckige Wallach auch an dieses Bild der Verlassenheit gewöhnt hatte — es wirkte dennoch schmerzlich auf ihn. Als wenn er sich verneigte, hob und senkte er langsam den Kopf, sog die Luft durch die Nüstern, soweit es ihm der eng angezogene Sattelgurt gestattete und trottete mit seinen krummen, steifen Beinen hinkend der Herde nach, während er auf dem knochigen Rücken den alten Nester trug.

„Ich weiß schon: sobald wir die Straße erreichen, wird er Feuer schlagen und sein hölzernes Pfeifchen mit dem Messingbeschlag und dem Kettchen in Brand setzen", dachte der Wallach. „Ich freue mich darüber, denn frühmorgens, wenn noch der Tau auf der Erde liegt, ist mir der Rauchgeruch angenehm und erweckt viele freundliche Erinnerungen in mir; nur eines ist ärgerlich: wenn der Alte die Pfeife im Maul hat, gerät er immer ins Spintisieren, bildet sich ein, sonst jemand zu sein, und nimmt Seitensitz ein, unbedingt Seitensitz. Mir tut es aber weh, wenn er nur auf einer Seite sitzt. Na, mag er's halten, wie er will. Es ist mir nichts Neues, zu leiden, damit andere ihr Vergnügen haben. Ich finde jetzt sogar schon ein gewisses Pferdevergnügen daran. Mag er sich nur wichtig machen, der arme Tropf! Er ist ja doch nur solange ein tapferer Held, als ihn niemand sieht; soll er ruhig mit seitlichem Sitz reiten", gab sich der Wallach seinen Betrachtungen hin und zog, die gekrümmten Beine behutsam aufsetzend, in der Mitte der Straße seines Wegs.

2

Nachdem Nester die Herde an den Fluß getrieben hatte, wo die Pferde weiden sollten, stieg er ab und entsattelte. Die Herde begann sich indessen schon langsam über die noch nicht zerstampfte, taubedeckte Wiese zu zerstreuen, über welcher ein Dunst lagerte, der von den Gräsern und dem die Wiese umgebenden Flusse aufstieg.

Nester nahm dem scheckigen Wallach das Zaumzeug ab und kraute den Hals des Pferdes, was der Wallach als Zeichen seiner Dankbarkeit und seines Vergnügens damit beantwortete, daß er die Augen schloß. „Das magst du wohl, alter Hund!" sagte Nester. Der Wallach liebte dieses Gekratze keineswegs und tat nur aus Feingefühl so, als sei es ihm angenehm, schüttelte jedoch zum Zeichen der Zustimmung ein wenig den Kopf. Ob nun Nester plötzlich meinte, daß eine allzu große Vertraulichkeit dem scheckigen Wallach eine falsche Vorstellung von seinem Wert geben könnte — genug, der Pferdeknecht stieß plötzlich und unvermutet den Kopf des Wallachs von sich, schwenkte das Halfter hin und her und versetzte dem Wallach mit der Schnalle des Halfters einen äußerst schmerzhaften Schlag gegen das abgemagerte Bein. Dann begab sich Nester, ohne noch etwas zu sagen, einen kleinen Hügel hinauf zu einem Baumstumpf, wo er immer zu sitzen pflegte.

Obwohl den scheckigen Wallach diese Art der Behandlung bitter kränkte, ließ er es sich doch nicht ansehen. Langsam den dünnhaarigen Schweif um sich schlagend, hin und wieder an etwas schnuppernd und aus Langeweile ein Büschel Gras abrupfend, schritt er langsam dem Flusse zu, ohne darauf zu achten, was die von Morgenlust erfüllten jungen Stuten, jährigen Hengste und saugenden Fohlen rings um ihn anstellten. Da er wußte, daß es in seinen Jahren am gesündesten war, auf nüchternen Magen zuerst einen tüchtigen Schluck zu trinken und dann erst mit dem Essen zu beginnen, wählte er sich am Ufer eine möglichst sanft abfallende, bequeme Stelle aus, trat so tief ins Wasser, daß er sich die Hufe und das Kötenhaar benetzte und begann, das Wasser mit seinen fransigen Lippen in sich hineinzuschlürfen, wobei er die allmählich prall werdenden Flanken langsam auf und ab bewegte und vergnügt den kahlen Stumpf mit dem dünnen, scheckigen Schweif hin und her wedelte.

Die dunkelbraune, übermütige Stute, die den alten Wallach immerzu hänselte und ihm mancherlei Unannehmlichkeiten bereitete, kam auch jetzt durch das Wasser auf ihn zu und tat so, als hätte sie das Bedürfnis, im Wasser umherzuspazieren, während sie es in Wirklichkeit dem Alten nur vor der Nase trüben wollte. Allein der Schecke hatte bereits gesoffen, zog gemächlich, als ob er die Absicht der braunen Stute gar nicht merkte, seine Beine, die tief im Schlamm staken, eins nach dem anderen heraus, schüttelte den Kopf und begann in einiger Entfernung von der Jugend zu fressen. Er stellte seine Beine auf verschiedene Art weit auseinander, um das Gras nicht unnötig zu zertreten und fraß, ohne einmal aufzusehen, drei geschlagene Stunden lang. Nachdem er sich so voll gefressen hatte, daß ihm der Bauch wie ein Sack zwischen den dürren, steifen Rippen herabhing, richtete er sich auf allen vier kranken Beinen zugleich auf, um möglichst wenig Schmerzen, insbesondere am rechten Vorderfuß, zu haben und schlief ein.

Es gibt würdevolle, häßliche und bemitleidenswerte Greise. Es gibt auch Greise, die trotz ihres abstoßenden Äußeren würdevoll sind. Der alte scheckige Wallach war von dieser letzteren Art.

Der Wallach war von hohem Wuchs, nicht weniger als zwei Arschin drei Werschok hoch. Seine Farbe war schwarzscheckig; das heißt, so hatte er einmal ausgesehen, jetzt waren jedoch die schwarzen Stellen seines Fells von schmutzigbrauner Farbe. Seine Scheckigkeit wurde durch drei Flecken verursacht; der eine war am Kopf, mit einer schiefen Blesse an der Seite der Nase, und zog sich über den halben Hals hin. Die lange, mit Kletten verfilzte Mähne war teils weiß, teils braun. Ein zweiter Fleck zog sich an der rechten Flanke entlang und reichte bis zur Mitte des Bauches; der dritte Fleck saß auf der Kruppe und erstreckte sich von dem oberen Teil des Schweifes bis über die halben Schenkel. Der Rest des Schweifes war von einem schmutzigen Weiß. Der große, knochige Kopf mit den tiefen Höhlen über den Augen und der schlaffen, irgendwann einmal eingerissenen schwarzen Lippe hing schwer und tief an dem mageren, gekrümmten, wie aus Holz geschnitzten Hals herab. Hinter der herabhängenden Lippe sah man die auf die Seite geklemmte, schwärzliche Zunge und die gelben, abgenutzten Zahnstummel des Unterkiefers. Die Ohren, von denen eins eingerissen war, fielen schlaff nach beiden Seiten hinab und richteten sich nur ab und zu träge in die Höhe, um die lästigen Fliegen zu verscheuchen. Ein noch ziemlich langer Haarbüschel hing vom Schopf hinter den Ohren herab; die kahle Stirn war voller Vertiefungen und rauher Stellen. An den breiten Unterkiefern hing die Haut beutelförmig herunter. Am Hals und am Kopf waren die Adern knotenförmig aufgeschwollen und zuckten und zitterten, so oft sich eine Fliege darauf setzte. In der Miene des Wallachs kamen ernste Geduld, Tiefsinn und schmerzhaftes Leiden zum Ausdruck.

Die Vorderbeine waren in den Knien bogenförmig gekrümmt, an beiden Hufen hatten sich Wülste gebildet; an dem Knie des einen, zur Hälfte gescheckten Beines befand sich eine faustgroße Beule. Die Hinterbeine waren in besserem Zustand, zeigten jedoch an den Schenkeln abgescheuerte Stellen, die offenbar schon lange vorhanden waren und an denen kein Fell mehr nachwuchs. Infolge der Magerkeit des ganzen Körpers schienen die Beine unverhältnismäßig lang zu sein. Wenn die Rippen auch stark und kräftig waren, lagen sie doch so offen da und waren so straff von der Haut überspannt, daß das Fell in den Ausbuchtungen zwischen den Rippen angetrocknet zu sein schien. Widerrist und Rücken waren von alten Schlägen bunt gezeichnet, und hinten befand sich eine frische, geschwollene Stelle, die in ein eitriges Geschwür überging. Die schwarze Rübe des Schwanzes mit den Knochenwirbeln, die sich deutlich an ihr abhoben, ragte lang und fast kahl in die Luft. Auf der braunen Kruppe neben dem Schwanz befand sich eine mit weißen Haaren bewachsene, etwa handgroße Wunde, die wie ein Biß aussah. Eine zweite, bereits vernarbte Wunde war am Schulterblatt der Vorderhand sichtbar. Die rückwärtigen Teile der hinteren Knie sowie der Schweif waren infolge der beständigen Magenverstimmung des Wallachs mit Schmutz bedeckt. Obwohl das Fell kurz war, stand es dennoch am ganzen Körper struppig in die Höhe. Allein trotz der abschreckenden Gebrechlichkeit des alten Pferdes wurde man bei seinem Anblick dennoch wider Willen nachdenklich, und ein Kenner hätte sofort sagen können, daß der Wallach seiner Zeit ein auffallend schönes Tier gewesen sein mußte. Ein Kenner hätte ferner gesagt, es gebe in Rußland nur eine einzige Zucht, die solch starken Knochenbau, so mächtige Schenkel, solche Hufe, solche feinknochigen, schlanken Beine, solche Haltung und Form des Halses, besonders aber solche Schädelbildung und solche großen, schwarzen, leuchtenden Augen und solche rassig hervortretenden Adern an Kopf und Hals, solch feines Fell und solche Behaarung aufweise.

Es lag in der Tat etwas Majestätisches in der Gestalt dieses Pferdes und in der furchtbaren Vereinigung abstoßender Merkmale der Gebrechlichkeit, die durch das bunte Fell noch hervorgehoben wurden, und andererseits der Gebärden und des Ausdrucks von Selbstvertrauen und Ruhe, bewußter Schönheit und Kraft.

Wie eine lebende Ruine stand der Wallach mitten in der taubedeckten Wiese, während rings um ihn das Stampfen, Schnauben, jugendtolle Wiehern und Kreischen der weit auseinander gelaufenen Herde erscholl.

3

Die Sonne stand schon hoch über dem Walde und hüllte die Wiese und den Fluß, der sich durch sie hindurchschlängelte, in strahlendes Licht. Der Tau versiegte und ballte sich zu Tropfen; der letzte Morgendunst stieg wie Rauch in die Luft und verschwand. Kleine Wolken kräuselten sich am Himmel; noch hub der Wind nicht an zu wehen. Jenseits des Flusses erstreckte sich weithin ein dichtes, grünes Roggenfeld, dessen Halme bereits Ähren ansetzten; es duftete nach frischem Grün und Blumen. Aus dem Walde klang der heisere Schrei eines Kuckucks herüber, und Nester, der sich lang auf den Rücken hingestreckt hatte, zählte, wieviel Jahre er noch zu leben hätte. Über dem Roggenfeld und der Wiese stiegen die Lerchen ins Blau. Ein Hase, der sich verspätet hatte, geriet zwischen die Herde, rettete sich mit großen Sprüngen ins Freie, machte neben einem Strauch Männchen und lauschte. Waska schlief, das Gesicht tief ins Gras gedrückt. Die Stuten gingen in weitem Bogen um ihn herum und zerstreuten sich in noch weiteren Abständen über den Uferplan hin. Die Mutterstuten trotteten gemächlich durch die Wiese, eine tauschimmernde Spur hinter sich lassend, und suchten sich einen Fleck, wo niemand sie belästigen konnte; da sie bereits vollgefressen waren, taten sie sich nur zuweilen an einigen besonders schmackhaften Grashalmen gütlich. Die ganze Herde bewegte sich unmerklich in der gleichen Richtung vorwärts.

Abermals war es die alte, an der Spitze der übrigen schreitende alte Shuldyba, die zeigte, daß es ganz gut möglich war, noch weiter zu gehen. Die junge Rappstute Muschka, die kürzlich zum ersten Male gefohlt hatte, wieherte unaufhörlich und schnob mit hocherhobenem Schwanz ihr lilafarbenes Füllen an. Die junge Atlasnaja mit dem glatten, glänzenden Fell beugte den Kopf so tief herab, daß ihr die schwarze, seidenweiche Haarmähne über Stirn und Augen fiel, spielte mit Grashalmen, die sie ausrupfte und fortschleuderte und stampfte mit dem vom Tau naßgewordenen Bein, an dem die Haare in dichten Büscheln herabhingen, auf den Erdboden. Eines der älteren Fohlen hatte sich ein ganz besonderes Spiel ausgedacht und sprang bereits zum sechsundzwanzigsten Male, den kurzen, krausen Schweif wie einen Helmbusch aufgerichtet, um seine Mutter herum, welche, die Art ihres Sohnes schon hinreichend gewöhnt, gemächlich die Grashalme abrupfte und nur ab und zu mit ihrem großen, schwarzen Auge zu ihm hinüberschielte.

Eines von den jüngsten Fohlen mit einem dicken Kopf, einem wunderlich zwischen den Ohren aufragenden Schopf und einem Schweif, der sich noch nach jener Seite hinkrümmte, nach der er sich im Leibe der Mutter gebogen hatte, spitzte die Ohren und blickte mit seinen stumpfen Augen, ohne sich vom Fleck zu rühren, unverwandt das Füllen an, das immerzu vor- und zurücksprang; man konnte nicht erkennen, ob es das Füllen beneidete oder sich über sein Tun klar zu werden versuchte. Einige Fohlen sogen, mit den Nüstern tastend, einige liefen aus irgendeinem unerfindlichen Grunde, ohne auf die Zurufe ihrer Mütter zu achten, in kurzem, unbeholfenem Trab geradeswegs nach der entgegengesetzten Richtung, als ob sie etwas suchten, machten plötzlich und ohne erkennbare Ursache halt und wieherten mit verzweifelter, gellender Stimme. Einige lagen lang ausgestreckt auf der Seite da; einige lernten Gras fressen; einige kratzten sich mit der Hinterhand am Ohr. Zwei noch trächtige Stuten schritten in einiger Entfernung von den anderen für sich dahin; langsam die Beine bewegend, fraßen sie in einem fort. Ihr Zustand wurde von den anderen sichtlich respektiert; keiner von der Jugend wagte es, an sie heranzugehen und sie zu belästigen. Und wenn es wirklich einmal einer mutwilligen Stute in den Sinn kam, näher an sie heranzugehen, so genügte eine einzige Bewegung des Ohrs oder des Schweifes, um der Übermütigen die ganze Unziemlichkeit ihres Betragens zu zeigen.

Die jährigen Stuten und Hengste taten schon ganz erwachsen und gesetzt, machten nur ab und zu einen lustigen Sprung und gesellten sich nur selten zu irgendeinem lustigen Trupp. Sie bogen ihre geschorenen Schwanenhälschen herab, fraßen mit großem Anstand Gras und wedelten mit ihren Schwanzstummelchen, als ob sie auch schon Schweife hätten. Manche legten sich genau wie die Erwachsenen nieder, wälzten sich und kratzten einander. Den fröhlichsten Trupp bildeten die zwei- und dreijährigen ledigen Stuten. Sie gingen fast immer zusammen und hielten sich wie eine lustige Jungmädchenschar von den anderen gesondert. Stampfen, Kreischen, Wiehern und Schnauben klang von ihnen herüber. Sie drängten sich aneinander, legten sich gegenseitig die Köpfe über die

Schultern, beschnupperten sich, machten Sprünge und liefen zuweilen mit hocherhobenem Schweif halb im Trab, halb im Paßgang stolz und kokett vor ihren Freundinnen her. Die Schönste und zugleich die Anführerin dieser Jugendschar war eine übermütige, braune Stute. Was sie tat, machten auch die anderen; wohin sie schritt, dorthin folgte ihr auch sogleich die ganze Schar der Schönen. An diesem Morgen war die Mutwillige besonders zum Spielen aufgelegt. Sie war plötzlich, wie es auch bei Menschen der Fall zu sein pflegt, in die heiterste Stimmung gekommen. Nachdem sie zuerst an der Tränke den alten Wallach veralbert hatte, lief sie weiter am Flusse entlang, tat so, als ob sie über etwas erschrocken sei, prustete und lief, so schnell sie ihre Füße tragen wollten, über den Wiesenplan davon, so daß Waska ihr und den anderen, die sich ihr angeschlossen hatten, nachgaloppieren mußte. Nachdem sie sodann ein wenig gefressen hatte, begann sie, sich zu wälzen; später neckte sie einige alte Stuten damit, daß sie vor ihnen herstolzierte, trieb ein Füllen beiseite und lief hinter ihm drein, als ob sie es beißen wollte. Die Mutter erschrak und hörte auf zu fressen, das Füllen schrie mit kläglicher Stimme; der Mutwilligen fiel es jedoch gar nicht ein, das Füllen anzurühren; sie hatte ihm nur einen Schreck einjagen und ihren Freundinnen, die diese Streiche mit großer Anteilnahme verfolgten, ein Schauspiel bieten wollen. Dann kam sie auf den Einfall, einem Grauschimmelchen, mit dem ein Bauer weit jenseits des Flusses am Roggenfeld pflügte, den Kopf zu verdrehen. Sie stellte sich in stolzer Haltung, ein wenig seitwärts, hin, richtete den Kopf in die Höhe, schüttelte sich und begann, mit süßer, zärtlicher und langgezogener Stimme zu wiehern. Mutwille, Sehnsucht und eine gewisse Traurigkeit kamen in ihrem Gewicher zum Ausdruck. Liebesverlangen und -verheißung und schmerzliche Sehnsucht lagen gleichermaßen darin.

Im dichten Schilfröhricht lockte ein Wachtelkönig mit leidenschaftlichem Ruf eine Gefährtin zu sich, indes er von einem Fleck zum anderen trippelte; der Kuckuck und die Wachtel sangen sehnsüchtige Liebeslieder, und die Blumen ließen vom Wind ihren duftenden Samen übereinander hinwehen.

„Auch ich bin jung und schön und voller Kraft", klang es aus dem Wiehern der mutwilligen Schönen, „und durfte doch bis jetzt nicht die Süße dieses Gefühles kosten, ja, es hat mich noch kein einziger, kein einziger Liebhaber zu Gesicht bekommen."

Und das vielverheißende Wiehern schallte traurig und sehnsüchtig über den weiten Plan, bis es zu den Ohren des Grauschimmelchens drang. Es spitzte die Ohren und blieb stehen. Der Bauer versetzte ihm einen Stoß mit dem Bastschuh, allein das Grauschimmelchen war von dem Silberklang des fernen Gewiehers schier behext und begann gleichfalls zu wiehern. Der Bauer wurde wütend, zog die Zügel an und stieß mit dem Bein so heftig gegen den Bauch des Schimmelchens, daß es sein Wiehern nicht zu Ende brachte und weiterging. Aber es wurde dem Grauschimmelchen süß und schmerzlich zumute, und aus dem fernen Roggenfeld drang noch lange sein leidenschaftliches, stets schnell wieder abbrechendes Gewieher sowie die zornige Stimme des Bauern zu der Herde herüber.

Wenn allein schon die Stimme der Schönen das Grauschimmelchen so bezaubern konnte, daß es seine Pflicht vergaß, was wäre erst mit ihm geschehen, wenn es seine schöne Verführerin vor sich gesehen hätte, wie sie mit zurückgelegten Ohren und geblähten Nüstern die Luft einziehend, von unbestimmter Neugierde getrieben und an ihrem ganzen jungen und schönen Leib bebend nach ihm rief!

Allein die Mutwillige dachte nicht lange über den Eindruck nach, den sie hervorgerufen hatte. Als die Stimme des Grauschimmelchens verhallt war, wieherte sie noch einmal spöttisch auf, senkte dann den Kopf und begann mit dem Fuß die Erde aufzuscharren. Dann lief sie davon, um den scheckigen Wallach aufzustören und zu ärgern. Der Wallach war stets das Opfer, das sich diese glückliche Jugend zum Gegenstand ihrer übermütigen Scherze aussuchte. Er hatte von den jungen Stuten mehr als von den Menschen auszustehen. Er tat weder den einen noch den anderen je etwas zuleide. Die Menschen brauchten ihn und vergalten seine Dienste mit Schlägen; nun gut, aber warum quälten ihn die jungen Pferde?

4

Er war alt, sie waren jung; er war mager, sie waren wohlgenährt; er war mürrisch und verdrossen, sie waren fröhlich. Er war demnach etwas ganz Fremdes, ein Außenseiter, ein völlig anderes Wesen, und man brauchte kein Mitleid mit ihm zu haben. Die Pferde bemitleiden nur sich selbst und hin und wieder solche, in deren Haut sie sich hineinzudenken vermögen. Aber was konnte denn der scheckige Wallach dafür, daß er alt und dürr und klapperig war? ...

Man möchte meinen, nichts; allein in den Augen der Pferde war er selbst schuld daran; und recht haben stets nur die Jungen und Glücklichen, die noch das ganze Leben vor sich haben, diejenigen, deren Muskeln vor unnützer Anstrengung vibrieren und deren Schweif sich wie ein Pfahl steil in die Höhe richtet. Vielleicht sah dies auch der scheckige Wallach ein und gab bei ruhiger Überlegung zu, daß er der Schuldige war, daß sein Leben zu Ende ging, und daß er selbst den Preis für dieses Leben zahlen mußte; aber trotz alledem, er war nur ein Pferd und konnte oft ein Gefühl der Kränkung, des Schmerzes und Unwillens nicht zurückhalten, wenn er all diese Jugend betrachtete, die ihn für das gleiche bestrafte, dem sie am Ende ihres Lebens auch verfallen würde. Eine weitere Ursache für das mitleidslose Benehmen der Pferde bildete auch das Bewußtsein ihrer aristokratischen Herkunft. Jedes von ihnen führte seine Abstammung väterlicher- oder mütterlicherseits auf die berühmte Smetanka zurück. Von dem Schecken wußte jedoch niemand, welchen Stammes er sei; der Schecke war so ein Hergelaufener, den man vor drei Jahren für achtzig Papierrubel auf dem Jahrmarkt gekauft hatte.

Die braune Stute schlenderte ganz harmlos dicht an der Nase des scheckigen Wallachs vorüber und rempelte ihn dabei an. Er wußte schon, was dies zu bedeuten hatte, legte, ohne die Augen zu öffnen, die Ohren zurück und klappte einige Male die Kiefer aufeinander. Die Stute wandte sich mit dem Hinterteil gegen ihn und tat so, als ob sie nach ihm ausschlagen wollte. Er öffnete die Augen und schritt nach einer anderen Seite davon. Da ihm die Lust zum Schlafen vergangen war, begann er zu fressen. In diesem Augenblick kam die mutwillige Schöne, von ihren Freundinnen begleitet, abermals an den Wallach heran. Eine zweijährige Stute mit einer Blesse, die sehr dumm war und dem Wildfang alles nachmachte, gesellte sich dazu und begann, den Schabernack der Braunen noch zu überbieten, wie es die Mitläufer ja immer zu tun pflegen. Die braune Stute kam gewöhnlich dicht an den Wallach heran, als ob sie mit ihren eigenen Dingen beschäftigt sei und stolzierte dicht vor seiner Nase vorüber, ohne ihn eines Blickes zu würdigen, sodaß er wirklich nicht wußte, ob er sich ärgern sollte oder nicht. Diese Szene wirkte in der Tat höchst komisch.

Die braune Stute machte es auch jetzt so, allein die Blesse, die ihr auf dem Fuße folgte und besonders ausgelassen war, hielt es schon für nötig, dem Wallach mit der Brust einen Stoß zu versetzen. Er fletschte abermals die Zähne, stieß einen pfeifenden Laut aus, stürzte mit einem Sprung, den man ihm gar nicht zugetraut hätte, hinter ihr drein und biß sie in den Schenkel. Die Blesse schlug mit beiden Hinterfüßen aus und versetzte dem Alten einen heftigen Schlag gegen die mageren, hervortretenden Rippen. Der Alte röchelte vor Schmerz und wollte ihr nachstürzen; er bedachte sich jedoch und schritt keuchend beiseite. Sämtliche jungen Pferde der Herde schienen die Frechheit, die sich der scheckige Wallach gegen die Stute mit der Blesse erlaubt hatte, als eine persönliche Beleidigung anzusehen, ließen ihn den ganzen Rest des Tages nicht einen Augenblick ruhig fressen und ärgerten ihn immerfort, so daß der Pferdehirt mehrere Male einschreiten mußte und nicht verstehen konnte, was mit ihnen geschehen war.

Der Wallach war so bitter gekränkt, daß er von selbst zu Nester ging, als sich der Alte anschickte, die Herde zurückzutreiben, und er fühlte sich glücklicher und ruhiger, als ihn Nester sattelte und sich auf ihn setzte.

Weiß Gott, woran der alte Wallach dachte, während er den alten Nester auf dem Rücken dahintrug. War er bekümmert über das freche, hartherzige Gebahren der Jugend oder vergab er mit allen Greisen eigener Verachtung und schweigsamem Stolz seinen Beleidigern? Auf jeden Fall gab er seinen Erwägungen keinerlei Ausdruck, bis er daheim angelangt war.

An diesem Abend waren Gevattersleute zu Nester auf Besuch gekommen; als er die Herde an den Gütlerhäusern vorbeitrieb, bemerkte er, daß vor seiner Haustür ein Gespann stand. Nachdem er die Herde eingetrieben hatte, hatte er es so eilig, daß er den Wallach, ohne ihn zu entsatteln, mitten im Hof stehenließ; er rief Waska zu, den Wallach abzusatteln, schloß das Tor und begab sich zu seinen Gevattersleuten. Ob es nun infolge der Beleidigung geschah, welche der blessigen Stute, einer Urenkelin von Smetanka, von diesem „krätzigen Dreckbatzen" zugefügt worden war, der weder Vater noch Mutter kannte und auf dem Markt erstanden war, und ob deshalb das aristokratische Empfinden der gesamten Herde beleidigt war, oder ob es daher kam, daß der reiterlose Wallach mit dem hohen Sattel den übrigen Pferden einen seltsam phantastischen Anblick bot — genug, auf dem Pferdehof ging in dieser Nacht Seltsames vor. Sämtliche Pferde, junge wie alte, liefen mit gefletschten Zähnen hinter dem Wallach her und jagten ihn über den Hof; man hörte die Hufe gegen seine mageren Flanken schlagen und vernahm das schwere Ächzen des Wallachs. Schließlich konnte er es nicht mehr ertragen und hatte keine Kraft mehr, den Schlägen zu entfliehen. Der Wallach blieb mitten im Hofe stehen; in seiner Miene kam die widerlich anzusehende ohnmächtige Wut des kraftlosen Greisenalters zum Ausdruck, die sich plötzlich in tiefe Verzweiflung wandelte. Der Wallach legte die Ohren zurück und mit einem Male geschah etwas, was sämtliche Pferde sofort zur Ruhe brachte: die älteste Stute Wiasopuricha trat an den Wallach heran, beschnupperte ihn und seufzte. Auch der Wallach stieß einen tiefen Seufzer aus. . . .

5

Mitten in dem vom Mondlicht hell bestrahlten Hofe stand die große, dürre Gestalt des Wallachs mit dem hohen Sattel und dem darüber emporragenden Sattelknopf. Rings um den Schecken standen unbeweglich und in tiefem Schweigen die übrigen Pferde, als ob sie etwas ganz Neues und Ungewöhnliches von ihm vernommen hätten. Und sie erfuhren in der Tat etwas Neues und Unerwartetes von ihm.

Dies ist es, was er ihnen mitteilte . . . .
. . . .

DIE ERSTE NACHT

„So ist's, ich bin ein Sohn von Liubesnyj I und Baba. Ich heiße Mushik I nach meinem Stammbaum; wegen meines langen, weit ausschreitenden Ganges, der in ganz Rußland nicht seinesgleichen hat, nannten mich die Leute jedoch gewöhnlich ‚Leinwandmesser'. Der Abstammung nach kann ich mich neben den reinblütigsten Pferden der ganzen Welt sehen lassen. Ich hätte euch dies niemals erzählt. Wozu? Ihr hättet mich nie erkannt, wie mich ja auch Wiasopuricha nicht erkannt hat, die doch mit mir zusammen in Chrenowo war und mich eben erst wiedererkannt hat. Ihr würdet mir ja auch jetzt keinen Glauben schenken, wenn mir nicht Wiasopuricha mit ihrem Zeugnis zur Seite stände. Ich hätte nie von alledem zu euch gesprochen. Ich brauche kein Pferdemitleid. Aber ihr habt's gewollt. Ja, ich bin jener Leinwandmesser, nach dem alle Pferdeliebhaber solange schon vergeblich suchen, bin jener Leinwandmesser, den der Graf selbst gekannt und vom Gestüt verwiesen hat, weil ich seinen Liebling Lebed übertrumpft habe. . . . .

. . . .

Als ich geboren wurde, wußte ich nicht, was das heißt: ein Schecke; ich glaubte, ein Pferd zu sein. Die erste Bemerkung über die Farbe meines Felles erschütterte, glaube ich, mich und meine Mutter aufs tiefste.

Ich muß nachts zur Welt gekommen sein; am anderen Morgen stand ich schon, von meiner Mutter sauber geschleckt, auf den Beinen. Ich erinnere mich, daß mich immerzu nach etwas gelüstete, alles kam mir außerordentlich seltsam und zugleich außerordentlich einfach vor. Die Boxes lagen bei uns an einem langen, warmen Korridor und hatten Gittertüren, durch die wir alles sehen konnten.

Meine Mutter streckte mir ihre Zitzen hin, aber ich war noch so naiv und unbeholfen, daß ich mit der Nase bald unter die Vorderbeine der Mutter, bald unter die Krippe stieß. Plötzlich schaute sich meine Mutter nach der Gittertür um, trat mit einem Fuß über mich hinweg und wandte sich zur Seite. Der diensthabende Stallknecht blickte durch das Gitter in unsere Box hinein.

‚Sieh einer an, Baba hat gefohlt', sagte er und schob den Riegel zurück. Er schritt über die frische Streu auf mich zu und umarmte mich. ‚Guck' mal, Taras,' rief er, ‚ein Schecke, wie eine Elster sieht das Kerlchen aus.'

Ich riß mich von ihm los, stolperte und sank in die Knie.

‚Schau nur einer das Teufelchen!' sagte er.

Meine Mutter beunruhigte sich sehr, machte jedoch keine Anstalten, mich zu schützen, sondern seufzte nur tief und schwer und trat ein wenig zur Seite. Dann kamen die Pferdeknechte und betrachteten mich. Einer lief fort, um die Neuigkeit dem Stallmeister zu berichten.

Beim Anblick meines scheckigen Fells mußten alle lachen, und man gab mir verschiedene seltsame Benennungen. Nicht nur ich, sondern auch meine Mutter konnte die Bedeutung dieser Worte nicht verstehen. Bis jetzt hatte es in unserer engeren und weiteren Familie noch niemals einen Schecken gegeben, und wir glaubten nicht, daß dabei etwas Schlimmes sein könnte. Auch waren damals alle voll des Lobes über meinen Wuchs und meine Körperkraft.

‚Guck' nur, wie behend er schon ist,' sagte ein Stallbursche, ‚man kann ihn kaum halten.'

Nach einiger Zeit kam der Stallmeister; er geriet in Verwunderung über meine Farbe und schien sogar darüber ärgerlich zu sein. ‚Von wem kann denn das Scheusal nur dies Aussehen haben?' sagte er. ‚Der Direktor wird ihn unter diesen Umständen kaum im Gestüt behalten wollen. — O je, Baba, du hast mich schön aufsitzen lassen,' wandte er sich an meine Mutter, ‚wenn du wenigstens eine Blesse zur Welt gebracht hättest, aber einen Vollschecken, nein sowas!'

Meine Mutter gab ihm keine Antwort, sondern seufzte abermals, wie sie es immer in solchen Fällen zu tun pflegte.

‚Von welchem Teufel mag er nur dies mißratene Fell haben? Wie ein Bauer sieht er aus!' fuhr der Stallmeister fort. ‚Es wäre ja wirklich schandbar, ihn im Gestüt zu behalten. Aber ein hübscher Kerl ist er doch, ein sehr hübscher Kerl!' sagte er und sagten ebenso alle anderen, die mich betrachteten.

Einige Tage später kam der Direktor selbst und schaute mich an; abermals entsetzten sich allesamt über irgend etwas und schalten mich und meine Mutter wegen der Farbe meines Felles. ‚Und dabei ist er ein so hübscher, reizender Kerl!' sagte jeder, der mich sah.

Bis zum Frühjahr wohnten wir alle im Stall der Mutterstuten; jedes Füllen war, abgesondert von den übrigen, bei seiner Mutter. Erst als die Sonne den Schnee auf den Dächern der Ställe schmelzen ließ, ließ man uns ab und zu mit unseren Müttern auf den mit frischem Stroh bestreuten Hof hinaus. Hier lernte ich zum ersten Male alle meine näheren und ferneren Verwandten kennen. Hier sah ich aus den verschiedenen Türen die berühmtesten Stuten der damaligen Zeit mit ihren Füllen herauskommen. Die alte Hollandka, Muschka, eine Smetankatochter, Krasnucha, das Reitpferd Dobrochoticha — alle Berühmtheiten der damaligen Zeit pflegten hier mit ihren Füllen zusammenzukommen, spazierten in der Sonne auf und ab, wälzten sich im frischen Stroh und beschnupperten einander genau wie die einfachen Pferde. Das Bild jener von den größten Schönheiten damaliger Zeit erfüllten Abteilung unseres Gestüts kann ich bis auf den heutigen Tag nicht vergessen. Es mag euch seltsam vorkommen, zu denken und zu glauben, daß ich gleichfalls einmal jung und feurig war, aber es war so. Unsere Wiasopuricha hier war damals noch ein einjähriges Tierchen mit geschorener Mähne, ein liebes, lustiges, allezeit ausgelassenes Pferdchen; ich habe keineswegs die Absicht, sie zu kränken, aber dennoch muß ich sagen: obwohl sie jetzt unter euch, was das Geblüt anbelangt, als eine Seltenheit gilt, gehörte sie damals zu den schlechtesten Pferden dieser Zucht. Sie wird euch das selbst bestätigen.

Mein scheckiges Aussehen, das den Menschen so wenig behagte, gefiel allen Pferden außerordentlich. Immerzu waren alle um mich herum, bestaunten mich wohlgefällig und scherzten mit mir. Ich fing schon an, die Worte der Menschen über meine Scheckigkeit zu vergessen und fühlte mich sehr glücklich. Allein, bald sollte ich den ersten Kummer in meinem Leben kennenlernen; seine Ursache war meine Mutter. Als es bereits taute, als die Sperlinge unter dem Scheunendach zwitscherten, und die Frühlingslüfte immer stärker wehten, fing meine Mutter plötzlich an, ihr Benehmen gegen mich zu ändern.

Ihr ganzes Wesen war wie umgewandelt; bald spielte sie ohne jegliche Ursache und tollte auf dem Hofe umher, was sich für ihr gesetztes Alter durchaus nicht schickte, bald stand sie nachdenklich da und fing plötzlich an zu wiehern, bald biß sie die anderen Stuten und schlug nach ihnen aus, bald beschnupperte sie mich und schnaubte unwillig; wenn wir in die Sonne hinausgelassen wurden, legte sie ihren Kopf auf den Nacken ihrer Kusine Kuptschicha und kraute lange mit nachdenklicher Miene deren Rücken, indes sie mich von ihren Zitzen fortstieß. Eines Tages kam der Stallmeister, ließ ihr einen Halfter anlegen und sie aus der Box herausführen. Sie wieherte: ich rief nach ihr und wollte ihr nachstürzen, allein sie würdigte mich nicht eines einzigen Blickes. In dem Augenblick, als man die Tür hinter meiner Mutter schloß, hielt mich der Stallknecht Taras mit beiden Armen fest.

Ich riß mich los und schleuderte den Stallknecht in die Streu; aber die Tür blieb verschlossen, und ich hörte nur das sich immer weiter entfernende Wiehern meiner Mutter. Aber in diesen Tönen vernahm ich keine Sehnsucht nach mir, sondern es lag ein ganz anderer Ausdruck darin. Ihr Gewieher ward in der Ferne von einer kraftgeschwellten Stimme beantwortet, die Dobryj I gehörte, wie ich später erfuhr; er wurde von zwei Stallknechten zu dem Stelldichein mit meiner Mutter geführt.

Ich entsinne mich nicht mehr, wie Taras aus meiner Box herauskam. Es war mir traurig zumute; ich fühlte, daß ich die Liebe meiner Mutter für immer verloren hatte. Und alles deshalb, weil ich ein Schecke war, — dachte ich in der Erinnerung an die Bemerkungen der Menschen über die Farbe meines Fells. Mich packte plötzlich eine solche Wut, daß ich mit Kopf und Knien gegen die Wände der Box zu schlagen begann und so lange tobte, bis ich in Schweiß gebadet war und vor Erschöpfung aufhören mußte.

Nach einiger Zeit kehrte meine Mutter wieder zu mir zurück. Ich hörte, wie sie tänzelnd und in einer mir fremden Gangart durch den Korridor zu unserer Box gelaufen kam. Als man sie durch die Tür hineinließ, erkannte ich sie fast nicht wieder, so jung und schön war sie geworden. Sie beschnupperte mich, schnob und fing an zu meckern. An ihrem ganzen Gebaren ersah ich, daß sie mich nicht mehr liebte.

Sie erzählte mir, wie schön Dobryj I sei, und wie sehr sie ihn liebe. Die Stelldicheins wurden fortgesetzt, und das Verhältnis zwischen mir und meiner Mutter wurde immer kälter und kälter.

Bald danach ließ man uns auf die Weide hinaus. Von Stund an lernte ich neue Freuden kennen, die mir den Verlust der Liebe meiner Mutter ersetzten. Ich bekam Freundinnen und Kameraden. Wir lernten zusammen Gras fressen, ebenso wiehern wie die Erwachsenen und mit erhobenem Schweif im Kreis um unsere Mütter herumgaloppieren. Es war eine glückliche Zeit. Mir ward alles verziehen, alle liebten mich, ergötzten sich an mir und übten mit allem, was ich auch anstellte, Nachsicht. Allein, dies dauerte nicht lange.

Bald traf mich ein entsetzliches Geschick.“

Der Wallach stieß einen schweren, schweren Seufzer aus und trat weit von den anderen Pferden zurück.

*

Schon längst war der Himmel vom Morgenrot übergossen. Das Tor öffnete sich kreischend; Nester kam. Die Pferde gingen auseinander. Nester brachte den Sattel des Wallachs in Ordnung und trieb die Herde hinaus.

6

DIE ZWEITE NACHT

Sowie die Pferde eingetrieben waren, scharten sie sich wiederum um den Schecken.

„Im August trennte man mich von meiner Mutter," erzählte der Wallach weiter, „ohne daß ich besonderen Kummer darüber empfunden hätte. Ich sah, daß meine Mutter bereits einen kleinen Bruder trug — den später so berühmt gewordenen Usan — und zudem war ich im Laufe der Zeit ein anderer geworden. Ich war nicht mehr eifersüchtig, fühlte jedoch, daß ich meiner Mutter gegenüber immer kälter wurde. Außerdem wußte ich, daß ich nach Verlassen meiner Mutter in den allgemeinen Fohlenstall hinüberkommen würde, wo wir zu zwei und drei eine Box hatten, und wo jeden Tag die ganze junge Bande an die Luft gelassen wurde. Ich stand in einer Box zusammen mit Milyj. Milyj war ein Reitpferd, das in der Folgezeit vom Kaiser geritten und auf Gemälden und in Statuen dargestellt wurde. Damals war Milyj noch ein einfaches Fohlen mit einem zarten, schimmernden Fell, einem Schwanenhälschen und schlanken, geraden Beinen. Er war immer fröhlich, guten Muts und liebenswürdig, stets bereit, zu spielen, zu schlecken und über Menschen und Pferde seine Späße zu machen. Das Zusammenleben brachte es unwillkürlich mit sich, daß wir gute Freunde wurden, und unsere Freundschaft dauerte während unserer ganzen Jugendzeit fort. Er war lustig und leichtsinnig. Er lernte damals bereits lieben, trieb sein Spielchen mit den Stuten und lachte mich wegen meiner Unschuld aus. Zu meinem Unglück wollte ich es ihm aus Ehrgeiz nachmachen und wurde schon sehr bald von der Liebe gepackt. Und mein so früher Liebesdrang wurde die Ursache der größten Veränderung meines Lebens. Zuweilen war ich so hingerissen, daß ich mich selbst vergaß.... Wiasopuricha war ein Jahr älter als ich, wir waren sehr befreundet miteinander; Ende Herbst machte ich jedoch die Beobachtung, daß sie mir aus dem Wege ging...

Aber ich werde nicht diese ganze unglückselige Geschichte meiner ersten Liebe erzählen. Wiasopuricha wird sich selbst noch gut meiner unsinnigen Neigung erinnern, die für mich mit der wichtigsten Veränderung meines Daseins enden sollte.

Die Stallknechte kamen herbeigelaufen, um die Stute fortzujagen und mich zu schlagen. Am Abend trieb man mich in eine besondere Box; ich wieherte die ganze Nacht, als fühlte ich die Ereignisse des kommenden Tages voraus.

Am anderen Morgen kamen in den Korridor, an dem meine Box lag, der Stallmeister, der Direktor, Stallknechte und Pferdehüter, und es erhob sich ein wüster Lärm. Der Direktor schnauzte den Stallmeister an, der Stallmeister rechtfertigte sich damit, daß er Befehl gegeben habe, mich nicht hinauszulassen, und daß die Stallknechte eigenmächtig gehandelt hätten. Der Direktor sagte, er werde allesamt durchpeitschen lassen, denn sie müßten wissen, daß junge Hengste nicht zu halten seien. Der Stallmeister versprach, daß er alles ausführen würde. Darauf wurden sie still und gingen hinaus. Ich begriff nichts, sah jedoch, daß man etwas gegen mich im Schilde führte. . . . .

. . . .

Tags darauf hörte ich für immer auf zu wiehern; ich wurde so, wie ich jetzt bin. Die ganze Welt bekam in meinen Augen ein anderes Aussehen. Nichts erweckte mehr meine Zärtlichkeit, ich versenkte mich in mich selbst und fing an zu spintisieren. Anfangs war mir alles zuwider. Ich hörte sogar auf, zu trinken, zu fressen und umherzulaufen, und an Spielen dachte ich überhaupt nicht mehr. Zuweilen kam es mir in den Sinn, auszuschlagen, umherzugaloppieren, zu wiehern; aber allsogleich tauchte die schreckliche Frage auf: Warum? wozu? Und meine letzten Kräfte schwanden dahin.

Eines Abends führte man mich zu der Zeit spazieren, da die Herde von der Weide hereingetrieben wurde. Schon von weitem erblickte ich in der Staubwolke die unklaren, mir so wohlbekannten Gestalten aller unserer Mutterstuten. Ich vernahm ihr fröhliches Kreischen und Stampfen. Obwohl mir das Halfter, an dem mich der Stallknecht zog, tief in den Nakken einschnitt, blieb ich stehen und starrte dann die näher kommende Herde an, wie man ein für immer verlorenes, nie wiederkehrendes Glück betrachtet. Als sie nahe herangekommen waren, unterschied ich die einzelnen, mir so wohlbekannten schönen, kraftvollen, gesunden und wohlgenährten Gestalten. Jemand aus der Schar blickte ebenfalls zu mir hinüber. Ich fühlte den Schmerz nicht mehr, den mir das tief einschneidende Halfter verursachte. Ich vergaß meinen Zustand und begann unwillkürlich aus alter Gewohnheit zu wiehern und im Trab zu laufen; aber mein Wiehern klang kümmerlich, komisch und plump. In der Herde wurde nicht gelacht, und ich bemerkte, wie sich viele Pferde aus Schicklichkeitsgründen von mir abwandten. Mein Anblick war ihnen offenbar widerwärtig, bemitleidenswert und besonders komisch. Lächerlich wirkte auf sie mein dünner, ausdrucksloser Hals, mein großer Kopf (ich war in dieser Zeit recht mager geworden), meine langen plumpen Beine und mein tölpelhafter Trabschritt, mit dem ich mich unterfing, nach alter Gewohnheit den Stallknecht zu umkreisen. Niemand erwiderte mein Gewieher, alle wandten sich von mir ab. Ich begriff plötzlich alles, begriff, wie weit ich von ihnen allen für immer getrennt war, und ich entsinne mich nicht mehr, wie ich damals hinter dem Stallknecht nach Hause gelangt bin.

Ich hatte bereits früher schon Neigung zu Ernst und Tiefsinn gezeigt, jetzt aber vollzog sich ein vollkommener Umschwung in mir. Meine scheckige Farbe, die bei den Menschen solche eigentümliche Verachtung hervorrief, mein entsetzliches, unerwartetes Unglück, und dazu noch meine Sonderstellung auf dem Gestüt, die ich wohl fühlte, mir jedoch noch nicht erklären konnte, brachten mich dazu, mich tief in mich selbst zurückzuziehen. Ich begann, über die Ungerechtigkeit der Menschen nachzudenken, die den Stab über mir brachen, weil ich ein Schecke war; ich dachte über die Unbeständigkeit mütterlicher und überhaupt weiblicher Liebe und ihre Abhängigkeit von physischen Bedingungen nach, insonderheit aber sann ich über jene seltsame Art von Lebewesen nach, mit denen wir so eng verbunden sind, und die wir Menschen nennen, sowie über jene Eigenschaften, von denen die Besonderheit meiner Lage im Gestüt herrührte, die ich wohl fühlte, aber nicht begreifen konnte.

Die Bedeutung meiner Sonderstellung sowie der menschlichen Eigenschaften, in denen sie ihren Grund hatte, wurde mir bei folgendem Anlaß offenbar.

Es war im Winter während der Festzeit. Den ganzen Tag hatte man mir weder zu fressen noch zu saufen gegeben. Wie ich später erfuhr, rührte es daher, daß unser Stallknecht betrunken gewesen war. An eben diesem Tage kam der Stallmeister zu mir herein, sah, daß kein Futter für mich vorhanden war, und machte seinem Zorn auf den abwesenden Stallknecht in häßlichen Schimpfworten Luft. Dann ging er fort.

Am nächsten Tage kam der Stallknecht mit anderen Kameraden in unsere Box und gab uns Heu. Ich bemerkte, daß er bleicher und bekümmerter als sonst war, und daß besonders in der Haltung seines langen Rückens etwas Eigentümliches und Mitleiderregendes zum Ausdruck kam.

Wütend schleuderte er das Heu in die Raufe. Ich wollte meinen Kopf über seine Schulter legen, allein er versetzte mir mit der Faust einen so schmerzhaften Schlag auf die Nüstern, daß ich beiseite sprang. Darauf trat er mich noch einmal mit dem Stiefel gegen den Bauch.

‚Wenn dieses räudige Aas nicht wäre,' sagte er, ‚wäre nichts passiert.'

‚Was war denn los?‘ fragte ein anderer Stallknecht.

‚Natürlich, die Pferde vom Grafen inspiziert er überhaupt nicht, aber seines beguckt er am Tage zweimal.‘

‚Hat man ihm den Schecken denn geschenkt?‘ fragte der andere.

‚Weiß der Henker, ob verkauft oder geschenkt. Die Pferde vom Grafen können vor Hunger krepieren, das macht nichts, aber wag's einmal, seinem Fohlen kein Futter zu geben! Hingelegt! schreit er, und nun setzt's Hiebe! Das ist doch kein Christentum nicht! Ihm tut das Vieh mehr leid als ein Mensch. Er trägt sicher auch kein Kreuz; hat selbst die Hiebe gezählt, der Barbar! Selbst der General hat mich noch nicht so peitschen lassen, mein ganzer Rücken ist voll Striemen. Da sieht man's doch, daß er kein Christenmensch nicht ist!‘

Was sie vom Peitschen und vom Christentum redeten, verstand ich recht gut; ganz unklar aber blieb mir, was die Worte bedeuteten: mein, sein Fohlen, woraus ich ersah, daß mich die Menschen in irgendeinen Zusammenhang mit dem Stallmeister brachten. Worin dieser Zusammenhang bestand, konnte ich damals noch nicht begreifen. Erst viel später, als man mich bereits von den übrigen Pferden abgesondert hatte, verstand ich, was es bedeutete. Damals konnte und konnte ich jedoch nicht begreifen, was es heißen sollte, daß man mich das Eigentum eines Menschen nannte. Die Worte: ‚mein Pferd‘, die sich auf mich, ein lebendes Wesen bezogen, dünkten mich damals ebenso seltsam wie die Worte ‚mein Land‘, ‚meine Luft‘, ‚mein Wasser‘.

Allein, diese Worte hatten einen gewaltigen Eindruck auf mich gemacht. Ich dachte unaufhörlich darüber nach und begriff schließlich die Bedeutung, welche die Menschen diesen eigentümlichen Worten unterlegen, allerdings erst dann, nachdem ich in den mannigfachsten Beziehungen zu Menschen gestanden hatte. Die Bedeutung dieser Worte ist folgende: Die Menschen lassen sich im Leben nicht von

Taten, sondern von Worten leiten. Sie lieben nicht sosehr die Möglichkeit, etwas zu tun oder nicht zu tun, als die Möglichkeit, von den verschiedenartigsten Gegenständen in Worten zu reden, über deren Bedeutung sie untereinander übereingekommen sind. Solche Worte, welche die Menschen für sehr wesentlich halten, sind die Worte: mein, meine, die sie auf die verschiedensten Dinge, Wesen und Gegenstände anwenden, sogar auf das Land, auf Menschen und Pferde. Sie sind übereingekommen, daß von einem Gegenstand immer nur ein einziger sagen kann: mein. Und derjenige, welcher nach diesem von den Menschen vereinbarten Spiel die größte Anzahl Gegenstände ‚sein' nennt, gilt als der glücklichste. Warum das so ist, weiß ich nicht, aber es ist so. Ich habe mich früher lange Zeit bemüht, mir diese Tatsache damit zu erklären, daß irgendein direkter Vorteil damit verbunden sei, aber diese Annahme erwies sich als unzutreffend.

Viele von den Menschen, die mich zum Beispiel ihr Pferd nannten, ritten nicht auf mir, sondern ließen ganz andere Menschen auf mir reiten. Die mich fütterten waren ebenfalls nicht die Eigentümer, sondern ganz andere. Gutes taten mir hingegen abermals nicht die, welche mich ihr Pferd nannten, sondern Kutscher, Pferdeärzte und überhaupt fremde Leute. Als sich später der Kreis meiner Beobachtungen erweiterte, erkannte ich, daß nicht allein in Bezug auf uns Pferde der Begriff mein auf nichts anderem basiert als auf dem niedrigen, animalischen Trieb, den die Menschen Eigentumssinn oder Eigentumsberechtigung nennen. Ein Mensch sagt: ‚mein Haus' und wohnt niemals in ihm, sondern kümmert sich nur um den Bau und um die Unterhaltung des Hauses. Ein Kaufmann sagt: ‚mein Laden', ‚mein Tuchladen' zum Beispiel, und seine Kleidung besteht trotzdem nicht aus dem feinsten Tuch, das in seinem Laden zu haben ist.

Es gibt Menschen, welche ein Stück Land ihr Eigentum nennen, ohne es jemals gesehen oder beschritten zu haben. Es gibt Menschen, die andere Menschen ihr eigen nennen, ohne sie jemals gesehen zu haben, und ihre ganze Beziehung zu diesen Menschen besteht darin, daß sie ihnen Böses zufügen.

Es gibt Männer, die Frauen ‚ihre Frauen' oder ‚Gattinen' nennen, aber die Frauen leben mit anderen Männern. Und die Menschen streben im Leben nicht danach, so zu handeln, daß sie für anständige Menschen gelten, sondern sie trachten, möglichst viele Dinge ihr eigen zu nennen.

Ich bin heute überzeugt, daß darin auch der Unterschied zwischen den Menschen und uns besteht. Ohne noch von unseren anderen Vorzügen gegenüber den Menschen zu sprechen, können wir deshalb schon aus diesem Grunde allein kühnlich behaupten, daß wir auf der Stufenleiter der lebenden Wesen höher stehen als die Menschen. Die Handlungen der Menschen, wenigstens derjenigen, mit denen ich in Berührung gekommen bin, sind von Worten getragen, die unseren von Taten.

Und seht, das Recht, von mir zu sagen ‚mein Pferd', hatte der Stallmeister erhalten, und deshalb wurde der Stallknecht ausgepeitscht. Diese Entdeckung machte einen starken Eindruck auf mich, und so kam es, daß die Gedanken und Erörterungen, die meine scheckige Farbe bei den Menschen hervorriefen, im Verein mit dem Hang zum Nachdenken, den die Veränderung meiner physischen Konstitution in mir erweckte, mich zu jenem ernsten, tiefsinnigen Wallach machten, der ich bin.

Ich war dreifach unglücklich: ich war ein Schecke, ich war ein Wallach, und die Menschen bildeten sich von mir ein, daß ich nicht Gott und mir gehörte, wie es jedem lebenden Wesen eigentümlich ist, sondern daß ich dem Stallmeister gehörte.

Diese Vorstellung von mir hatte vielerlei im Gefolge. Das erste, was einem auffiel, war, daß man mich gesondert stellte, mich besser fütterte, häufiger an der Leine laufen ließ und früher anspannte. Zum ersten Male wurde ich angespannt, als ich im dritten Lebensjahre war. Ich entsinne mich noch, wie beim ersten Male der Stallmeister selbst, der sich einbildete, ich sei sein Eigentum, mit einer Schar Stallknechte mich einschirrte, wobei er erwartete, daß ich aufsässig oder wild werden würde. Sie banden mich mit Stricken und leiteten mich in die Gabeldeichsel hinein. Über den Rücken tat man mir ein breites, aus Riemen geflochtenes Kreuz, das mit der Deichsel verbunden wurde, damit ich nicht nach hinten ausschlagen konnte. Und ich wartete doch nur auf die Gelegenheit, meine Lust und Liebe zur Arbeit zu zeigen.

Alle wunderten sich, daß ich ging wie ein altes Pferd. Man fuhr mich ein, und ich übte mich im Traben. Mit jedem Tag machte ich größere Fortschritte, so daß nach drei Monaten der Direktor selbst und viele andere meinen Gang lobten. Aber seltsam, eben deshalb, weil sie sich einbildeten, daß ich nicht ihnen, sondern dem Stallmeister gehöre, bekam mein Gang für sie eine völlig andere Bedeutung.

Die Hengste meiner Jahresklasse wurden zum Rennen eingefahren, man maß ihr Tempo, kam hinaus, um sie anzusehen, man spannte sie vor vergoldete Kutschen und bedeckte sie mit kostbaren Decken, während ich nur den einfachen Wagen des Stallmeisters fuhr, wenn er in Tschesmenka und anderen Vorwerken zu tun hatte. All dies rührte davon her, daß ich ein Schecke war, und hauptsächlich, daß ich ihrer Meinung nach nicht dem Grafen, sondern dem Stallmeister gehörte.

Wenn wir morgen noch alle wohl und munter sind, werde ich euch erzählen, welche wichtigste Folge für mich das Eigentumsrecht zeitigte, das der Stallmeister an mir zu haben glaubte.“

*

Im Verlauf des Tages benahmen sich die Pferde höchst ehrerbietig gegen Leinwandmesser. Das Benehmen Nesters hingegen war genau so grob wie immer. Das Grauschimmelchen des Bauern fing jedesmal an zu wiehern, sobald es der Herde näher kam, und die braune Stute kokettierte abermals mit ihm.

7

DIE DRITTE NACHT

Die schmale Sichel des zunehmenden Mondes beleuchtete die Gestalt Leinwandmessers, der mitten auf dem Hofe stand, mit fahlem Licht; rings um den Wallach scharten sich die Pferde.

„Die wichtigste und erstaunlichste Folge des Umstands, daß ich nicht des Grafen, noch Gottes, sondern des Stallmeisters Eigentum war,“ fuhr der Schecke fort, „bestand darin, daß mein flotter Gang — also etwas, was uns sonst zum Hauptverdienst angerechnet wird — die Ursache meiner Verbannung bildete. Als eines Tages Lebed im Kreis eingefahren wurde, kam der Stallmeister zufällig mit mir aus Tschesmenka und hielt an der Bahn. Lebed trabte an uns vorbei. Er ging gut, tänzelte jedoch; er besaß nicht die Fähigkeit seine Kraft auszunutzen, die ich mir erworben hatte, dank der beim Aufsetzen eines Beines das andere sich vom Boden trennt, so daß auch nicht die geringste Anstrengung umsonst geschieht und alles der Vorwärtsbewegung dient. Als Lebed vorüber war, drängte ich in den Ring. Der Stallmeister hielt mich nicht zurück. ‚Na, soll mein Schecke mal mitlaufen?‘ schrie er, und als Lebed zum zweiten Male an uns vorbeikam, ließ er mich laufen. Da der andere bereits die volle Geschwindigkeit erreicht hatte, blieb ich in der ersten Runde zurück, allein bei der zweiten gewann ich Boden, rückte immer mehr auf, erreichte Lebed, überholte ihn und blieb an der Spitze. Man wiederholte den Versuch, es ergab sich das gleiche Resultat. Ich war schneller. Dies versetzte alle in große Bestürzung. Der Direktor bat, mich an einen möglichst entfernten Platz zu verkaufen, damit man nichts mehr von mir höre und sehe. ‚Wenn es der Graf erfährt, können wir uns auf etwas gefaßt machen!‘ so drückte er sich aus.

Ich wurde an einen Pferdehändler als Deichselpferd verkauft. Bei dem Händler blieb ich nicht lange. Ein Husar, der Remonten einkaufte, erstand mich. Alles, was mir widerfahren war, war so ungerecht, so grausam, daß ich froh war, als man mich aus Chrenowo fortbrachte und für immer von allem trennte, was mir lieb und teuer gewesen war. Meine Lage war gegenüber den anderen Pferden allzu unerträglich gewesen. Ihrer harrte alles: Liebe, Ruhm und Freiheit; ich hatte nur Arbeit, Erniedrigung, Erniedrigung, Arbeit bis zum Ende meines Lebens zu erwarten. Und warum? Nur, weil ich ein Schecke war, und weil ich deshalb jemandes Eigentum hatte werden müssen...“

*

Leinwandmesser vermochte an diesem Abend seine Erzählung nicht weiterzubringen. Auf dem Hofe ereignete sich etwas, das alle Pferde in Aufregung versetzte. Kuptschicha, eine trächtige, verspätete Stute, die anfangs der Erzählung gelauscht hatte, wandte sich plötzlich um und ging schwerfällig unter die Scheune, wo sie so laut zu ächzen begann, daß alle Pferde auf sie aufmerksam wurden; sie legte sich nieder, stand wieder auf und legte sich abermals hin. Die alten Stuten wußten, was mit ihr geschah, aber die Jugend geriet in Aufregung, verließ den Wallach und umringte die Kranke. Am Morgen war die Herde um ein neues, auf seinen Beinchen hin und her schwankendes Fohlen reicher. Nester rief den Stallmeister herbei; die Stute wurde mit ihrem Fohlen in eine Box gebracht, und die Pferde ohne die Mutter auf die Weide getrieben.

8

DIE VIERTE NACHT

Als am Abend das Tor geschlossen und alles still geworden war, erzählte der Schecke folgendermaßen weiter:

„Während ich von einer Hand in die andere überging, hatte ich Gelegenheit, mancherlei Beobachtungen über Menschen wie über Pferde anzustellen. Am längsten weilte ich bei zwei Herrschaften: bei einem Fürsten, jenem Husarenoffizier, und später bei einer alten Dame, die an der Nikolaikirche wohnte.

Bei dem Husarenoffizier verbrachte ich die schönste Zeit meines Lebens.

Obgleich er die Ursache meines Verderbens war, obgleich er niemand und nichts je liebte, liebe und liebte ich ihn doch eben um dessentwillen.

Mir gefiel an ihm namentlich, daß er trotz seiner Schönheit, seinem Glück und Reichtum niemand liebte.

Ihr begreift die hohen Empfindungen, die uns Pferden eigen sind. Seine Kälte und meine Abhängigkeit von ihm verliehen meiner Liebe zu ihm besondere Kraft. ‚Erschlage mich, jage mich zuschanden,' dachte ich zuweilen in meiner schönsten Zeit, ‚ich werde darum nur glücklicher sein.'

Er kaufte mich von dem Pferdehändler, an den mich der Stallmeister für achthundert Rubel veräußert hatte. Der Fürst erstand mich deshalb, weil sonst niemand Schecken besaß. Das war meine schönste Zeit. Der Fürst hatte eine Geliebte. Ich wußte es, weil ich ihn jeden Tag zu ihr brachte und zuweilen beide zusammen ausfuhr.

Seine Geliebte war eine Schönheit; er selbst war ebenfalls ein schöner Mann, und auch sein Kutscher war ein hübscher, schmucker Bursch. Um dessentwillen liebte ich sie auch alle so sehr. Ich führte ein angenehmes Leben, das folgendermaßen verlief. Am Morgen kam der Stallknecht, um mich zu putzen, nicht der Kutscher selbst, sondern der Stallknecht. Er war ein junger Bursche, der vom Dorfe stammte. Er sperrte die Tür auf, ließ den Pferdedunst heraus, räumte den Mist weg, nahm uns die Decken ab, rieb mir mit einer Bürste den Leib ab und legte mit dem Striegel weiße Reihen von Kleie auf den von den Hufeisenstollen zerstampften hölzernen Bodenbelag. Ich biß den Burschen aus Spaß etwas in den Arm und stieß ihn ein wenig mit dem Bein. Dann führte er uns einen nach dem andern zu einem Trog mit kaltem Wasser und ergötzte sich an dem Anblick meines durch seine Bemühungen glatt und glänzend gewordenen scheckigen Felles, an meinen pfeilgeraden Beinen mit den breiten Hufen, sowie an der schimmernden Kruppe und an meinem Rücken, der so breit war, daß man darauf hätte schlafen können. Nachdem der Bursche Heu hinter die hohen Raufen gelegt und Hafer in die eichenen Krippen geschüttet hatte, kam Feofan, der Herrschaftskutscher.

Der Kutscher und der Herr waren sich in vielem ähnlich. Beide hatten vor nichts Angst und liebten niemand als sich selbst, weshalb sie auch allgemein beliebt waren. Feofan trug ein rotes Hemd, Plüschhosen und Kutscherrock. Es bereitete mir hohe Freude, wenn er Feiertags manchmal schön pomadisiert in seinem Rock zu mir in den Stall kam und schrie: ‚Na, du Vieh, hast mich wohl schon ganz vergessen?' Dabei pflegte er mich gewöhnlich mit dem Gabelstiel gegen den Schenkel zu stoßen. Doch tat es nie weh, sondern es geschah nur aus Spaß. Ich faßte den Scherz natürlich sogleich richtig auf, legte ein Ohr zurück und knirschte mit den Zähnen.

Wir hatten einen Rapphengst, der zu einem Paar gehörte. In manchen Nächten wurde ich mit ihm zusammengespannt. Dieser Zentaur verstand keinen Spaß und war böse wie ein Satan. Ich war sein Nachbar und nur durch eine niedrige Wand von ihm getrennt; zuweilen biß er mich nicht unbedenklich. Feofan hatte keine Furcht vor ihm. Er pflegte geradeswegs auf ihn loszugehen und ihn anzuschreien; man meinte, er würde Zentaur sofort totschlagen, aber nein, der Schlag ging vorbei, und Feofan legte ihm das Halfter an.

Als ich eines Tages mit ihm eingespannt war, brausten wir wie ein Sturmwind eine der belebtesten Straßen Moskaus, den Kusnezkij-Most, entlang. Weder der Herr noch der Kutscher zeigten irgendwelche Furcht; sie lachten, schrien die Passanten an, hielten dann und fuhren wieder zurück, ohne daß jemand dabei zu Schaden gekommen wäre.

In ihrem Dienste büßte ich denn auch meine besten Fähigkeiten ein und verlor die Hälfte meines Lebens. Man gab mir einmal nach einer rasenden Fahrt kaltes Wasser zu saufen... Aber trotz alledem war es die schönste Zeit meines Lebens. Um zwölf Uhr pflegte der Stallknecht zu kommen, mir die Hufe einzuschmieren, Mähne und Schopf anzufeuchten und mich anzuspannen.

Der Schlitten war aus Rohr geflochten und mit Samt ausgeschlagen, das Geschirr mit kleinen, silbernen Schnallen geschmückt, die Leitseile bestanden aus Seide und trugen zuweilen sogar Filetspitzen. Das Geschirr war so prächtig, daß man kaum unterscheiden konnte, wo es aufhörte und das Pferd anfing, wenn alle Leitseile und Riemen angelegt und festgeschnallt waren. Angespannt wurde stets im Schuppen, aber vorerst mit gelockerten Riemen. Dann kam Feofan, dessen Hinterteil breiter als seine Schultern war und der stets eine rote Weste anhatte, musterte den Anspann, setzte sich auf den Bock, brachte seinen Rock in Ordnung, stellte einen Fuß auf den Tritt, machte irgendein Späßchen, steckte der Ordnung halber die Peitsche an, mit der er mir fast nie einen Schlag versetzte, und rief: ‚Los!‘ Tänzelnd schritt ich zum Tor hinaus; die Köchin, die herausgekommen war, um Spülwasser auszugießen, blieb auf der Schwelle stehen, und der Bauer, der das Holz auf den Hof brachte, sperrte die Augen auf. Nachdem wir hinausgefahren waren, hielten wir auf das Portal zu und blieben dort stehen. Diener kamen heraus, andere Kutscher fuhren vor. Allesamt unterhielten sich und warteten. Zuweilen standen wir an die drei Stunden vor dem Portal, fuhren manchmal ein Stück auf und ab, wandten um und hielten abermals.

Schließlich wurde es laut im Hausflur. Der grauköpfige Tichon, der seinen Bauch in einen Frack gezwängt hatte, kam herausgelaufen und rief: ‚Vorfahren!' Damals existierte noch nicht die dumme Manier, zu sagen: ‚Vorwärts!', als ob ich nicht wüßte, daß man nicht rückwärts, sondern vorwärts fährt. Feofan schnalzte und fuhr vor. Der Fürst kam schnellen, lässigen Schrittes aus dem Haus, als ob weder an diesem Schlitten etwas Verwunderliches sei, noch an dem Pferd, noch an Feofan, der den Rücken krümmte und die Arme in einer Weise nach vorn streckte, wie er sie wohl nicht lange hätte halten können. Der Fürst trug einen Tschako und einen Mantel mit einem grauen Bieberkragen, der sein rotes, hübsches Gesicht mit den schwarzen Brauen fast verdeckte, obwohl der Fürst am wenigsten Grund gehabt hätte, es zu verstecken. Mit dem Säbel und den Sporen klirrend und mit den Metallhacken seiner Überschuhe klappernd, kam er über den Teppich herausgeschritten, als ob er in Eile sei, und schenkte weder mir noch Feofan die geringste Aufmerksamkeit; ja, so ist's, alle Leute betrachteten uns und ergötzten sich an unserem Anblick, nur er nicht. Wenn Feofan geschnalzt hatte, legte ich mich ins Geschirr, wir fuhren respektvoll im Schritt vor und hielten; ich schielte zu dem Fürsten hinüber und schüttelte meinen rassigen Kopf mit der feinen Mähne... War der Fürst gutgelaunt, dann scherzte er zuweilen mit Feofan. Feofan antwortete, wobei er seinen hübschen Kopf kaum merklich zur Seite wandte; ohne die Arme sinken zu lassen, machte er sodann eine fast unmerkliche, aber mir wohlverständliche Bewegung mit den Lenkseilen, und eins, zwei, eins, zwei trabte ich los und griff immer weiter und weiter aus, dieweil jeder Muskel an meinem Leibe bebte und meine Hufe Schnee und Schmutz unter den Vorderteil des Schlittens schleuderten. Damals pflegte man auch noch nicht, wie es heute törichterweise Mode geworden ist, zu schreien: ‚Oh!', als ob dem Kutscher etwas weh täte, sondern man rief das allgemein verständliche: ‚Achtung, aufgepaßt!' ‚Achtung, aufgepaßt!' schrie Feofan also, und die

Leute traten zur Seite, blieben stehen, reckten die Hälse und konnten sich nicht genug tun, den schönen Wallach, den hübschen Kutscher und den schmucken Herrn zu betrachten ...

Ein besonderes Vergnügen bereitete es mir, andere Traber zu überholen. Wenn Feofan und ich zuweilen von weitem ein anderes Gespann erblickten, das uns der Anstrengung wert schien, brausten wir los wie der Sturm und kamen dem anderen allmählich immer näher. Es dauerte gar nicht lange, und schon war ich, den Schmutz bis an die Lehne des Schlittens zurückschleudernd, in gleicher Höhe mit dem Fahrgast des anderen Gefährts und schnob über seinem Kopfe; dann rückte ich in Höhe des Kutschersitzes, dann des Krummholzes auf, und plötzlich sah ich meinen Gegner nicht mehr, sondern hörte nur noch hinter mir sein immer matter klingendes Schellengeläut. Aber der Fürst und Feofan und ich — wir sagten allesamt kein Wort und taten so, als ob wir einfach für uns dahinführen und gar nicht Obacht gäben, wer uns unterwegs mit seinen langsamen Pferden begegnete. Ich liebte es, einen guten Traber zu überholen, freute mich jedoch auch, wenn ich einem begegnete. Eine Sekunde, ein Laut, ein Blick — und schon sind wir aneinander vorbeigejagt und fliegen jeder nach seiner Seite davon...“

*

Das Tor ward kreischend geöffnet; man hörte Nesters und Waskas Stimmen.

DIE FÜNFTE NACHT

Das Wetter hatte sich geändert. Es war trübe, am Morgen hatte es nicht getaut, aber es war warm, und die Mücken spielten. Sobald die Herde eingetrieben war, scharten sich die Pferde wieder um den Schecken, und er beendete also seine Geschichte.

„Mein glückliches Leben hatte bald ein Ende. Nachdem ich zwei Jahre so gelebt hatte, widerfuhr mir am Ende des zweiten Winters das freudigste Ereignis meines Lebens; gleich darauf ward es vom bittersten Leid abgelöst. Es war in der Butterwoche. Ich fuhr den Fürsten zum Rennen. Es liefen Atlasnyj und Bytschok. Was im Pavillon an der Rennbahn vor sich ging, weiß ich nicht. Ich weiß nur, daß der Fürst plötzlich herauskam und Feofan befahl, auf die Bahn zu lenken. Ich erinnere mich, daß man mich in den Ring hineinbrachte, am Startplatz aufstellte, und daß mit Atlasnyj das gleiche geschah. Atlasnyj war von einem Reiter begleitet, ich lief, wie ich war, vor meinem Ausfahrtsschlitten. In der Kurve ließ ich Atlasnyj hinter mir. Lachen und laute Begeisterungsrufe begrüßten mich.

Als ich vor der Tribüne auf und ab geführt wurde, folgte mir eine große Schar Menschen nach. Von mehr als fünf Seiten wurden dem Fürsten Tausende geboten. Er lachte nur und zeigte seine weißen Zähne.

‚Nein,' sagte er, ‚das ist kein Pferd, sondern mein Freund; nicht für Berge Goldes gebe ich es hin. Auf Wiedersehen, meine Herren!'

Er knöpfte die Schlittendecke auf und nahm Platz.

‚Nach der Ostoshenka!'

Dort befand sich die Wohnung seiner Geliebten. Wir flogen davon...

Es war unser letzter glücklicher Tag. Wir kamen zu ihr. Der Fürst nannte sie ‚sein'. Aber sie hatte einen anderen liebgewonnen und war mit ihm ausgefahren. Der Fürst erfuhr es in ihrer Wohnung. Es war fünf Uhr; ohne mich ausspannen zu lassen, fuhr er ihr nach. Was nie geschehen war — man schlug mich mit der Peitsche und ließ mich galoppieren. Zum ersten Male fand ich mich nicht sogleich in die befohlene Gangart; ich schämte mich und wollte meinen Fehler bereits wieder gutmachen, als ich plötzlich den Fürsten hinter mir schreien hörte: ‚Hau zu!‘ Ein pfeifender Peitschenhieb traf schmerzhaft meinen Rücken, und ich galoppierte so wild dahin, daß ich mit den Hufen gegen den eisenbeschlagenen Vorderteil des Schlittens schlug. Nach fünfundzwanzig Werst holten wir die Dame ein. Ich hatte den Fürsten ans Ziel gebracht, aber ich bebte in der ganzen Nacht und konnte nichts fressen. Am nächsten Morgen gab man mir Wasser zu saufen. Ich trank und hörte für immer auf, das Pferd zu sein, das ich gewesen war. Ich wurde krank, man quälte mich und machte mich zum Krüppel — kurieren nennen es die Menschen. Meine Hufe lösten sich ab, es bildeten sich Geschwüre, die Beine wurden krumm, meine Brust senkte sich, mein ganzer Körper wurde siech und matt; man verkaufte mich an einen Pferdehändler. Er gab mir Möhren und sonstiges Zeug zu fressen und machte aus mir etwas, das mir selbst nicht ähnlich war, einen Unkundigen jedoch täuschen konnte. Aber ich besaß meine frühere Kraft nicht mehr und nicht die Fähigkeit zu traben.

Außerdem peinigte mich der Händler noch damit, daß er in meine Box kam, sobald sich Käufer einstellten, mich mit einer großen Peitsche schlug und mich so ängstigte, daß er mich fast zur Raserei brachte. Dann wischte er die Striemen ab und führte mich hinaus.

Von dem Händler kaufte mich eine alte Dame. Sie fuhr immer zur Nikolaikirche und ließ ihren Kutscher peitschen. Der Kutscher pflegte oft in meinem Stalle zu weinen. Ich erfuhr dabei, daß Tränen einen angenehm salzigen Geschmack besitzen. Später starb die alte Dame. Ihr Verwalter nahm mich mit aufs Land und verkaufte mich an einen Hausierer; eines Tages überfraß ich mich an Weizen und wurde noch kränker. Ich wurde an einen Bauern verkauft, bei dem ich pflügen mußte und fast nichts zu fressen bekam; zudem brachte er mir am Bein mit der Pflugschar eine tiefe Schnittwunde bei. Ich wurde abermals krank. Ein Zigeuner erwarb mich auf dem Tauschwege. Er quälte mich entsetzlich und verkaufte mich schließlich unserem Gutsverwalter. So bin ich hierher gekommen. . ."

*

Alle schwiegen. Es begann leise zu regnen.

9

Als die Herde am folgenden Abend von der Weide heimkehrte, begegnete ihr der Gestütsbesitzer mit einem Gaste. Während Shuldyba dem Hause zuging, schielte sie nach den Gestalten der beiden Herren hinüber; der eine, der junge Gutsbesitzer, hatte einen Strohhut auf dem Haupte, der andere war ein großer, dicker, aufgeschwemmter Offizier. Die alte Stute ging schielend an den beiden vorbei und drängte sie beiseite; die anderen, jüngeren Pferde wurden unruhig und stätisch, besonders, als der Besitzer mit seinem Gast mitten unter die Pferde trat, wo sie einander auf dies und jenes aufmerksam machten und eifrig plauderten.

„Den grauen Apfelschimmel dort habe ich von Wojejkow gekauft", sagte der Besitzer.

„Und woher haben Sie diese dort, die junge Rappstute mit den weißen Füßen?" fragte der Gast. In dieser Weise sprachen sie über viele Pferde, indem sie ihnen entgegenliefen und sie zum Stehen brachten. Auch die braune Stute lenkte ihre Aufmerksamkeit auf sich.

„Die stammt von der Zucht aus Chrenowo; ich habe mir einen Stamm davon zurückbehalten", sagte der Gutsherr.

Da die beiden Herren nicht sämtliche Pferde im Vorübergehen hatten genau betrachten können, rief der Gutsherr Nester zu sich heran. Der Alte kam eilfertig nach vorn getrabt, wobei er den Schecken mit den Absätzen in die Flanken stieß. Der Schecke lahmte auf einem Fuß, kam jedoch trotz seinem hinkenden Gang so schnell herbei, daß man sehen konnte, er würde unter keinen Umständen murren, auch nicht, wenn man ihm befehlen würde unter Aufbietung seiner letzten Kräfte bis ans Ende der Welt zu laufen. Er war sogar bereit, zu galoppieren und machte mit dem rechten Bein einen Versuch dazu.

„Sehen Sie, ein schöneres Tier als diese Stute, das kann ich kühnlich behaupten, gibt es in ganz Rußland nicht", sagte der Gutsherr und deutete auf eine der Stuten. Der Gast stimmte in das Lob ein. Der Gutsherr lief aufgeregt hin und her, zeigte seinem Gast die einzelnen Pferde und teilte ihm ihre Geschichte und ihren Stammbaum mit.

Man sah, wie sehr den Gast das Gerede des Gutsherrn anödete, und wie er sich seine Fragen überlegte, um interessiert zu erscheinen. „Ja, ja", meinte er zerstreut.

„Sieh dir nur einmal diese Beine an," sagte der Gutsherr, ohne seinem Gast zu antworten, „schau nur diese Beine ... Ich habe mich die Stute etwas kosten lassen, aber nun geht auch schon ein Dreijähriger von ihr im Gespann."

„Geht er gut?" fragte der Gast.

So gingen sie sämtliche Pferde durch, bis nichts mehr zu zeigen war. Die beiden Herren verstummten.

„Nun, wollen wir gehen?"

„Ja, kommen Sie." Sie begaben sich zum Tor. Der Gast war froh, daß die Demonstration zu Ende war, und daß es heimging, wo man essen, trinken und rauchen konnte; er wurde sichtlich heiterer. Als sie an Nester vorbeikamen, der auf dem Schecken sitzend weiterer Befehle harrte, klopfte der Gast mit seiner großen, fleischigen Hand dem Schecken auf den Schenkel.

„Sieh einer den bunten Vogel da", sagte er. „Ich habe genau einmal solchen Schecken gehabt, entsinnst du dich, ich erzählte dir von ihm."

Der Gutsherr begriff, daß nicht von seinen Pferden gesprochen wurde und hörte nicht hin, sondern fuhr fort, seine Herde zu betrachten.

Plötzlich vernahm er dicht über seinem Ohr ein törichtes, mattes, greisenhaftes Wiehern. Es war der Schecke; allein er brachte sein Gewieher nicht zu Ende, sondern brach plötzlich ab, als ob er verlegen geworden sei.

Weder der Gast noch der Gutsherr schenkten diesem Gewieher irgendwelche Aufmerksamkeit und schritten dem Gutshaus zu. Leinwandmesser hatte in dem aufgeschwemmten alten Offizier seinen geliebten Herrn, den ehemaligen glänzenden, reichen und schönen Husarenoffizier Serpuchowskoj wiedererkannt.

10

. . . .
. . . .

Unablässig fiel der Regen nieder. Auf dem Hofe sah es trüb und öde aus; das Gutshaus bot jedoch einen ganz anderen Anblick. In dem luxuriösen Speisezimmer des Gutsherrn war der Tisch für den Abendtee in üppiger Weise gedeckt. Der Hausherr und die Hausherrin sowie der zum Besuch eingetroffene Gast saßen beim Tee.

Die Dame vom Hause, die neben dem Samowar saß, war schwanger, was an ihrem hervortretenden Leib, an ihrer aufrechten, nach hinten zurückgebogenen Gestalt, an ihrer Fülle und besonders an ihren sanft und sinnend nach innen schauenden großen Augen deutlich bemerkbar wurde.

Der Hausherr hielt eine Kiste exquisiter, zehn Jahre alter Zigarren in der Hand, wie sie seiner Behauptung nach nirgend sonst zu finden waren, und brüstete sich damit vor seinem Gaste. Der Hausherr war ein hübscher, frischer, gepflegter und gut frisierter Mann von ungefähr fünfundzwanzig Jahren. Er trug einen neuen, bequemen, in London gearbeiteten Hausanzug aus dickem Stoff. An der Uhrkette hingen schwere, kostbare Berlocken. Seine großen Hemdknöpfe waren schwere, goldene Arbeit, mit Türkisen besetzt. Den Bart trug er à la Napoleon III, und die Bartspitzen waren so schön pomadisiert und gedreht, wie man es auch in Paris nicht besser zustande gebracht hätte.

Die Dame vom Hause hatte ein großblumiges, buntes Kleid aus Seidenmusselin an; in ihrem dichten, roten Haar, das möglicherweise nicht ganz ihr eigenes war, aber dennoch prachtvoll aussah, steckten große, goldene Spangen von eigentümlicher Form. An Armen und Händen trug sie viele Reifen und Ringe, die allesamt sehr kostbar waren.

Der Samowar war aus Silber, das Geschirr aus feinem Porzellan. Der Diener, der in Frack, weißer Weste und Binde einen vorzüglichen Eindruck machte, stand wie eine Statue an der Tür und harrte der Befehle. Die geschweiften Möbel waren aus hellem Holz gefertigt, die Tapeten waren dunkel und mit großen Blumen geschmückt. Um den Tisch lief, mit seinem silbernen Halsband klirrend, ein überschlanker Windhund herum, der einen ungewöhnlich schweren englischen Namen hatte, welcher von den Gastgebern, die nicht Englisch konnten, falsch ausgesprochen wurde.

In einer Ecke stand zwischen Blumen ein Klavier mit eingelegter Arbeit. Die gesamte Einrichtung trug das Gepräge des Neuen, des Luxus und der Seltenheit. Obwohl alles sehr schön war, zeugte doch jedes Stück von Übertreibung, Protzerei und dem Mangel jeglicher geistigen Interessen.

Der Hausherr befaßte sich leidenschaftlich mit der Traberzucht; er war ein kraftstrotzender, heißblütiger Mensch und gehörte zu jenen unverwüstlichen Männern, die in Zobelpelzen ausfahren, den Schauspielerinnen kostbare Buketts zuwerfen, stets den teuersten Wein mit der neuesten Marke trinken, im teuersten Hotel wohnen, Rennpreise unter ihrem Namen stiften und sich die teuerste ... halten.

Der Gast, Nikita Serpuchowskoj, war ein großer, dicker,

kahlköpfiger Mann von über vierzig Jahren mit einem großen Schnurr- und Backenbart. Er mußte früher sehr hübsch gewesen sein. Jetzt war er jedoch sichtlich in körperlicher, sittlicher und auch finanzieller Beziehung heruntergekommen.

Er hatte so viel Schulden, daß er in den Staatsdienst hatte eintreten müssen, um nicht ins Schuldgefängnis zu kommen. Im Augenblick befand er sich auf der Reise nach der Gouvernementsstadt, wo ihm einflußreiche Verwandte das Amt eines Gestütsdirektors verschafft hatten.

Er trug eine Litewka und blaue Beinkleider. Seine Kleidung war so, wie sie sonst nur von sehr reichen Leuten getragen wird; denselben Eindruck machte auch seine Wäsche; seine Uhr war englisches Fabrikat. Seine Stiefel hatten seltsam aussehende, fingerdicke Sohlen.

Nikita Serpuchowskoj hatte in seinem Leben ein Vermögen von zwei Millionen Rubeln durchgebracht und noch eine Schuldenlast von einhundertzwanzigtausend Rubeln übrigbehalten. Von einem solchen Batzen Geld bleibt immer noch eine gewisse Kunst, das Leben zu meistern, zurück, die einem Kredit und die Möglichkeit gibt, fast das gleiche luxuriöse Leben noch an die zehn Jahre weiterzuführen.

Die zehn Jahre waren aber nun auch verflossen; die Schwungkraft war verbraucht, und Nikitas Leben begann traurig und armselig zu werden. Er fing bereits an zu trinken, das heißt, sich Räusche anzutrinken, was er früher nie getan hatte. Im Grunde genommen hatte er zu trinken ja nie weder angefangen noch aufgehört. Am meisten machte sich aber seine Verkommenheit in dem unruhigen Blick (seine Augen irrten schon unstet umher), der brüchigen Stimme und den unsicheren Bewegungen bemerkbar. Sein unruhiges Wesen fiel um so mehr auf, als es offenbar erst unlängst über ihn gekommen war, und weil man sah, daß er sein ganzes Leben lang gewohnt gewesen war, nichts und niemand zu fürchten, und daß er erst vor kurzem durch schweres Leid zu jener Unsicherheit gekommen war, die seinem Wesen so wenig gemäß war.

Der Hausherr und die Hausherrin bemerkten dies sehr wohl, wie man aus den Blicken ersehen konnte, die sie sich zuwarfen. Sie schienen jedoch übereingekommen zu sein, die nähere Erörterung über diese Angelegenheiten bis zum Schlafengehen hinauszuschieben, und ertrugen das Gebaren des armen Nikita mit Geduld, ja, sie behandelten ihn sogar mit ausgesuchter Zuvorkommenheit.

Das Glück des jungen Hausherrn hatte Nikita tief deprimiert und erweckte schmerzhaften Neid in ihm, besonders, wenn er an sein eigenes unwiederbringlich dahingeschwundenes Glück dachte.

„Wird Sie die Zigarre nicht stören, Marie?“ wandte er sich an die Dame in jenem besonderen und nur durch Routine erworbenen höflichen, liebenswürdigen, aber ein wenig verächtlichen Ton, mit dem alle Leute von Welt zu ausgehaltenen Frauen im Gegensatz zu legitimen Gattinen sprechen. Nicht, daß er die Dame hätte beleidigen wollen. Im Gegenteil, er hatte viel eher den Wunsch, ihr und ihrem Gebieter den Hof zu machen, wenn er sich dies auch niemals eingestanden hätte. Er war jedoch bereits gewöhnt, mit solchen Frauen in dieser Weise zu sprechen. Er wußte, daß sie sich selbst gewundert hätte und vielleicht sogar beleidigt gewesen wäre, wenn er sie wie eine Dame behandelt hätte. Zudem mußte er sich noch eine bestimmte Nuance ehrerbietiger Höflichkeit für wirkliche Gattinnen seiner Standesgenossen aufbewahren. Er betrug sich zu solchen Damen, wie der anwesenden, stets höflich und behandelte sie achtungsvoll, aber nicht, weil er die in Zeitschriften gepredigten sogenannten Überzeugungen (er las dieses Zeug überhaupt nicht) geteilt hätte, daß man die Persönlichkeit jedes Menschen achten solle, daß die Ehe eine bedeutungslose Institution sei, und so weiter, sondern darum, weil alle anständigen Menschen so handeln, und er war trotz seiner Verkommenheit ein anständiger Mensch.

Er nahm eine Zigarre. Der Hausherr langte jedoch in seiner plumpen Art eine ganze Handvoll aus der Kiste heraus und bot sie dem Gaste an.

„Du wirst sehen, wie gut sie sind. Nimm doch."

Nikita schob die Zigarren ein wenig zurück, und seine Augen bekamen einen kaum merklichen Glanz, als ob er beleidigt sei und sich schäme.

„Danke sehr." Er zog seine Zigarrentasche hervor. „Versuche doch einmal die meinen."

Die feinfühlige Hausherrin, die die Verstimmung des Gastes bemerkt hatte, beeilte sich, ihn in ein Gespräch zu ziehen.

„Ich mag den Zigarrenduft sehr gern. Ich würde selbst rauchen, wenn es nicht bereits alle um mich herum täten."

Ein gutmütiges Lächeln huschte über ihr Gesicht und verschönte es. Nikita antwortete ihr mit einem unsicheren Lächeln, wobei man sah, daß ihm zwei Zähne fehlten.

„Nein, nimm diese hier", drängte der wenig zartfühlende Hausherr. „Die anderen sind leichter. Fritz, bringen Sie noch eine Kiste," sagte er in deutscher Sprache, „dort drüben stehen zwei."

Der deutsche Diener brachte die Kiste.

„Welche magst du am liebsten? Die großen, kräftigen? Sie sind vorzüglich. Nimm sie alle", fuhr der Hausherr fort und schob sie dem Gast hin.

Es freute ihn offenbar, daß er vor jemandem mit seinen Schätzen prahlen konnte, und er bemerkte nicht, welche Wirkung er auf andere ausübte. Serpuchowskoj zündete sich eine Zigarre an und beeilte sich, das begonnene Gespräch fortzusetzen.

„Wieviel hat dich also Atlasnyj gekostet?" fragte er.

„Viel Geld, mein Lieber, fast fünftausend Rubel, aber ich

bin wenigstens sichergestellt. Das ist eine Nachkommenschaft, kann ich dir sagen!"

„Laufen sie?" fragte Serpuchowskoj.

„Glänzend! Ein Atlasnyj-Sohn hat heuer drei Preise gewonnen, in Tula, Moskau und Petersburg. Er lief mit Wojejkows Rappen. Der Hund von Fahrer mußte ihn viermal die Gangart wechseln lassen, ehe er ihn hinter dem Ziel zum Stehen brachte."

„Ein bißchen zu feucht; stark holländisch, muß ich sagen", meinte Serpuchowskoj.

„Nun, was soll ich dir viel von den Stuten erzählen. Ich werde sie dir morgen zeigen. Für Dobrynia habe ich dreitausend Rubel gezahlt, für Laskowaja zweitausend".

Der Hausherr begann abermals, seinen Reichtum aufzuzählen. Die Dame sah, daß es Serpuchowskoj schwer zumute war, und daß er nur gezwungen zuhörte.

„Wollen Sie noch Tee haben?" fragte sie.

„Nein, danke", sagte der Hausherr und setzte seine Erzählung fort. Die Dame erhob sich, der Hausherr hielt sie jedoch zurück, umarmte und küßte sie.

Serpuchowskoj wollte jedesmal ein unnatürliches Lächeln ankommen, wenn er die beiden anblickte; als jedoch der Hausherr aufstand, die Frau umarmte und sie bis zur Tür begleitete, veränderte sich Nikitas Miene plötzlich, er seufzte schwer, und auf seinem aufgeschwemmten Gesicht spiegelte sich plötzlich ein Ausdruck tiefer Verzweiflung wider. Sogar eine gewisse Wut konnte man darin sehen.

Der Hausherr kam zurück und nahm lächelnd gegenüber Nikita Platz. Beide schwiegen.

II

„Von Wojejkow, sagst du, hast du Pferde gekauft?" sagte Serpuchowskoj mit gelangweilter Miene.

„Ja, den Atlasnyj, ich sagte es doch. Bei Dubowizkij hätte ich gern einige Stuten erstanden, aber es war nur noch Gelump da."

„Er hat Pleite gemacht", sagte Serpuchowskoj, hielt jedoch plötzlich inne und schaute sich um. Es war ihm eingefallen, daß er Dubowizkij noch 20 000 Rubel schuldete, und daß, wenn schon von „Pleite machen" die Rede war, diese Bezeichnung am besten auf ihn selbst paßte. Er mußte lachen.

Die beiden Freunde schwiegen lange Zeit. Der Hausherr überlegte, womit er sich vor seinem Gaste noch brüsten könnte; Serpuchowskoj dachte darüber nach, womit er dartun könnte, daß er sich noch nicht für verkracht hielt. Obwohl sie sich beide mit Zigarren aufzumuntern versuchten, fiel ihnen dennoch das Denken recht schwer. „Wann wird's denn endlich was zu trinken geben?" dachte Serpuchowskoj. „Wir müßen unbedingt was trinken, sonst sterben wir ja vor Langweile", dachte der Hausherr.

„Gedenkst du eigentlich, dich noch lange hier aufzuhalten?" fragte Serpuchowskoj.

„Einen Monat muß ich noch hierbleiben. Ich meine, wir essen zu Abend, nicht wahr? Fritz, ist das Abendessen fertig?"

Die beiden Herren begaben sich in das Speisezimmer. Dort stand unter der Lampe der von vielen Kerzen erhellte Tisch, der mit mannigfachen raren Dingen besetzt war, wie Siphons mit Pfropfen in Puppenform, seltenem Wein in Karaffen, ausgesuchten Vorspeisen und Likören. Die beiden Herren aßen und tranken, aßen und tranken; allmählich lösten sich ihre Zungen. Serpuchowskoj bekam ein rotes Gesicht und begann ohne Scheu zu reden.

Sie sprachen von den verschiedenen Weibern ihrer Freunde; einer hatte eine Zigeunerin, ein anderer eine Tänzerin, der dritte eine Französin.

„Du hast also die Mathieu verabschiedet?" fragte der Hausherr.

Es war die Geliebte Serpuchowskojs, die ihn zugrunde gerichtet hatte.

„Nicht ich sie, sondern sie mich. Ach, Bruder, wenn ich daran denke, wieviel Geld ich in meinem Leben durchgebracht habe. Jetzt bin ich froh, wenn ich mal tausend Rubel in der Tasche habe, wirklich, ich bin am zufriedensten, wenn ich weit weg von allen Menschen bin. In Moskau kann ich nicht mehr leben. Doch wozu davon reden!"

Dem Hausherrn wurde es langweilig, Serpuchowskoj zuzuhören. Er wollte von sich selbst sprechen, sich brüsten. Serpuchowskoj wollte jedoch ebenfalls von sich reden und von seiner glänzenden Vergangenheit erzählen. Der Hausherr goß ihm Wein ein und wartete, bis er geendet haben würde, um sodann zu berichten, daß er jetzt in seinem Gestüt Einrichtungen getroffen hätte, wie sie noch nie zuvor bei jemandem existiert hätten, und daß ihn seine Marie nicht des Geldes wegen, sondern aus wirklichem Gefühl liebe.

„Ich wollte dir sagen, daß in meinem Gestüt . . ." begann er. Aber Serpuchowskoj unterbrach ihn.

„Das war eine Zeit, kann ich dir sagen," hub er an, „ich liebte und verstand zu leben. Du sprichst da immerzu von Rennpferden; sage mir doch, welches ist dein schnellstes Pferd?"

Der Hausherr freute sich über die Gelegenheit, von seinem Gestüt erzählen zu können und wollte sogleich beginnen, allein Serpuchowskoj schnitt ihm abermals das Wort vom Munde ab.

„Ja, ja," sagte er, „ihr Züchter arbeitet doch nur aus Ehrgeiz, aber nicht um des Vergnügens, um des Lebens willen. Bei mir war das anders. Da erzählte ich dir heute, daß ich einen Traber besaß, einen Schecken, er sah genau so bunt aus wie der alte Gaul von deinem Pferdehirten. Ei ja ja, das war ein Pferdchen! Du kannst es nicht kennen. Im Jahre 1842 kam ich nach Moskau, ging zu einem Pferdehändler und sah dort einen scheckigen Wallach. Er war gut proportioniert und gefiel mir. Kostet? Tausend Rubel. Da er mir gefiel, kaufte ich ihn und fuhr mit ihm. Wir beide haben kein solches Pferd je gehabt, und es wird auch kein solches Pferd wieder geben. Ich habe nie wieder ein Pferd kennengelernt, daß kräftiger und schöner war und das besser fuhr. Du warst damals noch ein kleiner Junge und kannst es nicht gesehen haben, aber ich meine, du hast davon gehört. Ganz Moskau kannte meinen Schecken.

„Ja, ich habe von ihm gehört," sagte der Hausherr widerwillig, „aber ich wollte dir erzählen, was ich für . . ."

„Du hast also von ihm gehört. Ich hatte ihn gekauft, ohne etwas von seinem Herkommen zu wissen oder mir eine Bescheinigung darüber geben zu lassen. Erst später brachten Wojejkow und ich heraus, daß mein Wallach ein Sohn von Liubesnyj I gewesen ist; Leinwandmesser hieß er, weil er trabte, als wenn einer Leinwand mißt. Wegen seines scheckigen Felles hatte man ihm in Gestüt Chrenowo dem Stallmeister geschenkt, der ihn kastrieren ließ und an einen Pferdehändler verkaufte. Solche Pferde gibt's heute nicht mehr, mein Lieber. Ach ja, das war eine Zeit! Oh, du schöne Jugend!" sang er aus einer Zigeunerromanze vor sich hin. Er wurde schon trunken. „Ach, das war eine schöne Zeit! Ich zählte fünfundzwanzig Jahre, hatte 80 000 Rubel im Jahre, kein einziges graues Haar auf dem Kopf, Zähne wie die Perlen . . . Was ich anfing, gelang mir, und nun ist alles, alles unwiederbringlich zu Ende. . ."

„Aber solche feurigen Pferde gab es damals noch nicht", sagte der Hausherr, indem er die Unterbrechung ausnützte. „Ich sage dir, daß meine ersten Pferde liefen, ohne daß man sie . . ."

„Deine Pferde! Damals hatten sie viel mehr Feuer. . ."

„Wieso mehr Feuer?"

„Nun, sie waren eben feuriger. Ich erinnere mich jetzt noch, wie ich einmal in Moskau mit meinem Wallach zum Rennen fuhr. Meine eigenen Pferde liefen nicht mit. Ich mochte Traber nicht leiden, sondern züchtete Vollblutpferde wie ‚General Cholet' und ‚Mahomet'. Ich fuhr also zum Rennen. Ich hatte einen prachtvollen Burschen als Kutscher und liebte ihn sehr. Er säuft jetzt ebenfalls. Na, wir kamen also an.

‚Serpuchowskoj,' heißt es, ‚wann wirst du dir denn endlich mal Traber zulegen?' – ‚Hol' euch der Teufel mit euren Bauerngäulen! Ich habe ein Kutschpferd, das läuft schneller als alle eure Traber.' – ‚Das ist ausgeschlossen!' – ‚Ich wette tausend Rubel!' Die anderen schlugen ein, und das Rennen begann. In fünf Sekunden hatte mein Wallach allesamt überholt, ich hatte die tausend Rubel gewonnen. Das war eine Sache! Mit Vollblutpferden bin ich in drei Stunden hundert Werst in einer Troika gefahren. Das weiß ganz Moskau."

Und Serpuchowskoj begann so unaufhaltsam und ohne Unterlaß zu lügen, daß der Hausherr nicht ein einziges Mal zu Worte kam, sondern mit gelangweilter Miene ihm gegenüber saß und nur ab und zu zur Zerstreuung seines und des Gastes Glas von neuem vollschenkte.

Es wurde schon hell, und sie saßen immer noch beieinander. Dem Hausherrn war es qualvoll langweilig zumute. Er stand auf.

„Also dann schlafen gehen!" sagte Serpuchowskoj, erhob sich und ging schwankend und schnaufend in das ihm angewiesene Zimmer. . . . .

. . . .

. . . .

. . . .

Der Hausherr lag bei seiner Geliebten. „Nein, er ist unmöglich. Säuft sich voll und lügt unaufhörlich."

„Und mir macht er den Hof."

„Ich habe Angst, er wird mich um Geld bitten."

Serpuchowskoj lag indes halb ausgekleidet auf dem Bett und schnaufte.

„Ich habe, glaub' ich, viel Unsinn geredet", dachte er. „Aber ganz gleich! Der Wein war gut, aber dieser Prahlhans ist ein großes Schwein. So eine Krämerseele. Und ich bin auch ein großes Schwein", sagte er zu sich selbst und lachte laut auf. „Ehedem habe ich die Frauen ausgehalten, und jetzt lasse ich mich selbst aushalten. Ja, die Winkler hält mich aus, ich nehme Geld von ihr. Das geschieht mir ganz recht. Doch jetzt muß ich mich ausziehen. Wie kriege ich nur die Stiefel herunter! He, he!" schrie er, aber der ihm zugeteilte Diener war schon längst schlafen gegangen.

Serpuchowskoj setzte sich auf den Bettrand, zog Weste und Litewka aus und strampelte sich aus den Beinkleidern heraus; nur die Stiefel vermochte er lange nicht von den Füßen herunterzubekommen, sein schlaffer Bauch war ihm im Wege. Mit Mühe und Not entledigte er sich des einen, mit dem anderen quälte er sich so lange herum, bis ihm der Atem ausging, und er erschöpft aufhörte. Den einen Fuß noch im Stiefelschaft, sank er zurück und begann zu schnarchen, das ganze Zimmer mit dem Geruch von Tabak, Wein und greisenhafter Unsauberkeit erfüllend.

12

Als sich Leinwandmesser in dieser Nacht abermals in seine Erinnerungen versenken wollte, störte ihn Waska auf. Er warf ihm eine Decke über und sprengte auf ihm davon. Bis zum Morgen ließ er ihn neben einem Bauernpferd an der Tür einer Schenke stehen. Die beiden Pferde beschleckten sich. Als Leinwandmesser am nächsten Morgen wieder zur Herde zurückkam, rieb er sich unaufhörlich.

„Das juckt so toll", dachte der Wallach.

Es vergingen fünf Tage. Man ließ den Pferdearzt kommen.

Er stellte vergnügt fest: „Räude! Verkaufen Sie ihn an die Zigeuner!"

„Wozu? Soll er lieber abgestochen werden, damit er möglichst rasch verschwindet."

Es war ein stiller, klarer Morgen. Die Herde zog auf die Weide hinaus. Leinwandmesser blieb zurück. Ein fremder, hagerer, schwarzer, unsauberer Mann, dessen Rock mit etwas Dunklem besudelt war, erschien. Es war der Abdecker. Ohne den Wallach anzublicken, ergriff er das Halfterband, das man Leinwandmesser umgelegt hatte, und führte ihn fort. Leinwandmesser ging ruhig und ohne umzublicken wie immer schleppenden Schrittes und mit der Hinterhand im Stroh hängenbleibend hinaus.

Als er das Tor verließ, drängte er zum Brunnen hin, allein der Abdecker hielt ihn zurück und sagte: „Das hat doch keinen Zweck mehr."

Der Abdecker und der hinterdreingehende Waska wandten sich zu der Mulde hinter der Ziegelscheune und machten dort halt, als ob an diesem höchst gewöhnlichen Ort etwas Besonderes zu sehen sei. Nachdem der Abdecker Waska den Halfter übergeben hatte, zog er seinen Rock aus, streifelte die Ärmel hoch und zog aus dem Stiefelschaft ein Messer sowie einen Wetzstein heraus. Der Wallach streckte den Kopf nach dem Halfterband aus, um aus Langweile daran zu kauen; er konnte es indessen nicht erreichen. Er seufzte und schloß die Augen. Seine Unterlippe sank so weit herab, daß man die abgenutzten gelben Zähne sehen konnte; beim Klang des Messerschleifens begann er einzuschlafen. Durch sein krankes Bein mit der Geschwulst, das er seitlich herausgestellt hatte, lief ab und zu ein Zittern. Plötzlich fühlte der Wallach, daß ihn jemand am Unterkiefer packte und seinen Kopf in die Höhe hob. Er öffnete die Augen und sah zwei Hunde vor sich. Der eine schnüffelte den Abdecker an, der andere saß da und blickte den Wallach an, als ob er ausgerechnet von ihm etwas erwartete. Der Wallach betrachtete die beiden Hunde und rieb seinen Kiefer an der Hand, die ihn gepackt hielt.

„Man will mich sicher wieder kurieren“, dachte er. „Nun, meinethalben!“

Und in der Tat, er fühlte, daß man etwas mit seiner Kehle vornahm. Er verspürte einen Schmerz, zuckte zusammen, rutschte aus, hielt sich jedoch aufrecht und begann abzuwarten, was weiter geschehen würde... Plötzlich rann ihm etwas Nasses in breitem Strom an Hals und Brust hinab. Er seufzte so tief, daß sich seine beiden Flanken hoben. Und ihm ward so leicht, so leicht.

Die ganze schwere Last seines Daseins war plötzlich von ihm genommen.

Er schloß die Augen und ließ den Kopf sinken, niemand stützte ihn. Dann lief ein Beben durch seine Beine, und der ganze Körper begann zu schwanken. Leinwandmesser war eher erstaunt als erschrocken.

Alles war so neu. Verwundert wollte er sich nach vorn drängen, sich aufbäumen ... aber vergebens; nachdem er sich ein wenig von der Stelle bewegt hatte, versagten ihm die Beine den Dienst, dann neigte er sich seitlich und stürzte in dem Wunsch, weiterzugehen, nach vorn und auf die linke Seite nieder.

Der Abdecker wartete, bis die Todeszuckungen aufgehört hatten, scheuchte die immer näher kommenden Hunde zurück, packte dann den Wallach an den Beinen und wälzte ihn auf den Rücken; nachdem er Waska geheißen hatte, das eine Bein festzuhalten, begann er, den Wallach abzuhäuten.

„Es war gar kein unrechtes Pferd“, meinte Waska. „Wenn er etwas besser genährt worden wäre, wäre das Fell ganz gut“, sagte der Abdecker.

Abends kam die Herde am Rande der Mulde vorüber; diejenigen Pferde, die auf der linken Seite gingen, sahen etwas Rotes unten in der Mulde liegen, um das sich die Hunde zu schaffen machten, während Krähen und Geier darüberhin flatterten. Ein Hund stemmte die Vorderbeine gegen den Kadaver und riß mit einer heftigen Kopfbewegung krachend ab, was seine Zähne gepackt hatten. Die braune Stute blieb stehen, streckte Kopf und Hals vor und sog lange die Luft ein. Man vermochte sie nur mit Gewalt weiterzutreiben.

Auf einer freien, dicht mit Unterholz bestandenen Stelle im Grunde einer Schlucht des alten Waldes heulten ums Morgengrauen einige dickschädelige Wölfchen vor Freude. Es waren ihrer fünf; vier waren fast gleich, während der Kopf des Kleinsten, fünften, größer war als der ganze Körper. Eine magere, im Haaren begriffene Wölfin, deren herabhängender Bauch mit den langen Zitzen auf dem Erdboden schleppte, kam aus dem Gebüsch heraus und setzte sich vor die jungen Wölfe hin. Diese standen im Halbkreis um sie herum. Sie schritt zu dem Kleinsten, ließ sich auf die Knie nieder, beugte das Maul tief hinunter, machte einige krampfartige Bewegungen, enthüllte ihr scharfes Gebiß, blähte sich und spie ein großes Stück Pferdefleisch aus. Die vier anderen Jungen drängten dichter an die Mutter heran, aber sie machte eine drohende Bewegung und ließ alles dem Kleinsten zukommen. Dieser zog zornig knurrend das Stück Fleisch unter sich und begann zu fressen. In der gleichen Weise spie die Wölfin auch dem zweiten, dritten und allen fünfen ein Stück Fleisch aus und legte sich dann vor ihnen nieder, um sich auszuruhen.

Eine Woche danach lagen neben der Ziegelscheune nur noch der große Schädel und die beiden Schulterblätter des Wallachs; alles übrige war verschleppt worden. Am Ende des Sommers nahm ein Bauer, der Knochen sammelte, auch die Schulterblätter und den Schädel mit und verkaufte sie.

Um vieles später nahm die Erde auch Serpuchowskoj in sich auf, der wie ein lebender Leichnam durch die Welt gegangen, gegessen und getrunken hatte. Weder seine Haut noch sein

Fleisch oder seine Knochen brachten jemandem noch irgendeinen Nutzen.

Und wie sein erstorbener Leib, der durch die Welt wanderte, bereits seit zwanzig Jahren allen eine große Last gewesen war, so bedeutete den Menschen auch das Begräbnis dieses Leibes eine überflüssige Mühe. Obwohl Serpuchowskoj schon längst niemandem mehr nützlich war, sondern allen eine unerträgliche Last dünkte, hielten es die Toten, so die Toten begraben, dennoch für nötig, den allsobald in Fäulnis übergehenden, aufgedunsenen Körper in eine schöne Uniform zu kleiden, ihm schöne Stiefel anzuziehen, ihn in einen neuen, kostbaren Sarg mit neuen Quasten an den vier Ecken zu legen, darauf diesen neuen Sarg in einen anderen, aus Blei gefertigten hineinzustellen, ihn nach Moskau zu bringen, dortselbst alte menschliche Gebeine wieder auszugraben, an ihrer Stelle den faulenden, von Würmern wimmelnden Körper in der neuen Uniform und den blinkenden Stiefeln in die Grube zu senken und schließlich alles mit Erde zuzuschütten.

1861

DER TOD DES IWAN ILJITSCH

I

Im großen Gebäude des Gerichtshofs hatten sich nach Unterbrechung der Sitzung im Prozeß Melwinskij die Beisitzer und der Staatsanwalt im Zimmer von Iwan Jegorowitsch Schebeck versammelt. Das Gespräch kam auf den berühmten Fall Krasow. Feodor Wasiljewitsch wurde bei seinen Bemühungen, die Inkompetenz des Gerichts zu beweisen, ganz erregt, Iwan Jegorowitsch bestand auf seinem Standpunkt, Piotr Iwanowitsch aber, der sich von Anfang an nicht in den Streit gemischt hatte, nahm auch weiter nicht an ihm teil und überflog die eben eingegangenen „Nachrichten".

„Meine Herren," sagte er, „Iwan Iljitsch ist gestorben."

„Wirklich?"

„Da, lesen Sie", sagte er zu Feodor Wasiljewitsch und reichte ihm das frische, noch nach Druckerschwärze riechende Zeitungsblatt. In schwarzer Umrahmung war gedruckt: „Praskowja Feodorowna Golowina gibt in tiefem Schmerz allen Verwandten und Bekannten Nachricht von dem am 4. Februar 1882 erfolgten Heimgang ihres Gatten Iwan Iljitsch Golowin, Beisitzer des Gerichtshofs. Das Begräbnis findet Freitag um 1 Uhr mittags statt."

Iwan Iljitsch war ein Kollege der versammelten Herren, und alle hatten ihn gern. Er war schon seit einigen Wochen krank gewesen; man sagte, sein Leiden wäre unheilbar. Seine Stelle war noch frei, aber es wurde schon erwogen, daß im Falle seines Todes Alexejew seinen Platz erhalten, an Alexejews Stelle aber

Winnikow oder Stabel aufrücken könnte. Als die Herren daher vom Tode des Iwan Iljitsch hörten, war der erste Gedanke eines jeden der im Zimmer Versammelten, was für eine Bedeutung dieser Tod wohl für die Versetzung oder Beförderung der Gerichtsbeamten selbst oder ihrer Bekannten haben könnte.

„Jetzt bekomme ich gewiß die Stelle von Stabel oder Winnikow", dachte Feodor Wasiljewitsch. „Sie ist mir schon lange versprochen, und diese Beförderung bringt mir eine Mehreinnahme von 800 Rubeln, die Kanzleispesen nicht mitgerechnet."

„Jetzt muß ich um die Versetzung meines Schwagers aus Kaluga nachsuchen", dachte Piotr Iwanowitsch. „Meine Frau wird sich sehr freuen. Nun darf sie nicht mehr sagen, daß ich nie etwas für ihre Verwandten getan habe."

„Ich hatte mir's schon gedacht, daß er nicht mehr aufkommen würde", sagte Piotr Iwanowitsch laut. „Schade um ihn."

„Was hat ihm eigentlich gefehlt?"

„Die Ärzte konnten es nicht feststellen. Das heißt — sie haben ihre Diagnosen gestellt, aber alle verschieden. Als ich ihn das letztemal sah, glaubte ich, er würde gesund werden."

„Und ich bin seit den Ferien nicht mehr bei ihm gewesen. Wollte nur immer hingehen."

„Hat er Vermögen gehabt?"

„Ich glaube, die Frau hat ein ganz kleines Vermögen. Aber es kommt gar nicht in Betracht."

„Ja, man wird hinfahren müssen. Sie wohnen so furchtbar weit draußen."

„Das heißt — weit von Ihnen. Von Ihnen ist alles weit."

„Da kann er mir nun nicht verzeihen, daß ich jenseits des Flusses wohne", sagte Piotr Iwanowitsch, über Schebeck lächelnd. Und dann redete man über die großstädtischen Entfernungen und ging wieder in die Sitzung.

Außer den allgemeinen Erwägungen, zu denen dieser Todesfall einen jeden veranlaßte, nämlich welche dienstlichen Veränderungen und Neubesetzungen nun erfolgen könnten, rief die bloße Tatsache des Hinscheidens eines nahen Bekannten bei allen, die davon erfuhren, wie immer, ein Gefühl der Freude hervor: gestorben ist er, nicht ich.

„Was soll man dazu sagen! Er ist tot, und ich lebe!" dachte und fühlte jeder. Die nähern Bekannten aber, die sogenannten Freunde von Iwan Iljitsch, dachten zugleich auch unwillkürlich daran, daß sie nun einige sehr langweilige Pflichten zu erfüllen hätten, zur Totenmesse gehen und der Witwe einen Beileidsbesuch machen müßten. Am nächsten hatten ihm Feodor Wasiljewitsch und Piotr Iwanowitsch gestanden. Piotr Iwanowitsch war sein Klassenkamerad in der Rechtsschule gewesen und glaubte, Iwan Iljitsch besonders verpflichtet zu sein.

Nachdem er beim Mittagessen seiner Frau die Nachricht vom Tode des Iwan Iljitsch und seine Erwägungen über die Möglichkeit einer Versetzung seines Schwagers in ihren Bezirk mitgeteilt hatte, zog Piotr Iwanowitsch, auf seine Mittagsruhe verzichtend, seinen Frack an und fuhr zu Iwan Iljitsch.

Vor dem Hause, in dem Iwan Iljitsch wohnte, standen eine Kutsche und zwei Mietdroschken. Unten im Vorzimmer lehnte an der Wand neben dem Kleiderständer der mit Glanzstoff beschlagene Sargdeckel mit Quasten und einer Goldborte, die mit Putzpulver gereinigt war. Zwei Damen in Schwarz legten ihre Pelzmäntel ab. Die eine war die Schwester des Iwan Iljitsch, die Piotr Iwanowitsch kannte; die andere war ihm fremd. Ein Kollege von Piotr Iwanowitsch, Schwarz, kam die Treppe herunter; als er von oben den Eintretenden erblickte, blieb er stehen und zwinkerte ihm zu, als wollte er sagen: „Das hat Iwan Iljitsch dumm gemacht; da sind wir beide klügere Leute."

Das Gesicht von Schwarz mit dem englischen Backenbart und die ganze hagere Figur im Frack war wie stets von eleganter Feierlichkeit, und diese Feierlichkeit, die immer in Widerspruch zu dem ironischen Geist des Mannes stand, wirkte hier besonders pikant. So dachte Piotr Iwanowitsch.

Piotr Iwanowitsch ließ die Damen vorausgehen und stieg hinter ihnen langsam die Treppe hinauf. Schwarz ging nicht herunter, sondern blieb oben. Piotr Iwanowitsch begriff, warum er das tat: er wollte sich augenscheinlich verabreden, wo man heute abend Karten spielen könnte. Die Damen gingen die Treppe hinauf zur Witwe, Schwarz aber kniff die dicken Lippen ernst zusammen, blickte spöttisch drein und wies Piotr Iwanowitsch durch eine Bewegung der Brauen nach rechts, in das Zimmer des Toten.

Piotr Iwanowitsch trat ein und wußte, wie immer in solchen Fällen, nicht recht, was er da machen sollte. Er wußte nur eins: daß es nie schaden könnte, ein Kreuz zu schlagen. Ob man sich dabei noch tief zur Erde zu neigen hätte, war ihm nicht ganz klar, und deshalb wählte er den Mittelweg: als er das Zimmer betreten hatte, fing er an sich zu bekreuzen und sich zugleich etwas vorzubeugen. Soweit es ihm die Bewegungen der Hände und des Kopfes gestatteten, sah er sich gleichzeitig im Zimmer um. Zwei junge Menschen, einer davon in Gymnasiastenuniform, anscheinend Neffen des Verstorbenen, verließen gerade, sich bekreuzend, das Zimmer. Eine alte Frau stand unbeweglich da. Und eine Dame mit seltsam emporgezogenen Augenbrauen flüsterte ihr etwas zu. Ein Subdiakon in langem Rock, ein kräftiger, energischer Kerl, las etwas mit lauter Stimme und einem Ausdruck, der jeden Widerspruch unmöglich machte; der Büfettdiener Gerasim ging mit leichten Schritten an Piotr Iwanowitsch vorüber und streute etwas auf den Fußboden aus. Als Piotr Iwanowitsch das sah, spürte er sofort den leichten Geruch eines verwesenden Leichnams. Bei seinem letzten Besuch bei Iwan Iljitsch hatte Piotr Iwanowitsch diesen Gerasim im Krankenzimmer gesehen; er pflegte Iwan Iljitsch, und dieser hatte ihn besonders liebgewonnen. Piotr Iwanowitsch bekreuzte sich fortwährend und beugte sich jedesmal leicht vor, wobei er die Mittellinie zwischen dem Sarg, dem Subdiakon und den Heiligenbildern, die auf einem Tisch in der Ecke standen, einzuhalten suchte. Dann, als er glaubte, die Handbewegung des Bekreuzens lange genug gemacht zu haben, hielt er ein und begann den Toten zu betrachten.

Der Tote lag da, wie Tote immer liegen, besonders schwer, leichenhaft, mit seinen erstarrten Gliedern im Sarge versinkend, den für alle Zeit geneigten Kopf auf dem Kissen, und streckte, wie das die Toten immer tun, die wachsgelbe Stirn mit den kahlen Stellen auf den eingesunkenen Schläfen und die spitze Nase vor, die auf die Oberlippe zu drücken schien. Er hatte sich sehr verändert, war noch mehr abgemagert, seit Piotr Iwanowitsch ihn zuletzt gesehen hatte, aber, wie bei allen Toten, war sein Gesicht schöner, vor allem bedeutender, als es bei Lebzeiten gewesen war. Auf dem Gesicht lag ein Ausdruck, als wäre getan, was getan werden mußte, und zwar richtig getan. Außerdem lag in diesem Ausdruck noch ein Vorwurf oder eine Mahnung an die Lebenden. Diese Mahnung schien Piotr Iwanowitsch unpassend oder zum mindesten nicht für ihn geltend. Ein unangenehmes Gefühl stieg in ihm auf, und darum bekreuzte er sich schnell noch einmal, drehte sich, wie es ihm schien, allzu hastig, gegen alle Anstandsregeln, um und ging zur Türe. Schwarz erwartete ihn im Durchgangszimmer; er stand mit gespreizten Beinen da und seine beiden Hände spielten hinter seinem Rücken mit dem Zylinderhut. Ein Blick auf Schwarz' heitere, saubere und elegante Erscheinung erfrischte Piotr Iwanowitsch. Piotr Iwanowitsch begriff, daß er, Schwarz, über diesen Dingen stand und den deprimierenden Eindrücken nicht nachgab. Seine bloße Miene sagte schon: der Zwischenfall mit der Totenmesse für Iwan Iljitsch kann keineswegs als genügender Anlaß angesehen werden, die Tagesordnung abzuändern, das heißt: niemand kann uns hindern, heute abend mit einem frisch ausgepackten Kartenspiel auf den Tisch zu klopfen, während der Diener vier neue Kerzen aufstellt; überhaupt berechtigt nichts zur Annahme, daß dieser Zwischenfall uns hindern könnte, auch den heutigen Abend angenehm zu verbringen. Eben das flüsterte er Piotr Iwanowitsch im Vorübergehen zu und schlug ihm vor, zur Partie bei Piotr Wasiljewitsch zusammenzukommen. Aber anscheinend wollte es das Schicksal nicht, daß Piotr Iwanowitsch heute abend Karten spielte. Praskowja Feodorowna, eine kleingewachsene fette Dame, die trotz aller Bemühungen um das Gegenteil doch von den Schultern abwärts sehr breitgeworden war, kam, ganz in Schwarz, den Kopf in einen Kreppschleier gehüllt und mit ebenso merkwürdig emporgezogenen Brauen wie die Dame, die neben dem Sarge gestanden hatte, aus ihren Gemächern, von einigen andern Damen begleitet, die sie bis zur Türe des Sterbezimmers führte; dann sagte sie: „Gleich beginnt die Totenmesse; gehen Sie bitte voraus."

Schwarz machte eine unbestimmte Verbeugung und blieb stehen; augenscheinlich wollte er der Aufforderung weder folgen noch sie ablehnen. Praskowja Feodorowna, die Piotr Iwanowitsch inzwischen erkannt hatte, seufzte, trat dicht an ihn heran, faßte seine Hand und sagte: „Ich weiß, daß Sie ein wahrer Freund von Iwan Iljitsch waren . . ." Und dabei sah sie ihn an, als erwarte sie von ihm eine diesen Worten entsprechende Handlung. Piotr Iwanowitsch wußte, daß, wie er sich dort hatte bekreuzen müssen, er jetzt der Dame mit einem Seufzer die Hand zu drücken und zu sagen hatte: „Glauben Sie mir . . ." Das tat er denn auch. Und als er das getan hatte, fühlte er, daß das gewünschte Resultat eingetreten war: er war gerührt, und sie war gerührt.

„Kommen Sie, solange es dort noch nicht angefangen hat;

ich muß Sie sprechen,“ sagte die Witwe, „reichen Sie mir Ihren Arm.“

Piotr Iwanowitsch hielt ihr den Arm hin, und sie begaben sich nach den innern Zimmern, an Schwarz vorüber, der Piotr Iwanowitsch betrübt zublinzelte. „Da haben wir nun unsern Whist! Nichts für ungut, aber wir müssen uns einen andern Partner suchen. Es sei denn, wir spielen zu fünfen, wenn Sie hier loskommen“, sagte sein schelmischer Blick.

Piotr Iwanowitsch seufzte noch tiefer und trauriger, und Praskowja Feodorowna drückte ihm dankbar die Hand. Sie traten in ihren mit rosa Kretonne ausgeschlagenen Salon mit der trüben Lampe und setzten sich an den Tisch: sie auf das Sofa und Piotr Iwanowitsch auf einen niedrigen Polsterschemel, dessen Federn in Unordnung geraten waren und dem Druck seines Gesäßes nicht nachgeben wollten. Praskowja Feodorowna wollte ihm raten, einen andern Stuhl zu nehmen, fand aber, daß dieser Rat nicht zu ihrer Lage passen würde, und schwieg. Während er sich auf dem Schemel niederließ, erinnerte sich Piotr Iwanowitsch, wie Iwan Iljitsch diesen Salon eingerichtet und sich mit ihm über die Wahl des rosa Kretonnestoffes mit dem grünen Blättermuster beraten hatte. Als sie sich auf das Sofa setzen wollte und am Tisch vorbeiging — das ganze Zimmer war voll Möbel und Nippsachen — blieb die Witwe mit dem schwarzen Krepp ihres Umhangs an dem Schnitzwerk des Tisches hängen. Piotr Iwanowitsch richtete sich auf, um den Stoff loszumachen, und der von seiner Last halb befreite Schemel geriet in Bewegung und stieß ihn von hinten. Die Witwe machte sich nun selbst mit ihrem Krepp zu schaffen, und Piotr Iwanowitsch setzte sich wieder und drückte die rebellierenden Sprungfedern zusammen. Die Witwe hatte aber nicht alles losgemacht, und Piotr Iwanowitsch erhob sich wieder, und wieder rebellierte der Schemel und knackte sogar. Als alles in Ordnung war, nahm die Witwe ein reines Batisttuch zur Hand und fing an zu weinen. Piotr Iwanowitsch aber war durch diese Episode mit dem Krepp und den Kampf mit dem Schemel abgekühlt und saß mit finsterer Miene da. Die peinliche Situation wurde durch Sokolow, den Küchenchef von Iwan Iljitsch, unterbrochen, der mit der Meldung kam, daß der Platz auf dem Friedhof, den Praskowja Feodorowna ausgewählt hatte, zweihundert Rubel kosten würde. Sie hörte auf zu weinen, sah Piotr Iwanowitsch mit der Miene eines Opferlamms an und sagte französisch, daß sie sehr leide. Piotr Iwanowitsch machte eine stumme Bewegung, die seiner unerschütterlichen Überzeugung Ausdruck gab, daß es anders gar nicht sein könne.

„Bitte, rauchen Sie", sagte sie mit großmütiger und zugleich betrübter Stimme und begann mit Sokolow die Frage über den Preis der Grabstätte zu erörtern.

Piotr Iwanowitsch hörte, während er seine Zigarette ansteckte, wie sie sich sehr eingehend nach den verschiedenen Preisen der Grabstätten erkundigte und schließlich diejenige bestimmte, die genommen werden sollte. Als sie damit fertig war, traf sie auch noch Verfügungen über die Kirchensänger. Sokolow ging.

„Ich mache alles selbst", sagte sie zu Piotr Iwanowitsch und rückte die auf dem Tisch liegenden Albums zur Seite; als sie sah, daß die Tabakasche auf die Tischdecke zu fallen drohte, schob sie unverzüglich Piotr Iwanowitsch einen Aschenbecher hin und sagte: „Ich würde es für Heuchelei halten, wenn ich behaupten wollte, ich wäre vor Schmerz nicht imstande, praktische Dinge zu erledigen. Im Gegenteil, wenn mich etwas ... nicht trösten, aber ablenken kann, so sind es diese Bemühungen, die doch auch wieder ihm gelten ..." Sie zog aufs neue ihr Taschentuch heraus, als ob sie weinen wollte, aber plötzlich richtete sie sich auf, wie um zu zeigen, daß sie sich beherrschen könne, und redete ganz ruhig.

„Ich habe etwas mit Ihnen zu besprechen."

Piotr Iwanowitsch verneigte sich und suchte dabei die Federn des Schemels zu bändigen, die sich sofort wieder in Bewegung gesetzt hatten.

„In den letzten Tagen hat er furchtbar gelitten."

„Hat er wirklich so gelitten?" fragte Piotr Iwanowitsch.

„Ach, entsetzlich! Die letzten — nicht Minuten, nein, Stunden hat er unaufhörlich geschrien. Drei Tage und Nächte unausgesetzt mit lauter Stimme geschrien. Es war unerträglich. Ich kann nicht begreifen, wie ich das ausgehalten habe; durch drei Zimmer war es zu hören. Ach, was habe ich ausgestanden!"

„Und war er wirklich bei Bewußtsein?" fragte Piotr Iwanowitsch.

„Ja," flüsterte sie, „bis zum letzten Augenblick. Eine Viertelstunde vor dem Tode nahm er von uns Abschied und bat noch, Wolodja fortzuschicken."

Der Gedanke an die Leiden eines Mannes, den er so genau gekannt hatte, erst als fröhlichen Schulbuben, dann als erwachsenen Kollegen, rief bei Piotr Iwanowitsch — trotz des unangenehmen Bewußtseins, daß er sowohl wie diese Frau heuchelten — plötzlich ein Gefühl des Entsetzens hervor. Wieder sah er diese Stirn, die die Nase gegen die Lippe drückte, und ihm ward bange um sich selbst. Drei Tage entsetzlicher Qualen und dann der Tod. „Das kann ja sofort, jeden Augenblick auch mir geschehen", dachte er und ihm wurde für einen Augenblick bange. Aber sofort kam ihm, er wußte selbst nicht wie, der gewöhnliche Gedanke zu Hilfe, daß dieses eben Iwan Iljitsch widerfahren wäre und nicht ihm, und daß es ihm nicht widerfahren müsse und nicht könne; daß er sich durch solche Gedanken nur in eine trübe Stimmung versetze, was man nicht tun dürfe, wie er es deutlich auf dem Gesicht von Schwarz gelesen hatte. Und mit dieser Betrachtung beruhigte sich Piotr Iwanowitsch und fragte interessiert nach Einzelheiten über das Ende von Iwan Iljitsch, als ob der Tod ein Abenteuer wäre, das nur Iwan Iljitsch, nicht aber ihm selbst zustoßen könnte.

Nach allerlei Reden über die Einzelheiten der wirklich entsetzlichen körperlichen Leiden, die Iwan Iljitsch ausgestanden hatte (diese Einzelheiten erfuhr Piotr Iwanowitsch nur aus der Wirkung, die die Qualen von Iwan Iljitsch auf die Nerven von Praskowja Feodorowna ausgeübt hatten), hielt es die Witwe augenscheinlich für angebracht, zur Besprechung des Geschäftlichen überzugehen.

„Ach, Piotr Iwanowitsch, wie schwer ist das alles, wie entsetzlich schwer, wie entsetzlich schwer!“ — und sie fing wieder zu weinen an.

Piotr Iwanowitsch seufzte und wartete, bis sie sich geschneuzt hatte. Als sie das getan hatte, sagte er: „Glauben Sie mir ...“ und wieder fing sie zu reden an und sprach endlich aus, was sie augenscheinlich vor allen Dingen von ihm haben wollte: es handelte sich um die Frage, wie sie anläßlich des Todes ihres Gatten Geld aus der Staatskasse bekommen könnte. Sie gab sich den Anschein, als wollte sie Piotr Iwanowitsch um Rat in Sachen ihrer Witwenpension fragen; er sah aber, daß sie bereits über alle Einzelheiten unterrichtet war, auch über manches, was er gar nicht wußte, über alle Summen, die man anläßlich dieses Todes aus der Staatskasse beanspruchen konnte; sie wollte aber erfahren, ob man nicht noch mehr Geld bekommen könnte. Piotr Iwanowitsch bemühte sich, ein Mittel dafür auszudenken, aber nach kurzem Sinnen und einigen mißbilligenden Äußerungen über den Geiz unserer Regierung sagte er, man könne kaum noch auf etwas rechnen. Da seufzte sie und überlegte nun offenbar, wie sie ihren Gast wieder loswerden könnte. Er merkte das, löschte seine Zigarette aus, erhob sich, drückte ihr die Hand und ging ins Vorzimmer.

Im Speisezimmer mit der Uhr, über die Iwan Iljitsch sich so gefreut hatte, als er sie bei einem Antiquitätenhändler aufgestöbert hatte, stieß Piotr Iwanowitsch auf den Geistlichen und noch etliche Bekannte, die zur Totenmesse gekommen waren. Hier sah er auch das ihm wohlbekannte junge Mädchen, die Tochter von Iwan Iljitsch. Sie war ganz in Schwarz. Ihre an sich schon sehr schlanke Taille schien noch schlanker. Sie blickte finster, entschlossen, beinahe zornig drein. Sie grüßte Piotr Iwanowitsch mit einer Miene, als wenn er sich hätte etwas zuschulden kommen lassen. Neben der Tochter stand mit ebenso gekränkter Miene ein Piotr Iwanowitsch bekannter reicher junger Mann, seines Zeichens Untersuchungsrichter, der Bräutigam der jungen Dame, wie Piotr Iwanowitsch gehört hatte. Er grüßte die beiden mit traurigem Gesicht und wollte an ihnen vorüber in das Zimmer des Toten gehen, als von der Treppe her das Figürchen eines Gymnasiasten auftauchte; es war der Sohn von Iwan Iljitsch, der dem Vater furchtbar ähnlich sah — ganz der kleine Iwan Iljitsch, wie Piotr Iwanowitsch ihn in der Rechtsschule gekannt hatte. Seine Augen waren verweint und hatten den Ausdruck, den man bei dreizehn- bis vierzehnjährigen unreinen Knaben beobachten kann. Als der Junge Piotr Iwanowitsch sah, verzog er abwehrend und verschämt das Gesicht. Piotr Iwanowitsch nickte ihm zu und trat in das Zimmer des Toten. Die Totenmesse hatte eben begonnen — Kerzenglanz, Seufzer, Weihrauch, Tränen, Schluchzen. Piotr Iwanowitsch stand mit gefurchter Stirne da und starrte auf den Fußboden. Er sah nicht ein einziges Mal auf den Toten, gab bis zum Schluß der entkräftenden Einwirkung der Zeremonie nicht nach und ging als einer der ersten hinaus. Im Vorzimmer war niemand. Gerasim, der Büfettdiener, kam aus dem Zimmer des Toten gestürzt, warf mit seinen kräftigen Armen alle Pelze durcheinander, um den von Piotr Iwanowitsch herauszufinden, und half ihm hinein.

„Na, Freund Gerasim," sagte Piotr Iwanowitsch, um nur etwas zu sagen, „es ist schade um den Herrn."

„Es ist Gottes Wille. Wir kommen alle einmal dahin", sagte Gerasim, seine weißen, dichten Bauernzähne zeigend, und wie ein Mensch, der mit Eifer bei seiner anstrengenden Arbeit ist, riß er schnell die Tür auf, rief den Kutscher, half Piotr Iwanowitsch beim Einsteigen und sprang zur Haustür zurück, als überlegte er, was er noch machen könnte.

Piotr Iwanowitsch tat es besonders wohl, nach dem Weihrauch-, Leichen- und Karbolgeruch wieder reine Luft zu atmen.

„Wohin befehlen Sie zu fahren?“ fragte der Kutscher.

„Es ist nicht sehr spät. Ich will noch zu Feodor Wasiljewitsch.

Und Piotr Iwanowitsch fuhr hin. Die Herren spielten gerade den ersten Robber zu Ende, so daß er sich bequem als fünfter anschließen konnte.

2

Die Lebensgeschichte des Iwan Iljitsch war sehr einfach und alltäglich und doch grauenhaft.

Iwan Iljitsch starb im Alter von fünfundvierzig Jahren als Beisitzer des Gerichtshofs. Er war der Sohn eines Beamten, der in Petersburg in verschiedenen Ministerien und Departements jene Karriere machte, die die Menschen so weit bringt, daß ihre Unfähigkeit zur Ausübung eines wesentlichen Amtes zwar deutlich zutage tritt, ihre lange Dienstzeit und ihr Rang es aber unmöglich machen, sie an die Luft zu setzen. Deswegen erhalten sie fiktive Ämter und keineswegs fiktive Gehälter von sechs- bis zehntausend Rubeln, von denen sie bis in ihr hohes Alter leben.

So ein Mann war der Geheimrat Ilja Jefimowitsch Golowin, ein überflüssiges Mitglied verschiedener überflüssiger Institutionen.

Er hatte drei Söhne. Iwan Iljitsch war der zweite. Der älteste hatte die gleiche Karriere gemacht wie der Vater, nur in einem andern Ministerium, und näherte sich jenem Dienstalter, wo die Gehaltszahlung nur noch dem Gesetz der Trägheit folgt. Der dritte Sohn war ein Pechvogel. Er hatte sich in verschiedenen Stellungen unmöglich gemacht und war jetzt bei der Eisenbahn angestellt; sowohl sein Vater als seine Brüder und besonders deren Frauen verkehrten nicht nur sehr ungern mit ihm, sondern erinnerten sich seiner Existenz nur im dringendsten Notfall. Die Schwester war an einen Baron Gräf verheiratet, einen eben solchen Petersburger Beamten wie der Schwiegervater. Iwan Iljitsch war le phénix de la famille, wie man ihn nannte. Er war nicht so kalt und pünktlich wie der ältere Bruder und nicht so leichtfertig wie der jüngere. Er stand in der Mitte zwischen den beiden, ein kluger, lebhafter, angenehmer und anständiger Mensch. Er war mit dem jüngeren Bruder zusammen in der Rechtsschule erzogen worden. Der jüngere kam nicht bis zu Ende, sondern wurde aus der fünften Klasse relegiert. Iwan Iljitsch dagegen absolvierte die Schule mit Erfolg. In der Rechtsschule war er bereits das, was er später für sein ganzes Leben lang war: ein begabter, heiter gutmütiger und zutulicher Mensch, der aber alles streng erfüllte, was er für seine Pflicht hielt; für seine Pflicht aber hielt er alles, was von den am höchsten gestellten Personen dafür angesehen wurde. Weder als Knabe noch später als Erwachsener war er ein Kriecher, aber von seiner frühesten Jugend an zog es ihn, wie die Fliege zum Licht, zu den in der Welt am höchsten gestellten Leuten; er eignete sich ihre Manieren, ihre Lebensanschauungen an und trat in freundschaftliche Beziehungen zu ihnen. Alle Leidenschaften der Kindheit und Jugend waren an ihm vorübergegangen, ohne große Spuren zu hinterlassen; er hatte sich der Sinnlichkeit wie der Eitelkeit hingegeben und zuletzt im höhern Amt auch dem Liberalismus, aber alles nur in gewissen Grenzen, die sein Gefühl ihm richtig anwies.

In der Rechtsschule hatte er einige Streiche gemacht, die ihm früher als große Gemeinheiten erschienen und ihm Widerwillen gegen sich selbst einflößten, als er sie ausübte; als er jedoch später sah, daß solche Dinge auch von hochstehenden Personen gemacht wurden und bei ihnen nicht für schlecht galten, da sah er sie zwar nicht für gut an, vergaß sie aber vollkommen und war nicht im geringsten betrübt, wenn er sich ihrer erinnerte.

Nachdem er die Rechtsschule absolviert hatte, in die zehnte Rangklasse eingereiht worden war und von seinem Vater das nötige Geld für seine Equipierung erhalten hatte, ließ Iwan Iljitsch sich einen Anzug beim ersten Schneider Petersburgs machen, hängte an seine Uhrkette eine Medaille mit der Aufschrift „respice finem", verabschiedete sich von dem Prinzen und dem Erzieher, dinierte mit den Kommilitonen bei Donon und reiste mit einem neuen modernen Koffer, ebensolchen Kleidern und Wäschestücken, Rasierzeug und Toilettengegenständen — alles in den besten Geschäften bestellt und gekauft — in die Provinz, um den ihm von seinem Vater verschafften Posten eines Beamten für besondere Aufträge beim Gouverneur zu bekleiden.

In der Provinz schuf sich Iwan Iljitsch alsbald ebenso bequeme und angenehme Verhältnisse, wie er sie in der Rechtsschule gehabt hatte. Er hatte seinen Dienst, machte Karriere und wußte sich gleichzeitig angenehm und anständig zu amüsieren; hin und wieder reiste er im Auftrag seines Vorgesetzten in die Landbezirke, wahrte seine Würde gegenüber Höherstehenden und Untergebenen und erfüllte mit einer Genauigkeit und unbestechlichen Redlichkeit, auf die er mit Recht stolz war, die ihm zugewiesenen Aufträge, besonders in Sachen der altgläubigen Sektierer.

Im Dienst war er trotz seiner Jugend und seiner Neigung zu leichtem Zeitvertreib äußerst zurückhaltend, offiziell und sogar streng; jedoch in der Gesellschaft war er häufig heiter und witzig, aber immer gutmütig, anständig und ein bon enfant, wie ihn sein Vorgesetzter und dessen Gattin nannten, die ihn fast als Familienangehörigen betrachteten.

Er hatte in der Provinz auch ein Verhältnis mit einer Dame der Gesellschaft, die sich dem stutzerhaften Juristen aufgedrängt hatte; er hielt daneben eine Modistin aus, beteiligte sich an Zechgelagen mit durchreisenden Flügeladjutanten und darauf folgenden Fahrten in eine gewisse entlegene Gasse; er kroch auch ein wenig vor dem Chef und sogar vor dessen Gattin. Aber alles das trug ein so hochanständiges Gepräge, daß man es nicht mit häßlichen Worten bezeichnen konnte; es ließ sich darauf nur das französische Sprichwort anwenden: il faut que jeunesse se passe. Alles wurde mit reinen Händen, in reiner Wäsche, mit französischen Reden gemacht — vor allem aber in der allervornehmsten Gesellschaft, also unter Billigung hochstehender Herrschaften.

So war Iwan Iljitsch fünf Jahre im Staatsdienst tätig; dann trat eine Änderung ein. Die neue Gerichtsordnung wurde eingeführt; sie verlangte neue Menschen.

Solch ein neuer Mensch wurde Iwan Iljitsch.

Iwan Iljitsch wurde das Amt eines Untersuchungsrichters angeboten, und Iwan Iljitsch nahm es an, obgleich er dazu in ein anderes Gouvernement übersiedeln, die geknüpften Beziehungen aufgeben und neue anbahnen mußte. Die Freunde bereiteten Iwan Iljitsch eine Abschiedsfeier, ließen eine Gruppenaufnahme machen, schenkten ihm eine silberne Zigarettendose, und er zog nach seinem neuen Wohnort.

Als Untersuchungsrichter war Iwan Iljitsch ebenso comme il faut, ebenso anständig, verstand er ebensogut Dienstpflicht und Privatleben auseinanderzuhalten und die allgemeine Achtung zu gewinnen, wie es ihm als Beamten für besondere Aufträge gelungen war. Die Tätigkeit als Untersuchungsrichter aber schien ihm viel interessanter und reizvoller als seine frühere. In seinem frühern Dienst machte es ihm Freude, mit ungezwungenem Schritt im eleganten Uniformfrack an den zitternd auf den Empfang wartenden Bittstellern, die ihn beneideten, vorüber geradeswegs ins Kabinett des Vorgesetzten zu gehen und mit ihm bei Tee und Zigaretten zu sitzen; aber Leute, die unmittelbar von seiner Willkür abhingen, gab es wenig. Zu diesen Leuten gehörten nur die Polizeibeamten und die Sektierer, wenn er mit Aufträgen in die Provinz kommandiert wurde; und er liebte es, höflich, beinahe kameradschaftlich mit solchen, von ihm abhängigen Leuten zu verkehren, liebte es, sie fühlen zu lassen, daß er, der sie doch zerschmettern konnte, freundschaftlich und schlicht mit ihnen umging. Solcher Leute gab es damals wenig. Jetzt aber, als Untersuchungsrichter, fühlte Iwan Iljitsch, daß alle, alle ohne Ausnahme, auch die vornehmsten, selbstzufriedensten Leute, in seiner Hand waren und daß er nur gewisse Worte auf ein Papier mit amtlichem Kopf zu schreiben brauchte — und der vornehme, selbstzufriedene Herr wurde als Angeklagter oder Zeuge vor ihn geführt, und er mußte vor ihm stehen, wenn er ihn nicht zum Sitzen aufforderte, und seine Fragen beantworten. Iwan Iljitsch mißbrauchte diese seine Gewalt nie; im Gegenteil, er suchte ihre Anwendung zu mildern; aber das Bewußtsein dieser Gewalt und die Möglichkeit, sie zu mildern, bildeten für ihn das Hauptinteresse und die Anziehungskraft seines neuen Dienstes. Im Dienst selbst, nämlich bei seinen Untersuchungen, gewöhnte sich Iwan Iljitsch sehr bald daran, alles nicht auf den Dienst Bezügliche von sich abzuweisen und auch den schwierigsten Fall in einer Form darzulegen, in der nur die äußern Umstände auf dem Papier festgestellt wurden und seine persönliche Anschauung ganz und gar nicht zum Ausdruck gelangte, bei der vor allem aber sämtliche notwendigen Formalitäten strengstens eingehalten wurden. Das war etwas ganz Neues. Und er war einer von den ersten, die die Gerichtsordnung von 1864 praktisch zu verwirklichen verstanden.

Nachdem er als Untersuchungsrichter sich am neuen Ort niedergelassen hatte, machte Iwan Iwanowitsch neue Bekanntschaften, knüpfte neue Beziehungen an, schuf sich eine neue Stellung in der Gesellschaft und nahm einen gegen früher abweichenden Ton an. Er hielt sich in einer gewissen würdevollen Entfernung von den Herren der Gouvernementsverwaltung, verkehrte in dem vornehmsten Kreise von Gerichtsbeamten und reichen Edelleuten, die in der Stadt wohnten, und markierte eine gewisse leichte Unzufriedenheit mit der Regierung, einen gemäßigten Liberalismus und die Gesinnungstüchtigkeit eines zivilisierten Bürgers. Ohne dabei die Eleganz seiner Toilette im geringsten zu ändern, hörte Iwan Iljitsch auf, sein Kinn zu rasieren und ließ seinen Bart wachsen, wie er wollte.

Auch in der neuen Stadt gestaltete sich das Leben von Iwan Iljitsch sehr angenehm; die gegen den Gouverneur frondierende Gesellschaft hielt fest zusammen und bestand aus netten Leuten; er bezog ein höheres Gehalt, und nicht wenig trug zur Annehmlichkeit des Daseins das Whistspiel bei, dem Iwan Iljitsch zu huldigen begann; er war beim Kartenspiel immer heiter, kombinierte schnell und sehr fein, so daß er fast immer gewann.

Nach zwei Dienstjahren an seinem neuen Wohnort lernte Iwan Iljitsch seine künftige Gemahlin kennen. Praskowja Feodorowna Michel war die sympathischste, klügste, auffallendste von den jungen Damen des Kreises, in dem Iwan Iljitsch verkehrte. Zu den andern Zerstreuungen und Erholungen nach der Arbeit als Untersuchungsrichter kam für Iwan Iljitsch bald das leichte, neckische Verhältnis, das sich zwischen ihm und Praskowja Feodorowna angesponnen hatte.

Iwan Iljitsch hatte als Beamter des Gouverneurs auf allen Bällen flott getanzt; als Untersuchungsrichter tanzte er nur noch ausnahmsweise. Wenn er tanzte, wollte er damit sagen: ich bin zwar im neuen Gericht tätig und rangiere in Klasse fünf, aber wenn's zum Tanze geht, dann kann ich zeigen, daß ich auch das besser verstehe als alle andern. So tanzte er hin und wieder, wenn das Fest schon zu Ende ging, mit Praskowja Feodorowna, und gerade beim Tanz gewann er ihr Herz. Sie verliebte sich in ihn. Iwan Iljitsch hatte nicht die klare, bestimmte Absicht, sie zu heiraten; doch als das Mädchen sich in ihn verliebte, stellte er sich diese Frage. „In der Tat, warum sollte ich sie nicht heiraten?“ sagte er zu sich selbst.

Praskowja Fedorowna war aus einer guten adeligen Familie; sie war recht hübsch und besaß ein kleines Vermögen. Iwan Iljitsch hätte eine glänzendere Partie machen können, aber auch diese war nicht schlecht. Er hatte sein Gehalt, sie — so hoffte er — würde ebensoviel haben. Die Verwandtschaft war aller Achtung wert; sie selbst war ein liebes, hübsches, durch und durch anständiges Mädchen. Zu behaupten, Iwan Iljitsch hätte geheiratet, weil er seine Braut liebgewonnen und sie seine Lebensanschauungen geteilt hätte, wäre ebenso falsch gewesen wie die Behauptung, er hätte nur geheiratet, weil man in seinem Kreise diese Ehe billigte. Iwan Iljitsch heiratete aus dem einen wie aus dem andern Grunde: er tat etwas, das ihm selbst angenehm war, weil er eine so nette Frau bekam, und zugleich etwas, das die Höherstehenden für richtig hielten.

Und so heiratete Iwan Iljitsch.

Die Heirat selbst und die erste Zeit der Ehe mit ihren Zärtlichkeiten, den neuen Möbeln, dem neuen Geschirr, der neuen Wäsche verlief bis zur Schwangerschaft der Frau sehr angenehm, so daß Iwan Iljitsch schon zu glauben begann, die Ehe würde seinem Leben nicht nur jenen leichten, angenehmen, heitern, immer anständigen und der Gesellschaft wohlgefälligen Charakter, den Iwan Iljitsch für einen Grundzug des Lebens überhaupt hielt, nicht rauben, sondern ihn noch verstärken. Aber von den ersten Monaten der Schwangerschaft seiner Frau an trat etwas Neues, Unerwartetes, Unangenehmes und Unanständiges ein, das man gar nicht loszuwerden vermochte.

Die Frau begann ohne jeden Anlaß, wie es Iwan Iljitsch scheinen wollte, de gaité de cœur, wie er zu sich selbst sagte, die Annehmlichkeit und Wohlanständigkeit ihres Lebens zu stören: ohne jeden Grund wurde sie eifersüchtig, verlangte, daß er ihr den Hof machte, ärgerte sich über alles mögliche und machte ihm unangenehme und grobe Szenen.

Anfangs hoffte Iwan Iljitsch über das Unangenehme dieser Lage durch dasselbe leichte und korrekte Verhalten hinwegzukommen, das ihm sonst immer geholfen hatte; er versuchte die Stimmung seiner Frau zu ignorieren, nahm das Leben nach wie vor leicht und heiter, lud seine Freunde zu Kartenpartien ein, versuchte selbst, seine Abende im Klub und bei den Freunden zuzubringen. Aber eines Tages begann die Frau ihn so energisch mit groben Worten zu schelten und fuhr so hartnäckig fort, ihn jedesmal zu schelten, wenn er ihren Wünschen nicht Folge leistete — augenscheinlich fest entschlossen, nicht eher aufzuhören, als bis er sich gefügt haben, das heißt zu Hause bleiben und sich ebenso wie sie langweilen würde — daß Iwan Iljitsch von Entsetzen gepackt wurde. Er begriff, daß das eheliche Zusammenleben — wenigstens das mit seiner Frau — nicht immer zu der Annehmlichkeit und dem Anstand des Lebens beiträgt, sondern sie im Gegenteil häufig stört, und daß man sich daher gegen diese Störungen schützen muß. Und Iwan Iljitsch begann nach Mitteln zu suchen, wie sich das machen ließe. Sein Dienst war das einzige, was Praskowja Feodorowna imponierte, und so benutzte Iwan Iljitsch seinen Dienst und die mit diesem zusammenhängenden Pflichten als Mittel zum Kampf gegen Praskowja Feodorowna, um sich so seine eigene unabhängige Welt zu schaffen.

Mit der Geburt des Kindes, den Stillversuchen und verschiedenen damit verknüpften Mißgeschicken, mit den wirklichen und eingebildeten Krankheiten des Kindes und der Mutter, für die von Iwan Iljitsch Teilnahme verlangt wurde, von denen er aber nichts verstand, wurde für Iwan Iljitsch das Bedürfnis, sich eine eigene Welt außerhalb der Familie zu schaffen, noch dringender.

Je reizbarer und anspruchsvoller die Frau wurde, um so mehr verlegte Iwan Iljitsch den Schwerpunkt seines Lebens nach seiner amtlichen Tätigkeit. Er gewann den Dienst immer lieber und wurde ehrgeiziger, als er früher gewesen war.

Sehr bald, nicht später als ein Jahr nach der Hochzeit, hatte Iwan Iljitsch erkannt, daß die Ehe, wenn sie auch gewisse Bequemlichkeiten bietet, in Wirklichkeit doch etwas sehr Kompliziertes und Schwieriges ist, und daß man, um seine Pflicht zu erfüllen, das heißt ein anständiges, von der Gesellschaft gebilligtes Leben zu führen, zu ihr ein ganz bestimmtes Verhältnis gewinnen muß, wie zum Amt.

Und ein solches Verhältnis zum ehelichen Leben schuf sich Iwan Iljitsch. Er verlangte vom Familienleben nur jene Bequemlichkeiten, die es ihm geben konnte, wie Mittagessen, Hausfrau, Bett, vor allem aber jene Korrektheit der äußern Formen, die von der öffentlichen Meinung festgesetzt waren. Im übrigen suchte er nur heiteres Behagen und Wohlanständigkeit, und wenn er dieses fand, war er dankbar; stieß er aber auf Widerstand und Unfreundlichkeit, so zog er sich sofort in seine gesonderte amtliche Welt zurück und fand sein Behagen in ihr.

Man schätzte Iwan Iljitsch als tüchtigen Beamten und ernannte ihn nach drei Jahren zum Staatsanwalt. Die neuen Pflichten, ihre Wichtigkeit, die Möglichkeit, jeden vor Gericht zu fordern und ins Gefängnis zu setzen, die Öffentlichkeit der Reden, der Erfolg, der Iwan Iljitsch dabei zuteil wurde — alles das machte ihm den Dienst noch anziehender.

Es kamen noch Kinder zur Welt. Die Frau wurde immer zänkischer und heftiger, aber Iwan Iljitschs Stellung zu seinem häuslichen Leben war nun so, daß ihr Gezänk ihn kaum noch berührte. Nach siebenjährigem Dienst in der einen Stadt wurde Iwan Iljitsch als Erster Staatsanwalt in ein anderes Gouvernement versetzt. Sie zogen um, Geld hatten sie nicht viel, und der Frau behagte der neue Wohnort nicht. Das Gehalt war zwar größer als das bisherige, aber das Leben war teurer; außerdem starben zwei Kinder, und so wurde das Familienleben für Iwan Iljitsch noch unangenehmer.

Praskowja Feodorowna pflegte bei allen Unannehmlichkeiten, die ihnen an dem neuen Wohnort zustießen, ihrem Mann Vorwürfe zu machen. Jedes Gesprächsthema der Ehegatten, besonders das der Kindererziehung, berührte sich mit Fragen, die mit Erinnerungen an Streitigkeiten verknüpft waren, und diese Streitigkeiten drohten jeden Augenblick neu aufzuflammen. Es blieben nur jene seltenen Anfälle von Verliebtheit, von denen die Gatten mitunter erfaßt wurden, die aber nicht lange dauerten. Das waren kleine Inseln, bei denen sie für kurze Zeit landeten, um dann wieder in das Meer der verborgenen Feindseligkeit hinauszufahren, die in einer wachsenden Entfremdung zum Ausdruck kam. Diese Entfremdung hätte Iwan Iljitsch betrüben können, wenn er geglaubt hätte, daß es nicht so sein dürfe; allein dieses Verhältnis schien ihm jetzt nicht nur völlig normal, sondern er sah in ihm auch das Ziel seines Verhaltens zu seiner Familie. Dieses Ziel bestand darin, sich mehr und mehr von diesen Unannehmlichkeiten zu befreien, sie unschädlich und anständig erscheinen zu lassen; er erreichte es dadurch, daß er sich immer seltener im Kreise seiner Familie aufhielt; wenn er aber dazu gezwungen war, so suchte er sich durch die Anwesenheit dritter Personen zu sichern. Vor allem aber hatte Iwan Iljitsch sein Amt. Sein ganzes Lebensinteresse konzentrierte sich hier. Dieses Interesse verschlang ihn vollkommen. Das Bewußtsein seiner Macht, die Möglichkeit, jeden Menschen zu vernichten, den er vernichten wollte, die Würde, die er auch äußerlich zur Schau trug, wenn er den Gerichtssaal betrat oder mit Untergebenen verhandelte, seine Erfolge bei Vorgesetzten und Untergebenen, vor allem aber das Geschick, mit dem er jede Sache führte und dessen er sich wohl bewußt war — alles das freute ihn und füllte mit den Unterhaltungen im Kreise der Kollegen, dem Mittagessen und dem Whistspiel sein Leben aus. Und so ging das Leben des Iwan Iljitsch auch weiterhin so, wie es seiner Meinung nach gehen mußte: angenehm und anständig.

So lebte er noch sieben Jahre. Die älteste Tochter wurde sechszehn Jahre alt, noch ein Kind starb, und es blieb ihm nur ein Sohn, ein Gymnasiast, der auch als Zankapfel herhalten mußte. Denn Iwan Iljitsch hatte ihn auf die Rechtsschule geben wollen, Praskowja Feodorowna aber gab ihn, nur um ihren Mann zu ärgern, auf das Gymnasium. Die Tochter wurde zu Hause unterrichtet und entwickelte sich gut, der Knabe lernte auch nicht schlecht.

3

So war das Leben des Iwan Iljitsch von seiner Vermählung an siebzehn Jahre lang hingegangen. Er war schon ein alter Staatsanwalt geworden, der mehrere Versetzungen abgelehnt hatte, weil er auf einen ihm genehmeren Posten wartete — da trat plötzlich ein unangenehmes Ereignis ein, das die Ruhe seines Daseins völlig zu stören drohte. Iwan Iljitsch rechnete auf das Amt des Gerichtspräsidenten in einer Universitätsstadt, aber Hoppe war ihm irgendwie zuvorgekommen und erhielt diesen Posten. Iwan Iljitsch wurde gereizt, erging sich in Vorwürfen und verzankte sich mit Hoppe und seinen nächsten Vorgesetzten; man wurde kühl gegen ihn und überging ihn bei der nächsten Beförderung wieder.

Das war im Jahre 1880. Dieses Jahr war das schwerste im Leben des Iwan Iljitsch. In diesem Jahre zeigte sich einerseits, daß sein Gehalt nicht ausreichte, die Lebensunkosten zu bestreiten, andererseits — daß alle ihn vergessen hatten und daß das, was ihm als größtes, grausamstes Unrecht erschien, das ihm angetan werden konnte, die andern eine ganz gewöhnliche Sache dünkte. Sogar der Vater hielt es nicht für seine Pflicht, ihn zu unterstützen. Er fühlte, daß alle ihn verlassen hatten, weil sie seine Stellung mit einem Gehalt von dreitausendfünfhundert Rubeln für eine durchaus normale und sogar glückliche ansahen. Er allein wußte, daß mit dem Bewußtsein des ihm zugefügten Unrechts, mit den ewigen Quälereien der Frauen, mit den Schulden, die er machen mußte, da er über seine Mittel hinaus lebte, seine Lage keineswegs normal war.

Im Sommer dieses Jahres nahm er, um Geld zu sparen, Urlaub und begab sich mit seiner Frau für die Ferien aufs Land, zu dem Bruder von Praskowja Feodorowna.

Auf dem Lande, ohne Dienst, fühlte Iwan Iljitsch zum erstenmal nicht nur Langeweile, sondern sogar eine unerträgliche Öde und kam zum Beschluß, daß man so nicht leben könne und daß es notwendig sei, irgendwelche energische Maßnahmen zu treffen.

Nach einer schlaflosen Nacht, die Iwan Iljitsch auf der Veranda auf und ab gehend zugebracht hatte, beschloß er, nach Petersburg zu reisen, um sich um eine geeignete Stellung zu bemühen, und zwar wollte er sie, das heißt jene, die ihn nicht zu würdigen gewußt hatten, dadurch bestrafen, daß er seinen Dienst in einem andern Ministerium fortsetzte.

Am folgenden Tage fuhr er, ohne auf die Einwände seiner Frau und seines Schwagers zu hören, nach Petersburg.

Seine Reise hatte nur einen Zweck: um einen Posten mit fünftausend Rubeln Gehalt nachzusuchen. Er hielt sich nun an kein Ministerium mehr, keine Richtung, keine besondere Art der Betätigung. Ihm war es nur um den Posten zu tun, einen Posten mit fünftausend Rubeln Gehalt, sei es in der Verwaltung, in einer Bank, an der Eisenbahn, in den Wohlfahrtsanstalten, selbst beim Zollamt — wenn es nur fünftausend Rubel waren und er aus dem Ministerium fortkam, wo man ihn nicht zu würdigen verstanden hatte.

Und diese Reise des Iwan Iljitsch hatte einen staunenswerten, unvermuteten Erfolg. In Kursk stieg ein Bekannter von ihm, F. S. Iljin, in den Wagen erster Klasse ein und teilte ihm den Inhalt eines soeben beim Gouverneur von Kursk eingegangenen Telegramms mit: im Ministerium würde demnächst eine Umwälzung vor sich gehen; auf den Posten von Piotr Iwanowitsch würde Iwan Semionowitsch ernannt. Die bevorstehende Umwälzung hatte neben ihrer allgemeinen Bedeutung für Rußland noch die besondere Bedeutung für Iwan Iljitsch, daß sie eine neue Person, Piotr Petrowitsch und augenscheinlich auch dessen Freund Sachar Iwanowitsch, in den Vordergrund rückte, und das war für Iwan Iljitsch überaus günstig. Denn Sachar Iwanowitsch war sein Studiengenosse und Freund.

In Moskau bestätigte sich die Nachricht. In Petersburg angelangt, suchte Iwan Iljitsch gleich Sachar Iwanowitsch auf und erhielt von ihm das Versprechen, daß er bestimmt auf einen Posten in seinem früheren Ressort — dem Justizministerium — rechnen könne.

Eine Woche später telegraphierte er an seine Frau:

„Sachar Nachfolger Millers; bei erstem Personalbericht erfolgt meine Ernennung."

Dank diesem Personalwechsel erhielt Iwan Iljitsch in seinem frühern Ministerium einen Posten, der ihn um zwei Rangklassen höher stellte als seine Altersgenossen: fünftausend Rubel Gehalt und dreitausendfünfhundert Rubel Spesen. Der ganze Ärger über seine einstigen Feinde und das gesamte Ministerium war vergessen, und Iwan Iljitsch war vollkommen glücklich.

Iwan Iljitsch kehrte so heiter und zufrieden aufs Land zurück, wie er es lange nicht gewesen war. Praskowja Feodorowna wurde auch vergnügt und sie schlossen einen Waffenstillstand. Iwan Iljitsch erzählte, wie man ihn in Petersburg gefeiert hätte, wie alle seine bisherigen Feinde beschämt dagestanden und vor ihm gekrochen hätten, wie man ihn um seine Stellung beneide, besonders aber, wie alle in Petersburg ihn gern hätten.

Praskowja Feodorowna hörte zu und gab sich den Anschein, als glaube sie ihm alles; sie widersprach ihm gar nicht, sondern machte nur Pläne, wie sie ihr Leben in ihrem neuen Wohnort einrichten würde. Und Iwan Iljitsch sah mit Freuden, daß ihre Pläne auch seine Pläne waren, daß sie sich wieder nähergekommen waren, daß sein stockendes Leben wieder seinen echten, eigentümlichen Charakter einer heitern Liebenswürdigkeit und Wohlanständigkeit gewann.

Iwan Iljitsch war nur für kurze Zeit gekommen. Am 10. September sollte er sein Amt antreten; außerdem brauchte er Zeit, sich am neuen Wohnort einzurichten, alles aus der Provinz herüberzuschaffen, vielerlei noch zuzukaufen und anzuordnen — mit einem Wort, sich so einzurichten, wie er es in seinem Sinn beschlossen hatte, und fast ebenso, wie es auch für Praskowja Feodorowna feststand.

Und nun, da alles sich so glücklich gefügt hatte, da er und seine Frau das gleiche Ziel vor Augen hatten und zudem wenig zusammenlebten, näherten sie sich einander so freundschaftlich, wie es seit den ersten Jahren der Ehe nicht mehr der Fall gewesen war. Iwan Iljitsch dachte zuerst daran, seine Familie gleich mitzunehmen, aber auf das Drängen seiner Schwester und seines Schwagers, die plötzlich ungemein liebenswürdig geworden waren und ihre verwandtschaftlichen Gefühle für Iwan Iljitsch und die Seinen stark betonten, entschloß er sich, zuerst allein nach seinem neuen Wohnort zu reisen.

Iwan Iljitsch reiste ab und die heitere Stimmung, die sein Erfolg und sein gutes Einvernehmen mit der Gattin in ihm geweckt hatten — eines förderte das andere — verließ ihn die ganze Zeit hindurch nicht. Es fand sich eine entzückende Wohnung, ganz so, wie Mann und Frau es sich immer gewünscht hatten. Geräumige, hohe Empfangssäle in altem Stil, eine bequeme, großartige Arbeitsstube, Zimmer für Frau und Tochter, ein Schulzimmer für den Sohn — alles wie eigens für sie gebaut. Iwan Iljitsch machte sich selbst an die Einrichtung, wählte die Tapeten aus, kaufte Möbel, vorwiegend alte Stücke, denen er einen besonders vornehmen Stil zu geben wußte, Bezüge, Vorhänge — und alles mehrte sich und kam dem Ideal immer näher, das ihm vorschwebte. Als die Einrichtung halb fertig war, übertraf sie alle seine Erwartungen. Er sah schon den vornehmen, eleganten, nichts weniger als trivialen Charakter, den alles haben würde, wenn es ganz fertig sein würde. Im Einschlafen malte er sich den Saal in seiner Vollendung aus. Wenn er das noch nicht fertige Wohnzimmer betrachtete, sah er schon den Kamin, den Schirm, die Etagere, die leichten Stühle im Raum verteilt, die Wandteller und die Bronzen an den ihnen zukommenden Plätzen. Er freute sich an dem Gedanken, wie er Pascha und Lisanka, die auch Geschmack dafür hatten, in Erstaunen setzen würde. Sie erwarteten sicher nichts dergleichen. Vor allem war es ihm gelungen, verschiedene alte Stücke ausfindig zu machen und billig zu kaufen, die dem Ganzen einen überaus vornehmen Anstrich gaben. Er schilderte in seinen Briefen mit Absicht alles ungünstiger, um sie mehr zu verblüffen. Alles das beschäftigte ihn so, daß selbst der neue Dienst ihn bei all seiner Liebe zum Beruf weit weniger interessierte, als er erwartet hatte. In den Sitzungen war er oft zerstreut: er überlegte, wie die Portieren gehängt werden sollten — glatt oder gerafft. Er war so davon eingenommen, daß er oft selbst Hand anlegte, sogar Möbel umstellte und Gardinen anhängte. Einmal stieg er auf die Leiter, um dem Tapezierer, der ihn nicht verstand, zu zeigen, wie die Gardine drapiert werden sollte, machte einen Fehltritt und fiel, aber als kräftiger und gewandter Mann stürzte er nicht herab, sondern schlug nur mit der Hüfte gegen den Fenstergriff. Die verletzte Stelle tat eine Zeitlang weh, dann war der Schmerz vorüber. Iwan Iljitsch fühlte sich diese ganze Zeit über besonders frisch und gesund. Er schrieb: „Ich fühle mich fünfzehn Jahre jünger." Im September glaubte er mit allem fertig zu werden, aber die Arbeiten zogen sich bis Mitte Oktober hin. Dafür war alles entzückend — das fand nicht nur er, sondern es sagten ihm alle, die seine Wohnung zu sehen bekamen.

Im Grunde jedoch hatte er nichts andres, als was man

bei allen nicht sehr reichen Leuten findet, die aber den Reichen ähnlich sehen wollen und daher nur einander ähnlich sind: Damast, Ebenholz, Blumen, Teppiche, Bronzen, dunkler und glänzender Kram, alles das, was eine gewisse Art von Leuten haben muß, um allen Leuten einer gewissen Art ähnlich zu sein. Und bei ihm war die Ähnlichkeit so groß, daß eigentlich nichts die Aufmerksamkeit fesselte; aber ihm schien das alles etwas ganz Besonderes. Als er die Seinigen auf dem Bahnhof empfangen, sie in seine hell erleuchtete fertige Wohnung gebracht und der Diener mit der weißen Halsbinde die Tür zu dem mit Blumen geschmückten Vorzimmer geöffnet hatte, als sie dann in das Wohnzimmer und das Kabinett traten und ihrem Entzücken laut Ausdruck gaben — da war er sehr glücklich, führte sie überall herum, berauschte sich an ihren Lobpreisungen und strahlte vor Freude. Und als am selben Abend Praskowja Feodorowna ihn unter anderm fragte, wie er gefallen sei, da lachte er und machte ihr vor, wie er gestürzt war und den Tapezierer erschreckt hatte.

„Ich bin nicht umsonst Turner. Ein anderer hätte sich totgeschlagen; ich habe nur einen kleinen Stoß in die Seite bekommen; wenn man hingreift, tut es weh, aber es geht schon vorüber; eine ganz einfache Beule."

Und nun lebten sie in der neuen Wohnung, in der nur, wie es sich immer herausstellt, wenn man sich ordentlich eingelebt hat, ein Zimmer zu wenig war, und mit den neuen Einkünften, die nur, wie immer, ein ganz klein wenig — um etwa fünfhundert Rubel — zu gering waren, und alles war sehr gut. Besonders schön war es in der ersten Zeit, als noch nicht alles eingerichtet war und man noch immer zu tun hatte: einzukaufen, zu bestellen, umzuräumen, einzurichten. Wenn es auch ab und zu Meinungsverschiedenheiten zwischen Mann und Frau gab, so waren doch beide so zufrieden und hatten so viel zu tun, daß es zu ernsthaften Streitigkeiten nicht kam. Als es nichts mehr einzurichten gab, empfand man etwas Langeweile; es fehlte eben etwas; doch inzwischen hatte man Bekanntschaften gemacht, Gewohnheiten angenommen, und das Leben war ausgefüllt.

Am Vormittag war Iwan Iljitsch im Gericht, zu Mittag kam er nach Hause und in der ersten Zeit war seine Stimmung gut, wenn sie auch etwas durch die Wohnungseinrichtung litt. (Jeder Flecken auf einem Tischtuch, einem Möbelbezug, jede abgerissene Gardinenschnur ärgerte ihn; er hatte sich so viel Mühe mit der Einrichtung gegeben, daß ihm jede Zerstörung wehe tat.) Im übrigen aber verlief das Leben des Iwan Iljitsch nun so, wie seiner Ansicht nach ein Leben verlaufen mußte: leicht, angenehm und anständig. Er stand um neun Uhr auf, trank Kaffee, las die Zeitung, zog dann seine Uniform an und fuhr ins Gericht. Dort war das Joch, an dem er ziehen mußte, seinem Nacken schon ganz angepaßt; er fuhr leicht und schnell hinein. Bittsteller, Auskünfte in der Kanzlei, die Kanzlei selbst, öffentliche Sitzungen und amtliche Besprechungen. Überall mußte man verstehen, das Frische, Lebensvolle auszuscheiden, das immer den regelmäßigen Gang der dienstlichen Geschäfte stört; man durfte keinerlei Beziehungen zu den Menschen dulden, außer rein dienstlichen; die Veranlassung zum Verkehr mußte eine ausschließlich dienstliche sein und der Verkehr nur dienstlich. Zum Beispiel: es kommt ein Mensch und will sich nach etwas erkundigen. Iwan Iljitsch als Nicht-Beamter kann keinerlei Beziehungen zu diesem Menschen haben; wenn aber eine Beziehung dieses Menschen zu ihm als Gerichtsbeamten vorhanden ist, eine Beziehung, die auf einem Papier mit entsprechender Unterschrift dargelegt werden kann — dann tut Iwan Iljitsch in den Grenzen dieser Beziehungen alles, aber auch alles, was er tun kann, und hält dabei sogar den Schein freundschaftlicher menschlicher Beziehungen aufrecht, das heißt, er ist höflich. Sobald aber das amtliche Verhältnis zu Ende ist, so löst sich auch jedes andere. Diese Fähigkeit, die amtliche Seite seines Wesens völlig von seinem wirklichen

Leben zu trennen, besaß Iwan Iljitsch in sehr hohem Grade und durch eine lange Praxis und ein entschiedenes Talent hatte er sie so entwickelt, daß er wie ein Virtuose sich sogar ab und zu erlaubte, gleichsam im Scherz, menschliche und amtliche Beziehungen zu vermengen. Er erlaubte sich das, weil er in sich die Kraft fühlte, immer, wenn es nötig sein sollte das Amtliche allein hervorzustreichen und das Menschliche fallen zu lassen. Das ging bei Iwan Iljitsch nicht nur leicht, angenehm und mit Anstand, sondern er war darin sogar Virtuose. In Sitzungspausen rauchte er, trank Tee, unterhielt sich ein wenig über Politik, ein wenig über allgemeine Dinge, ein wenig über Kartenspiel und am meisten über Ernennungen und Beförderungen. Und müde, aber mit dem Selbstgefühl eines Virtuosen, der seine Partie, eine der ersten Geigen im Orchester, tadellos durchgeführt hat, kehrte er nach Hause zurück. Frau und Tochter waren entweder ausgefahren oder hatten Besuch; der Sohn ging aufs Gymnasium, machte seine Aufgaben unter Aufsicht von Hauslehrern und lernte gewissenhaft alles, was im Gymnasium gelehrt wurde. Alles war gut. Nach dem Essen, wenn kein Besuch da war, las Iwan Iljitsch mitunter ein Buch, von dem viel gesprochen wurde; abends setzte er sich an die Arbeit, das heißt, er sah Akten durch, schlug in den Gesetzbüchern nach, verglich die Aussagen und stellte fest, unter welches Gesetz sie fallen. Er empfand dabei weder Langeweile noch Vergnügen. Wenn er sich langweilte, konnte man ja Whist spielen; wenn es aber keine Whistpartie gab, so war das immer noch besser, als allein oder mit der Frau zu sitzen. Das Vergnügen Iwan Iljitschs war aber die Veranstaltung von kleinen Diners, zu denen er Damen und Herren in gewichtiger gesellschaftlicher Stellung einlud, und ein Verkehr mit ihnen, der sich von dem üblichen Verkehr in diesen Kreisen ganz und gar nicht unterschied, wie denn auch sein Salon allen andern Salons ähnlich sah.

Einmal gaben sie sogar eine Soirée, bei der auch getanzt wurde. Und Iwan Iljitsch war vergnügt und alles war gut, nur gab es einen großen Zank mit der Frau wegen der Torten und Konfitüren; Praskowja Feodorowna hatte ihren eigenen Plan, Iwan Iljitsch aber bestand darauf, daß alles von einem teuren Konditor geliefert werde, und bestellte zuviel Torten, und der Streit entstand dadurch, daß mehrere Torten übrigblieben, die Konditorrechnung aber fünfundvierzig Rubel betrug. Der Streit war heftig und peinlich; Praskowja Feodorowna nannte ihren Mann „Schafskopf" und „Waschlappen", und er griff sich an den Kopf und ließ in der Erregung das Wort „Scheidung" fallen. Aber die Soirée selbst verlief sehr heiter. Die beste Gesellschaft war vertreten und Iwan Iljitsch tanzte mit der Fürstin Trufonowa, einer Schwester der Dame, die sich durch Gründung des Vereins „Lindre meinen Schmerz!" einen Namen gemacht hatte. Die amtlichen Freuden Iwan Iljitschs waren Freuden seiner Eigenliebe, die gesellschaftlichen Freuden waren Freuden seiner Eitelkeit; die eigentlichen Freuden Iwan Iljitschs aber waren die Freuden des Whistspiels. Er gestand, daß ihm zu guter Letzt, nach allen trüben Ereignissen seines Lebens, nur eine Freude gleich einer Kerze vor allen andern leuchtete: mit guten Spielern und verträglichen Partnern am Whisttisch zu sitzen, und zwar unbedingt zu vieren (wenn fünf spielen, ist es sehr schmerzlich auszuscheiden, mag man sich auch den Anschein geben, als täte man es sehr gerne), und ein kluges, ernstes Spiel zu machen (wenn man gute Karten hat), dann zu Abend zu essen und ein Glas Wein zu trinken. Und zu Bett ging Iwan Iljitsch nach dem Whist, besonders wenn er einen kleinen Gewinn zu verzeichnen hatte (ein großer war unangenehm), stets in besonders guter Stimmung.

So lebten sie. Sie hatten den allerbesten Verkehr; in ihrem Hause sahen sie sowohl vornehme Herrschaften als auch junge Leute.

In ihren Ansichten über ihren Bekanntenkreis waren Mann, Frau und Tochter völlig einig; ohne jede vorherige Verabredung wußten sie mit gleichem Geschick allerlei sogenannte Freunde und kompromittierende Verwandte abzuwimmeln, die sich mit Freundschaftsbeteuerungen in ihren Salon mit den japanischen Wandtellern drängten. Bald hörten diese unangenehmen Freunde auf, sich heranzudrängen, und bei Golowins verkehrte nur noch die allerbeste Gesellschaft. Die jungen Leute machten Lisanka den Hof, und der Untersuchungsrichter Petristschew, der Sohn und einzige Erbe von Dmitrij Iwanowitsch Petristschew, schien sich ernsthaft um Lisa zu bemühen, so daß Iwan Iljitsch schon mit Praskowja Feodorowna die Frage erörterte, ob man für sie nicht eine Schlittenpartie oder eine Liebhaberaufführung veranstalten sollte. So lebten sie. Und alles ging immer in demselben Gleise und alles war sehr gut.

4

Alle waren gesund. Man konnte es doch nicht Unwohlsein nennen, wenn Iwan Iljitsch ab und zu sagte, er habe einen merkwürdigen Geschmack im Munde und fühle ein gewisses Unbehagen in der linken Magengegend.

Doch es geschah, daß dieses Unbehagen zunahm, und zwar noch nicht zum richtigen Schmerz wurde, wohl aber zu einem dauernden Gefühl der Schwere in der Seite, verbunden mit übler Laune. Diese üble Laune, die immer stärker wurde, begann die Annehmlichkeit des leichten und standesgemäßen Lebens, daß die Familie Golowin seit langem führte, zu beeinträchtigen. Die Ehegatten zankten sich immer öfter und bald verschwand die Annehmlichkeit und Leichtigkeit, nur der äußere Anstand wurde noch mit Mühe aufrecht erhalten. Szenen wurden wieder häufiger. Wieder blieben nur noch einige ganz wenige Inseln übrig, auf denen Mann und Frau sich begegnen konnten, ohne aneinander zu geraten. Und Praskowja Feodorowna sagte jetzt nicht ohne Grund, ihr Mann habe einen schweren Charakter. Mit der ihr eigenen Neigung zum Übertreiben sagte sie, er hätte immer einen so entsetzlichen Charakter gehabt, nur ihre Güte hätte es möglich gemacht, das zwanzig Jahre lang zu ertragen. Richtig war dabei, daß er jetzt den Streit hervorrief. Seine Anzapfungen begannen gewöhnlich unmittelbar vor dem Mittagessen, und zwar oft, wenn er zu essen anfing, bei der Suppe. Bald bemerkte er, daß vom Geschirr etwas beschädigt sei, bald war ihm das Essen nicht recht, oder der Sohn hatte die Ellbogen auf den Tisch gelegt, oder die Frisur der Tochter ärgerte ihn. Und an allem sollte Praskowja Feodorowna schuld sein. Praskowja Feodorowna widersprach erst und sagte ihm unangenehme Dinge, aber zweimal geriet er zu Anfang des Mittagessens in eine solche Wut, daß sie begriff, daß es sich um einen krankhaften Zustand handelte, der durch die Nahrungsaufnahme hervorgerufen wurde, und sich zusammennahm; sie widersprach nicht mehr, sondern bemühte sich nur, die Tafel recht bald aufzuheben. Ihre Demut rechnete sich Praskowja Feodorowna sehr hoch an. Nachdem sie zur Erkenntnis gelangt war, daß ihr Mann einen furchtbaren Charakter hatte und sie fürs Leben unglücklich gemacht hatte, empfand sie ein großes Mitleid mit sich selbst. Und je mehr sie sich bemitleidete, desto mehr haßte sie ihren Mann. Sie fing an zu wünschen, daß er sterben möge, und durfte es doch nicht wünschen, denn dann bliebe ja das Gehalt aus. Und das brachte sie noch mehr gegen ihn auf. Sie hielt sich für furchtbar unglücklich eben deswegen, weil nicht einmal sein Tod ihr helfen konnte, und so wurde sie immer mehr gereizt, suchte das zu verbergen, und diese versteckte Gereiztheit bei ihr erhöhte wiederum seine Gereiztheit.

Nach einer Szene, bei der Iwan Iljitsch besonders ungerecht gewesen war und nach der er bei der Aussprache selbst zugab, daß er jetzt sehr reizbar sei, daß dieses aber von seiner Krankheit komme, sagte sie ihm, wenn er krank sei, müsse er sich behandeln lassen, und verlangte von ihm, daß er zu einem berühmten Arzt gehe.

Er fuhr hin. Es kam alles so, wie er es erwartet hatte; alles war so, wie es immer gemacht wird. Die Erwartung, die ihm so wohlbekannte gemachte Würde des Arztes, die er auch bei sich im Gericht kannte, das Beklopfen und Behorchen, die Fragen, die vorher bestimmte und offenbar überflüssige Antworten heischten, die bedeutsame Miene, die zu verstehen gab: überantworten Sie sich bloß uns, und wir bringen alles in Ordnung; wir wissen ganz genau, wie alles gemacht werden muß, alles in derselben Weise bei jedem Menschen, wer es auch sei — es war alles genau so wie beim Gericht. Dieselbe Miene, die er im Gerichtssaal dem Angeklagten gegenüber aufsteckte, zeigte der berühmte Arzt ihm.

Der Doktor sagte: „Das und das weist darauf hin, daß in Ihrem Innern das und das vorhanden ist; wenn es aber durch die Untersuchungen von dem und dem nicht bestätigt werden sollte, wird man das und das annehmen müssen; ist es aber das, so . . .“ und so weiter. Für Iwan Iljitsch war nur eine Frage wichtig: war sein Zustand gefährlich oder nicht? Aber der Doktor überhörte diese unpassende Frage. Vom Standpunkt des Doktors war diese Frage überflüssig und stand nicht zur Erörterung; für ihn galt es nur die Wahrscheinlichkeiten abzuwägen: ob es eine Wanderniere, ein chronischer Katarrh oder ein Leiden des Blinddarms war. Für ihn war die Frage nach Leben und Tod Iwan Iljitschs nicht vorhanden, sondern bloß der Streit zwischen Wanderniere und Blinddarm. Und diesen Streit entschied der Doktor vor den Augen Iwan Iljitschs glänzend zugunsten des Blinddarms, mit dem Vorbehalt, daß die Harnuntersuchung neue Gesichtspunkte bieten könnte und das Urteil dann revidiert werden müsse. Alles das war genau dasselbe, was Iwan Iljitsch tausendmal so glänzend den

Angeklagten vorgemacht hatte. Ebenso glänzend war das Schlußwort des Arztes, und triumphierend, ja sogar vergnügt blickte er über seine Brille hinweg den Angeklagten an. Aus dem Resümee des Arztes zog Iwan Iljitsch den Schluß, daß es schlecht um ihn stehe, und daß dieses dem Arzt, und wohl auch allen andern ganz gleichgültig sei, er aber leiden müsse. Und dieser Schluß war für Iwan Iljitsch ein schmerzhafter Schlag, der in ihm ein großes Mitleid mit sich selbst weckte und eine große Erbitterung gegen diesen Doktor, der eine so wichtige Frage so gleichgültig behandelte.

Er sagte aber nichts, sondern stand auf, legte das Geld auf den Tisch und sagte mit einem Seufzer: „Wir Kranken richten wohl oft unpassende Fragen an Sie. Ist das überhaupt eine gefährliche Krankheit oder nicht?"

Der Arzt sah ihn streng mit einem Auge über die Brille an, als wollte er sagen: „Angeklagter, wenn Sie sich nicht in den Grenzen der an Sie gerichteten Fragen halten, sehe ich mich gezwungen zu verfügen, daß man Sie aus dem Sitzungssaal entfernt."

„Ich habe Ihnen bereits mitgeteilt, was ich für nötig und opportun hielt", sagte der Arzt. „Das Weitere wird die Untersuchung zeigen." Und der Doktor machte eine Verbeugung.

Iwan Iljitsch ging langsam hinaus, setzte sich traurig in seinen Schlitten und fuhr nach Hause. Den ganzen Tag dachte er ununterbrochen über die Worte des Doktors nach, bemühte sich, alle diese verworrenen, unklaren wissenschaftlichen Ausdrücke in die Sprache des Alltags zu übersetzen und aus ihnen eine Antwort auf seine Frage herauszulesen: „Steht es schlecht — steht es sehr schlecht mit mir, oder kann mir noch geholfen werden?" Und es schien, daß der Sinn alles dessen, was der Doktor ihm gesagt hatte, wäre: es steht sehr schlecht. Alles auf den Straßen kam Iwan Iljitsch traurig vor. Die Droschkenkutscher waren traurig, die Häuser waren traurig, die Fußgänger, die Läden waren traurig. Der Schmerz aber, der dumpfe, bohrende Schmerz, der nicht eine Sekunde aufhörte, schien im Zusammenhang mit den unklaren Reden des Arztes eine neue, ernstere Bedeutung gewonnen zu haben. Iwan Iljitsch nahm ihn jetzt mit einem neuen, niederdrückenden Gefühl auf.

Er kam nach Hause und erstattete seiner Frau Bericht. Die Frau hörte ihm zu, aber mitten in seiner Erzählung kam die Tochter herein. Sie war im Hut und wollte mit der Mutter ausfahren. Widerstrebend setzte sie sich, um die langweilige Geschichte mit anzuhören, hielt es aber nicht lange aus, und auch die Mutter hörte ihn nicht bis zu Ende an.

„Nun, das freut mich sehr", sagte die Frau. „Also jetzt sieh zu, daß du deine Arznei regelmäßig nimmst. Gib mir das Rezept, ich will Gerasim in die Apotheke schicken."

Und sie ging sich ankleiden.

Er hatte nicht aufzuatmen gewagt, solange sie im Zimmer war; als sie gegangen war, seufzte er schwer.

„Na ja," sagte er, „vielleicht ist es wirklich noch nicht so schlimm."

Er nahm die Arznei, befolgte die Vorschriften des Arztes, die nach der Harnuntersuchung geändert wurden. Aber nun geschah es, daß bei dieser Untersuchung und dem, was darauf folgen sollte, irgend etwas nicht stimmen wollte. An den Doktor selbst kam man nicht heran, aber es hatte den Anschein als wollten die Dinge sich nicht so entwickeln, wie der Doktor sie dargestellt hatte; entweder hatte er etwas übersehen, oder ihn belogen oder etwas verheimlicht.

Aber Iwan Iljitsch befolgte die Vorschriften dennoch aufs genaueste und in der ersten Zeit gewährte ihm das einen gewissen Trost.

Die Hauptbeschäftigung von Iwan Iljitsch war nach dem Besuche beim Arzt die genaue Einhaltung seiner Vorschriften in bezug auf Hygiene und Gebrauch der Arzneimittel und die Beobachtung seiner Schmerzen, sowie überhaupt aller Funktionen seines Organismus. Für nichts hatte Iwan Iljitsch jetzt mehr Interesse als für Krankheiten und Gesundheit des Menschen. Wenn man in seiner Gegenwart von Kranken, Verstorbenen, Genesenen sprach, besonders von einer Krankheit, die der seinen ähnlich war, dann hörte er, seine Erregung mühsam verbergend, gespannt zu, stellte Fragen und suchte das Gehörte auf seine eigene Krankheit anzuwenden.

Der Schmerz ließ nicht nach. Aber Iwan Iljitsch tat sich Gewalt an, um sich zum Glauben zu zwingen, daß es ihm besser gehe. Und er konnte sich betrügen, solange ihn nichts aufregte. Kaum aber hatte er Ärger mit seiner Frau, Unannehmlichkeiten im Dienst, schlechte Karten im Whist, so empfand er sofort die ganze Gewalt seines Leidens; früher trug er derartiges Mißgeschick, indem er sich tröstete, daß er das Übel gleich wieder gutmachen, überwinden, Erfolg haben, einen Grand haben werde; jetzt aber machte jedes Mißgeschick ihn nervös und brachte ihn zur Verzweiflung. Er sagte zu sich: „Nun fing ich eben an, mich wohler zu fühlen, die Arznei fing eben an zu wirken — und da muß dieses verfluchte Mißgeschick oder dieser Ärger kommen ..." Und er war wütend auf das Unglück oder auf die Leute, die ihn ärgerten und nach seinem Leben trachteten, und er fühlte, daß diese Wut ihn tötete; aber er konnte sie nicht zurückdrängen. Es hätte ihm eigentlich klar sein müssen, daß dieser Ärger über die Verhältnisse und die Menschen sein Leiden verschlimmerte und daß er deshalb auf unangenehme Zufälle gar nicht hätte achten sollen; allein seine Gedanken bewegten sich in entgegengesetzter Richtung: er sagte, er brauche Ruhe, lauerte auf alles, was diese Ruhe stören könnte, und wurde bei der leisesten Störung gereizt. Sein Zustand wurde noch dadurch verschlimmert, daß er medizinische Bücher las und sich mit Ärzten beriet. Die Verschlimmerung schritt so gleichmäßig vorwärts, daß er sich täuschen konnte, wenn er einen Tag mit dem andern verglich: der Unterschied war sehr gering. Wenn er aber mit den Ärzten verhandelte, dann schien es ihm, daß es schlimmer würde, und zwar in sehr schnellem Tempo. Und trotzdem verhandelte er beständig mit Ärzten.

In diesem Monat suchte er eine andere Berühmtheit auf; diese andere Berühmtheit sagte fast dasselbe, was die erste gesagt hatte, stellte aber die Fragen anders. Und die Beratung mit dieser Berühmtheit erhöhte nur den Zweifel und die Angst von Iwan Iljitsch. Der Freund seines Freundes, ein sehr guter Arzt, definierte die Krankheit ganz anders, versprach zwar völlige Heilung, verwirrte aber durch seine Reden und Vermutungen Iwan Iljitsch noch mehr und erhöhte seine Zweifel. Ein Homöopath definierte das Leiden wieder anders und verordnete eine Arznei, die Iwan Iljitsch heimlich wohl eine Woche lang einnahm. Aber als er nach dieser Woche keine Erleichterung verspürte, verlor er den Glauben sowohl an diese Heilmethode als an alle früheren und wurde noch betrübter. Einmal erzählte eine bekannte Dame etwas von einer Heilung durch ein wundertätiges Marienbild. Iwan Iljitsch ertappte sich dabei, daß er aufmerksam zuhörte und die Möglichkeit des Vorgangs erwog. Dieses Erlebnis erfüllte ihn mit Furcht. „Bin ich geistesschwach geworden?“ sagte er zu sich selbst. „Dummes Zeug! Alles ist Unsinn! Man darf dem Argwohn nicht nachgeben, sondern muß sich an einen Arzt halten und seine Vorschriften genau befolgen. So will ich es machen. Schluß. Ich will an nichts mehr denken und bis zum Sommer die Kur streng durchführen. Und dann wird man sehen. Genüg des Schwankens!“ Das war leicht gesagt, aber unmöglich zu erfüllen. Der Schmerz in der Seite quälte ihn weiter, er schien immer zuzunehmen, wurde anhaltender, der Geschmack im Munde wurde immer sonderbarer; es war ihm, als käme ein abscheulicher Geruch aus seinem Munde; der Appetit wurde immer schlechter, die Kräfte ließen nach. Er konnte sich nicht mehr täuschen: etwas Furchtbares, Neues und so Bedeutendes, wie Iwan Iljitsch es noch nie bisher erlebt hatte, ging in ihm vor. Und er allein wußte es, die Menschen seiner Umgebung aber verstanden es nicht oder wollten es nicht verstehen und meinten, alles in der Welt gehe seinen gewöhnlichen Gang. Und eben das quälte Iwan Iljitsch am meisten. Die Angehörigen, vor allem seine Frau und Tochter, die ganz von ihren gesellschaftlichen Pflichten in Anspruch genommen waren, verstanden nichts — er sah es deutlich — ärgerten sich, daß er so mißgestimmt und anspruchsvoll war — gerade als wäre er daran schuld. Wenn sie es auch zu verbergen suchten, so sah er doch, daß er ihnen im Wege stand, daß seine Frau sich aber ein gewisses Verhalten gegenüber seiner Krankheit angewöhnt hatte, ohne Rücksicht darauf, was er sagte und tat. Dieses Verhalten war folgendes: „Sie wissen," sagte sie zu ihren Bekannten, „Iwan Iljitsch kann nicht, wie alle braven Leute, die ärztlichen Verordnungen genau durchführen. Heut nimmt er die Tropfen, ißt, was ihm gestattet ist, und legt sich rechtzeitig zu Bett; morgen hat er plötzlich, wenn ich nicht aufpasse, die Tropfen vergessen, ißt fetten Fisch (der ihm verboten ist) und sitzt bis ein Uhr nachts am Whisttisch."

„Ach, wann kommt denn das vor?" sagte Iwan Iljitsch ärgerlich. „Einmal bei Piotr Iwanowitsch."

„Und gestern bei Schebeck."

„Ich hätte ja doch vor Schmerzen nicht schlafen können."

„Das ist ganz gleich; so wirst du nie gesund und quälst uns nur."

Das äußere Verhalten Praskowja Feodorownas zur Krankheit ihres Mannes, das sie ihm und den andern gegenüber zur Schau trug, machte den Eindruck, als wäre Iwan Iljitsch allein an dieser Krankheit schuld und als handle es sich dabei nur um eine neue Unannehmlichkeit, die er seiner Frau bereiten wolle. Iwan Iljitsch fühlte wohl, daß sie das ganz unwillkürlich tat, aber davon wurde ihm nicht leichter.

Im Gericht bemerkte Iwan Iljitsch oder glaubte zu bemerken, daß die Kollegen sich ihm gegenüber ebenfalls seltsam verhielten: bald schien es ihm, als betrachtete man ihn wie einen Menschen, der seinen Platz demnächst räumen werde; bald fingen seine Freunde an, gutmütig über seine Ängstlichkeit zu spötteln, als wäre das Entsetzliche, Unerhörte, das in ihm saß und unaufhörlich an ihm zehrte und ihn unaufhaltsam fortriß, der geeignetste Gegenstand zum Scherzen. Besonders Schwarz, dieser schalkhafte, lebensfrohe und vornehme Mensch, der Iwan Iljitsch an sein eigenes Wesen vor zehn Jahren erinnerte, brachte ihn auf.

Die Freunde kamen zum Kartenspiele, man setzte sich, gab Karten, ordnete die Blätter, Karo zu Karo; er hatte ihrer sieben. Der Partner sagte Grandissimo und hielt die zwei Karo. Was konnte man sich noch wünschen? Er hätte froh und munter sein müssen, denn es gab sicher einen Schlemm. Und nun fühlt Iwan Iljitsch plötzlich diesen saugenden Schmerz, diesen Geschmack im Munde, und es kommt ihm wie Wahnsinn vor, daß er sich da noch über seinen Schlemm freuen kann.

Er sieht Michail Michajlowitsch an, seinen Partner, wie er sanguinisch mit der Hand auf den Tisch schlägt und höflich und nachsichtig verzichtet, die Stiche an sich zu nehmen, sie vielmehr Iwan Iljitsch zuschiebt, um ihm das Vergnügen zu machen, sie zu sammeln, ohne sich anstrengen und die Hand zu weit ausstrecken zu müssen. „Meint er denn, ich wäre so schwach, daß ich nicht einmal die Hand ausstrecken kann?“ denkt Iwan Iljitsch, vergißt die Trümpfe, wirft einen ab, obgleich der Stich schon sicher ist, und verliert seinen Schlemm mit einem Minus von drei Stichen — und was das Entsetzlichste ist: er sieht, wie Michail Michajlowitsch leidet, und bleibt ganz gleichgültig. Und es ist furchtbar, daran zu denken, warum er gleichgültig ist.

Alle sehen, daß ihm nicht gut ist, und sagen: „Wir können aufhören, wenn Sie müde sind. Ruhen Sie aus.“ Ausruhen? Nein, er ist gar nicht müde; sie spielen den Robber zu Ende. Alle sind finster und schweigsam. Iwan Iljitsch merkt, daß er diese düstere Stimmung hervorgerufen hat, aber er kann sie nicht zerstreuen. Man ißt zu Abend, und die Gäste verabschieden sich; Iwan Iljitsch bleibt allein mit dem Bewußtsein, daß sein Leben vergiftet ist und daß er den andern das Leben vergiftet und daß dieses Gift in seiner Wirkung nicht nachläßt, sondern sein ganzes Wesen mehr und mehr durchdringt.

Und mit diesem Bewußtsein, und noch mit körperlichen Schmerzen, und noch mit dem Gefühl des Grauens vor dem Kommenden mußte er sich ins Bett legen und oft vor Schmerzen den größten Teil der Nacht ohne Schlaf bleiben. Am Morgen aber mußte er wieder aufstehen, sich ankleiden, ins Gericht fahren, reden, schreiben, und wenn er nicht hinfuhr, die gleichen vierundzwanzig Stunden, von denen jede eine Marter war, zu Hause verbringen. Und so am Rande des Abgrunds mußte er allein leben, ohne einen Menschen zu haben, der ihn verstanden und bedauert hätte.

5

So ging es einen Monat und noch einen. Kurz vor Neujahr kam sein Schwager in ihre Stadt und stieg bei ihnen ab. Iwan Iljitsch war im Gericht. Praskowja Feodorowna machte Einkäufe. Als er in sein Arbeitszimmer trat, fand er dort den Schwager vor, einen gesunden Sanguiniker, der selbst seinen Koffer auspackte. Als er die Schritte von Iwan Iljitsch hörte, hob er den Kopf und sah ihn eine Sekunde schweigend an. Dieser Blick offenbarte Iwan Iljitsch alles. Der Schwager öffnete den Mund, um aufzuschreien, bezwang sich aber. Diese Bewegung bestätigte alles.

„Nun, habe ich mich verändert?“

„Ja . . . du hast dich einigermaßen verändert.“

Und so oft Iwan Iljitsch auch später den Schwager im Gespräch auf sein Aussehen zu bringen versuchte, der Schwager ging beharrlich nicht darauf ein. Praskowja Feodorowna kam nach Hause, der Schwager ging zu ihr. Iwan Iljitsch verschloß die Tür und betrachtete sich im Spiegel — erst en face, dann von der Seite. Er nahm das Bild, das ihn mit seiner Frau darstellte, und verglich es mit dem, was er im Spiegel sah. Die Veränderung war ungeheuer. Dann entblößte er die Arme bis zum Ellbogen, betrachtete sie, schob die Ärmel wieder herunter, setzte sich auf die Ottomane und wurde finsterer als die Nacht.

„Nicht doch, nicht doch", sagte er zu sich selbst, sprang auf, trat an den Tisch, schlug die Akten auf, fing an zu lesen und konnte nicht. Er öffnete die Tür und ging in den Saal. Die Tür zum Wohnzimmer war geschlossen. Er näherte sich ihr auf den Zehen und horchte.

„Nein, du übertreibst", sagte Praskowja Feodorowna.

„Ich übertreibe? Merkst du es denn nicht? Er ist ein toter Mann — sieh ihm doch bloß in die Augen. Es ist gar kein Licht drin. Was fehlt ihm denn?"

„Das weiß niemand. Nikolajew" — das war der andere Arzt — „hat irgend etwas gesagt, aber ich weiß es nicht. Lestschetizkij" — das war der berühmte Arzt — „meinte dagegen . . ."

Iwan Iljitsch trat zurück, ging in sein Zimmer, legte sich hin und dachte: die Niere, die Wanderniere. Er erinnerte sich an alles, was die Ärzte ihm gesagt hatten, wie die Niere sich losgerissen und zu wandern begonnen hätte. Und er strengte seine Einbildungskraft an, um diese Niere einzufangen und festzuhalten: es war so wenig dazu nötig, schien ihm. „Nein, ich fahre noch zu Piotr Iwanowitsch." (Das war der Freund, der mit einem Arzt befreundet war.) Er schellte, ließ anspannen und wollte sich auf den Weg machen.

„Wohin, Jean?" fragte ihn seine Frau mit besonders wehmütiger und ungewohnt freundlicher Miene.

Diese ungewohnt freundliche Miene brachte ihn in Harnisch. Er sah sie finster an.

„Ich muß zu Piotr Iwanowitsch."

Er fuhr zu dem Freunde, der mit dem Arzt befreundet war. Und mit ihm zum Arzt. Er traf ihn zu Hause an und unterhielt sich lange mit ihm.

Als er sich dann in die anatomischen und physiologischen Einzelheiten der Erscheinungen, die nach der Ansicht des Arztes in ihm vorgingen, vertiefte, begriff er alles.

Da war ein Schaden, ein winziger Schaden am Blinddarm. Aber das alles konnte wieder gut werden. Die Energie des einen Organs wird erhöht, die Tätigkeit des andern herabgesetzt, der schädliche Stoff wird aufgesogen und alles ist in Ordnung. Er kam etwas zu spät zum Essen. Er speiste, unterhielt sich heiter, konnte aber lange nicht in sein Zimmer gehen, um zu arbeiten. Endlich begab er sich in sein Zimmer und setzte sich sofort an die Arbeit. Er las in den Akten, er arbeitete, aber das Bewußtsein, noch eine wichtige, persönliche Angelegenheit zurückgestellt zu haben, an die er sich zum Schluß machen müsse, verließ ihn nicht. Als er mit den Akten fertig war, erinnerte er sich, daß diese persönliche Angelegenheit der Gedanke an den Blinddarm war. Er gab sich ihm aber nicht hin, sondern ging ins Wohnzimmer zum Tee. Es war Besuch da, man unterhielt sich, spielte Klavier, sang; auch der Untersuchungsrichter, den er sich zum Schwiegersohn ausersehen hatte, war da. Iwan Iljitsch verbrachte, wie Praskowja Feodorowna bemerkte, diesen Abend heiterer als die andern, aber er vergaß keinen Augenblick, daß er den gewichtigen Gedanken an den Blinddarm zurückgestellt hatte. Um elf Uhr verabschiedete er sich und ging in sein Zimmer. Seit seiner Erkrankung schlief er allein in dem kleinen Stübchen neben seinem Arbeitszimmer. Er ging hin, kleidete sich aus und nahm einen Roman von Zola vor; er las ihn aber nicht, sondern dachte. Und in seiner Einbildung vollzog sich die ersehnte Wiederherstellung des Blinddarms. Etwas wurde aufgesogen, etwas ausgestoßen, die regelmäßige Tätigkeit wieder aufgenommen.

„Ja, das ist alles richtig,“ sagte er zu sich selbst, „man muß nur der Natur zu Hilfe kommen.“ Die Arznei fiel ihm ein, er richtete sich auf, schluckte sie, legte sich auf den Rücken, um zu fühlen, wie wohltuend die Arznei wirkte und wie sie den Schmerz vertrieb. „Nur regelmäßig einnehmen und sich vor schädlichen Einflüssen hüten; ich fühle mich schon jetzt etwas besser, viel besser.“ Er betastete seine Hüfte; bei der Berührung empfand er keinen Schmerz. „Wirklich, ich fühle nichts; es ist also schon viel besser.“ Er löschte das Licht aus und legte sich auf die Seite . . . Der Blinddarm renkt sich ein, wird aufgesogen. Da, mit einemmal fühlte er den alten, bekannten, dumpfen, nagenden Schmerz, hartnäckig, still, ernst. Im Munde der alte ekelhafte Geschmack. Sein Herz stockte, sein Kopf schwindelte. „Mein Gott, mein Gott,“ sagte er, „wieder, wieder — und nie hört es auf.“ Und plötzlich erschien ihm die Sache in ganz anderm Lichte. „Blinddarm! Niere!“ sagte er zu sich. „Nicht um den Blinddarm und nicht um die Niere handelt es sich, sondern um Leben und . . . Tod. Ja, das Leben liegt hinter mir; es schwindet, schwindet und ich kann es nicht halten. Ja. Wozu sich selbst betrügen? Ist es nicht allen klar, außer mir selbst, daß ich sterbe, und daß es sich nur noch um die Zahl der Wochen, der Tage handelt . . . Vielleicht kommt es sofort. Erst war überall Licht, jetzt ist es dunkel. Bis jetzt war ich hier, nun soll ich dahin! Wohin?“ Es überlief ihn kalt, sein Atem stockte. Er hörte nur sein Herz schlagen.

„Wenn ich nicht da bin, was wird dann noch sein? Nichts wird sein. Wo werde ich dann sein, wenn ich nicht mehr bin? Ist das wirklich der Tod? Nein, ich will nicht!“ Er sprang auf, wollte die Kerze anzünden, tastete mit zitternden Händen umher, warf Kerze und Leuchter auf den Fußboden und fiel wieder auf seine Kissen zurück. „Wozu? Es ist einerlei“, sagte er zu sich selbst, mit weit geöffneten Augen in die Finsternis starrend. „Der Tod. Ja, der Tod. Und keiner von ihnen weiß es; sie wollen es nicht wissen und haben kein Mitleid. Sie spielen.“ (Er hörte durch die Tür aus der Ferne Gesang und Klavierspiel.) „Es ist ihnen einerlei, aber sie werden auch sterben! Die Narren! Ich komme früher dran, sie später, aber es wird ihnen nicht anders gehen. Und sie freuen sich! Bande!“ Die Wut würgte ihn. Und eine unerträgliche Qual legte sich schwer auf sein Herz. „Es kann doch nicht sein, daß alle immer zu dieser entsetzlichen Furcht verdammt sind!“ Er stand auf. „Irgend etwas stimmt nicht; ich muß mich beruhigen, ich muß alles noch einmal von Anfang an überdenken.“ Und er fing von neuem zu denken an. „Ja, der Anfang der Krankheit. Ich stieß mit der Hüfte gegen den Fensterrahmen — aber ich blieb wie ich war, gestern wie heute; ein leises Unbehagen, das allmählich größer wurde; dann kamen die Ärzte; trübe Stimmung, Unruhe; wieder die Ärzte; so kam ich dem Abgrund immer näher. Die Kräfte ließen nach. Immer näher, immer näher. Und nun bin ich ganz ausgemergelt, meine Augen sind ganz trübe. Der Tod steht an meinen Bette und ich denke an den Blinddarm. Ich denke, wie ich den Darm in Ordnung bringe, aber es ist der Tod, der an mich herantritt. Ist es wirklich der Tod?“ Wieder packte ihn das Entsetzen, schwer atmend bückte er sich, suchte nach Streichhölzern und stieß mit dem Ellbogen gegen das Nachtschränkchen. Es stand ihm im Wege und hatte ihm weh getan, er wurde böse, stieß im Ärger kräftiger zu und warf das Schränkchen um. Und verzweifelnd, außer Atem, fiel er auf den Rücken, in der Erwartung, daß der Tod sofort eintreten werde.

Die Gäste verabschiedeten sich gerade. Praskowja Feodorowna begleitete sie hinaus. Sie hörte den Lärm und trat ein.

„Was ist dir?“

„Nichts. Ich habe das Nachtschränkchen aus Versehen umgestoßen.“

Sie ging hinaus und brachte Licht. Er lag da, schwer und hastig atmend, wie ein Mensch, der eine Werst gelaufen ist, und sah sie mit starren Augen an.

„Was ist dir, Jean?“

„Nichts ... Umgestoßen habe ich ... Wozu soll ich's ihr sagen? Sie versteht mich ja doch nicht“, dachte er.

Sie verstand ihn in der Tat nicht. Sie hob das Schränkchen auf, zündete ihm eine Kerze an und ging schnell fort: sie mußte noch einen Besuch hinausbegleiten. Als sie zurückkam, lag er immer noch auf dem Rücken und starrte auf die Zimmerdecke.

„Ist dir etwa schlechter?“

„Ja.“

Sie schüttelte den Kopf und setzte sich an sein Bett.

„Weißt du, Jean — ich glaube, wir müßten Lestschetizkij ins Haus bitten.“

Das sollte heißen: wir holen den berühmten Arzt, mag es auch noch so viel kosten. Er lächelte giftig und sagte: „Nein.“ Sie saß noch eine Zeitlang da, dann beugte sie sich über ihn und küßte ihn auf die Stirn.

Er haßte sie aus tiefster Seele, als sie ihn küßte, und mußte sich Gewalt antun, um sie nicht zurückzustoßen.

„Gute Nacht. So Gott will, schläfst du ein.“

„Ja.“

6

Iwan Iljitsch sah, daß er im Sterben lag, und war dauernd in Verzweiflung.

In der Tiefe seiner Seele wußte Iwan Iljitsch wohl, daß er sterben müsse, aber er hatte sich nicht nur nicht daran gewöhnt, sondern begriff es einfach nicht, konnte es nicht begreifen.

Jenes Beispiel eines Syllogismus, das er aus der Logik von Kiesewetter gelernt hatte: Cajus ist ein Mensch, die Menschen sind sterblich, also ist Cajus sterblich — hatte er sein ganzes Leben lang nur in bezug auf den Cajus für richtig gehalten, nie aber in bezug auf sich selbst. Das war der Mensch Cajus, der Mensch überhaupt, und das war ganz richtig; er aber war kein Cajus und kein Mensch überhaupt, er war immer ein von den andern ganz und gar verschiedenes Wesen; er war Wanja mit seinem Papa und seiner Mama, mit Mitja und Wolodja, seinem Spielzeug, dem Kutscher, der Wärterin, später mit Katenka, mit allen Freuden, Schmerzen, Entzückungen der Kindheit, des Knabenalters, der Jugend. Kannte denn Cajus jenen Geruch des gestreiften Lederballs, den Wanja so liebte? Küßte denn Cajus seiner Mutter so die Hand und rauschte denn so für Cajus die Seide in den Kleiderfalten der Mutter? Hatte Cajus in der Rechtsschule wegen der Pastetchen Lärm geschlagen? War Cajus so verliebt gewesen? Konnte Cajus so eine Verhandlung leiten?

Cajus ist gewiß sterblich und es ist recht und billig, wenn er stirbt — ich aber, Wanja, Iwan Iljitsch, mit all meinen Gefühlen, meinen Gedanken — ich bin etwas ganz andres. Und es kann nicht sein, daß ich sterben muß. Das wäre zu schrecklich.

So empfand er.

„Wenn ich ebenso sterben müßte wie Cajus, so wüßte ich es auch, so sagte es mir eine innere Stimme; allein es ist nichts dergleichen in mir; und ich und alle meine Freunde — wir verstanden sehr wohl, daß das etwas ganz anderes ist als die Sache mit Cajus. Und nun kommt es so!" sagte er zu sich selbst. ‚Das kann nicht sein und ist doch. Was heißt denn das? Wie ist das zu verstehen?"

Und er konnte es nicht verstehen und bemühte sich, diesen Gedanken als falsch, unzutreffend, krankhaft zu verjagen, ihn durch andere, zutreffende Gedanken zu verdrängen. Aber dieser Gedanke — nicht nur der Gedanke, sondern gleichsam die Wirklichkeit selbst, kam immer wieder und stellte sich vor ihn hin.

Und er rief der Reihe nach andere Gedanken hervor, die an die Stelle dieses einen treten sollten, in der Hoffnung, bei ihnen eine Stütze zu finden. Er versuchte zu früheren Gedankengängen zurückzukehren, die ihm sonst den Gedanken an den Tod beschattet hatten. Aber seltsam! Alles, was früher das Bewußtsein des Todes beschattet, verhüllt, vernichtet hatte, vermochte jetzt diese Wirkung nicht mehr auszuüben. Die letzte Zeit hatte Iwan Iljitsch zum größten Teil mit diesen Versuchen zugebracht, die frühern Gefühlswege wieder herzustellen, die den Tod verhüllten. Bald sagte er sich: „Ich will mich dem Dienst widmen, ich habe doch bisher von ihm gelebt." Und er ging aufs Gericht und trieb alle Zweifel von sich fort; ließ sich in Gespräche mit den Kollegen ein, setzte sich nach alter Gewohnheit nieder, die Menge mit zerstreut nachdenklichem Blick musternd und beide mageren Hände auf die Lehnen des eichenen Sessels stützend, beugte sich wie gewöhnlich zum Kollegen hinüber, schob ihm die Akten zu, wechselte flüsternd einige Worte mit ihm — und blickte dann plötzlich auf, setzte sich gerade, sprach die bekannten Worte und eröffnete die Verhandlung. Aber mittendrin begann der Schmerz in der Seite, ohne sich im geringsten um den Verlauf der Debatte zu kümmern, sein Nagewerk. Iwan Iljitsch lauschte, wies den Gedanken zurück, aber der Schmerz setzte sein Werk fort — und dann kam Er und stellte sich gerade vor ihn hin und sah ihn an, und er erstarrte, der Glanz in seinen Augen erlosch, und er fing wieder an sich zu fragen: „Ist denn Er allein die Wahrheit?" Und Kollegen und Untergebene sahen mit Erstaunen und Betrübnis, daß er, ein so glänzender, feiner Richter, sich versprach, Fehler machte. Er rüttelte sich auf, suchte zu sich zu kommen und brachte die Sitzung irgendwie zu Ende; dann ging er mit dem traurigen Bewußtsein nach Hause, daß seine Tätigkeit als Richter nicht mehr wie früher das vor ihm verbergen könne, was er verborgen haben wollte, daß die Amtstätigkeit ihn von Ihm nicht befreien könne. Und was das Schlimmste war: Er lockte ihn zu sich, nicht damit er etwas tue, sondern nur damit er Ihn ansehe, Ihm gerade in die Augen schaue und, ohne etwas zu tun, sich unsagbar quäle.

Und um diesem Zustand zu entgehen, suchte Iwan Iljitsch nach Trost, nach einem andern hüllenden Schirm, und dieser Schirm fand sich und schien ihm für kurze Zeit zu helfen, aber sofort wurde er nicht so sehr zerstört, als durchleuchtet: Er schien durch alles zu dringen und nichts konnte Ihn verdecken.

In dieser letzten Zeit kam er mitunter in das Wohnzimmer, das er eingerichtet hatte, das Wohnzimmer, wo er gefallen war, um dessentwillen er — mit giftigem Spott dachte er daran — sein Leben geopfert hatte, denn er wußte, daß seine Krankheit mit dieser Verletzung begonnen hatte; er trat ein und sah auf dem lackierten Tisch eine Schramme, die irgendwie hineingekratzt worden war. Er forschte nach der Ursache und fand sie in der Bronzeverzierung des Albums, die sich am Rande verbogen hatte. Er nahm das Album vor, ein kostbares Stück, dessen Inhalt er mit Liebe geordnet hatte, und ärgerte sich über die Nachlässigkeit seiner Tochter und ihrer Freunde — hier war das Papier zerrissen, dort war ein Bild verkehrt eingestellt. Er brachte das alles sorgsam in Ordnung und bog den Bronzebeschlag wieder zurecht.

Dann kam ihm der Gedanke, dieses ganze Arrangement mit den Albums in die andere Ecke zu schaffen, vor die Blumentreppe. Er rief den Diener; oder seine Frau und seine Tochter kamen ihm zu Hilfe; sie waren anderer Meinung, widersprachen, er stritt, ärgerte sich; aber doch war alles gut, denn er dachte nicht an Ihn, Er war nicht zu sehen.

Da aber sagte die Frau, als er selbst die Möbel rückte: „Laß doch, die Leute werden es schon machen, du schadest dir wieder" — und da schimmerte Er plötzlich durch den Schirm hindurch, er sah Ihn. Er war aufgeleuchtet, aber noch hoffte Iwan Iljitsch, Er werde wieder verschwinden; doch unwillkürlich achtete er wieder auf seine Hüfte — da saß es immer noch, und nagte immer noch so, und er konnte nicht mehr vergessen, und Er stand deutlich sichtbar hinter den Blumen und sah ihn an. Wozu nun das alles?

„Wirklich, ich habe hier bei dieser Gardine, wie bei einem Sturmangriff, mein Leben verloren. Wirklich? Wie entsetzlich das ist und wie dumm! Das kann nicht sein! Es kann nicht sein und ist doch.“

Er ging in sein Zimmer, legte sich nieder und blieb wieder mit Ihm allein. Auge in Auge mit Ihm, mit dem er doch nichts anzufangen wußte. Er konnte nur Ihn ansehen und zu Eis erstarren.

7

Wie das im dritten Monat der Krankheit von Iwan Iljitsch so gekommen war, läßt sich nicht sagen, denn es kam nach und nach, unmerklich — aber es war nun so gekommen, daß die Frau und die Tochter und der Sohn, die Dienstboten, die Bekannten, die Ärzte und vor allem er selbst wußten, daß das ganze Interesse der andern an ihm nur noch darauf hinauslief, ob er seinen Platz bald räumen, die Lebenden von der Last seiner Gegenwart und sich selbst von seinen Qualen befreien werde.

Er schlief immer weniger. Man gab ihm Opium und machte ihm Morphiumeinspritzungen. Davon wurde ihm aber nicht leichter. Das stumpfe Unbehagen, das er im Halbschlaf empfand, brachte ihm nur im Anfang Linderung, da es etwas Neues war; dann aber wurde es ebenso qualvoll oder gar noch qualvoller als der offenkundige Schmerz. Man bereitete ihm besondere Speisen nach Vorschrift der Ärzte; aber diese Speisen erschienen ihm immer weniger schmackhaft, immer widerwärtiger.

Für seine Ausleerungen waren auch besondere Einrichtungen beschafft worden und jedesmal war das eine Qual. Quälend war die Unsauberkeit, die Unanständigkeit und der Geruch, das Bewußtsein, daß ein anderer Mensch dabei behilflich sein mußte.

Aber gerade mit dieser unangenehmen Verrichtung war

auch ein Trost für Iwan Iljitsch verbunden. Um den Stuhl hinauszutragen, kam jedesmals der Büfettdiener Gerasim.

Gerasim war ein sauberer, frischer, in der Stadt gut aufgefütterter junger Bauer. Er war immer lustig und heiter. Anfangs machte der Anblick dieses immer reinlich, nach russischer Art gekleideten Menschen, der eine so widerwärtige Arbeit verrichtete, Iwan Iljitsch verlegen.

Als er einmal vom Leibstuhl aufgestanden war, sank er, außerstande seine Beinkleider hinaufzuziehen, in einen weichen Sessel und sah mit Entsetzen auf seine entblößten, kraftlosen Lenden, an denen die Muskeln scharf hervortraten.

In dicken Stiefeln, einen angenehmen Geruch von Teer und frischer Winterluft ausströmend, trat mit leichten, kräftigen Schritten Gerasim ein, in einer saubern Schürze aus Hanfleinwand und einem saubern Kattunhemd, die Ärmel an den nackten, starken, jungen Armen aufgekrempelt, und ging, ohne Iwan Iljitsch anzusehen, offenbar bemüht, die Lebensfreude, die aus seinem Gesicht strahlte, zu dämpfen, um dem Kranken nicht weh zu tun, auf den Nachtstuhl zu.

„Gerasim", sagte Iwan Iljitsch matt.

Gerasim zuckte zusammen, augenscheinlich erschrocken über den Gedanken, daß er etwas nicht recht gemacht haben könnte, und wandte mit einer raschen Bewegung sein frisches, gutes, einfaches, junges Gesicht, auf dem eben der Bart zu wachsen begann, dem Kranken zu.

„Was steht zu Diensten?"

„Dir muß das unangenehm sein, meine ich. Nimm es mir nicht übel. Ich kann nicht anders."

„Aber ich bitte Sie!" Und Gerasim sah ihn mit blitzenden Augen an und zeigte seine jungen weißen Zähne. „Warum soll ich denn nicht arbeiten? Sie sind doch krank."

Und er machte seine gewohnte Sache mit gewandten, kräftigen Händen und ging leichten Schrittes hinaus. Und nach fünf Minuten kam er ebenso leichten Schrittes zurück.

Iwan Iljitsch saß immer noch in der gleichen Stellung im Lehnsessel.

„Gerasim," sagte er, als dieser den reingewaschenen Nachtstuhl auf seinen Platz gestellt hatte, „bitte, hilf mir, komm her!" Gerasim trat vor ihn hin. „Hebe mich auf. Mir allein ist es zu schwer, und den Dmitrij habe ich fortgeschickt."

Gerasim trat vor ihn hin, umfaßte ihn mit seinen starken Armen ebenso leicht, wie er leicht ging, hob ihn geschickt und zart auf, hielt ihn fest, zog ihm mit der andern Hand die Beinkleider hoch und wollte ihn wieder hinsetzen. Aber Iwan Iljitsch bat, ihn zum Sofa zu führen. Gerasim führte ihn ohne Anstrengung und ihn scheinbar gar nicht vorwärtsstoßend bis zum Sofa — er trug ihn fast schon — und setzte ihn hin.

„Ich danke dir. Wie geschickt und gut du . . . alles machst."

Gerasim lächelte wieder und wollte hinausgehen. Aber Iwan Iljitsch fühlte sich in seiner Gesellschaft so wohl, daß er ihn nicht fortlassen wollte.

„Noch etwas: schiebe mir bitte diesen Stuhl heran. Nein, den da, daß ich meine Füße drauflegen kann. Es wird mir leichter, wenn ich die Füße hochhalte."

Gerasim brachte den Stuhl, stellte ihn ohne Lärm hin, den Boden nur ganz leicht berührend, und legte Iwan Iljitschs Beine darauf. Iwan Iljitsch glaubte eine Erleichterung zu verspüren, als Gerasim seine Beine hochhob.

„Mir ist besser, wenn die Füße hochliegen", sagte Iwan Iljitsch. „Leg' mir noch das Kissen da unter."

Gerasim tat es. Wieder hob er die Beine hoch und schob das Kissen unter. Wieder fühlte Iwan Iljitsch sich besser, solange Gerasim seine Beine hielt. Als er sie losließ, fühlte sich Iwan Iljitsch gleich schlechter.

„Gerasim," sagte er zu ihm, „bist du jetzt frei?"

„Zu Befehl", sagte Gerasim, der bei den Stadtmenschen gelernt hatte, wie man mit den Herrschaften reden muß.

„Was hast du denn noch zu tun?"

„Was hab' ich denn zu tun? Es ist alles gemacht, nur Holz muß ich noch für morgen hacken."

„Dann halte mir bitte so die Beine hoch . . . Kannst du's?"

„Warum nicht? Gewiß kann ich's." Gerasim hob ihm die Beine hoch und es war Iwan Iljitsch, als fühle er in dieser Stellung den Schmerz überhaupt nicht.

„Nun, und das Holz?"

„Machen Sie sich keine Sorgen. Ich habe Zeit."

Iwan Iljitsch befahl Gerasim, sich zu setzen und ihm die Beine hochzuhalten; dabei ließ er sich in ein Gespräch mit ihm ein. Und seltsam! Er glaubte sich besser zu fühlen, solange Gerasim seine Beine hochhielt.

Seitdem rief Iwan Iljitsch den Gerasim manchmal zu sich, legte ihm seine Beine auf die Schultern und unterhielt sich gern mit ihm. Gerasim machte das leicht, bereitwillig, einfach und mit einer Freundlichkeit, die Iwan Iljitsch rührte. Gesundheit, Kraft, Frische, Leben kränkten Iwan Iljitsch bei allen andern Menschen; nur die Kraft und Frische Gerasims betrübten ihn nicht, sondern beruhigten ihn.

Die Hauptqual für Iwan Iljitsch war die Lüge — jene, aus irgendeinem Grunde von allen anerkannte Lüge, daß er nur krank sei, nicht aber sterbe, daß er nur ruhig sein und sich behandeln lassen müsse, damit alles sehr gut werde. Er aber wußte: sie konnten tun, was sie wollten, es würde doch nichts dabei herauskommen, außer noch qualvolleren Leiden und dem Tode. Und diese Lüge quälte ihn; es quälte ihn, daß man nicht eingestehen wollte, was alle wußten und was auch er wußte, daß man ihn über seine entsetzliche Lage mit Lügen hinwegtäuschen wollte und ihn selbst zwang, diese Lüge mitzumachen. Die Lüge, die Lüge, dieser unmittelbar vor seinem Tode an ihm geübte Betrug, der das schreckliche, feierliche Ereignis seines Todes auf das Niveau all ihrer Visiten, Gardinen, Fischspeisen zu Mittag herabdrücken sollte . . . das war es, was Iwan Iljitsch so furchtbar quälte. Und seltsam! Viele

Male, wenn sie ihr törichtes Wesen mit ihm trieben, war er nahe daran, ihnen zuzurufen: „Hört auf zu lügen! Ihr wißt es und ich weiß, daß ich sterbe, hört also wenigstens auf zu lügen!" Aber er hatte nie den Mut das zu tun. Der grauenhafte, entsetzliche Vorgang seines Sterbens war, das sah er deutlich, von den Seinigen zu einer zufälligen Unannehmlichkeit, zum Teil sogar Ungeschicklichkeit herabgedrückt worden (so behandelt man etwa einen Menschen, der, wenn er in den Salon tritt, einen üblen Geruch ausströmt); man richtete sich nach den Regeln desselben „Anstands", dem er sein Leben lang gedient hatte; er sah, daß niemand Mitleid mit ihm hatte, weil niemand auch nur seine Lage verstehen wollte. Nur Gerasim verstand diese Lage und hatte Mitleid. Und darum fühlte Iwan Iljitsch sich nur in Gerasims Gesellschaft wohl. Es tat ihm gut, wenn Gerasim manchmal ganze Nächte hindurch seine Beine hochhielt und nicht schlafen gehen wollte, sondern sagte: „Seien Sie ganz ruhig, Iwan Iljitsch, ich schlafe mich schon aus", oder wenn er, ihn plötzlich duzend, hinzufügte: „Ja, wenn du nicht krank wärst ... aber so: warum soll ich dir nicht behilflich sein?" Gerasim allein log nicht; man sah aus allem, daß er allein verstand, um was es sich handelte, und es nicht für nötig hielt, das zu verbergen, sondern einfach mit seinem abgemagerten, entkräfteten Herrn Mitleid hatte. Er sagte sogar einmal geradeheraus, als Iwan Iljitsch ihn fortschicken wollte:

„Wir müssen alle sterben. Warum soll ich mir da nicht Mühe geben?" Er wollte damit sagen, daß seine Arbeit ihm eben deswegen nicht zur Last war, weil sie einem Sterbenden zugute kam, und weil er hoffte, daß sich auch um ihn jemand ebenso bemühen werde, wenn die Zeit für ihn gekommen sein werde.

Außer oder infolge dieser Lüge war für Iwan Iljitsch das Qualvollste, daß niemand sein Mitleid in der Form äußerte, wie er es gewünscht hätte: in manchen Augenblicken, nach langen, heftigen Schmerzen, wünschte Iwan Iljitsch — obgleich er sich geschämt hätte, es einzugestehen — nichts so sehr, als daß jemand ihn so bedauert hätte, wie man ein krankes Kind bedauert. Er wollte, daß man ihn liebkose, küsse, über ihn weine, wie man Kinder liebkost und tröstet. Er wußte, daß er ein hoher Beamter war, daß sein Bart schon grau wurde und daß dieses infolgedessen unmöglich war; er wünschte es aber doch. Und in seinem Verhältnis zu Gerasim war etwas dem ähnliches und darum war ihm der Verkehr mit Gerasim ein Trost. Iwan Iljitsch möchte weinen, möchte, daß man ihn liebkose und über ihn weine — aber da kommt sein Kollege, der Richter Schebeck, und statt zu weinen und sich liebkosen zu lassen, macht Iwan Iljitsch ein ernstes, strenges, tiefsinniges Gesicht und äußert, dem Gesetz der Trägheit folgend, seine Meinung über die Bedeutung einer jüngst verworfenen Revision und verteidigt diese Meinung hartnäckig. Diese Verlogenheit rings um ihn und in ihm selbst verbitterte die letzten Lebenstage des Iwan Iljitsch am allermeisten.

8

Es war Morgen. Nur deshalb war es Morgen, weil Gerasim fortgegangen und der Diener Piotr gekommen war, die Lichter gelöscht, eine Gardine zurückgezogen hatte und leise das Zimmer aufzuräumen begann. Ob es Morgen war oder Abend, Freitag oder Sonntag — das war alles ganz gleich; es war immer dasselbe: der bohrende, nicht einen Augenblick nachlassende, quälende Schmerz; das Bewußtsein des hoffnungslos entschwindenden, aber immer noch nicht ganz entschwundenen Lebens; der nahende, immer gleich grauenhafte, verhaßte Tod, der das einzig Wirkliche war, und immer die gleiche Lüge. Was bedeuteten denn hier noch Tage, Wochen und Stunden?

„Wünschen Sie vielleicht Tee?“

„Seine Ordnung verlangt es, daß die Herrschaften morgens Tee trinken", dachte er und sagte nur:

„Nein."

„Wollen Sie nicht auf den Diwan hinübergehen?"

„Er muß die Stube in Ordnung bringen, und ich hindere ihn; ich bin Unsauberkeit und Unordnung", dachte er und sagte nur:

„Nein, laß mich."

Der Diener machte sich noch im Zimmer zu schaffen. Iwan Iljitsch streckte die Hand aus. Piotr kam diensteifrig herbei.

„Was befehlen Sie?"

„Die Uhr."

Piotr nahm die Uhr, die dicht daneben lag, und reichte sie ihm.

„Halb neun. Drüben ist man noch nicht aufgestanden?"

„Nein, noch nicht. Wasilij Iwanowitsch" (das war der Sohn) „sind ins Gymnasium gegangen, und Praskowja Feodorowna haben befohlen, sie zu wecken, wenn Sie nach ihr fragen würden. Wünschen Sie es?"

„Nein, es ist nicht nötig ... Ob ich wohl versuche, Tee zu trinken?" dachte er. „Ja, Tee ... sollst du mir bringen."

Piotr ging nach der Tür zu. Iwan Iljitsch hatte Angst allein zu bleiben. „Wie soll ich ihn nur zurückhalten? Ja, die Arznei! ... Piotr, gib mir die Arznei! ... Warum auch nicht, vielleicht hilft mir die Arznei doch?" Er nahm den Löffel, schluckte. „Nein, sie hilft mir nicht. Alles das ist Unsinn, Betrug", entschied er, als er den bekannten, süßlichen und hoffnungslosen Geruch kaum gespürt hatte. „Nein, ich kann schon nicht mehr glauben. Aber der Schmerz ... warum der Schmerz ... wenn er doch nur für einen Augenblick aufhörte!" Und er stöhnte. Piotr kam zurück. „Nein, geh nur. Bring' mir Tee."

Piotr ging hinaus. Allein geblieben stöhnte Iwan Iljitsch weniger vor Schmerzen, so entsetzlich diese auch waren, als vor Seelenangst. „Immer dasselbe, immer dasselbe, all diese endlosen Tage und Nächte. Wenn es doch schneller käme. Was soll schneller kommen? Der Tod, die Finsternis ... Nein, nein. Alles, nur nicht der Tod."

Als Piotr den Tee auf dem Tablett brachte, sah Iwan Iljitsch ihn lange ratlos an, ohne zu verstehen, wer er war, und was er wollte. Piotr wurde bei diesem Blick verlegen. Und als Piotr verlegen wurde, kam Iwan Iljitsch zu sich.

„Ja," sagte er, „der Tee ... Das ist gut. Stelle ihn nur hin. Hilf mir nur noch beim Waschen und gib mir ein reines Hemd."

Und Iwan Iljitsch fing an, sich zu waschen. Mit längern Pausen wusch er sich Hände, Gesicht, putzte die Zähne, fing an, sich zu kämmen und sah in den Spiegel. Da packte ihn ein Grauen; besonders schrecklich war ihm der Anblick, wie das Haar sich glatt an die bleiche Stirn legte.

Als man ihm ein reines Hemd anzog, wußte er, daß ihn ein noch größeres Grauen packen werde, wenn er seinen Körper sehen würde, und darum sah er nicht erst hin. Aber nun war alles fertig. Er hatte den Schlafrock an, den Plaid über die Beine gelegt und saß im Lehnsessel in Erwartung des Tees. Einen Augenblick fühlte er sich erfrischt, aber kaum fing er an Tee zu trinken, so war der alte Geschmack und der alte Schmerz wieder da. Mit Überwindung trank er sein Glas leer und legte sich mit ausgestreckten Beinen hin. Er legte sich hin und schickte Piotr fort.

Es war immer dasselbe. Bald blitzte ein Tröpfchen Hoffnung auf, bald wogte ein Meer von Verzweiflung, und immer der Schmerz, immer der Schmerz, immer das Bangen und immer, immer das gleiche. War er allein, so fühlte er sich furchtbar einsam, er wollte jemand rufen, aber er wußte im voraus, daß es noch schlechter werden würde, wenn jemand käme. „Wenn ich wenigstens wieder Morphium bekommen könnte, um mich zu vergessen ... Ich will dem Doktor sagen, daß er sich noch etwas ausdenkt. Das ist unmöglich, so geht es nicht weiter."

Eine Stunde vergeht so, eine zweite. Da schellt es im Vorzimmer. Das ist wohl der Doktor? In der Tat, er ist es, frisch, munter, fett, fidel, mit der bekannten Miene, die sagen will: „Da haben Sie nun Angst gekriegt, aber wir wollen gleich alles in Ordnung bringen." Der Doktor weiß, daß diese Miene hier nicht am Platz ist, aber er hat sie nun ein für allemal aufgesteckt und kann sie nicht ablegen, wie ein Mann, der schon am Morgen seinen Frack angezogen hat und Visiten macht.

Der Doktor reibt sich munter, tröstend die Hände.

„Ich bin kalt. Es ist ein tüchtiger Frost draußen. Muß mich erst wärmen", sagt er in einem Ton, als gälte es bloß abzuwarten, bis er sich gewärmt hat, und als könnte er, wenn er sich erst gewärmt hat, alles in Ordnung bringen.

„Nun, wie . . ."

Iwan Iljitsch fühlt, daß der Doktor nach seiner Gewohnheit sagen möchte: „Wie steht das Geschäft?" daß er aber auch diese Frage als unpassend empfindet — und so sagt er statt dessen: „Wie haben Sie die Nacht verbracht?"

Iwan Iljitsch sieht den Arzt fragend an, als wollte er sagen: „Schämst du dich denn gar nicht so zu lügen?"

Aber der Doktor will die Frage nicht verstehen und Iwan Iljitsch sagt: „Immer noch so entsetzlich. Der Schmerz läßt nicht nach. Wenn er doch etwas schwächer würde!"

„Ja, so seid ihr Kranken! Na, jetzt bin ich wohl warm geworden, sogar die gewissenhafte Praskowja Feodorowna würde nichts an meiner Temperatur auszusetzen haben. Also guten Tag!" Und der Doktor drückt ihm die Hand. Und seinen scherzhaften Ton aufgebend, beginnt der Doktor den Kranken mit ernster Miene zu untersuchen, er fühlt den Puls, stellt die Temperatur fest, und dann kommt das Behorchen und Beklopfen.

Iwan Iljitsch weiß ganz genau. daß das alles Unsinn und leerer Betrug ist, aber als der Arzt niederkniet, sich zu ihm emporreckt, das Ohr bald höher, bald niedriger an seine Brust legt und mit höchst wichtiger Miene allerlei Turnerkunststücke über ihm ausübt, läßt sich Iwan Iljitsch betören, wie er sich manchmal von den Reden der Rechtsanwälte betören ließ, obgleich er doch ganz genau wußte, daß sie flunkerten und warum sie flunkerten.

Der Doktor kniet noch auf dem Diwan und beklopft den Kranken, als in der Tür das Seidenkleid Praskowja Feodorownas rauscht und man hört, wie sie Piotr Vorwürfe macht, daß man ihr das Kommen des Doktors nicht gemeldet hat.

Sie tritt ein, küßt ihren Mann und fängt sofort an darzulegen, daß sie schon längst aufgestanden und nur infolge eines Mißverständnisses nicht erschienen sei, als der Doktor kam.

Iwan Iljitsch sieht sie an, mustert sie von oben bis unten und ärgert sich über die Weiße, Fülle und Sauberkeit ihrer Hände, ihres Halses, den Schimmer ihrer Haare und den Glanz ihrer lebensvollen Augen. Er haßt sie aus tiefster Seele. Und ihre Berührung läßt ihn den aufsteigenden Haß geradezu als körperlichen Schmerz empfinden.

Ihr Verhalten zu ihm und zu seiner Krankheit war immer das gleiche. Wie der Doktor sich auf ein Verhalten zu den Kranken eingestellt hatte, das er nicht ablegen konnte, so hatte auch sie sich auf ein bestimmtes Verhalten ihm gegenüber eingestellt: er täte etwas nicht, was er tun müßte, sei also selbst schuld, und sie sei gezwungen, ihm liebevolle Vorwürfe zu machen; und dieses Verhalten zu ihm konnte sie nicht mehr ändern.

„Er hört ja nicht auf mich, er nimmt die Arznei nicht zur rechten Zeit ein. Vor allem aber liegt er in einer Stellung, die ihm ganz gewiß schaden muß — mit den Beinen nach oben.“

Und sie erzählte, wie er sich von Gerasim die Beine hochhalten lasse.

Der Doktor lächelte verächtlich-freundlich, als wollte er sagen: „Was ist da zu machen? Diese Kranken denken sich mitunter solche Dummheiten aus! Aber man muß es ihnen nachsehen."

Als die Untersuchung beendet war, sah der Doktor auf die Uhr und Praskowja Feodorowna erklärte ihrem Gatten, er möge sagen was er wolle, aber sie habe für heute den berühmten Arzt hergebeten, und er werde zusammen mit Michail Danilowitsch (so hieß der gewöhnliche Arzt) den Kranken untersuchen und den Fall besprechen.

„Bitte, widersetze dich nicht. Ich tu' es um meiner selbst willen", sagte sie ironisch, um ihn merken zu lassen, daß sie alles für ihn tue und nur deswegen ihm das Recht auf Widerspruch verweigere. Er schwieg und verzog das Gesicht. Er fühlte, daß die Lüge, die ihn umgab, die Dinge derart verwirrte, daß man sich überhaupt kaum noch zurechtfand.

Alles, was sie an ihm vornahm, tat sie nur für sich selbst: aber daß sie etwas, das sie wirklich nur für sich tat, nur um ihrer selbst willen täte, sagte sie in einem solchen Ton, daß er es für ganz unwahrscheinlich halten und im entgegengesetzten Sinne verstehen mußte.

Und wirklich, um halb zwölf kam der berühmte Arzt. Wieder wurde Iwan Iljitsch behorcht, wieder wurden im Krankenzimmer und nebenan bedeutsame Gespräche geführt über die Niere, über den Blinddarm, Fragen gestellt und Antworten erteilt mit so bedeutsamer Miene, daß wieder an Stelle der realen Frage nach Leben und Tod, die jetzt allein vor ihm stand, die Frage nach Niere und Blinddarm trat, die irgend etwas nicht so machten, wie sie es sollten, und die deshalb von Michail Danilowitsch und dem berühmten Arzt überfallen und zur Besserung gezwungen werden sollten.

Der berühmte Arzt machte beim Abschied ein ernstes, aber nicht hoffnungsloses Gesicht. Und auf die schüchterne Frage, die Iwan Iljitsch, die von Angst und Hoffnungen glühenden Augen auf ihn gerichtet, an ihn stellte: ob die Möglichkeit einer Genesung vorhanden sei — antwortete er, er könne sich nicht verbürgen, aber eine Möglichkeit sei noch vorhanden. Der Hoffnungsblick, mit dem Iwan Iljitsch den Arzt hinausbegleitete, war so mitleiderregend, daß Praskowja Feodorowna darüber sogar zu weinen anfing, als sie aus dem Kabinett ging, um dem berühmten Arzt sein Honorar einzuhändigen.

Die gehobene Stimmung, die die hoffnungsvollen Worte des Arztes hervorgerufen hatten, währte nicht lange. Wieder dasselbe Zimmer, dieselben Bilder, Gardinen, Tapeten, Arzneiflaschen und derselbe schmerzende, leidende Körper. Iwan Iljitsch fing an zu stöhnen; man machte ihm eine Einspritzung, und er sank in Betäubung.

Als er zu sich kam, dämmerte es; man brachte ihm sein Essen. Mit Überwindung aß er die Bouillon; und dann kam wieder dasselbe, wieder brach die Nacht an.

Nach dem Essen, um sieben Uhr, kam Praskowja Feodorowna ins Zimmer, gekleidet, wie zu einer Abendgesellschaft, mit dicken, eingeschnürten Brüsten und Spuren von Puder auf dem Gesicht. Sie hatte ihn schon am Morgen daran erinnert, daß sie ins Theater fahren wollte. Sarah Bernhardt gab ein Gastspiel, und sie hatten eine Loge genommen, weil er darauf bestanden hatte. Jetzt hatte er das vergessen, und ihre große Toilette kränkte ihn. Aber er verbarg seinen Ärger, als er sich erinnerte, daß er selbst verlangt hatte, sie sollten eine Loge nehmen und hingehen, denn für die Kinder hätte der Kunstgenuß eine große pädagogische und ästhetische Bedeutung.

Praskowja Feodorowna machte eine Miene, die von großer Selbstzufriedenheit, aber auch von einem gewissen Schuldgefühl zeugte. Sie setzte sich, fragte nach seinem Befinden — wie er wohl sah, nur um zu fragen, nicht um etwas zu erfahren, denn sie wußte, daß nichts zu erfahren war — und fing an, von den Dingen zu reden, auf die es ihr ankam: daß sie nie und nimmer ins Theater gehen würde, wenn die Loge nicht schon genommen wäre und wenn nicht Hélène und ihre Tochter und Petristschew (der Untersuchungsrichter, der Bräutigam der Tochter) hingingen — und die könnte man doch nicht allein lassen. Es wäre ihr viel lieber bei ihm zu sitzen. Wenn er nur wenigstens in ihrer Abwesenheit alle Vorschriften des Arztes einhalten wollte!

„Ja, Feodor Petrowitsch" (der Bräutigam) „wollte dir auch guten Tag sagen. Darf er? Und Lisa?"

„Laß sie nur eintreten."

Die Tochter kam, in Gesellschaftstoilette, mit entblößtem jungem Leib — dem Leib, der ihm soviel Qualen verursachte. Und sie stellte ihn zur Schau. Sie war stark, gesund, anscheinend sehr verliebt und ungehalten über Krankheit, Leiden und Tod, die ihrem Glück im Wege standen.

Auch Feodor Petrowitsch trat ein, im Frack, das Haar à la Capoul gekräuselt, den langen, sehnigen Hals von einem weißen Stehkragen eng umschlossen, mit einer mächtigen weißen Hemdbrust und kräftigen Lenden in engen, prall anliegenden schwarzen Beinkleidern, die eine Hand im weißen Handschuh und den Chapeau claque unter dem Arm.

Hinter ihm schlich sich unbemerkt auch der Gymnasiast herein, in seiner ganz neuen Uniform, der arme Junge, in Handschuhen und mit unheimlichen blauen Rändern um die Augen, deren Bedeutung Iwan Iljitsch wohl kannte.

Sein Sohn dauerte ihn immer. Und sein erschrockener und mitleidiger Blick war furchtbar. Außer Gerasim — so schien es Iwan Iljitsch — verstand und bemitleidete ihn nur noch Wasja.

Alle setzten sich, erkundigten sich wieder nach dem Befinden. Dann trat Schweigen ein. Lisa fragte die Mutter nach dem Opernglas. So entstand Streit zwischen Mutter und Tochter, von wem und wohin das Glas verlegt worden war. Das war unangenehm.

Feodor Petrowitsch fragte Iwan Iljitsch, ob er die Sarah Bernhardt gesehen habe. Iwan Iljitsch verstand zuerst nicht, wonach er gefragt wurde, dann sagte er: „Nein. Haben Sie sie schon gesehen?“

„Ja, in ‚Adrienne Lecouvreur‘.“

Praskowja Feodorowna sagte, sie sei in einer gewissen Rolle ganz besonders gut. Die Tochter widersprach. Es entspann sich ein Gespräch über die Eleganz und den Realismus ihres Spiels — das bekannte Gespräch, das sich immer um das gleiche dreht.

Mitten im Gespräch warf Feodor Petrowitsch einen Blick auf Iwan Iljitsch und verstummte. Iwan Iljitsch sah mit glänzenden Augen vor sich hin und zürnte ihnen offenkundig. Man mußte das wieder gutmachen, aber das war ganz unmöglich. Irgendwie mußte das Schweigen gebrochen werden. Niemand wagte es und allen wurde bange, daß die wohlanständige Lüge plötzlich zerreißen und das, was wirklich war, allen sichtbar werden könnte. Lisa entschloß sich zuerst. Sie brach das Schweigen. Sie wollte verbergen, was alle empfanden, und sprach es dennoch aus.

„Wenn wir aber fahren wollen, wird es Zeit“, sagte sie mit einem Blick auf ihre Uhr, ein Geschenk des Vaters, und sah mit einem kaum merklichen, bedeutungsvollen Lächeln, das sich auf etwas nur ihnen beiden Bekanntes bezog, zu ihrem Bräutigam hinüber. Sie stand auf und ihr Kleid rauschte.

Alle standen auf, verabschiedeten sich und gingen.

Als sie hinaus waren, schien es Iwan Iljitsch, als würde ihm leichter: die Lüge war fort — sie war mit ihnen hinausgegangen. Aber der Schmerz war geblieben. Der immer gleiche Schmerz, die immer gleiche Angst hatte zur Folge, daß nichts schwerer, nichts leichter erschien. Alles war schlecht.

Wieder ging Minute auf Minute, Stunde auf Stunde vorüber, immer das gleiche und immer kein Ende, und immer entsetzlicher das unausbleibliche Ende.

„Ja, schickt mir den Gerasim her“, antwortete er auf Piotrs Frage.

9

Spät in der Nacht kam die Frau nach Hause. Sie trat auf Zehenspitzen ein, aber er hörte sie; er öffnete die Augen und schloß sie hastig wieder. Sie wollte Gerasim hinausschicken und selbst bei ihm sitzen. Er öffnete die Augen und sagte: „Nein, geh!"

„Du leidest sehr?"

„Es ist einerlei."

„Nimm doch Opium!"

Er war einverstanden und nahm die Tropfen. Sie ging hinaus.

Bis gegen drei Uhr lag er in qualvoller Betäubung. Es war ihm, als würde er unter Schmerzen in einen engen, schwarzen und tiefen Sack gestopft, immer weiter geschoben und käme doch nicht hinein. Und dieser entsetzliche Vorgang war eine Marter für ihn. Er fürchtete sich, und wollte doch wieder hinabstürzen, wehrte sich und half nach. Und plötzlich riß er sich los und stürzte — und da war er erwacht. Wie immer sitzt Gerasim am Fußende seines Bettes und döst ruhig und geduldig vor sich hin. Er aber liegt da und hat die abgemagerten Füße in Strümpfen auf Gerasims Schultern gelegt. Immer noch steht dasselbe Licht mit dem Schirm da und immer noch quält ihn derselbe Schmerz, der nicht aufhören will.

„Geh doch, Gerasim", flüsterte er.

„Tut nichts, ich kann schon sitzen."

„Nein, geh."

Er zog die Füße weg, legte sich seitlich, auf den Arm gestützt, und wurde von Mitleid mit sich selbst ergriffen. Er wartete nur, bis Gerasim ins Nebenzimmer gegangen war; dann hielt er nicht länger an sich und fing an zu weinen wie ein Kind. Er weinte über seine Hilflosigkeit, über seine furchtbare Verlassenheit, über die Grausamkeit der Menschen, die Grausamkeit Gottes, die Abkehr Gottes von ihm.

„Warum hast Du das alles getan? Warum hast Du mich hierher gesandt? Warum, warum quälst Du mich so furchtbar?"

Er erwartete keine Antwort, er weinte darüber, daß es keine Antwort gab und keine geben konnte. Die Schmerzen wurden wieder stärker, aber er rührte sich nicht, er rief nicht. Er sagte zu sich selbst: „Schlag' nur zu! Noch mehr! Aber wofür das alles? Was habe ich dir getan? Wofür das?"

Dann wurde er still, hörte auf nicht nur zu weinen, sondern sogar zu atmen und war ganz Aufmerksamkeit: als horchte er nicht auf eine Stimme, die in Lauten sprach, sondern auf die Stimme seiner Seele, auf den Gang der Gedanken, die in ihm aufstiegen.

„Was willst du?" war der erste klare, durch Worte auszudrückende Begriff, den er vernahm. „Was willst du? Was willst du?" wiederholte er vor sich hin. „Was? Nicht leiden. Leben," antwortete er.

Und wieder gab er sich ganz dem Lauschen hin, so gespannt, daß selbst der Schmerz ihn nicht ablenken konnte.

„Leben? Wie leben?" fragte die Stimme der Seele.

„Ja, leben, wie ich früher gelebt habe, gut, angenehm."

„Wie du früher gelebt hast, gut und angenehm?" fragte die Stimme. Und er ließ die besten Augenblicke seines angenehmen Lebens aus seiner Erinnerung emporsteigen. Aber seltsam! Alle diese besten Augenblicke des angenehmen Lebens schienen ihm jetzt gar nicht mehr das, was sie ihm damals geschienen hatten. Alle bis auf die ersten Kindheitserinnerungen. Damals, in der Kindheit, hatte es etwas wirklich Angenehmes gegeben, womit man leben könnte, wenn es wiederkäme. Aber der Mensch, der dieses Angenehme empfand, war nicht mehr vorhanden; es war wie eine Erinnerung an einen ganz andern Menschen.

Kaum hatte das begonnen, dessen Ergebnis sein jetziges Ich, der neue Iwan Iljitsch war, so zerschmolz vor seinen

Augen alles, was er damals für Freuden gehalten hatte, und verwandelte sich in etwas Nichtiges und zum Teil Ekelhaftes.

Und je weiter er sich von seiner Kindheit entfernte, je näher er der Gegenwart kam, desto nichtiger und zweifelhafter wurden diese Freuden. Mit der Rechtsschule fing es an. Da fand sich noch manches wirklich Gute: da gab es Heiterkeit, da gab es Freundschaft, da gab es Hoffnungen. Aber in den oberen Klassen waren diese schönen Augenblicke schon seltener. Dann, in seiner ersten Stellung beim Gouverneur, fanden sich wieder schöne Augenblicke: es waren die Erinnerungen an die Liebe zum Weibe. Dann aber verschwamm alles und des Guten wurde schon weniger. Und es wurde immer weniger, je weiter er vorschritt; immer weniger, immer weniger.

Die Heirat ... so unvermutet, und dann die Enttäuschung, der Geruch aus dem Munde der Frau, die Sinnlichkeit, die Heuchelei! Und dieser tote Dienst, diese Geldsorgen — ein Jahr, zwei Jahre, zehn, zwanzig — immer das gleiche. Und je weiter, desto lebloser.

„Als wäre ich in gleichmäßigem Schritt bergab gegangen, in der Einbildung, ich gehe bergauf. Und so war es auch. In der öffentlichen Meinung ging ich bergauf, aber in dem gleichen Tempo ging das Leben unter mir weg ... Und nun ist es so weit — nun heißt es sterben.

Was ist denn das? Wozu das? Es kann nicht sein! Das Leben kann nicht so sinnlos, so abscheulich sein! Wenn es aber wirklich so abscheulich und sinnlos war, warum dann sterben, und noch unter Qualen? Irgend etwas stimmt hier nicht.

Vielleicht habe ich nicht so gelebt, wie ich sollte?“ fiel ihm plötzlich ein. „Wie denn nicht, wenn ich alles getan habe, was der Mensch tun muß?“ sagte er zu sich selbst und wies sofort diese einzige Lösung des ganzen Rätsels von Leben und Tod als völlig unmöglich zurück.

„Was willst du denn jetzt? Leben? Wie leben? Wie du im Gerichtssaale lebst, wenn der Gerichtsvollzieher verkündet: ‚Das hohe Gericht kommt?‘ Das Gericht kommt, das Gericht kommt“, wiederholte er vor sich hin.

„Da ist das Gericht. Ich bin aber nicht schuldig!“ schrie er erbost auf. „Wofür?“ Und er hörte auf zu weinen, kehrte das Gesicht zur Wand und dachte immer nur das eine: „Warum, wofür all dieses Entsetzliche?“

Wieviel er aber auch sann, er fand keine Antwort. Und wenn ihm, wie das häufig geschah, der Gedanke kam, das alles sei die Folge davon, daß er nicht richtig gelebt hatte, so rief er sich sofort die ganze Korrektheit seines Lebens ins Gedächtnis und wies diesen sonderbaren Gedanken weit von sich.

10

Es waren wieder zwei Wochen vergangen. Iwan Iljitsch stand schon nicht mehr vom Diwan auf. Er wollte nicht im Bette liegen und lag auf dem Diwan. Er lag fast die ganze Zeit mit dem Gesicht zur Wand gekehrt und litt einsam immer den gleichen untilgbaren Schmerz und dachte einsam immer den gleichen unlösbaren Gedanken: „Was ist das? Ist das wirklich der Tod?“ Und eine innere Stimme antwortete: „Ja, er ist es.“ — „Warum diese Qualen?“ Und die Stimme antwortete: „Nur so, um nichts und wieder nichts.“ Weiter und daneben gab es nichts mehr.

Vom Beginn der Krankheit an, seit Iwan Iljitsch zum erstenmal beim Arzt gewesen war, hatte sein Dasein sich in zwei entgegengesetzte Stimmungen gespalten, die einander ablösten: bald war es Verzweiflung und Erwartung des unbegreiflichen und entsetzlichen Todes, bald Hoffnung und interessierte Beobachtung der Funktionen des eigenen Körpers; bald hatte er nur die Niere oder den Darm, die sich zeitweilig der Erfüllung ihrer Pflichten entzogen, vor Augen, bald war nichts da als der unbegreifliche, furchtbare Tod, von dem man sich durch nichts befreien konnte.

Diese zwei Stimmungen wechselten seit Beginn der Krankheit einander ab; doch je weiter die Krankheit fortschritt, desto zweifelhafter und phantastischer wurden die Erwägungen über die Niere und desto wirklicher das Bewußtsein des nahenden Todes.

Er brauchte sich bloß zu erinnern, was er vor drei Monaten gewesen und was er jetzt war, sich zu erinnern, wie es gleichmäßig mit ihm bergab gegangen war — um jede Möglichkeit einer Hoffnung zusammenbrechen zu sehen.

In der letzten Zeit jener Einsamkeit, in der er sich befand, wenn er, das Gesicht zur Rücklehne des Diwans gekehrt, dalag, jener Einsamkeit inmitten einer dichtbevölkerten Stadt und all seiner zahlreichen Bekannten und seiner Familie, einer Einsamkeit, wie es sie vollkommener nirgends geben konnte, weder auf dem Meeresgrunde noch unter der Erde — in den letzten Tagen dieser furchtbaren Einsamkeit lebte Iwan Iljitsch nur noch in Erinnerungen an die Vergangenheit. Eines nach dem andern stiegen die Bilder seiner Vergangenheit vor ihm auf. Er fing immer mit dem zeitlich Nächstliegenden an und ging dann weiter zu dem Entferntesten, der Kindheit, und blieb hier stehen. Wenn Iwan Iljitsch an die gekochten Dörrpflaumen dachte, die man ihm heute zum Essen angeboten hatte, fielen ihm die rohen gerunzelten Dörrpflaumen ein, die er in der Kindheit gegessen hatte, er dachte an ihren eigentümlichen Geschmack und die starke Speichelabsonderung, wenn man beim Kern angelangt war, und mit dieser Geschmacksvorstellung tauchte eine ganze Reihe Erinnerungen aus jener Zeit auf: die Kinderfrau, der Bruder, die Spielsachen. „Nicht doch . . . das tut so weh“, sagte Iwan Iljitsch zu sich selbst und versetzte sich wieder in die Gegenwart. Da — der Knopf an der Diwanlehne und die Falten im Saffian. „Saffianleder ist teuer und nicht sehr dauerhaft; es hat Streit deswegen gegeben. Aber ich weiß noch von einem andern Saffian und einem andern Streit, als wir Vaters Aktenmappe zerrissen hatten und bestraft wurden und Mutter Kuchen brachte.“ Und wieder war Iwan Iljitsch bei der Krankheit angelangt und wieder tat es ihm weh — und er suchte die Bilder zu verscheuchen und an andere Dinge zu denken.

Und wiederum lief neben dieser Erinnerungsreihe in seiner Seele eine andere Vorstellungsreihe einher — wie seine Krankheit sich verschlimmert hatte und gewachsen war. Und auch hier das gleiche: je weiter zurück, desto mehr Leben. Es war mehr Gutes im Leben, und es war mehr Leben an sich. Eins verschmolz mit dem andern. „Wie die Qualen immer ärger wurden, so wurde auch das Leben schlimmer und schlimmer.“ Ein lichter Punkt dort hinten, am Anfang des Lebens — und dann wird alles immer schwärzer, und zwar mit zunehmender Schnelligkeit. „Im umgekehrten Verhältnis zu dem Quadrat der Entfernung vom Tode“, dachte Iwan Iljitsch. Und dieses Bild des Steines, der mit wachsender Geschwindigkeit hinabstürzt, blieb in seiner Seele haften. Das Leben, eine Kette wachsender Leiden, fliegt immer schneller und schneller dem Ende, dem furchtbarsten Leiden entgegen. „Ich fliege . . .“ Er zuckte zusammen, er bewegte sich, er wollte sich widersetzen; allein er wußte schon, daß kein Widerstand möglich war, und von neuem schaute er mit Augen, die des Lebens müde waren und doch sehen mußten, was vor ihnen stand, auf die Diwanlehne und wartete — wartete auf den furchtbaren Sturz, den Stoß und die Vernichtung. „Es ist kein Widerstand möglich,“ sagte er zu sich selbst, „aber wenn man wenigstens verstehen könnte, wozu das? Nicht einmal das ist möglich. Es ließe sich erklären, wenn man sagte, ich hätte nicht so gelebt, wie ich leben sollte. Aber eben das kann ich nicht zugeben“, sagte er zu sich selbst und gedachte der ganzen Korrektheit, Wohlanständigkeit und Mustergültigkeit seines Lebens. „Das kann ich ganz und gar nicht zugeben“, wiederholte er und seine Lippen lächelten, als ob jemand dieses Lächeln sehen und sich dadurch täuschen lassen könnte. „Keine Erklärung! Qualen, Tod ... Wozu?“

11

So vergingen noch zwei Wochen. In diesen Wochen trat das Iwan Iljitsch und seiner Frau erwünschte Ereignis ein: Petristschew machte einen formellen Heiratsantrag. Das geschah an einem Abend. Am Tage darauf trat Praskowja Feodorowna bei ihrem Manne ein und überlegte, wie sie ihm von dem Antrag Feodor Petrowitschs Mitteilung machen sollte. In dieser Nacht hatte der Zustand des Iwan Iljitsch sich von neuem verschlechtert. Praskowja Feodorowna fand ihn auf demselben Diwan, aber in einer neuen Stellung. Er lag auf dem Rücken, stöhnte und sah mit starrem Blick vor sich hin.

Sie fing an von Arzneien zu reden. Er wandte den Blick nach ihr hin. Sie kam mit ihrer Rede nicht zu Ende: eine solche Wut, die ihr persönlich galt, sprach aus diesem Blick.

„Um Christi willen, laß mich in Frieden sterben“, sagte er.

Sie wollte fortgehen, doch in diesem Augenblick trat die Tochter ein und ging auf den Vater zu, um ihm guten Tag zu wünschen. Er sah die Tochter ebenso an wie die Frau und erwiderte auf ihre Fragen nach seinem Befinden trocken, er werde sie bald alle von seiner Anwesenheit befreien. Beide verstummten, saßen noch eine Zeitlang da und gingen endlich hinaus.

„Was können wir denn dafür?“ sagte Lisa zur Mutter. „Als ob wir es gemacht hätten! Papa tut mir sehr leid, aber warum quält er uns?“

Zur gewöhnlichen Zeit kam der Doktor. Iwan Iljitsch antwortete ihm: „ja, nein“, ohne den erbosten Blick von ihm zu wenden, und sagte zuletzt:

„Sie wissen doch, daß Sie nicht mehr helfen können; so lassen Sie mich doch in Ruhe."

„Wir können die Schmerzen lindern", sagte der Doktor.

„Das können Sie auch nicht; lassen Sie mich."

Der Doktor ging ins Wohnzimmer und teilte Praskowja Feodorowna mit, es stehe sehr schlimm und es gebe nur ein Mittel, das Opium, die Schmerzen zu lindern, die furchtbar sein müßten.

Der Doktor sagte, daß seine körperlichen Leiden entsetzlich seien, und er sagte die Wahrheit; doch entsetzlicher als die körperlichen waren seine seelischen Leiden, und das war es, was ihn am meisten quälte.

Seine seelischen Leiden bestanden darin, daß ihm heute nacht, als er das schläfrige, gutmütige Gesicht Gerasims mit den vorstehenden Backenknochen betrachtete, plötzlich der Gedanke gekommen war: „Wie, wenn in der Tat mein ganzes Leben, mein bewußtes Leben nicht das Richtige war?"

Es war ihm in den Sinn gekommen, das, was er früher für ganz unmöglich gehalten hatte, nämlich daß er sein Leben nicht so gelebt hätte, wie er es hätte leben sollen — das könnte doch wahr sein. Es war ihm in den Sinn gekommen, jene kaum merkliche Neigung, gegen das zu kämpfen, was die höher gestellten Leute für gut hielten — eine kaum merkliche Neigung, die er stets sofort unterdrückt hatte — die könnte vielleicht das Richtige gewesen sein, während alles andere falsch war. Sein ganzer Dienst, seine Lebenshaltung, seine Familie, alle diese gesellschaftlichen und amtlichen Interessen — alles das war vielleicht nicht das Wahre. Plötzlich empfand er die Schwäche dessen, was er verteidigte. Er hatte nichts zu verteidigen.

„Wenn das aber so ist", sagte er sich, „und ich aus dem Leben gehe mit dem Bewußtsein, alles zugrunde gerichtet zu haben, was mir gegeben war, und es nicht wieder gutmachen zu können — was dann?" Er legte sich auf den Rücken und ließ sein ganzes Leben noch einmal an sich vorüberziehen. Als er am Morgen den Diener, dann seine Frau, dann die Tochter, dann den Arzt sah, bestätigte ihm jede ihrer Bewegungen, jedes ihrer Worte die furchtbare Wahrheit, die sich ihm in der Nacht offenbart hatte. In ihnen sah er sich selbst, sah er alles, wovon er gelebt hatte, und sah deutlich, daß alles das nicht das Richtige gewesen war, daß alles eine furchtbare, ungeheure Lüge war, die Leben und Tod verschleiert hatte. Dieses Bewußtsein vermehrte, verzehnfachte seine körperlichen Leiden. Er stöhnte und warf sich hin und her und zerrte an seiner Kleidung. Sie schien ihn zu würgen und zu drücken. Und dafür haßte er die Menschen um sich.

Man gab ihm eine große Dosis Opium, er versank in einen Dämmerzustand, aber zu Mittag fing es wieder an. Er wies alle von sich und warf sich hin und her.

Seine Frau kam zu ihm und sagte:

„Jean, mein Herz, tu es mir zuliebe. Es kann nicht schaden, aber es hilft oft. Es soll gar nichts bedeuten. Auch Gesunde tun es oft . . .“

Er riß die Augen weit auf.

„Was? Das Abendmahl nehmen? Wozu? Es ist nicht nötig! Übrigens . . .“

Sie fing an zu weinen.

„Ja, mein Lieber? Ich will unsern Geistlichen bitten, er ist ein so netter Mensch.“

„Gut, sehr schön“, sagte er.

Als der Priester kam und ihm die Beichte abnahm, wurde er weich, fühlte sich etwas von seinen Zweifeln und damit auch von seinen Leiden befreit, und faßte für einen Augenblick Hoffnung. Er dachte wieder an den Blinddarm und die Möglichkeit ihn in Ordnung zu bringen. Er nahm das Abendmahl mit Tränen in den Augen.

Als man ihn nach dem Abendmahl ins Bett gelegt hatte, fühlte er sich einen Augenblick ganz leicht und wieder erwachte die Hoffnung auf Leben. Er dachte schon an die Operation, die man ihm vorgeschlagen hatte. „Leben, leben möchte ich", sagte er zu sich selbst. Die Frau kam ihn beglückwünschen, sie sprach die üblichen Worte und fügte hinzu:

„Nicht wahr, jetzt ist dir besser?"

Er sagte, ohne sie anzusehen: „Ja."

Ihre Kleidung, ihre Gestalt, der Ausdruck ihres Gesichts, der Klang ihrer Stimme — alles sagte ihm das eine: „Es ist nicht das Richtige; alles, wovon du gelebt hast und lebst, ist Lüge, Betrug, der Leben und Tod vor dir verschleiert hat." Und kaum war ihm dieser Gedanke gekommen, so erwachte auch sein Haß und mit dem Haß der qualvolle körperliche Schmerz und mit dem Schmerz das Bewußtsein der unentrinnbaren Vernichtung. Etwas Neues war hinzugekommen: es bohrte und stieß in ihm und raubte ihm den Atem.

Der Ausdruck seines Gesichts, als er „ja" sagte, war entsetzlich. Nachdem er dieses „Ja", ihr gerade ins Gesicht blickend, ausgesprochen hatte, drehte er sich mit einer für seine Schwäche auffallenden Geschwindigkeit um, so daß er aufs Gesicht zu liegen kam, und schrie:

„Geht, geht, laßt mich!"

12

Mit dieser Minute begann jenes drei Tage lang andauernde Schreien, das so entsetzlich war, daß man es hinter zwei Türen nicht ohne Grauen hören konnte. In dem Augenblick, da er der Frau Antwort gab, begriff er, daß er verloren war, daß keine Rückkehr möglich war, daß das Ende gekommen war, das letzte Ende, und daß der Zweifel nicht gelöst war, sondern Zweifel blieb.

„Hu! Hu-hu! Hu!" schrie er in verschiedenen Tonarten. Er hatte angefangen zu schreien: „Ne chotschu!" (Ich will nicht!) und fuhr nun fort, den U-Laut hervorzustoßen.

Alle die drei Tage, in denen es keine Zeit für ihn gab, zappelte er in dem schwarzen Sack, in den eine unsichtbare, unüberwindliche Gewalt ihn stopfte. Er schlug um sich, wie ein zum Tode Verurteilter in den Armen des Henkers um sich schlägt, obwohl er weiß, daß er nicht gerettet werden kann; und mit jeder Minute fühlte er, daß er trotz aller Bemühungen, Widerstand zu leisten, näher und näher zu dem kam, was ihn entsetzte. Er fühlte, daß seine Qual darin bestand, daß er in dieses schwarze Loch gestopft wurde, und noch mehr darin, daß er nicht hinein konnte. Hineinzukommen aber hinderte ihn die Überzeugung, daß sein Leben ein gutes gewesen war. Eben diese Rechtfertigung des eigenen Lebens hielt ihn fest, ließ ihn nicht vordringen und quälte ihn am allermeisten.

Plötzlich stieß irgendeine Gewalt ihn vor die Brust, in die Seite, preßte ihm noch stärker den Atem zusammen, er stürzte ins Loch hinab, und dort unten, am Ende des finstern Raumes, leuchtete etwas auf. Ihn überkam ein Gefühl, wie er es im Eisenbahnwagen gehabt hatte, wenn man glaubt vorwärts zu fahren, in Wahrheit aber rückwärts fährt und plötzlich die wahre Richtung erkennt.

„Ja, alles das war nicht das Richtige," sagte er zu sich selbst, „aber das tut nichts. Man kann, man kann das Richtige machen. Was aber ist das Richtige?" fragte er sich und wurde mit einem Male still.

Das war am Ende des dritten Tages, zwei Stunden vor seinem Tode. Um dieselbe Zeit kam der Gymnasiast leise zum Vater geschlichen und trat vor sein Bett hin. Der Sterbende schrie immer noch verzweifelt und schlug mit den Händen um sich. Seine Hand traf den Kopf des Knaben. Der Knabe ergriff sie, drückte sie an seine Lippen und weinte.

In diesem selben Augenblick stürzte Iwan Iljitsch hinab, sah Licht, und es ward ihm offenbar, daß sein Leben nicht so gewesen war, wie es hätte sein sollen, daß es aber noch gutgemacht werden konnte. Er fragte sich: „was ist denn das Richtige?“ — und verstummte aufhorchend. Da fühlte er, daß jemand seine Hand küßte. Er öffnete die Augen und erblickte seinen Sohn. Der Junge dauerte ihn. Seine Frau trat zu ihm. Er sah auch sie an. Mit geöffnetem Mund und ungetrockneten Tränen an der Nase und auf der Wange sah sie ihn mit verzweifeltem Gesichtsausdruck an. Auch sie dauerte ihn.

„Ja, ich quäle sie“, dachte er. „Es ist ihnen leid um mich, aber es wird ihnen besser sein, wenn ich sterbe.“ Er wollte ihnen das sagen, konnte es aber nicht herausbringen. „Übrigens — wozu reden? Ich muß es tun“, dachte er. Er wies die Frau mit einem Blick auf den Sohn und sagte:

„Führ' ihn weg ... er dauert mich ... auch du ...“ Er wollte noch sagen: „vergib“, sagte aber statt dessen nur „gib“, und da er nicht mehr imstande war, sich zu verbessern, verzichtete er darauf in der Erkenntnis, daß der, auf den es ankam, es schon richtig verstehen würde.

Und plötzlich wurde ihm klar, daß das, was ihn gequält hatte und nicht ans Licht kommen wollte, jetzt mit einem Male kam — von zwei Seiten, von zehn Seiten, von allen Seiten. Sie dauerten ihn, sie sollten keine Schmerzen leiden. Er mußte sie und sich selbst von diesen Qualen erlösen. „Wie schön und wie einfach“, dachte er. „Und der Schmerz?“ fragte er sich. „Wo soll ich mit dem hin? Nun, wo bist du denn, Schmerz?“

Er lauschte.

„Ja, da ist er. Nun, mag es schmerzen.“

Und der Tod? Wo ist der?

Er suchte seine bisherige gewohnte Todesfurcht und fand sie nicht. Wo war er? Was war der Tod? Er empfand nicht die geringste Furcht, denn es gab gar keinen Tod.

Statt des Todes war Licht da.

„Das also ist es!“ sagte er plötzlich laut. „Welch eine Freude!“

Für ihn vollzog sich das alles in einem Augenblick, und die Bedeutung dieses Augenblicks änderte sich nicht mehr. Für die Anwesenden aber dauerte sein Todeskampf noch zwei Stunden. In seiner Brust gurgelte und röchelte es, sein abgezehrter Körper zuckte. Dann wurde das Gurgeln und Röcheln immer seltener.

„Es ist zu Ende!" sagte jemand über ihm.

Er hörte diese Worte und wiederholte sie in seiner Seele.

„Mit dem Tod ist es zu Ende," sagte er zu sich, „er ist nicht mehr."

Er sog die Luft ein, stockte mitten im Atemzug, reckte sich aus und starb.

1884—1886 (22. März)

DER TEUFEL

Ich aber sage euch: Wer ein Weib ansiehet, ihrer zu begehren, der hat schon mit ihr die Ehe gebrochen in seinem Herzen.

Ärgert dich aber dein rechtes Auge, so reiß es aus und wirf es von dir. Es ist dir besser, daß eins deiner Glieder verderbe, und nicht der ganze Leib in die Hölle geworfen werde.

Ärgert dich deine rechte Hand, so haue sie ab und wirf sie von dir. Es ist dir besser, daß eins deiner Glieder verderbe, und nicht der ganze Leib in die Hölle geworfen werde.

Matth. V, 28—30.

I

Jewgenij Irtenjew hatte eine glänzende Karriere vor sich. Alle Vorbedingungen dafür waren gegeben. Er hatte eine vorzügliche häusliche Erziehung genossen und die juristische Fakultät der Petersburger Universität glänzend absolviert; von seinem unlängst verstorbenen Vater her besaß er Verbindungen in den höchsten Gesellschaftskreisen, und seine erste Dienstzeit im Ministerium war sogar unter dem Protektorat des Ministers verlaufen. Auch Vermögen war vorhanden, ein großes Vermögen, das aber ziemlich problematischer Natur war. Der Vater hatte im Auslande und in Petersburg gelebt, hatte jedem der beiden Söhne — Jewgenij und dem älteren Andrej, der im Chevaliergarderegiment diente — jährlich sechstausend Rubel gegeben und selbst mit seiner Frau sehr viel verbraucht. Er kam nur im Sommer auf zwei Monate auf sein Landgut, kümmerte sich jedoch nicht um die Wirtschaft, sondern überließ alles dem fettgewordenen Verwalter, der sich zwar auch nicht um die Wirtschaft kümmerte, aber dafür das volle Vertrauen seines Herrn besaß.

Als die Brüder nach dem Tode des Vaters an die Teilung des Nachlasses gingen, waren so viel Schulden vorhanden, daß ihr Rechtsvertreter ihnen sogar den Rat gab, nur das Gut der Großmutter, das auf hunderttausend Rubel geschätzt wurde, für sich zu behalten und auf den väterlichen Nachlaß zu verzichten. Aber ein Gutsnachbar, der mit dem alten Irtenjew in Geschäftsverbindung gestanden hatte, das heißt, einen Wechsel von ihm besaß und in dieser Angelegenheit nach Petersburg gereist war, meinte, daß das Gut trotz der Schulden in die Höhe zu bringen und noch ein großes Vermögen dabei herauszuschlagen sei. Man brauche nur den Wald sowie einzelne Landstücke und Brachfelder zu verkaufen, den „goldenen Boden“ aber, das Gut Semionowskoje mit seinen viertausend Desiatinen „schwarzer Erde“, der Zuckerfabrik und den zweihundert Desiatinen Rieselwiesen zu behalten; allerdings sei dabei Bedingung, daß man die Sache mit Ernst anfasse, sich auf dem Lande ansiedle und klug und sparsam wirtschafte.

Nun war Jewgenij im Frühjahr nach dem Gute gereist — der Vater war in der Fastenzeit gestorben — hatte alles persönlich in Augenschein genommen und den Entschluß gefaßt, seinen Abschied einzureichen, mit der Mutter auf das Gut überzusiedeln und die Wirtschaft zu übernehmen, um so den Hauptteil des Gutes zu retten. Mit dem Bruder, dem er nicht besonders zugetan war, traf er folgende Vereinbarung: er verpflichtete sich, ihm jährlich viertausend Rubel, oder mit einem Male achtzigtausend Rubel zu zahlen, wofür der Bruder auf alle weiteren Erbansprüche verzichtete.

So verfuhr denn auch Jewgenij in der Tat. Er siedelte mit

der Mutter nach dem großen Gutshause über und begann mit Eifer und zugleich mit Vorsicht zu wirtschaften.

Man meint gewöhnlich, daß nur die alten Leute konservativ sind, während die jungen als Neuerer auftreten. Das ist nicht ganz richtig. Gewöhnlich sind gerade junge Leute konservativ — junge Leute, die leben wollen, aber nicht darüber nachdenken und auch keine Zeit haben, darüber nachzudenken, wie man leben müsse, und die sich darum das Leben, das bisher gewesen, zum Muster nehmen.

So war es auch mit Jewgenij. Nachdem er auf dem Lande Wohnung genommen, war es sein Traum und sein Ideal, jene Lebensformen wiederherzustellen, die zu Lebzeiten des Großvaters geherrscht hatten. Der Vater war ein schlechter Wirt gewesen und konnte ihm deshalb nicht als Vorbild dienen. Er suchte nun, natürlich mit zeitgemäßen Änderungen und nicht auf so breiter Grundlage, im Hause, im Garten, im Wirtschaftsbetriebe den Geist der großväterlichen Epoche wieder zum Leben zu erwecken, mit der allgemeinen Zufriedenheit, der Ordnung, dem Wohlstand und dem Respekt, die jener Epoche eigen waren. Dieses Ziel zu erreichen, hieß es fleißig schaffen und arbeiten. Er mußte die Forderungen der Gläubiger und der Banken befriedigen und zu diesem Zweck einzelne Landstücke verkaufen oder die Zahlungen prolongieren. Er mußte Geld auftreiben, um den umfangreichen Betrieb in Semionowskoje mit seinen vierhundert Desiatinen Ackerland und der Zuckerfabrik mit Hilfe von Tagelöhnern und ständigen Arbeitern aufrecht zu erhalten; er mußte alles aufbieten, um jede Spur von Vernachlässigung und Verfall in Haus und Garten zu beseitigen.

Es gab der Arbeit genug, aber Jewgenij verspürte auch Kraft genug in sich, und zwar sowohl physische wie geistige Kraft. Er war sechsundzwanzig Jahre alt, mittelgroß, von kräftigem Körperbau und einer durch fleißiges Turnen wohl entwickelten Muskulatur — ein Sanguiniker mit frischem, rotem Gesicht, blinkenden Zähnen, vollen Lippen und weichem, welligem, nicht sehr dichtem Haar. Sein einziger physischer Mangel war seine Kurzsichtigkeit, die er sich durch das Tragen einer Brille zugezogen hatte. Er konnte jetzt ohne einen Kneifer nicht mehr auskommen, der über seiner leicht gebogenen Nase bereits eine Falte eingegraben hatte.

Dies war sein körperliches Bild; in geistiger Beziehung aber war er so beschaffen, daß, je näher man ihn kennen lernte, man ihn um so mehr liebgewann. Die Mutter hatte ihn stets über alles geliebt; jetzt aber, nach dem Tode des Gatten, wandte sie ihm nicht nur ihre ganze Zärtlichkeit zu, sondern konzentrierte überhaupt ihr ganzes Leben auf ihn. Aber nicht die Mutter allein hatte ihn so gern, auch seine Kameraden im Gymnasium wie auf der Universität brachten ihm ihre besondere Liebe und Hochachtung entgegen, und denselben Eindruck übte er auch auf alle anderen Personen aus. Es war einfach unmöglich, seinen Worten nicht zu glauben und bei diesem offenen, ehrlichen Gesicht und vor allem diesen Augen eine Täuschung, eine Unwahrheit anzunehmen.

Der Eindruck seiner Persönlichkeit half ihm bei seinen geschäftlichen Angelegenheiten außerordentlich. Die Gläubiger, die anderen gegenüber sich ablehnend verhalten hätten, brachten ihm ihr Vertrauen entgegen. Der Verwalter, der Starost, der Bauer, der jeden andern übervorteilt und betrogen hätte, vergaß das Betrügen unter dem angenehmen Eindruck des Verkehrs mit einem so guten, lieben und offenen Menschen.

Es war Ende Mai. Jewgenij hatte in der Stadt eine wichtige geschäftliche Angelegenheit geordnet. Er hatte das verpfändete Brachfeld ausgelöst und an einen Kaufmann verkauft, bei dem er wiederum das Geld lieh, um das Inventar, den Bestand an Pferden, Ochsen und Fuhrwerk zu erneuern, vor allem aber, um den unaufschiebbaren Bau eines Vorwerks zu beginnen.

Die Sache wickelte sich ganz nach seinem Wunsche ab. Es wurde Holz angefahren, die Zimmerleute gingen an die Arbeit, und mit achtzig Gespannen wurde der Dünger aufs Feld gefahren. Dennoch hing alles bisher noch an einem seidenen Faden.

2

Inmitten dieser Sorgen trat ein Ereignis ein, das nicht eben sehr wichtig war, aber doch Jewgenij damals viele Sorgen verursachte. Er hatte in seiner Jugend wie alle jungen Leute gelebt, das heißt mit verschiedenen Frauen verkehrt. Er war nicht gerade lasterhaft, war aber auch, wie er selbst zu sagen pflegte, kein Mönch. Den Verkehr mit Frauen pflegte er nur in dem Maße, wie er ihm, seinen eigenen Worten nach, für seine körperliche Gesundheit und geistige Freiheit notwendig erschien. Er hatte diese Lebensweise mit seinem sechzehnten Jahre begonnen, und die Sache war bis jetzt insofern glücklich abgelaufen, als er sich weder dem Laster ergeben noch sich eine Krankheit zugezogen hatte. In Petersburg hatte er anfangs mit einer Näherin verkehrt. Als diese dann auf Abwege geraten war, hatte er sich anderweitig einzurichten gewußt, wie denn diese Seite seines Lebens so geregelt war, daß er nicht in Verlegenheit kam.

Nun lebte er aber seit zwei Monaten auf dem Lande und wußte durchaus nicht, was er beginnen sollte. Die unfreiwillige Enthaltsamkeit begann ihre üble Wirkung auf ihn auszuüben. Sollte er eigens zu diesem Zweck in die Stadt fahren? Und wohin, und wie? Dieser eine Umstand beunruhigte Jewgenij, und da er überzeugt war, daß dies eine Notwendigkeit, ein Bedürfnis war, begann er es in der Tat als Notwendigkeit zu empfinden. Er fühlte sich unfrei und betrachtete wider Willen jedes junge Weib mit begehrlichen Blicken.

Er hielt es für unangebracht, in seinem eigenen Dorfe mit einer Frau oder einem Mädchen in Verkehr zu treten. Er wußte vom Hörensagen, daß sein Vater wie sein Großvater in dieser Beziehung ganz anders geartet waren als sonst die Gutsbesitzer jener Zeit und in ihrem Hause niemals mit ihren Leibeigenen Liebeleien angefangen hatten, und er nahm sich vor, ihrem Beispiel zu folgen. Als die Sache jedoch immer dringender wurde und er sich mit Schrecken vorstellte, was in der Stadt möglicherweise seiner harrte, kam er zu dem Schlusse, daß er sich schließlich auch auf dem Dorfe einrichten könne, zumal ja die Dinge jetzt ganz anders lagen als zur Zeit der Leibeigenschaft. Es kam nur darauf an, daß niemand davon erfuhr, und daß die Sache nicht zur Lasterhaftigkeit ausartete, sondern sich in den Grenzen hielt, welche die Gesundheit vorschrieb. Nachdem er diesen Entschluß gefaßt hatte, wurde seine Unruhe noch verstärkt; wenn er mit dem Starosten, mit den Bauern, mit den Zimmerleuten sprach, brachte er unwillkürlich das Gespräch auf die Frauen, und wenn von Frauen die Rede war, suchte er dieses Thema möglichst lange festzuhalten. Den Frauen aber blickte er immer mehr und mehr nach.

3

Nun war es freilich noch nicht damit abgetan, daß der Entschluß gefaßt war — er wollte auch ausgeführt sein. Es war ausgeschlossen, daß er selbst an eine Frau mit seinen Wünschen herantrat. An welche? Und wo? Er bedurfte eines Vermittlers, doch an wen sollte er sich wenden?

Da trat er einmal zufällig in das Häuschen des Waldhüters, um Wasser zu trinken. Der Waldhüter war ein ehemaliger Jäger seines Vaters. Jewgenij kam mit ihm in ein Gespräch, und der Alte begann, allerhand Erlebnisse aus früherer Zeit, Jagdgelage und so dergleichen zu schildern. Da kam Jewgenij auf den Gedanken, es ließe sich vielleicht machen, daß er sein Vorhaben hier in dem Waldhäuschen oder sonstwo im Walde zur Ausführung brächte. Er wußte nur nicht, wie es einzurichten wäre, und ob der alte Danila ihm dabei behilflich sein würde. „Er wird sich vielleicht über mein Ansinnen entsetzen, und ich werde vor ihm beschämt dastehen. Aber vielleicht geht er auch ohne weiteres darauf ein?“ So dachte er, während er der Erzählung Danilas lauschte. Dieser erzählte gerade, wie die Jäger in dem abgelegenen Hause der Diakonsfrau Quartier genommen hätten, und wie er einem von ihnen, Prianitschnikow hieß er, ein Weib zugeführt habe.

„Ich kann's ihm wohl sagen“, dachte Jewgenij.

„Ihr Väterchen, Gott hab' ihn selig, hat sich mit solchen Dummheiten nicht abgegeben.“

„Ich kann's ihm doch nicht sagen“, dachte Jewgenij; doch um das Terrain zu sondieren, fragte er: „Wie hast du dich nur mit solchen schlechten Dingen abgeben können?“

„Was ist denn daran so schlecht? Sie war sehr froh darüber, und mein Feodor Sacharytsch war zufrieden und spendierte mir einen Rubel. Was sollt' er auch tun? Er war doch ein Mensch von Fleisch und Blut, der seinen Wein und Tee trank.“

„Ja, ich kann's ihm sagen“, dachte Jewgenij und begann ohne Umschweife:

„Weißt du,“ — er fühlte, wie Purpurröte sein Gesicht bedeckte — „weißt du, Danila, ich hab' auch schon so dran gedacht.“

Danila lächelte.

„Ich bin doch kein Mönch; bin's gewöhnt.“

Er fühlte, daß alles, was er sagte, recht einfältig war; er freute sich aber, daß Danila ihm zustimmte.

„Sie hätten es längst sagen sollen, das läßt sich schon machen,“ meinte er, „sagen Sie nur, welche Sie haben möchten.“

„Das ist mir schließlich einerlei. Sie darf natürlich nicht mißgestaltet sein — und gesund vor allem . . .“

„Ich verstehe!“ entgegnete Danila und begann nachzudenken. „Nun, ich hätte da ein prächtiges Ding", fuhr er fort. Jewgenij errötete wieder. „Ein ganz prächtiges Ding. Man hat sie im Herbst verheiratet, verstehen Sie . . ." — Danila begann zu flüstern — „aber der Mann kann nichts ausrichten. Das wäre etwas für einen Liebhaber!"

Jewgenij verging vor Scham.

„Nein, nein", sagte er hastig. „Ich brauche so etwas gar nicht. Im Gegenteil" — was konnte hier das Gegenteil sein? — „im Gegenteil, ich will nur eine, die gesund ist, mit der ich so wenig wie möglich Scherereien habe — eine Soldatenfrau, oder sonst was in der Art."

„Ich verstehe. Da muß ich Ihnen die Stepanida zuführen. Der Mann lebt in der Stadt — sie ist sozusagen wie eine Soldatenfrau. Ein nettes Weibchen, und hübsch sauber. Sie werden zufrieden sein. Ich sagte ihr schon neulich: geh mal hin, aber sie . . ."

„Also wann denn?"

„Meinetwegen schon morgen. Ich werde mir Tabak im Dorfe holen und sie aufsuchen. Kommen Sie morgen mittags hierher, oder gehen Sie in die Badstube hinter dem Gemüsegarten. Es ist niemand hier, in der Mittagsstunde schläft ja alles."

„Na, schön."

Als Jewgenij nach Hause ritt, war er heftig erregt. Was wird nun sein? Was war eigentlich solch ein Bauernweib? Wie, wenn sie häßlich, abstoßend, widerwärtig war? „Nein, sie sind ganz nett", sagte er sich und dachte dabei an jene, denen er nachgeguckt hatte. „Was sage ich ihr aber? Was werde ich tun?"

Den ganzen Tag war Jewgenij nicht bei Laune; am folgenden Tage begab er sich um zwölf Uhr nach dem Waldhäuschen. Danila stand an der Tür und winkte schweigend, mit einem vielsagenden Kopfnicken, zum Walde hin. Alles Blut strömte Jewgenij zum Herzen. Er begab sich auf die Suche:

im Garten war kein Mensch. Auch die Badstube war leer. Als er heraustrat, hörte er plötzlich das Knacken zerbrochener Zweige. Er sah sich um — da stand sie, bis zum Gürtel im dichten Grase, jenseits der kleinen Schlucht. Er stürzte durch die Schlucht auf sie zu. In der Schlucht wuchsen Brennesseln, die er nicht bemerkt hatte. Er verbrannte sich an den Nesseln, verlor den Kneifer von der Nase und lief den gegenüberliegenden Hügel hinauf. Vor ihm stand in einer weißen, gestickten Latzschürze, rotbraunem Rock und grellrotem Kopftuch, barfüßig, frisch, drall und nett das Weib und lächelte ihn schüchtern an.

„Sie hätten auf dem Fußpfad herumkommen können", sagte sie. „Ich bin schon lange hier . . ."

Er trat zu ihr heran, sah sich rasch noch einmal um und berührte sie . . .

Sie trennten sich nach einer Viertelstunde; er fand seinen Kneifer wieder, ging zu Danila hinein, und als dieser ihn fragte: „Sind Sie zufrieden, gnädiger Herr?" gab er ihm einen Rubel und ging nach Hause.

Ja, er war zufrieden. Anfangs nur hatte er eine gewisse Scham empfunden, die aber später verschwand. Und alles war nun in schönster Ordnung. Besonders schön war es, daß er sich jetzt leicht, ruhig und frisch fühlte. Sie hatte er nicht einmal richtig angesehen. Er entsann sich nur, daß sie sauber, frisch, in ihrem Äußern nicht übel und einfach, ohne Ziererei in ihrem Benehmen war. „Wessen Frau war sie nur?" fragte er sich. „Des Petschnikow", hatte Danila gesagt. „Welche Petschnikowa? Es gibt doch zwei Petschnikows im Dorfe. Wahrscheinlich war sie die Schwiegertochter des alten Michajla. Ja, sicher war es diese. Dessen Sohn lebte ja in Moskau. Ich muß einmal Danila danach fragen."

Somit war also diese bisher so lästige Unbequemlichkeit des Landlebens, die unfreiwillige Enthaltsamkeit, beseitigt. Der freie Schwung seiner Gedanken wurde nun nicht mehr gehemmt, er konnte ungehindert seinen Beschäftigungen nachgehen.

Die Pflichten, die Jewgenij auf sich genommen hatte, waren in der Tat nicht gering. Zuweilen befürchtete er, daß er seinen Plan nicht durchhalten und trotz allem gezwungen sein würde, das Gut zu verkaufen. Es schien ihm, daß alle seine Mühe und Arbeit vergeblich sei, und vor allem, daß er selbst unfähig sei, das begonnene Werk zu Ende zu führen. Das beunruhigte ihn ganz besonders. Kaum hatte er mit Mühe und Not ein Loch zugestopft, als sich auch schon unerwartet ein neues vor ihm auftat.

Immer wieder waren während dieser ganzen Zeit neue, unbekannte Schulden des Vaters aufgetaucht. Man sah, daß der Vater in der letzten Zeit überall, wo er nur konnte, Geld aufgenommen hatte. Während der Nachlaßteilung im Frühjahr glaubte Jewgenij nun endlich alle Verpflichtungen zu kennen, da erhielt er plötzlich im Hochsommer einen Brief, in dem eine verwitwete Frau Jesipowa ihm mitteilte, daß sie noch eine Schuldforderung von zwölftausend Rubeln habe. Ein Wechsel über diese Summe war nicht vorhanden, sondern nur ein einfacher Schuldschein, der nach Ansicht des Rechtsbeistandes anfechtbar war. Doch Jewgenij wies den Gedanken weit von sich, die Bezahlung einer Schuld seines Vaters nur aus dem Grunde zu verweigern, weil die Urkunde angefochten werden konnte. Er wollte sich nur vergewissern, ob diese Schuldforderung auch wirklich zu Recht bestand.

„Wer ist eigentlich diese Kaleria Wladimirowna Jesipowa?“ fragte er seine Mutter, als sie, wie gewöhnlich, beim Mittagessen sich trafen.

„Die Jesipowa? Das ist ja die Pflegetochter des Großvaters. Was ist mit ihr?“

Jewgenij erzählte ihr den Sachverhalt.

„Ich bin erstaunt über diese Unverfrorenheit. Dein Vater hat ihr ohnedies so viel zugewendet.“

„Sind wir ihr denn etwas schuldig?"

„Ja, wie soll ich dir das klar machen? Schuldig sind wir ihr nichts, aber der Vater hat in seiner grenzenlosen Güte . . ."

„Ja — aber betrachtete der Vater das als seine Schuld?"

„Ich kann es dir nicht sagen. Ich weiß es nicht. Ich weiß nur, daß du es sehr, sehr schwer hast."

Jewgenij sah, daß die Mutter selbst nichts Rechtes wußte und ihn vielmehr auszufragen suchte.

„Ich schließe daraus," sagte er, „daß man ihr das Geld zahlen muß. Ich fahre morgen zu ihr und will sie fragen, ob sie mir die Schuld nicht noch stunden kann."

„Ach, wie leid du mir tust, aber weißt du, es ist doch besser, zu zahlen. Sage ihr nur, daß sie sich mit der Bezahlung gedulden muß", sagte die Mutter, offenbar beruhigt und zugleich stolz auf den Entschluß ihres Sohnes.

Jewgenijs Lage war dadurch noch besonders erschwert, daß die Mutter, die mit ihm zusammenlebte, die Verhältnisse gar nicht begriff. Sie war während ihres ganzen Lebens so sehr an ein luxuriöses Leben gewöhnt gewesen, daß sie sich die Lage, in der sich der Sohn jetzt befand, gar nicht richtig vorstellen konnte. Sie begriff nicht, daß ihre Lage jeden Augenblick eine solche Wendung nehmen konnte, daß der Sohn gezwungen war, alles zu verkaufen und sich und die Mutter durch irgendeine Anstellung zu ernähren, die ihm vorderhand höchstens zweitausend Rubel im Jahre eintragen konnte. Es war ihr unverständlich, daß man dieser drohenden Aussicht einzig durch Einschränkung der Ausgaben aus dem Wege gehen konnte, und darum wollte sie auch nicht begreifen, weshalb Jewgenij so sehr an allerhand Kleinigkeiten zu sparen suchte, an den Ausgaben für die Gärtner, Kutscher, Dienstboten und sogar für den eigenen Haushalt. Zudem hegte sie, gleich den meisten Witwen, für ihren Verstorbenen ein Gefühl besonderer Ehrfurcht, wie sie es bei seinen Lebzeiten nicht empfunden hatte, und ließ den Gedanken nicht aufkommen, als könnte das, was der Selige getan und ins Leben gerufen, schlecht sein oder der Abänderung bedürfen.

Jewgenij unterhielt mit großer Mühe den Garten nebst dem Treibhaus mit zwei Gärtnern, sowie den Pferdestall mit zwei Kutschern. Maria Pawlowna aber dachte in ihrer Naivität schon Gott weiß was für ein mütterliches Opfer für ihren Sohn zu bringen, wenn sie sich nicht über das Essen beklagte, das der alte Koch zubereitete, und wenn sie nicht schalt, daß nicht alle Wege im Park gefegt waren und statt der Lakaien ein schlichter Bursche aus dem Dorfe zur Bedienung da war.

So sah Maria Pawlowna auch in der neuaufgetauchten Schuldforderung, die sämtliche Pläne Jewgenijs fast vernichtete, nur eine Episode, die ihrem Sohne Gelegenheit gab, seinen Edelmut zu beweisen. Maria Pawlowna machte sich wegen der pekuniären Verhältnisse des Sohnes auch darum keine Sorge, weil sie überzeugt war, daß er eine glänzende Partie machen würde, die alle Schwierigkeiten mit einem Schlage beseitigen mußte. Er konnte in der Tat die glänzendste Partie machen: sie kannte eine Reihe von Familien, die sich glücklich geschätzt hätten, ihm ihre Tochter zu geben. Sie wartete mit Ungeduld darauf, diese Angelegenheit so bald wie möglich ins reine zu bringen.

4

Jewgenij trug sich selbst mit dem Gedanken an eine Heirat, doch betrachtete er diese nicht von dem gleichen Gesichtspunkte wie seine Mutter. Der Gedanke, die Heirat als Mittel zur Aufbesserung seiner Lage zu benutzen, widerstrebte ihm. Er wollte bei der Heirat redlich verfahren und nur die Liebe sprechen lassen. Er hielt bereits Umschau unter den jungen Mädchen seines Bekanntenkreises und überlegte, ob sie für ihn nicht paßten, doch hatte sich sein Schicksal noch nicht entschieden. Inzwischen blieb sein Verkehr mit Stepanida, was er nie erwartet hätte, weiter bestehen und nahm sogar den Charakter eines dauernden Verhältnisses an. Nach der ersten Zusammenkunft hatte Jewgenij geglaubt, er würde die Frau nie wieder zu Gesicht bekommen, doch nach einiger Zeit wurde er wieder von einer Unruhe ergriffen, die er der gleichen Ursache zuschrieb. Seine Unruhe war aber diesmal nicht mehr so unbestimmt; er sah im Geiste dieselben glänzenden Augen, hörte die tiefe Bruststimme, spürte den Geruch von etwas Frischem und Starkem, stellte sich den vollen Busen vor, der sich unter dem Brustlatz hob und senkte, und das alles sah er in demselben, vom hellen Sonnenlicht übergossenen Dickicht von Haselnußsträuchern und Laubbäumen.

Er wandte sich, so peinlich es ihm auch war, wieder an Danila, und wiederum wurde ein Stelldichein zur Mittagsstunde im Walde verabredet. Diesmal sah Jewgenij sich die Frau aufmerksamer an als das erstemal, und alles an ihr erschien ihm anziehend. Er knüpfte ein Gespräch mit ihr an, fragte sie nach ihrem Gatten. Es war in der Tat der Sohn des alten Michajla, der als Kutscher in Moskau lebte.

„Ja, wie kannst du dann aber? . . ." Jewgenij wollte sie fragen, wie sie ihren Gatten so hintergehen könne.

„Was denn?" fragte sie. Sie war offenbar ein kluges Weibchen, das seine Gedanken erriet.

„Wie kannst du dann zu mir kommen?"

„Ach so!" lachte sie. „Er tut's ja sicher dort auch. Was soll ich schon machen?"

Sie wollte offenbar ungezwungen und keck erscheinen, was Jewgenij ungemein gefiel. Dennoch verabredete er kein neues Stelldichein mit ihr. Auch als sie selbst vorschlug, die Zusammenkünfte doch ohne die Vermittlung Danilas, den sie nicht recht leiden konnte, stattfinden zu lassen, willigte er nicht ein. Er hoffte, daß diese Zusammenkunft die letzte sein würde.

Sie gefiel ihm wohl, und er war überzeugt, daß er eines solchen Verkehres bedurfte, und daß darin nichts Schlechtes lag. Im Innern seiner Seele jedoch saß ein strengerer Richter, der sein Tun nicht billigte und erwartete, daß es das letztemal gewesen sein würde — zum mindesten aber wollte er an der Sache nicht teilhaben, nicht an der Vorbereitung der nächsten Zusammenkunft mitwirken.

So ging es den ganzen Sommer hindurch, in dessen Verlauf er etwa zehnmal, und zwar stets durch Danilas Vermittlung, mit Stepanida zusammenkam. Einmal konnte sie nicht erscheinen, weil ihr Mann zu Besuch gekommen war, und Danila schlug ihm eine andere vor. Jewgenij lehnte mit einem Gefühl des Abscheus den Vorschlag des Alten ab. Nachdem der Mann abgereist war, nahmen die Zusammenkünfte wieder ihren Fortgang, zuerst durch Danilas Vermittlung, dann aber vereinbarten sie selbst, wann sie sich treffen würden, und sie erschien in Begleitung der alten Prochorowa, da es sich nicht schickte, daß eine junge Frau allein ausging.

Einmal, als Jewgenij gerade zur verabredeten Stunde zu ihr gehen wollte, traf eine befreundete Familie, deren Tochter Maria Pawlowna als Braut für Jewgenij in Aussicht genommen hatte, mit dieser selbst zu Besuch auf dem Gute ein, und Jewgenij vermochte auf keine Weise loszukommen. Als es ihm endlich gelang, tat er, als gehe er nach der Scheune, und begab sich dann auf einem Fußpfad zu Stepanida in den Wald. Sie war nicht da; an der gewohnten Stelle jedoch war alles, so weit die Hand reichen konnte — der Faulbaum, das Nußgehölz, sogar ein junger, armdicker Ahornstamm — zerbrochen und geknickt. Sie hatte hier auf ihn gewartet, war aufgeregt und ärgerlich geworden und hatte ihm in den zerbrochenen Zweigen ein Andenken hinterlassen. Er stand ein Weilchen da und ging dann zu Danila, der sie für den folgenden Tag bestellen sollte. Sie kam und war zu ihm ganz so, wie sie immer gewesen.

So verging der Sommer. Die Zusammenkünfte fanden stets im Walde statt: nur einmal, kurz vor Anbruch des Herbstes, trafen sie sich in der Scheune auf ihrem Hofe.

Jewgenij kam es nicht in den Sinn, daß diese Beziehungen irgendeine größere Bedeutung für ihn haben könnten. An Stepanida dachte er dabei so gut wie gar nicht. Er gab ihr Geld, und damit war die Angelegenheit für ihn erledigt. Er hatte keine Ahnung davon, daß das ganze Dorf von seinem Verkehr mit Stepanida wußte und sie beneidete, daß ihre Hausgenossen Geld von ihr nahmen und sie noch aufmunterten, und daß unter dem Einflusse des Geldes und der Aufmunterung der Hausgenossen die Vorstellung von der Sünde ganz und gar in ihr ausgerottet wurde. Es schien ihr, wenn die Leute sie beneideten, müsse das, was sie tat, wohl gut sein.

„Ich muß es meiner Gesundheit wegen tun", dachte Jewgenij. „Vielleicht ist es unrecht, und vielleicht wissen auch alle oder doch viele darum, obschon niemand davon spricht. Die Alte, die Stepanida begleitet, weiß es sicher, und wahrscheinlich hat sie es auch den anderen Weibern erzählt. Wirklich, es ist unrecht von mir," dachte Jewgenij, „aber was soll ich tun? Und schließlich dauert es ja auch nicht mehr lange."

Am peinlichsten war ihm, daß Stepanida einen Mann hatte. Anfangs nahm er aus irgendeinem Grunde an, daß dieser ein schlechter Kerl sei, und das rechtfertigte gleichsam seine eigene Handlungsweise. Als er ihn aber sah, war er betroffen: es war ein hübscher, schmucker Bursche, noch stattlicher als er selbst. Bei der nächsten Zusammenkunft sagte er ihr, daß er ihren Mann gesehen und an ihm seine Freude gehabt habe, er sei ein prächtiger Junge.

„Ja, einen zweiten wie er gibt es nicht im Dorfe", sagte sie stolz.

Jewgenij war erstaunt. Der Gedanke an ihren Mann war ihm fortan noch peinlicher als früher. Als er einmal bei Danila war und mit ihm ins Gespräch kam, sagte ihm dieser ohne Umschweife:

„Michajla fragte mich neulich: ‚Ist es wahr, daß der Herr es mit meiner Frau hält?' Ich sagte, ich wisse es nicht. ‚Besser übrigens,' sagte ich, ‚sie hat es mit dem Herrn, als mit einem Bauern'."

„Nun, und was sagte er?"

„Nichts weiter. ‚Warte nur,' sagte er, ‚wenn ich dahinter komme, kriegt sie ihr Teil ab'!"

„Na ja, wenn der Mann zurückkommt, lasse ich die ganze Geschichte", dachte Jewgenij.

Doch der Mann lebte in der Stadt, und Jewgenij setzte vorläufig die Beziehungen zu Stepanida fort.

„Sobald es sein muß, breche ich ab, und keine Spur bleibt übrig", dachte Jewgenij.

Damit hielt er die Sache für abgetan. Im Laufe des Sommers war er von allerhand Dingen in Anspruch genommen gewesen: von der Errichtung des neuen Vorwerks, von der Ernte, von allerhand Bauten und vor allem von der Regelung der Schulden und dem Verkauf des Brachfeldes. Das alles waren Dinge, die sein ganzes Interesse beanspruchten, und an die er Tag und Nacht dachte. Alles dies war wirkliches Leben, die Beziehungen zu Stepanida dagegen — er nannte sie nicht einmal ein Verhältnis — waren etwas ganz Nebensächliches, das er kaum merkte. Wenn freilich der Wunsch, sie zu sehen, in ihm aufstieg, geschah das mit solcher Macht, daß er an nichts anderes zu denken vermochte. Doch das währte nicht lange. Nach einer Zusammenkunft mit ihr dachte er wieder wochen-, ja zuweilen monatelang nicht an sie.

Im Herbst fuhr Jewgenij öfters zur Stadt und trat dort in näheren Verkehr mit der Familie Annenskij. Die Annenskijs hatten eine Tochter, die eben erst aus der Pension nach Hause gekommen war. Und nun geschah es, daß Jewgenij, zur größten Betrübnis seiner Mutter, sich, nach ihren Worten,

„zu billig verkaufte", das heißt, sich in Lisa Annenskaja verliebte und ihr einen Antrag machte.

Von dieser Zeit an hörte sein Verkehr mit Stepanida auf.

5

Warum Jewgenij gerade Lisa Annenskaja erwählte, ist schwer zu erklären, wie man überhaupt nie erklären kann, warum ein Mann diese und nicht eine andere Frau wählt. Es gab da eine Unzahl von Gründen, sowohl positiver wie negativer Natur. Einer dieser Gründe war, daß sie keine reiche Braut war, wie seine Mutter sie für ihn zu freien gedacht hatte, ferner, daß sie in den Beziehungen zu ihrer Mutter naiv und verschüchtert war, und endlich, daß sie, obschon nicht häßlich, doch auch keine beneidenswerte Schönheit war. Der Hauptgrund war wohl, daß ihre Annäherung zu einer Zeit begann, als Jewgenij reif für die Ehe war. Er verliebte sich darum, weil er fühlte, daß er heiraten müsse.

Lisa Annenskaja gefiel ihm zuerst nur ein wenig, als er jedoch beschlossen hatte, sie zu heiraten, empfand er für sie ein weit stärkeres Gefühl. Er fühlte, daß er sich in sie verliebt hatte.

Lisa war sehr schmächtig und langaufgeschossen. Alles an ihr war lang: das Gesicht, die Nase, die Finger, die Füße. Ihr Teint war sehr zart, weiß, mit einem Stich ins Gelbliche und einem leichten roten Anflug; die hellbraunen Haare waren lang, weich und wellig. Sie hatte sehr schöne, sanfte, zutrauliche, helle Augen, und die Augen besonders gefielen Jewgenij. Wenn er an Lisa dachte, sah er stets diese hellen, sanften, zutraulichen Augen vor sich.

Das war Lisas körperliches Bild; wie ihr geistiges Bild beschaffen war, davon hatte Jewgenij keine Ahnung; er sah nur immer ihre Augen vor sich. Und diese Augen, so schien es ihm, sagten ihm alles, was er wissen mußte. Mit diesen Augen aber hatte es folgende Bewandtnis.

Noch in der Pension, als fünfzehnjähriges Mädchen, war Lisa beständig in alle anziehenden Männer verliebt und war nur dann heiter und glücklich, wenn sie verliebt war. Als sie die Pension verlassen hatte, verliebte sie sich gleichfalls in alle jungen Männer, mit denen sie zusammentraf, und natürlich war sie auch in Jewgenij vom ersten Augenblicke an verliebt. Eben diese Verliebtheit gab ihren Augen den besonderen Ausdruck, der Jewgenij so sehr fesselte.

In diesem Winter war sie bereits in zwei junge Leute zu gleicher Zeit verliebt gewesen, und sie war nicht nur errötet und verlegen geworden, wenn diese jungen Leute ins Zimmer traten, sondern auch dann, wenn nur ihre Namen genannt wurden. Als ihr aber die Mutter andeutete, daß Jewgenij Irtenjew ernste Absichten zu haben scheine, steigerte sich ihre Verliebtheit in ihn in einem Maße, daß sie gegen seine beiden Vorgänger fast gleichgültig wurde. Als nun Irtenjew gar bei ihnen im Hause zu verkehren begann, auf dem Balle in der Adelsversammlung mit ihr mehr als mit den übrigen Damen tanzte und offenbar nur zu erfahren wünschte, ob sie ihn liebe, nahm ihre Verliebtheit einen geradezu krankhaften Charakter an: sie sah ihn nachts im Traume und bei Tage im finsteren Zimmer, und alle anderen existierten nicht mehr für sie. Nachdem er dann um sie angehalten und sie den elterlichen Segen erhalten hatten, nachdem sie sich geküßt hatten und Brautleute geworden waren, hatte sie keinen anderen Gedanken als ihn, keinen anderen Wunsch als den, stets mit ihm zusammen zu sein, ihn zu lieben und von ihm geliebt zu werden. Sie war stolz auf ihn und zugleich gerührt ob seiner Liebe zu ihr und ihrer Liebe zu ihm; sie verging vor lauter Liebe, schmolz in Liebe dahin.

Auch er liebte sie um so stärker, je mehr er sie kennenlernte. Er hatte nie erwartet, eine solche Liebe zu finden, und diese Liebe entfachte seine eigenen Gefühle nur noch heftiger.

6

Vor Anbruch des Frühlings kam er nach Semionowskoje, um verschiedene Wirtschaftsangelegenheiten zu regeln, vor allem aber, um im Hause, wo die Vorbereitungen zur Hochzeit bereits im Gange waren, nach dem Rechten zu sehen.

Maria Pawlowna war mit der Wahl des Sohnes unzufrieden, jedoch nur aus dem Grunde, weil die Partie nicht so glänzend war, wie sie hätte sein können, und weil ihr Warwara Alexejewna, die zukünftige Schwiegermutter ihres Sohnes, nicht gefiel. Sie wußte nicht, ob sie gut oder schlecht war, und das interessierte sie auch nicht; aber sie hatte bereits beim ersten Blick erkannt, daß sie nicht „comme il faut", daß sie keine „Lady" war, und das betrübte sie. Es machte ihr Sorgen, weil sie diese äußere Korrektheit aus Gewohnheit schätzte; sie wußte, daß auch Jewgenij in dieser Beziehung sehr feinfühlig war, und sah infolgedessen für ihn viel Ärger voraus. Die Tochter aber gefiel ihr, hauptsächlich darum, weil sie Jewgenij gefiel. Man mußte sie einfach liebgewinnen, und Maria Pawlowna war von Herzen gern dazu bereit.

Jewgenij traf die Mutter sehr vergnügt und zufrieden an. Sie war eifrig dabei, alles im Hause in Ordnung zu bringen, und traf Anstalten, um gleich nach Ankunft der jungen Frau selbst abzureisen. Jewgenij drang in sie, doch dazubleiben, und die Frage blieb vorläufig offen.

Am Abend nach dem Tee legte Maria Pawlowna wie gewöhnlich Patience. Jewgenij saß dabei und half ihr. Das war die Zeit der intimsten, vertraulichsten Gespräche. Nachdem eine Partie beendet war, blickte Maria Pawlowna ihren Sohn an und begann darauf mit ein wenig stockender Stimme:

„Ich wollte dir noch etwas sagen, lieber Jewgenij. Ich weiß natürlich nichts weiter, doch möchte ich dir jedenfalls ganz im allgemeinen raten, vor der Hochzeit alle Junggesellenangelegenheiten unbedingt in Ordnung zu bringen, damit weder du, noch, was Gott verhüten möge, deine Frau durch irgend etwas belästigt wird. Du verstehst mich doch?"

Jewgenij begriff sofort, daß Maria Pawlowna von seinen Beziehungen zu Stepanida, die er seit dem Herbst abgebrochen hatte, unterrichtet war und auf sie anspielte, und daß sie, wie alle alleinstehenden Frauen, diesen Beziehungen eine weit größere Bedeutung beimaß, als sie in den Augen der Männer besitzen. Jewgenij errötete nicht sowohl vor Scham, als vor Ärger darüber, daß die gute Maria Pawlowna, wenn auch in guter Absicht, ihre Nase in Dinge steckte, die sie nichts angingen, die sie nicht begriff und nicht begreifen konnte. Er sagte, er habe nichts zu verbergen und habe sich stets so betragen, daß nichts seiner Heirat hindernd in den Weg treten könne.

„Nun, das freut mich, lieber Junge. Nimm's mir, bitte, nicht übel!" sagte die Mutter verlegen.

Aber Jewgenij sah, daß sie noch nicht alles gesagt hatte, was sie hatte sagen wollen, und nachdem sie ein Weilchen gezögert, begann sie in der Tat zu erzählen, daß sie in seiner Abwesenheit gebeten worden sei, Taufpatin bei . . . Petschnikows zu sein.

Jetzt flammte Jewgenijs Gesicht nicht mehr vor Ärger auf, und auch nicht vor Scham, sondern in dem beklemmenden Vorgefühl, daß das, was er sogleich vernehmen würde, etwas sehr Wichtiges sei. Ganz unwillkürlich überkam ihn dieses Vorgefühl, das mit seinen Worten und Erwägungen in schroffem Gegensatz stand, sich jedoch als vollkommen zutreffend erwies. Nur so von ungefähr, als ob es sich lediglich um die Fortsetzung der Unterhaltung handle, bemerkte Maria Pawlowna, es würden in diesem Jahre lauter Knaben geboren — offenbar könne man auf einen Krieg gefaßt sein. So sei es bei den Wasins gewesen, und bei den Petschnikows, wo das junge Frauchen auch zuerst einen Knaben geboren habe. Maria Pawlowna wollte das alles ganz harmlos erzählen, doch hatte sie selbst ein Gefühl der Beschämung, als sie bemerkte, wie ihr Sohn errötete, wie er nervös den Kneifer auf und ab nahm und hastig eine Zigarette anzündete, und so schwieg sie. Auch Jewgenij schwieg und wußte nicht, wie er das Schweigen brechen sollte. So begriffen sie beide, daß sie einander verstanden hatten.

„Ja, die Hauptsache im Dorfe ist die Gerechtigkeit — es darf keine Günstlinge geben, wie bei deinem Onkel."

„Ich weiß, liebe Mutter," sagte Jewgenij plötzlich, „ich weiß, warum Sie das sagen. Sie beunruhigen sich ganz ohne Grund. Mein zukünftiges Familienleben ist mir ein Heiligtum, das ich nie verletzen werde. Und was früher, in meiner Junggesellenzeit, gewesen ist, das ist alles begraben. Ich habe nie irgendwelche Verpflichtungen übernommen, und niemand hat irgendwelche Rechte an meine Person."

„Nun, das freut mich," sagte die Mutter, „ich kenne ja deine vornehme Denkweise."

Jewgenij nahm diese Worte der Mutter als einen ihm gebührenden Tribut hin und verstummte.

Am folgenden Morgen fuhr er in die Stadt und dachte unterwegs an seine Braut und an alles in der Welt, nur nicht an Stepanida. Doch als ob er mit Gewalt an sie erinnert werden sollte, traf er, als er sich der Kirche näherte, auf eine Schar von Leuten, die zu Fuß und zu Wagen von dort herkamen. Er sah den alten Matwej und Semion, dann ein paar Kinder und junge Mädchen, und zuletzt zwei Frauen, eine ältere und eine jüngere in grellrotem Feiertagskleide, die ihm bekannt vorkam. Sie schritt leicht und elastisch daher und trug einen Säugling im Arme. Als er an ihnen vorüberkam, begrüßte ihn die ältere Frau nach altem Brauche, indem sie stehen blieb, während die junge mit dem Kinde nur den Kopf neigte und ihn unter dem Kopftuche hervor mit den ihm bekannten, lachenden, munteren Augen anblitzte.

„Ja, das ist sie. Doch das ist ja alles zu Ende, warum soll ich sie also noch ansehen? Vielleicht ist es mein Kind?" ging's ihm durch den Sinn. „Ach, Unsinn! Ihr Mann ist ja hier gewesen, sie hat auch mit ihm verkehrt." Er nahm sich nicht einmal die Zeit nachzurechnen. Es war bei ihm einmal beschlossene Sache, daß es sich für ihn nur um etwas gehandelt hatte, das für seine Gesundheit notwendig war — er hatte Geld gezahlt, und damit war die Sache erledigt. Irgendein Verhältnis hatte zwischen ihnen nicht existiert, existierte auch jetzt nicht, konnte und durfte nicht existieren. Er brauchte nicht einmal sein Gewissen einzuschläfern, es hatte sich überhaupt in dieser Angelegenheit nicht geregt. Er dachte nach der Unterredung mit der Mutter und dem Zusammentreffen auf der Dorfstraße kein einziges Mal mehr an sie zurück und traf sie auch in der Folge kein einziges Mal.

Am Sonntag nach Ostern wurde seine Hochzeit in der Stadt gefeiert, und gleich darauf begab er sich mit seiner jungen Frau auf das Gut. Das Wohnhaus war, wie üblich, für die jungen Eheleute hergerichtet. Maria Pawlowna wollte fortziehen, aber Jewgenij und namentlich Lisa baten sie dazubleiben, und so siedelte sie nur nach dem Nebengebäude über.

Und nun begann für Jewgenij ein neues Leben.

7

Das erste Ehejahr war für Jewgenij sehr schwer. Die wirtschaftlichen Sorgen, die er während der Bräutigamszeit, soweit es ging, aufgeschoben hatte, brachen nun, nach der Hochzeit, mit einem Male über ihn herein.

Es erwies sich als unmöglich, die Schuldenlast loszuwerden. Der Wald war zwar verkauft, und die dringendsten Schulden waren getilgt; doch blieben immer noch Schulden genug, und Geld war nicht vorhanden. Das Gut warf zwar recht schöne Einkünfte ab, aber der Bruder mußte unterstützt werden, die Hochzeit kostete Geld, so daß alle Barmittel draufgingen und die Zuckerfabrik wegen Mangels an Betriebskapital stillstehen mußte. Das einzige Mittel, aus dieser schwierigen Lage herauszukommen, war, das Geld der Frau in die Wirtschaft zu stecken. Lisa, der die Verlegenheiten ihres Mannes nicht entgingen, bestand selbst darauf, daß dieser Ausweg eingeschlagen würde. Jewgenij willigte ein, doch nur unter der Bedingung, daß die Hälfte des Gutes urkundlich auf den Namen seiner Frau eingetragen werde. Er tat das natürlich nicht seiner Frau wegen, die sich dadurch beleidigt gefühlt hätte, sondern aus Rücksicht auf die Schwiegermutter.

Diese geschäftlichen Angelegenheiten, bei denen Erfolg und Mißerfolg einander ablösten, waren nur der eine dunkle Schatten, der in diesem ersten Jahre auf Jewgenijs Leben fiel. Ein anderer störender Umstand war der schlechte Gesundheitszustand seiner Frau. Sieben Monate nach der Hochzeit, im Herbst, stieß ihr ein Unfall zu. Sie war ihrem Manne, der aus der Stadt zurückkehrte, in einem Charaban entgegengefahren, als das sonst ruhige Pferd plötzlich scheute. Lisa erschrak und sprang aus dem Wagen. Der Sprung war verhältnismäßig glücklich abgelaufen — sie hätte dabei leicht an einem Rade hängen bleiben können — aber sie war bereits schwanger, und in der folgenden Nacht stellten sich Schmerzen bei ihr ein. Sie hatte eine Fehlgeburt und konnte sich danach lange nicht erholen. Der Verlust des erwarteten Kindes, die Krankheit der Frau, die damit verknüpfte Unordnung im Haushalt und namentlich die Anwesenheit der Schwiegermutter, die sogleich nach Lisas Erkrankung eingetroffen war, alles das machte ihm das erste Ehejahr besonders schwer und drückend.

Trotz dieser ungünstigen Verhältnisse jedoch fühlte sich Jewgenij am Ende des Jahres sehr wohl. Erstens begann sein Lieblingsplan, die großväterliche Epoche in neuen Formen wieder aufleben zu lassen, sich, wenn auch unter großen Schwierigkeiten, allmählich zu verwirklichen. Jetzt konnte keine Rede mehr davon sein, das Gut der Schulden halber zu verkaufen. Das Stammgut war zwar auf den Namen der Frau übertragen, aber doch immerhin gerettet, und wenn nur die Rübenernte gut ausfiel und die Preise sich hielten, konnte für das kommende Jahr statt der bisherigen Not und Unsicherheit voller Wohlstand erwartet werden.

Das war die eine Seite seines Lebens. Auf der anderen Seite hatte er, obgleich die Anforderungen, die er an seine Frau stellte, recht hochgespannt waren, von ihr doch nie das erwartet, was sie ihm in der Tat wurde. Es war nicht das, was er erwartet hatte, doch war es, wenn auch anders, jedenfalls etwas weit Besseres. Verliebte Szenen lagen ihr nicht oder gelangen, wenn er sie herbeizuführen suchte, nur sehr matt. Dagegen nahm alles ringsum eine solche Gestalt an, daß ihm das Leben fröhlicher, angenehmer und leichter erschien. Er wußte nicht, woher das kam, doch war es in der Tat so. Es kam aber daher, daß Lisa gleich nach ihrer Verlobung endgültig entschieden hatte, daß von allen Menschen auf der Welt Jewgenij Irtenjew der erhabenste, klügste, reinste und edelste sei, und daß es darum die Pflicht aller Menschen sei, ihm zu dienen und Freude zu bereiten; da es aber nicht anging, alle Menschen dazu zu zwingen, mußte sie es wenigstens selbst nach Kräften tun. Das tat sie denn auch, und darum waren alle ihre seelischen Kräfte darauf gerichtet, seine Lieblingswünsche, worauf sie auch gerichtet sein mochten, und wie schwer erfüllbar sie auch waren, zu erraten und zu verwirklichen.

Sie besaß eine Eigenschaft, die den Hauptreiz des Verkehrs mit einem geliebten Weibe ausmacht: sie verstand es, dank der Liebe zu ihrem Manne, förmlich hellseherisch in seiner Seele zu lesen. Sie ahnte — wie es ihm schien, sogar besser als er selbst — jede Seelenstimmung, die ihn beherrschte, jede Nuance seiner Empfindungen und handelte demgemäß, das heißt, sie verletzte nie sein Gefühl, sondern milderte stets die niederdrückenden und verstärkte die frohen Empfindungen.

Sie begriff aber nicht nur seine Gefühle, sondern auch seine Gedanken. Die fernliegendsten Fragen der Landwirtschaft, des Fabrikbetriebes, des Verkehrs mit den Leuten begriff sie im Handumdrehen, und so ward sie ihm nicht nur eine angenehme Gesellschafterin, sondern, wie er selbst ihr versicherte, eine nützliche, unersetzliche Ratgeberin. Alle Dinge und Menschen, kurz alles in der Welt sah sie einzig mit seinen Augen an. Sie hatte ihre Mutter lieb; als sie jedoch bemerkte, daß die Einmischung der Schwiegermutter in ihr Leben Jewgenij unangenehm war, stellte sie sich sofort auf seine Seite, und zwar mit einer solchen Entschiedenheit, daß er ihren Eifer zügeln mußte.

Zu alledem besaß sie einen feinen Geschmack, ungemein viel Takt und vor allem Ruhe. Alles, was sie tat, geschah gleichsam unmerklich; man sah nur die Ergebnisse ihrer Arbeit: stets und überall peinliche Sauberkeit, Ordnung und Schönheit. Lisa hatte sofort erkannt, welcher Art das Lebensideal ihres Mannes war, und sie war bestrebt, seine Wünsche in allem, was das häusliche Leben betraf, zu befriedigen. Es fehlten nur noch die Kinder, aber auch auf diese konnte man bestimmt hoffen. Im Winter waren sie zu einem Frauenarzt nach Petersburg gefahren, und dieser hatte sie versichert, daß Lisa vollkommen gesund sei und Kinder haben könne.

Und dieser Wunsch ging in Erfüllung: gegen Ende des Jahres fühlte Lisa sich wieder schwanger.

Das einzige, was ihr Glück zwar nicht vergiftete, aber doch bedrohte, war Lisas Eifersucht. Sie zeigte dieses Gefühl nicht, unterdrückte es, litt aber häufig darunter. Jewgenij durfte keine andere Frau lieben als sie, denn es gab in der ganzen Welt keine, die seiner würdig gewesen wäre (ob sie selbst seiner würdig war, fragte sie sich nie), und keine Frau durfte daher wagen, ihn zu lieben.

8

Ihre Lebensweise war in folgender Weise geregelt: er stand, wie immer, früh auf und begab sich in die Wirtschaft oder nach der Fabrik, zuweilen auch aufs Feld. Um zehn Uhr kam er zum Kaffee, den er gewöhnlich in der Gesellschaft von Maria Pawlowna, Lisa und einem bei ihnen lebenden Onkel auf der Veranda trank. Nach dem Kaffee, bei dem sich häufig eine lebhafte Unterhaltung entspann, trennte man sich; bis zum Mittag wurde gelesen, und Jewgenij erledigte seine Geschäftsbriefe. Um zwei Uhr speiste man, dann ging oder fuhr man spazieren. Des Abends, wenn Jewgenij aus seinem Kontor kam, tranken sie spät Tee, zuweilen wurde laut vorgelesen, Lisa arbeitete oder musizierte, oder, falls Gäste da waren, unterhielten sie sich. Wenn Jewgenij geschäftlich verreiste, schrieb er ihr täglich und erhielt täglich von ihr einen Brief. Zuweilen begleitete sie ihn auf seinen Fahrten, und dann waren sie besonders vergnügt. An seinem und ihrem Namenstage sahen sie Gäste bei sich, und er freute sich, wenn er sah, wie schön sie alles hergerichtet hatte, und wie wohl sich alle bei ihm fühlten. Er sah und hörte auch, daß die Gäste von der liebreizenden jungen Wirtin entzückt waren, und er liebte sie darum noch mehr.

Alles ging vortrefflich. Ihre Schwangerschaft ertrug sie leicht, und beide erwogen schon, wenn auch ein wenig schüchtern, wie sie das Kind erziehen würden. Die Art der Erziehung, die anzuwendenden Methoden, alles das wurde von Jewgenij bestimmt, und sie wünschte nur, seinen Willen gehorsam zu erfüllen. Jewgenij hatte einen ganzen Haufen medizinischer Bücher durchgelesen, er hatte die Absicht, das Kind nach allen Regeln der Wissenschaft zu erziehen. Sie war natürlich mit allem einverstanden, traf alle Vorbereitungen, nähte leichte und warme Steckkissen und richtete die Wiege ein. So brach das zweite Jahr ihres ehelichen Lebens und der zweite Frühling an.

9

Es war gegen Pfingsten. Lisa befand sich im fünften Monat der Schwangerschaft, und wenn sie sich auch in acht nahm, war sie doch fröhlich und munter. Die beiden Mütter, die unter dem Vorwande des Beistandes für die junge Frau im Hause lebten, beunruhigten sie nur mit ihren fortwährenden Ermahnungen. Jewgenij befaßte sich ganz besonders eifrig mit der Wirtschaft, namentlich mit dem in großem Maßstabe betriebenen Zuckerrübenbau.

Am Tage vor dem Pfingstfest ließ Lisa eine Generalreinigung im Hause vornehmen, die seit Ostern nicht gemacht worden war, und bestellte zwei Tagelöhnerinnen aus dem Dorfe, die der Dienerschaft helfen sollten, die Fußböden zu scheuern, die Fenster zu putzen, die Polstermöbel und Teppiche zu klopfen und die Bezüge abzunehmen. Die Frauen kamen frühmorgens, stellten ein paar Kessel Wasser aufs Feuer und machten sich an die Arbeit.

Eine dieser Frauen war Stepanida. Sie hatte kurz vorher ihren Knaben entwöhnt und den Wirtschaftsschreiber gebeten, sie zur Arbeit im Herrenhause einzustellen. Sie wollte sich die neue Herrin ganz in der Nähe ansehen. Stepanida lebte, wie bisher, ohne ihren Mann und hatte eine Liebelei mit dem blutjungen Wirtschaftsschreiber, wie sie sie früher mit dem alten Danila, der sie beim Holzstehlen ertappt, und nachher mit dem Gutsherrn gehabt hatte. An Jewgenij dachte sie gar nicht weiter. „Er hat ja jetzt eine Frau“, dachte sie. Dennoch war es interessant, die gnädige Frau und ihr Hauswesen einmal genauer zu besehen, sie sollten ja, wie man sagte, sehr schön eingerichtet sein.

Jewgenij hatte sie seit dem Tage, da er sie mit dem Kinde getroffen, nicht mehr gesehen. Auf Taglohn ging sie nicht, da sie das Kind hatte, und er kam selten ins Dorf. An diesem Tage vor Pfingsten war Jewgenij bereits um fünf Uhr früh aufgestanden und aufs Brachfeld hinausgeritten, das mit phosphorsaurem Kalk gedüngt werden sollte. Er hatte das Haus verlassen, als die beiden Weiber es noch nicht betreten hatten und noch in der Küche mit den Wasserkesseln beschäftigt waren.

Gutgelaunt, zufrieden und hungrig kehrte Jewgenij zum Frühstück zurück. Er stieg an der Gartenpforte ab, übergab das Pferd dem vorübergehenden Gärtner und ging, mit der Reitpeitsche nach dem hohen Grase schlagend und, wie man das so öfter tut, einen und denselben Satz immer wieder vor sich hinmurmelnd, nach dem Hause zu. Der Satz, den er in einem fort wiederholte, lautete: „Der phosphorsaure Kalk wird's beweisen!“ Was er beweisen würde, daran dachte er gar nicht.

Auf der kleinen Wiese wurden Teppiche ausgeklopft. Die Möbel waren aus den Zimmern geschafft.

„Herrgott, hat Lisa da ein Reinemachen vorgenommen!... Der phosphorsaure Kalk wird's beweisen... Das ist mal eine Hausfrau! Eine prächtige Hausfrau, ja wohl!“ Er stellte sich dabei lebhaft ihre in einen weißen Morgenrock gehüllte Gestalt und ihr freudestrahlendes Gesicht vor, das sie fast immer hatte, wenn er sie anblickte. „Ja, ich muß unbedingt andere Stiefel anziehen, denn sonst würde der phosphorsaure Kalk es beweisen, das heißt einen Düngergeruch verbreiten, und das darf nicht sein, da doch die kleine Hausfrau sich in diesem Zustande befindet. In welchem Zustande? Nun, in ihrem Leibe wächst eben solch ein kleiner Irtenjew“, dachte er. „Ja, der phosphorsaure Kalk wird's beweisen!“ Und über seine eigenen Gedanken lächelnd, legte er die Hand auf die Türklinke seines Zimmers. Aber noch hatte er nicht gegen die Tür gedrückt, als sie von selbst aufging und er mit einem Weibe zusammenprallte, das, einen Eimer in der Hand, den Rock hoch aufgeschürzt, barfüßig, die Ärmel aufgestreift, ihm entgegenkam. Er trat zur Seite, um das Weib durchzulassen, das gleichfalls zur Seite getreten war und mit der nassen Hand das verschobene Kopftuch zurechtrückte.

„Geh nur, geh, ich warte, wenn ihr ..." begann Jewgenij und brach plötzlich ab, als er sie erkannt hatte.

Sie schaute ihn mit ihren lachenden Augen fröhlich an, zog den roten Wollrock zurecht und ging zur Tür hinaus.

„Nicht doch, Unsinn! ... Was ist denn das? Nicht möglich!" dachte Jewgenij stirnrunzelnd und sich gleichsam einer lästigen Fliege erwehrend. Er war ärgerlich darüber, daß er sie bemerkt hatte, konnte aber doch auch seinen Blick von dem schaukelnden, elastischen, kräftigen Gange ihrer bloßen Füße, von ihren Armen und Schultern, von dem Faltenwurf des Hemdes und des roten Rockes, der hoch über den weißschimmernden Waden aufgeschürzt war, nicht loßreißen.

„Ja, was starre ich ihr denn nach?" sagte er sich und senkte die Augen, um sie nicht zu sehen. „Ich muß aber doch hineingehen, um die Stiefel zu wechseln." Und er machte kehrt, um in sein Zimmer zu gehen; aber kaum hatte er zehn Schritte zurückgelegt, als er sich, er wußte selbst nicht, wie und auf wessen Befehl, wieder umwandte, um sie noch einmal zu sehen. Sie bog gerade um die Ecke und sah sich im selben Augenblick nach ihm um.

„Ach, was tue ich nur!" schrie es in ihm. „Sie könnte vielleicht denken ... Oder sie denkt es sicher schon ..."

Er betrat sein nasses Zimmer. Ein altes, mageres Weib scheuerte dort noch den Fußboden. Jewgenij ging auf den Fußspitzen durch die schmutzigen Wasserpfützen nach dem Wandschirm, hinter dem die Stiefel standen, und wollte das Zimmer verlassen, als die Alte gleichfalls hinausging.

„Die ist nun fort, und jetzt kommt Stepanida wieder", begann plötzlich irgend jemand in ihm zu überlegen.

„O Gott, was denke ich denn da, und was tu' ich!" Er ergriff die Stiefel, lief ins Vorzimmer, bürstete seine Kleider ab und trat auf die Veranda hinaus, wo die Mutter und die

Schwiegermutter bereits beim Kaffee saßen. Lisa hatte offenbar auf ihn gewartet und trat in demselben Augenblick aus der andern Tür auf die Veranda.

„O Gott, wenn sie wüßte . . . sie, die mich für so ehrlich, so rein und unschuldig hält!“ dachte er.

Lisa begrüßte ihn, wie immer, mit strahlendem Gesichte. Doch erschien sie ihm heute ganz besonders blaß, gelb, lang aufgeschossen und schwächlich.

10

Beim Kaffee entspann sich, wie das oft geschieht, jene ganz besondere Art von Damenunterhaltung, die keine Spur von logischem Zusammenhang aufwies, aber doch offenbar irgendwie zusammenhängen mußte, da sie ununterbrochen fortgesetzt wurde.

Die beiden Alten stichelten sich gegenseitig, während Lisa geschickt zwischen ihnen hin und her lavierte.

„Ich ärgere mich,“ sagte sie zu ihrem Manne, „daß dein Zimmer noch nicht fertig ist. Ich wollte aber, daß überall gründlich aufgeräumt würde.“

„Nun, laß schon. Wie hast du denn geschlafen, nachdem ich fortgegangen war?“

„Ganz gut, ich fühle mich recht wohl.“

„Wie kann eine Frau in ihrem Zustande überhaupt gut schlafen,“ bemerkte Warwara Alexejewna, die Schwiegermutter, „bei dieser unerträglichen Hitze, wo die Fenster noch dazu auf der Sonnenseite liegen und keine Jalousien oder Markisen haben! Ich hatte stets welche an den Fenstern.“

„Aber Lisas Fenster haben doch bis um zehn Uhr Schatten“, sagte Maria Pawlowna.

„Ja, und davon kommt auch ihr Fieber . . . von dieser Feuchtigkeit“, versetzte Warwara Alexejewna, ohne zu merken, daß sie gerade das Gegenteil von dem sagte, was sie vorher gesagt hatte. „Mein Hausarzt hat immer gesagt, man könne eine Krankheit nie bestimmen, wenn man den Charakter des Kranken nicht kennt. Und der wird's schon wissen, denn er ist ein ganz ausgezeichneter Arzt, wir haben ihm hundert Rubel jährlich gezahlt. Mein seliger Mann hat von den Ärzten nicht viel gehalten, aber wenn ich einen brauchte, hat er nicht geknausert."

„Wie soll ein Mann auch knausern, wenn möglicherweise das Leben seiner Frau und seines Kindes auf dem Spiele steht!..."

„Gewiß, wenn die Frau selbst Vermögen hat, ist sie ja von dem Manne nicht abhängig. Eine gute Frau ordnet sich ihrem Manne unter", sagte Warwara Alexejewna. „Lisa ist nur leider nach ihrer Krankheit noch zu schwach."

„Oh, nicht doch, Mama — ich fühle mich ausgezeichnet! Hat man Ihnen übrigens keine abgekochte Sahne gebracht?"

„Ich brauche keine. Ich kann ja auch unabgekochte Sahne nehmen."

„Ich habe Warwara Alexejewna gefragt, aber sie wollte keine abgekochte Sahne", warf Maria Pawlowna, sich gleichsam entschuldigend, dazwischen.

„Ich will heute wirklich keine", sagte Warwara Alexejewna, und als wollte sie dem peinlichen Gespräche unter großmütigem Verzicht auf die Sahne ein Ende machen, wandte sie sich an Jewgenij: „Nun, ist der phosphorsaure Kalk jetzt ausgestreut?"

Lisa lief hinaus, um die Sahne zu holen.

„Aber ich will wirklich keine, ich danke!"

„Lisa, Lisa, geh langsamer!" rief Maria Pawlowna hinter ihr her. „Diese raschen Bewegungen können ihr schaden."

„Gar nichts kann ihr schaden, wenn sie nur ihre Seelenruhe bewahrt", sagte Warwara Alexejewna, als wolle sie auf irgend etwas anspielen, obschon sie selbst wußte, daß es gar nichts gab, auf das sie hätte anspielen können.

Lisa kam mit der Sahne; Jewgenij trank seinen Kaffee und

hörte gelangweilt zu. Er war bereits an diese Art von Unterhaltung gewöhnt, heute jedoch wurde er durch ihren Mangel an jeglichem vernünftigen Gehalt ganz besonders verstimmt. Er wollte mit sich darüber ins reine kommen, was eigentlich mit ihm vorgefallen war, und dieses Geschwätz störte ihn dabei. Warwara Alexejewna erhob sich, nachdem sie ihre Tasse geleert hatte, und entfernte sich in schlechter Stimmung. Lisa, Jewgenij und Maria Pawlowna blieben allein zurück. Die Unterhaltung nahm nun in ungezwungener, angenehmer Weise ihren Fortgang. Aber Lisa hatte mit ihren durch die Liebe geschärften Sinnen sogleich bemerkt, daß Jewgenij durch irgend etwas beunruhigt wurde, und sie fragte ihn, ob vielleicht etwas Unangenehmes vorgefallen sei. Er war auf diese Frage nicht vorbereitet und schien ein wenig verwirrt, als er ihr zur Antwort gab, es sei nichts vorgefallen. Seine Antwort stimmte Lisa nur noch nachdenklicher. Irgend etwas peinigte ihn, peinigte ihn recht sehr — das sah sie so deutlich, wie sie die Fliege sah, die in den Milchtopf gefallen war. Doch er sagte kein Wort. Was hatte das zu bedeuten?

II

Nach dem Frühstück trennten sich alle. Jewgenij ging, wie es ihm zur Gewohnheit geworden war, in sein Zimmer. Er las nicht und schrieb auch keine Briefe, sondern saß, in Nachdenken versunken, da und rauchte eine Zigarette nach der andern. Er war höchst erstaunt und empört über dieses plötzlich in ihm aufgetauchte häßliche Gefühl, von dem er sich seit seiner Verheiratung frei wähnte. Er hatte dieses Gefühl seither nicht ein einziges Mal empfunden — weder beim Anblick dieser Frau, die er kannte, noch irgendeiner anderen Frau, außer seiner Gattin. Er hatte sich oft im stillen gefreut über seine seelische Befreiung, und nun belehrte ihn plötzlich dieser anscheinend ganz bedeutungslose Zufall, daß er von jenem

Gefühle noch keineswegs frei war. Nicht, daß er sich diesem Gefühle wieder unterworfen gefühlt, daß er jene Frau wieder begehrt hätte — das hielt er für vollkommen ausgeschlossen; aber daß dieses Gefühl überhaupt in ihm noch lebendig war und er vor ihm auf der Hut sein mußte, verursachte ihm Sorgen. Er zweifelte keinen Augenblick daran, daß er schließlich dieser Empfindung Herr werden würde.

Er hatte noch einen Brief zu beantworten und ein Schriftstück aufzusetzen, und er nahm am Schreibtisch Platz, um zu arbeiten. Er erledigte beides, hatte über der Arbeit ganz vergessen, was ihm so viel Unruhe bereitet, und ging hinaus, um im Pferdestall nachzusehen. Und abermals kam ihm — war es Absicht oder böser Zufall? — kaum, daß er auf der Treppe war, um die Ecke herum der rote Frauenrock und das rote Kopftuch entgegen, und die Arme schwenkend und sich in den Hüften wiegend, schritt jene Frau an ihm vorüber. Oder vielmehr sie schritt nicht, sondern lief, als wolle sie die Gefährtin einholen, gleichsam spielend und tänzelnd daher.

Er sah im Geiste die grelle Mittagssonne, die Brennesseln, den Hinterhof von Danilas Waldhütte, und im Schatten der Ahornbäume — ihr lachendes Gesicht mit dem Blatt zwischen den Zähnen.

„Nein, das geht unmöglich so weiter", sprach er zu sich selbst, wartete so lange, bis die beiden Weiber nicht mehr zu sehen waren, und ging ins Kontor.

Es war gerade um die Mittagszeit, und er hoffte, den Verwalter noch anzutreffen. Er hatte sich nicht geirrt: der Verwalter war soeben von seinem Mittagsschläfchen erwacht. Er stand im Kontor, reckte sich und gähnte und sah den vor ihm stehenden Viehwärter an, der ihm irgend etwas erzählte.

„Wasilij Nikolajewitsch . . ."

„Was ist Ihnen gefällig?"

„Ich wollte mit Ihnen über etwas reden . . ."

„Worüber denn?"

„Fertigen Sie erst den da ab . . .“

„Du kannst sie also nicht herbringen?“ sagte Wasilij Nikolajewitsch zu dem Viehwärter.

„Es wird schlecht gehen, Wasilij Nikolajewitsch.“

„Um was handelt es sich denn?“ fragte Jewgenij.

„Eine Kuh hat auf dem Felde ein Kalb geworfen . . . Nun gut, ich werde gleich anspannen lassen. Sage Nikolaj, er soll die Lysucha anspannen und wenn's vor den Jagdwagen ist.“

Der Viehwärter ging hinaus.

„Sehen Sie,“ begann Jewgenij errötend und fühlte dabei deutlich, daß er errötete, „sehen Sie, Wasilij Nikolajewitsch, als ich noch unverheiratet war, hatte ich hier so meine kleinen Sünden . . . Sie haben vielleicht davon gehört . . .“

Wasilij Nikolajewitsch lächelte mit den Augen und sagte, seinen Herrn offenbar im stillen bemitleidend:

„Sie sprechen von der Stepaschka?“

„Nun, ja . . . Hören Sie, tun Sie mir doch den Gefallen: geben Sie ihr hier im Hause keine Arbeit mehr. Sie werden mich verstehen . . . es ist mir peinlich . . .“

„Das hat jedenfalls der Schreiber Wanja angeordnet.“

„Also, bitte . . . Wie steht's denn auf dem Felde — wird der Rest von dem phosphorsauren Kalk noch heute ausgestreut?“ sagte Jewgenij, um seine Verlegenheit zu verbergen.

„Ja . . . ich fahre gleich hinaus.“

Damit war die Angelegenheit erledigt. Jewgenij beruhigte sich — er hoffte, der Frau, die er ein ganzes Jahr lang nicht gesehen, auch in Zukunft nicht wieder zu begegnen. „Wasilij Nikolajewitsch wird es dem Schreiber Iwan sagen, Iwan wird es ihr sagen, und sie wird begreifen, daß ich es nicht wünsche“, sagte sich Jewgenij, und er freute sich darüber, daß er, so schwer es ihm auch geworden, es über sich gewonnen hatte, mit dem Verwalter zu reden. „Ja, immer besser so, als diese ewige Unsicherheit, diese Schmach.“ Er zitterte bei der bloßen Erinnerung an das Verbrechen, das er in Gedanken begangen.

12

Die sittliche Überwindung, die es Jewgenij gekostet hatte, das Gefühl der Scham zu unterdrücken und mit Wasilij Nikolajewitsch über die Sache zu reden, wirkte auf ihn beruhigend. Es schien wirklich jetzt alles erledigt. Lisa bemerkte auch sogleich, daß er vollkommen ruhig und sogar fröhlicher war als sonst. „Jedenfalls hat er sich über die Reibereien zwischen den beiden alten Damen geärgert", dachte sie. „Bei seinem feinen Takt und seiner vornehmen Gesinnung muß es ihm besonders peinlich sein, ewig diese unfreundlichen und undelikaten Anspielungen zu hören."

Der folgende Tag war der erste Pfingsttag. Das Wetter war herrlich, und die Bauernweiber kamen, wie gewöhnlich, auf ihrem Wege zum Walde, wo sie Kränze winden wollten, vor das Gutshaus und begannen zu singen und zu tanzen. Maria Pawlowna und Warwara Alexejewna erschienen in ihren Festkleidern auf der Veranda und begaben sich nach dem Platze, auf dem der Reigen getanzt wurde. In ihrer Begleitung befand sich, mit einem kurzen Jackett aus chinesischer Seide angetan, der Onkel, ein aufgedunsener alter Wüstling und Trunkenbold, der in diesem Sommer bei Jewgenij wohnte.

Wie immer bildete ein kleiner Kreis von bunt geschmückten jungen Frauen und Mädchen den Kern des Ganzen; um sie herum bewegten sich, wie kreisende Planeten und Trabanten, andere junge Mädchen in rauschenden neuen Kattunkleidern, die sich an den Händen festhielten, und kleine Kinder, die laut prustend hin und her liefen und sich zu haschen suchten. Erwachsene Burschen in blauen und schwarzen Röcken, ebensolchen Mützen und roten Hemden standen umher und spuckten unaufhörlich die Schalen der zerkauten Sonnenblumenkerne aus, während Hofleute und zufällige Passanten aus einiger Entfernung den Tanzenden zusahen. Die beiden alten Damen traten ganz dicht an den inneren Kreis der Tanzenden heran, und hinter ihnen kam auch Lisa, mit blauen Schleifen im Haar, in einem gleichfalls blauen Kleide mit weiten Ärmeln, aus denen die langen weißen Arme mit den eckigen Ellbogen hervorsahen.

Jewgenij hatte nicht mitgehen wollen, es schien ihm jedoch lächerlich, sich zu verstecken, und so trat er, die Zigarette im Munde, wenigstens auf die Veranda, erwiderte den Gruß der Burschen und Bauern und knüpfte mit einem von ihnen ein Gespräch an. Die Weiber sangen mit lauter Stimme ein Tanzlied, schnalzten dabei mit der Zunge, schlugen mit den Händen den Takt und drehten sich im Tanze.

„Die gnädige Frau ruft Sie", sagte ein Bursche zu Jewgenij, der den Ruf seiner Frau nicht gehört hatte. Lisa meinte, er solle sich den Tanz ansehen, namentlich die eine der tanzenden Frauen, die ihr besonders gefiel. Es war Stepascha. Sie trug einen gelbseidenen Sarafan, ein Plüschmieder und ein seidenes Kopftuch, und sie erschien so stattlich und drall, so rotwangig und vergnügt. Sie mußte wohl eine gute Tänzerin sein — doch Jewgenij mochte gar nicht nach ihr hinsehen.

„Ja, ja", sagte er, den Kneifer abnehmend und wieder aufsetzend, und in Gedanken fügte er hinzu: „Es scheint wirklich, daß ich nicht von ihr loskommen soll."

Er sah sie nicht an, da er den Reiz ihrer Erscheinung fürchtete, und eben darum, weil er nur ganz flüchtig hinblickte, erschien sie ihm doppelt reizvoll. Überdies sagte ihm ihr aufleuchtender Blick, daß sie ihn bemerkt hatte, und daß sie sah, wie er sich an ihrem Anblicke weidete. Er stand ein Weilchen da, solange es eben der Anstand erforderte, und als er dann sah, wie Warwara Alexejewna sie zu sich heranrief, sie ein „liebes Ding" nannte und in gemachtem, süßlichem Tone irgend etwas zu ihr sagte, wandte er sich ab und ging fort. Er begab sich ins Haus zurück. Er war fortgegangen, um sie nicht sehen zu müssen; als er jedoch in das obere Stockwerk kam, trat er, ohne selbst zu wissen, wie und warum, ans Fenster und stand dort die ganze Zeit, während die Weiber draußen vor der Veranda waren, schaute auf sie und konnte sich nicht an ihr sattsehen.

Unbemerkt lief er dann nach unten, trat leise auf den Balkon hinaus, rauchte sich eine Zigarette an und ging darauf, als wollte er einen kleinen Spaziergang machen, in den Garten hinunter, nach derselben Richtung, in der sie sich eben entfernt hatte. Er hatte noch keine zwei Schritte in der Allee gemacht, als er ihr Plüschmieder über dem gelben Hemd und ihr rotes Kopftuch hinter den Bäumen hervorschimmern sah. Sie ging mit einer andern Bäuerin. „Wohin mögen sie nur gehen?“

Und plötzlich loderte eine heftige Begierde in ihm auf, und es war ihm, als würde sein Herz von einem festen Griff umklammert. Er blickte, gleichsam einem fremden Willen folgend, noch einmal zurück und ging dann rasch hinter ihr her.

„Jewgenij Iwanowitsch! Jewgenij Iwanowitsch! Ich suche Euer Gnaden“, ertönte plötzlich hinter ihm eine Stimme. Jewgenij erkannte den alten Samochin, der einen Brunnen bei ihm grub; er erwachte aus seinem Traumzustande, machte schnell kehrt und trat an den Alten heran. Während er mit ihm sprach, wandte er sich zur Seite und sah, daß sie mit dem anderen Weibe nach unten gegangen war, offenbar zum Brunnen, um zu trinken, vielleicht auch nur unter dem Vorwand zu trinken; nach einem Weilchen liefen sie dann zu dem Reigen zurück.

13

Nach dem Gespräche mit Samochin kehrte Jewgenij ins Haus zurück, wie zerschmettert, als hätte er ein Verbrechen begangen. Sie hatte seine Regung jedenfalls verstanden: sie mußte nun denken, daß er sie sehen wolle, und wünschte auch selbst ein Zusammentreffen mit ihm. Und jenes andere Weib, diese Anna Prochorowa, die er wohl erkannt hatte, war offenbar von allem unterrichtet.

Vor allem fühlte er, daß er überwunden war, daß er keinen eigenen Willen mehr hatte, sondern von einer fremden Macht gelenkt ward. Er fühlte, daß er heute nur durch einen glücklichen Zufall gerettet worden war, und daß er, wenn nicht heute, so doch morgen oder übermorgen dem Untergang anheimfallen müsse.

Ja, dem Untergange. Anders konnte er die Sache nicht auffassen: seine junge Frau, die ihm so herzlich zugetan war, hier auf dem Lande vor aller Augen mit einem Bauernweibe zu betrügen — war das nicht der sittliche Untergang? Und welch ein schimpflicher Untergang, nach dem er nicht länger am Leben bleiben durfte. Doch auf jeden Fall mußte er seine Maßnahmen treffen ...

„O Gott, o Gott — was soll ich nur tun? Soll ich wirklich auf diese Weise zugrunde gehen? Läßt sich denn gar kein Ausweg finden? Ja, ich muß etwas tun ... Ich darf nicht an sie denken! Fort mit diesem Gedanken!" rief er sich selbst im Befehlstone zu. „Fort damit!" — und sogleich wieder waren seine Gedanken bei ihr, und er sah sie vor sich, dort im Schatten der Ahornbäume.

Er entsann sich, einmal von einem alten Einsiedler gelesen zu haben, der, um der Versuchung durch eine Frau zu entgehen, die er durch Handauflegen heilen wollte, die andere Hand auf ein Becken mit glühenden Kohlen legte und sich die Finger verbrannte. Jetzt fiel ihm das wieder ein, gerade zur rechten Zeit. „Ja, ich will mir eher die Finger verbrennen, als so zugrunde gehen." Er sah sich um, ob nicht jemand im Zimmer sei, zündete ein Streichholz an und hielt die Finger in die Flamme. „Nun, jetzt denk' mal an sie!" sprach er ironisch zu sich selbst. Er empfand einen Schmerz, zog den rußgeschwärzten Finger aus der Flamme, warf das Streichholz fort und lachte laut über sich selbst. Welch ein Unsinn! Entschieden war das nicht das richtige. Hier hieß es dafür sorgen, daß sie ihm nicht mehr vor Augen kam — entweder mußte er selbst fort, oder sie mußte entfernt werden. Ja, er mußte sie entfernen. Er mußte dem Manne Geld anbieten, damit er ganz fortzöge, in die Stadt, oder in ein anderes Dorf. „Es wird freilich herauskommen, und es wird ein Gerede geben. Doch was tut das schließlich? Immer besser so, als ewig die Gefahr so nahe zu wissen. Ja, es muß geschehen", sprach er zu sich selbst, ohne auch nur einen Augenblick von ihr wegzusehen. „Wohin will sie denn jetzt gehen?" fragte er sich plötzlich, als sie Miene machte, sich zu entfernen. Es schien ihm, daß sie ihn am Fenster gesehen hatte — und eben warf sie ihm wieder einen Blick zu, nahm die andere Frau bei der Hand und ging mit ihr, keck den Arm schwenkend, nach dem Garten. Ohne zu wissen, warum und weshalb, ging er in Gedanken, wie von einem noch unbestimmten Entschlusse getrieben, nach dem Kontor.

Wasilij Nikolajewitsch saß im Feiertagsrock, das Haar mit Pomade gesalbt, mit seiner Frau und einer Besucherin beim Tee.

„Könnte ich Sie wohl sprechen, Wasilij Nikolajewitsch?"

„Gewiß — bitte, näherzutreten. Wir sind eben fertig."

„Nein, kommen Sie lieber zu mir hinüber."

„Sofort, ich hole nur meine Mütze. Deck' den Samowar zu, Tanja", sagte Wasilij Nikolajewitsch zu seiner Frau, während er vergnügt zur Tür hinausschritt.

Es schien Jewgenij, als hätte der Verwalter einen kleinen Rausch, doch was sollte er tun? Vielleicht war es auch besser so, er wird auf die Sache leichter eingehen.

„Ich komme wieder in derselben Angelegenheit, Wasilij Nikolajewitsch," sagte Jewgenij „wegen jener Frau . . ."

„Was ist denn? Ich habe doch befohlen, daß sie nicht mehr zur Herrschaft ins Haus kommen soll."

„Nicht das ist's. Ich habe mir die Sache überlegt und wollte

Ihren Rat hören: könnte man sie nicht ganz von hier fortschaffen? ... Ich meine die ganze Familie ..."

„Wohin soll man sie bringen?" fragte Wasilij unzufrieden und, wie es Jewgenij schien, ein wenig spöttisch.

„Ich dachte, man könnte ihnen Geld geben, oder ein Stück Land in Koltowskoje. Nur fort sollen sie ..."

„Wie soll man das aber anstellen? Ihr Mann wird doch nicht fort wollen aus dem Dorfe, in dem er festwurzelt. Warum wünschen Sie es denn? Ist sie Ihnen hier im Wege?"

„Sie werden begreifen, Wasilij Nikolajewitsch, daß es für meine Frau schrecklich sein muß, wenn sie etwas erfährt..."

„Wer wird's ihr denn sagen?"

„Mag sein — aber immer so in der Furcht zu leben ... und überhaupt, es ist so lästig ..."

„Aber warum nehmen Sie es denn so schwer? Wer fragt denn nach solchen alten Geschichten? Schließlich hat doch jeder Mensch seine kleinen Sünden."

„Es wäre aber doch besser, wenn sie wegkäme. Könnten Sie nicht mit dem Manne reden?"

„Was ist da groß zu reden! Machen Sie sich doch keine Sorgen, gnädiger Herr! Was geschehen ist, ist geschehen, kein Hahn kräht danach. Was passiert nicht alles in der Welt! Wer kann jetzt etwas Schlechtes über Sie sagen, Sie leben doch in Ehren, vor aller Augen ..."

„Gewiß — aber sprechen Sie lieber mal mit ihm ..."

„Gut, ich will mit ihm sprechen."

Jewgenij wußte zwar im voraus, daß bei der Sache nichts herauskommen würde, doch beruhigte ihn das Gespräch mit dem Verwalter immerhin ein wenig. Er hatte die Empfindung, daß er in seiner Erregung die Gefahr übertrieben habe.

War er etwa hinter ihr hergegangen, um sie zu treffen? Nein, das war doch ausgeschlossen. Er wollte ganz einfach ein bißchen im Garten promenieren, und sie war zufällig auch dahin gekommen.

14

An demselben Pfingsttage ging Lisa nach dem Mittagessen mit Jewgenij und ihrer Mutter im Garten spazieren. Sie gingen weiter nach der Wiese hinaus, wo Jewgenij ihr den Klee zeigen wollte, und als sie dort einen kleinen Graben überschritt, trat sie fehl und fiel hin. Sie fiel nur leicht auf die Seite, doch stieß sie einen Schrei aus, und ihr Mann las in ihrem Gesichte, daß sie nicht nur erschrocken war, sondern auch Schmerzen empfand. Er wollte sie aufheben, aber sie wies seine Hilfe zurück.

„Nein, laß nur, Jewgenij", sagte sie mit einem schwachen Lächeln, während sie wie schuldbewußt zu ihm aufblickte. „Ich bin einfach ausgeglitten und werde gleich von selbst aufstehen."

„Ich habe es ja immer gesagt!" sagte Warwara Alexejewna. „Wie kann man denn in solchem Zustande über Gräben springen?"

„Nicht doch, Mama, es ist wirklich nichts. Ich werde gleich aufstehen." Sie erhob sich mit Hilfe ihres Mannes, in demselben Augenblick jedoch erblaßte sie, und ein Ausdruck der Angst erschien in ihrem Gesichte.

„Mir ist nicht wohl", flüsterte sie ihrer Mutter zu.

„Ach, mein Gott, was hast du da angerichtet! Ich sagte doch gleich, du solltest nicht gehen!" schrie Warwara Alexejewna. „Wartet hier, ich schicke gleich Leute her. Sie darf nicht gehen, sie muß getragen werden!"

„Fürchte dich nicht, Lisa — ich werde dich tragen", sagte Jewgenij, während er den linken Arm um sie schlang. „Leg' deinen Arm um meinen Hals — so!" Und er bückte sich, umschlang ihre Beine mit dem rechten Arme und hob sie empor. Er konnte diesen zugleich leidenden und unendlich seligen Ausdruck, mit dem sie ihn dabei ansah, nie wieder vergessen.

„Bin ich dir nicht zu schwer, mein Liebling?" sagte sie

lächelnd. „Und Mama läuft nun dahin — ruf' sie doch zurück!"

Und sie neigte sich zu ihm hinüber und küßte ihn. Sie wollte offenbar, daß auch ihre Mutter es sehen möchte, wie er sie trug.

Jewgenij rief hinter Warwara Alexejewna her, sie solle sich nicht bemühen, er werde Lisa selbst ins Haus tragen. Warwara Alexejewna aber blieb stehen und begann noch lauter zu schreien:

„Du läßt sie noch fallen, gib acht, du läßt sie fallen! Du machst sie unglücklich! Hast du denn gar kein Gewissen?"

„Ich trage sie doch so bequem!"

„Ich will's aber nicht! Ich kann's nicht mit ansehen, wie du meine Tochter in den Tod treibst!" rief sie aufgebracht und lief nach der Biegung der Allee zu.

„Laß nur, das geht bald vorüber," sagte Lisa lächelnd.

„Wenn's nur nicht wieder böse Folgen hat, wie damals!"

„Ich spreche nicht davon, das hat nichts zu bedeuten. Ich spreche von Mama . . . Ruh' doch aus, du wirst müde sein!"

Aber obschon es ihm schwer fiel, trug er seine Last doch mit stolzer Freude ins Haus, ohne sie dem Stubenmädchen und dem Koch zu überlassen, die Warwara Alexejewna gefunden und ihm entgegengeschickt hatte. Er trug Lisa ins Schlafzimmer und legte sie auf das Bett.

„Nun geh jetzt, mein Lieber", sagte sie, während sie seine Hand an sich zog und sie küßte. „Ich werde mit Annuschkas Hilfe schon fertig werden."

Maria Pawlowna kam gleichfalls aus dem Flügelgebäude herbeigelaufen, man kleidete Lisa aus und brachte sie zu Bett. Jewgenij saß, ein Buch in der Hand, im Wohnzimmer und wartete. Warwara Alexejewna ging mit einem so vorwurfsvollen, finsteren Gesichte an ihm vorüber, daß er einen Schreck bekam.

„Nu, wie steht's?" fragte er.

„Was fragen Sie denn noch? Sie haben es doch selbst so gewollt, sonst hätten Sie sie nicht gezwungen, über Gräben zu springen.“

„Warwara Alexejewna!“ schrie er. „Das ist unerhört! Wenn Sie die Leute quälen und ihnen das Leben vergiften wollen, dann ...“

„Dann scheren Sie sich sonst wohin!“ wollte er sagen, doch hielt er an sich und sagte nur: „Haben Sie denn gar kein Mitgefühl?“

„Jetzt ist's zu spät!“ sagte sie, schüttelte siegesbewußt ihre Haube und schritt zur Tür hinaus.

Lisas Fall war in der Tat nicht ganz ungefährlich gewesen, der eine Fuß war umgeknickt, und es bestand die Gefahr, daß wieder eine Fehlgeburt eintreten könnte. Alle wußten, daß nichts weiter zu tun war, daß sie nur ruhig zu liegen brauchte, doch beschloß man gleichwohl, nach dem Arzte zu schicken.

„Sehr geehrter Nikolaj Semionowitsch,“ schrieb Jewgenij an den Arzt, „Sie waren immer so freundlich gegen uns, daß ich hoffe, Sie werden mir die Bitte nicht abschlagen, zu uns zu kommen und meiner Frau beizustehen. Sie ist ...“ Nachdem er den Brief geschrieben hatte, ging er in den Stall, um wegen der Pferde und des Wagens Anordnungen zu treffen. Ein Gespann mußte nach dem Arzte geschickt, ein anderes für die Rückfahrt bereitgehalten werden. Wo die Wirtschaft nicht auf ganz großem Fuße eingerichtet ist, macht so etwas immer Kopfzerbrechen. Als alles geordnet und der Wagen fort war, kam Jewgenij, etwa gegen zehn Uhr, ins Haus zurück. Lisa lag im Bett und sagte, sie fühle sich vortrefflich, sie habe gar keine Schmerzen. Warwara Alexejewna jedoch, die hinter der nach Lisa hin durch eine Notenmappe verdeckten Lampe saß und an einer großen roten Decke häkelte, machte ein Gesicht, das klar und deutlich besagte, daß nach dem, was vorgefallen, ein Friede unmöglich sei. „Was ihr andern auch tun mögt — ich habe auf jeden Fall meine Pflicht getan“, war in ihrem Gesichte zu lesen.

Jewgenij sah das wohl, gab sich jedoch den Anschein, als bemerkte er nichts. Er bemühte sich, ein heiteres, sorgloses Wesen zur Schau zu tragen, und erzählte, wie er die Gespanne zusammengestellt habe, und wie die Stute Kawuschka sich als linkes Beipferd ganz ausgezeichnet mache.

„So recht! Jetzt, wo es darauf ankommt, daß Hilfe rasch zur Hand ist — jetzt ist gerade Zeit, Pferde auszuprobieren! Sie werden ihn schon in den Graben werfen, den armen Doktor“, sagte Warwara Alexejewna, während sie ihre Häkelarbeit dicht unter die Lampe hielt und durch den Kneifer betrachtete.

„Ich mußte doch das Gespann irgendwie zusammenbringen, und ich habe jedenfalls mein Bestes getan.“

„Ja doch — ich hab's noch nicht vergessen, wie Ihre Pferde mich beinahe gegen die Haustreppe geschleudert hätten!“

Diese Geschichte hatte sie sich schon früher einmal ausgedacht, und Jewgenij beging jetzt die Unvorsichtigkeit, ihr zu sagen, das die Sache doch anders gewesen sei.

„So, anders gewesen! Ich sage ja immer, und auch dem Fürsten habe ich es so oft gesagt, daß es sehr schwer sei, mit falschen, unaufrichtigen Leuten zusammenzuleben; alles kann ich ertragen, nur das nicht.“

„Wenn jemand Grund hat, über die Sache betrübt zu sein, bin ich es doch ganz gewiß!“ sagte Jewgenij. „Aber Sie . . .“

„Man sieht's ja . . .“

„Was?“

„Nichts, ich zähle nur die Maschen.“

Jewgenij stand während dieses Gespräches am Bette der Kranken, und Lisa sah ihn an, ergriff seine Hand und drückte sie. „Ertrag es um meinetwillen,“ schien ihr Blick zu sagen, „sie kann uns doch nicht hindern, einander zu lieben!“

„Ich sage nichts mehr — du hast recht“, flüsterte er und küßte ihre lange, feuchte Hand und dann die lieben Augen, die sich schlossen, während er sie küßte.

„Ist es denn wieder so ... wie damals?" fragte er. „Wie scheint es dir?"

„Ich fürchte mich, etwas zu sagen, um keinen Irrtum zu begehen — aber ich habe das Gefühl, daß es lebt und am Leben bleiben wird", sagte sie mit einem Blicke auf ihren Leib. „Es wäre auch zu schrecklich. Ich mag gar nicht daran denken."

Obschon Lisa darauf bestehen wollte, daß er sich entfernen und ruhig schlafen möchte, blieb er doch die ganze Nacht bei ihr, schlief nur mit einem Auge und hielt sich jeden Augenblick bereit, ihr zu Diensten zu sein. Sie verbrachte die Nacht jedoch sehr gut, und wenn man nicht nach dem Arzte geschickt hätte, wäre sie vielleicht schon aufgestanden.

Gegen Mittag kam der Arzt und sagte, daß, wenn die Sache auch nicht ungefährlich sei, augenblicklich doch keine irgendwie bedenklichen Anzeichen vorlägen, da aber auch keine entgegengesetzten Anzeichen vorlägen, so könne man sowohl das eine als auch das andere annehmen. Und darum müsse die Kranke im Bett bleiben, und wenn er auch nicht gern etwas verschreibe, so wolle er ihr trotzdem etwas verschreiben, was sie einnehmen solle. Dann hielt er Warwara Alexejewna noch einen Vortrag über die Anatomie des weiblichen Körpers, wobei Warwara Alexejewna vielsagend mit dem Kopfe nickte. Nachdem er, wie üblich, sein Honorar in die Hand gesteckt bekommen hatte, fuhr er davon, die Kranke aber blieb eine ganze Woche im Bett.

15

Den größten Teil seiner Zeit brachte Jewgenij am Bett seiner Frau zu, er bediente sie, plauderte mit ihr, las ihr vor und, was schwerer war als alles andere, ließ ohne Murren die Ausfälle Warwara Alexejewnas über sich ergehen, ja er brachte es sogar fertig, diesen Ausfällen eine scherzhafte Seite abzugewinnen.

Er konnte jedoch nicht ewig zu Hause sitzen. Erstens schickte ihn Lisa selbst fort — sie meinte, er würde krank werden, wenn er in einem fort bei ihr säße; und zweitens war es um die Wirtschaft immer noch so bestellt, daß seine Anwesenheit auf Schritt und Tritt notwendig war. Er konnte nicht zu Hause sitzen, sondern war bald auf dem Felde, bald im Walde, bald im Garten oder in der Scheune, und überallhin verfolgte ihn nicht nur der Gedanke an Stepanida, sondern ihr lebendiges Bild so hartnäckig, daß er sie nur selten einmal vergaß. Doch das hatte weiter nichts auf sich; er hätte trotz allem dieses Gefühl vielleicht noch unterdrücken können, aber das Schlimme war, daß, während er sie früher monatelang nicht zu Gesicht bekommen hatte, sie ihm jetzt unaufhörlich vor die Augen kam. Sie hatte offenbar erraten, daß er die Beziehungen zu ihr wieder aufnehmen wolle, und richtete es absichtlich so ein, daß sie ihm recht oft in den Weg lief. Weder er noch sie hatte bisher auch nur ein Wort gesprochen, weder er noch sie begab sich in bestimmter Absicht zu einem Stelldichein — sie bemühten sich eben nur, einander zu treffen.

Der Ort, an dem sie sich am leichtesten treffen konnten, war der Wald, in den die Bauernweiber mit ihren Säcken gingen, um Gras für die Kühe zu holen. Jewgenij wußte das und kam daher täglich nach dem Walde. Jeden Tag sagte er sich, daß er nicht hingehen würde, und jeden Tag war das Ende vom Liede, daß er dennoch hinging und, sobald er menschliche Stimmen vernahm, im Gebüsch verborgen mit klopfendem Herzen Ausschau hielt, ob sie es nicht war.

Weshalb er eigentlich wissen wollte, ob sie es war, darüber gab er sich gar keine Rechenschaft. Wäre sie es gewesen — so sagte er sich — dann wäre er doch nicht zu ihr hingegangen, auch wenn sie allein gewesen wäre, er hätte vielmehr die Flucht ergriffen. Sehen aber mußte er sie unbedingt.

Eines Tages nun begegnete er ihr — in dem Augenblick, als er eben den Wald betreten wollte, kam sie von dort mit zwei andern Weibern, einen schweren Sack voll Gras auf dem Rücken, zurück. Wäre er ein wenig früher gekommen, dann hätte er sie vielleicht noch im Walde getroffen. Jetzt aber, vor den anderen Weibern, konnte sie nicht mehr zu ihm in den Wald zurückkehren. Doch, obschon er selbst einsah, daß dies unmöglich war, stand er doch noch eine ganze Weile hinter dem Haselbusch, auf die Gefahr hin, daß die anderen Weiber auf ihn aufmerksam wurden. Sie kehrte natürlich nicht um, er aber stand und stand und rührte sich nicht vom Platze. Ach, und wie herrlich malte ihm seine Phantasie ihre Reize aus.

Und so ging es nicht bloß einmal, sondern wohl fünf-, sechsmal. Und immer stärker packte es ihn. Nie zuvor war sie ihm so verlockend erschienen. Und nicht nur verlockend erschien sie ihm: sie hatte ihn einfach nie so in ihrer Gewalt gehabt.

Er fühlte, daß er alle Herrschaft über sich selbst verlor, und er wurde darüber geradezu gemütskrank. Dabei verurteilte er sein Benehmen nach wie vor aufs allerstrengste und war sich der Verruchtheit seiner Wünsche, oder vielmehr Handlungen — denn dieses Auflauern im Walde war doch eine Handlung — in vollem Maße bewußt. Er wußte, daß er ihr nur irgendwo, von anderen ungesehen, zu begegnen und sie womöglich zu berühren brauchte, um sich ganz seiner Begierde hinzugeben. Er wußte, daß nur die Scham vor den Leuten, vor ihr, vielleicht auch vor sich selbst ihn noch zurückhielt. Er wußte, daß er nur eine günstige Gelegenheit suchte, einen Augenblick, in dem er, im Dunkeln vielleicht, oder an einem abgelegenen Orte, sich ihr nähern und in einem Ausbruch animalischer Leidenschaft jenes Gefühl der Scham betäuben könnte. Er wußte auch ganz genau, daß er ein ausgemachter Verbrecher war, und er verabscheute sich, weil er diese verbrecherische Begierde noch immer nicht niedergekämpft hatte. Tag für Tag betete er zu Gott, er solle ihn stärken, ihn vor dem Verderben retten; Tag für Tag nahm er sich vor, fortan keinen Schritt mehr zu tun, sich nicht mehr nach ihr umzusehen, sie ganz zu vergessen. Tag für Tag sann er auf neue Mittel, sich vor dieser schrecklichen Versuchung zu retten, und wandte diese Mittel an.

Doch alles war vergebens.

Eins dieser Mittel war, daß er sich in einem fort zu beschäftigen suchte; ein anderes Mittel war, daß er angestrengte körperliche Arbeit verrichtete und dabei wenig aß, und ein drittes, daß er sich klarzumachen suchte, welche Schande über ihn kommen würde, wenn alle Welt, seine Frau und die Schwiegermutter und die Leute im Dorfe, von der Sache erführen. Alle diese Mittel wandte er an, und es schien ihm zuweilen schon, daß er den Sieg davontragen würde; sobald jedoch die verhängnisvolle Mittagsstunde kam, in der er sie früher getroffen und auch neulich beim Grasholen gesehen hatte, vergaß er alles und ging in den Wald.

So verstrichen fünf qualvolle Tage. Nur von weitem hatte er sie in diesen Tagen gesehen, nicht ein einziges Mal war er ihr begegnet.

16

Lisas Gesundheitszustand hatte sich allmählich gebessert; sie ging wieder umher und beunruhigte sich über die Änderung, die mit ihrem Manne vor sich gegangen war, und die sie sich nicht erklären konnte.

Warwara Alexejewna war für einige Zeit fortgefahren, von Gästen war nur noch der Onkel da. Maria Pawlowna war, wie immer, zu Hause.

In einem solchen an Wahnsinn grenzenden Zustande befand sich Jewgenij, als, wie oft nach den Junigewittern, starke Landregen einsetzten, die bereits zwei volle Tage anhielten. Alle Feldarbeit war ins Stocken geraten, selbst der Dünger konnte wegen der Nässe und der aufgeweichten Wege nicht vom Hofe gebracht werden. Alles saß zu Hause. Die Hirten hatten draußen ihre Not mit dem Vieh und trieben es schließlich heim. Die Kühe und Schafe irrten wie verloren auf der Weide umher und verliefen sich. Die Bäuerinnen wateten barfuß, in Tücher gehüllt, durch den Kot und suchten scheltend die verlaufenen Kühe. Der Regen floß in Bächen überall auf den Wegen daher, das Laub an den Bäumen, das Gras troff von Wasser, und aus den Dachtraufen flossen unaufhörlich plätschernde Bäche in die mit Luftblasen bedeckten Pfützen.

Jewgenij saß mit seiner Frau, die heute ganz besonders düster gestimmt war, zu Hause. Sie hatte mehrmals versucht, ihn über die Ursache seiner mißmutigen Stimmung auszufragen. Er hatte ärgerlich geantwortet, es sei nichts weiter, und sie fragte nun nicht mehr, war jedoch tief traurig.

Sie saßen nach dem Frühstück im Wohnzimmer. Der Onkel gab zum hundertsten Male seine Aufschneidereien über die Bekanntschaften, die er in der vornehmen Welt hätte, zum besten. Lisa strickte an einem Jäckchen und klagte seufzend über das Wetter und über Kreuzschmerzen. Der Onkel riet ihr, sich hinzulegen, für sich selbst aber bat er um ein Fläschchen Wein. Jewgenij langweilte sich im Hause ganz entsetzlich. Alles kam ihm so kläglich, so trübselig vor. Er rauchte und las in einem Buche, verstand jedoch nicht, was er las.

„Ich muß einmal hinausgehen," sagte er, „ich muß mir die Hecheln ansehen, die man gestern gebracht hat."

Er erhob sich und ging nach der Tür.

„Nimm nur den Regenschirm mit."

„Wozu? Ich ziehe den Lederrock an. Ich gehe nur bis zum Sudhause."

Er zog die Stiefel und den Lederrock an und ging nach der Fabrik; kaum aber hatte er zwanzig Schritte zurückgelegt, als sie ihm in den Weg lief. Sie hatte den roten Rock hoch über den weißen Waden aufgeschürzt und hielt mit den Händen das Schaltuch fest, das ihren Kopf und ihre Schultern verhüllte.

„Was machst du hier?" fragte er — er hatte sie im ersten

Augenblick nicht erkannt. Als er sie dann erkannte, war es schon zu spät, das Wort zurückzunehmen. Sie war stehengeblieben und sah ihn mit einem langen, lächelnden Blicke an.

„Ich suche unser Kalb. Wohin gehen Sie denn in diesem Wetter?“ fragte sie vertraulich, als wenn sie alle Tage mit ihm redete.

„Komm in die Gartenhütte“, sagte er plötzlich — er wußte selbst nicht, wie es über seine Lippen kam, als hätte jemand anders aus ihm heraus diese Worte gesprochen.

Sie hüllte sich fester in ihr Tuch, nickte ihm mit den Augen zu und lief nach dem Garten hin weiter, auf die Hütte zu, an der sie ohnedies vorüber mußte. Er setzte seinen Weg fort, um dann hinter dem Fliederbusch abzubiegen und gleichfalls nach der Hütte zu gehen.

„Gnädiger Herr,“ ließ hinter ihm eine Stimme sich vernehmen, „die gnädige Frau bittet, Sie möchten einen Augenblick zurückkommen.“

Es war Mischa, der Diener.

„O mein Gott, das ist schon das zweite Mal, das du mich rettest“, dachte Jewgenij und machte sogleich kehrt. Lisa wollte ihn nur an sein Versprechen erinnern, einer kranken Frau im Dorfe Arznei zu bringen, und bat ihn, die Arznei gleich mitzunehmen.

Es vergingen fünf Minuten, bis Lisa die Arznei fertig hatte. Als er dann, mit der Arznei in der Tasche, das Haus verließ, wagte er nicht sogleich, nach der Hütte zu gehen, damit man ihn vom Hause aus nicht sähe. Sobald er jedoch außer Sicht war, machte er sogleich eine Wendung und begab sich nach der Hütte. Er sah sie in seiner Vorstellung bereits mitten in der Hütte stehen, ein fröhliches Lächeln auf den Lippen. Als er jedoch in die Hütte trat, war sie nicht da, und nichts schien darauf hinzuweisen, daß sie dagewesen war.

Er dachte schon, sie sei überhaupt nicht gekommen, oder sie habe seine Worte vielleicht nicht gehört oder nicht verstanden. Er hatte es vorhin nur so vor sich hingemurmelt, daß sie in die Hütte kommen solle, gleichsam in der Furcht, daß sie es hören könnte. Vielleicht hatte sie aber auch gar nicht hinkommen wollen — wie kam er denn dazu, anzunehmen, daß sie sich ihm so ohne weiteres in die Arme werfen würde? Sie hatte doch ihren Mann! „Ja, in der Tat — und ich bin solch ein Schurke: ich habe eine Frau, noch dazu eine so gute Frau — und laufe einem fremden Weibe nach!“ So dachte er, während er in der Hütte saß, durch deren Strohdach das Wasser niedertropfte. „Ach, und welch ein Glück wäre es doch, wenn sie käme! So ganz allein würden wir hier sein, während es draußen regnet. Nur sie noch einmal umarmen — möge dann kommen, was will! .. Ach ja,“ fiel ihm dann plötzlich ein, „wenn sie da war, muß doch wohl auf dem Wege eine Spur zu entdecken sein!“ Er sah hinaus auf den schmalen Fußpfad, der zum Zelte führte, und bemerkte in der Tat die frische Spur eines nackten Fußes. „Ja, sie ist hier gewesen. Nun ist alles aus. Wo ich sie jetzt auch erblicke — gleich gehe ich zu ihr. In der Nacht gehe ich zu ihr.“

Er saß noch lange in der Hütte und verließ sie ganz zerknirscht und bekümmert. Er gab die Arznei im Dorfe ab, kehrte heim und legte sich, das Mittagessen erwartend, in seinem Zimmer auf den Diwan.

17

Vor dem Mittagessen kam Lisa zu ihm ins Zimmer. Sie zerbrach sich noch immer den Kopf darüber, was wohl die Ursache seiner schlechten Srimmung sein könnte und meinte, es sei ihm vielleicht unangenehm, daß ihre Mutter darauf bestehe, sie solle ihre Entbindung in Moskau abwarten. Sie habe sich nun aber doch entschlossen, sagte sie, nicht nach Moskau zu fahren, sondern hier zu bleiben. Er wußte, wie sehr sie sich vor dem erwarteten Ereignis fürchtete, und wie sie sich vor allem darüber Gedanken machte, daß das Kind nicht gesund zur Welt kommen könnte. Er war daher tief gerührt darüber, daß sie aus Liebe zu ihm so ohne weiteres zu jedem Opfer bereit war. Alles rings im Hause war so freudig, so gut, so rein; und nur in seiner Seele war alles so schmutzig, so abscheulich, gemein. Den ganzen Abend litt Jewgenij schwer unter dem Bewußtsein, daß trotz seines ehrlichen Abscheus vor seiner Schwäche, trotz seiner festen Absicht, der Sache ein Ende zu machen, sich doch morgen alles wiederholen würde.

„Nein, so geht es nicht weiter," sprach er zu sich selbst, während er in seinem Zimmer auf und ab ging. „Es muß doch irgendein Mittel dagegen geben! Mein Gott, was soll ich nur beginnen?"

Irgend jemand klopfte nach „ausländischer Art" an seiner Tür. Er wußte, daß es der Onkel war. „Herein!" sagte er.

Der Onkel kam, aus eigener Entschließung, als Fürsprecher Lisas.

„Weißt du, mein Lieber," begann er, „ich bemerke an dir eine gewisse Veränderung. Ich sehe auch, daß Lisa sich deshalb Sorgen macht. Nun möchte ich euch einen Rat geben — ich kann zwar verstehen, daß es dir schwer fallen wird, die begonnene Arbeit hier zu unterbrechen und das gut fortschreitende Werk im Stiche zu lassen, aber was bleibt dir schließlich übrig? Ich rate dir also: reise, es ist für dich wie für sie besser! und zwar rate ich dir, nach der Krim zu fahren. Das Klima ist dort herrlich, auch einen tüchtigen Geburtshelfer findest du dort ... Ihr kämet gerade mitten in die Weintraubenzeit hinein ..."

„Sagen Sie mal, Onkelchen," begann Jewgenij plötzlich, „können Sie wohl ein Geheimnis bewahren? Mich drückt nämlich ein ganz schreckliches, beschämendes Geheimnis ..."

„Aber ich bitte dich — wie kannst du an mir zweifeln?"

„Hören Sie also, Onkelchen — Sie können mir einen Freundschaftsdienst leisten, ja, nicht nur das: Sie können mich retten" sagte Jewgenij. Und der Gedanke, daß er nun sein Geheimnis diesem Onkel, den er nicht achtete, preisgeben werde, daß er im Begriff sei, sich ihm im schlechtesten Lichte zu zeigen, sich gleichsam selbst zu erniedrigen — dieser Gedanke war ihm angenehm. Er fühlte sich schuldig, hielt sich für einen abscheulichen, schlechten Menschen, und er hatte das Bedürfnis, sich zu strafen, indem er den Leuten zeigte, was er eigentlich war.

„Sprich nur, mein Freund — du weißt, wie lieb ich dich habe", sagte der Onkel, offenbar sehr zufrieden damit, daß ein Geheimnis — und dem Anschein nach ein ziemlich heikles Geheimnis — existierte, daß er dieses Geheimnis sogleich erfahren würde, und daß er sich bei der Sache nützlich machen könne.

„Vor allem muß ich Ihnen sagen, daß ich ein ganz abscheulicher Mensch, ein Taugenichts, ein Schurke — ja, in der Tat, ein Schurke bin . . ."

„Nun, was redest du da!" sagte der Onkel, seinen Hals aufblähend.

„Ist es vielleicht keine Schurkerei, wenn ich, der Gatte Lisas, dieses reinen, von lauter Liebe erfüllten Wesens, mich mit einem Bauernweibe einlasse und sie betrügen will?"

„Du w i l l s t es erst — du hast es also noch nicht getan?"

„Nein . . . oder vielmehr: ja, ich habe sie schon so gut wie betrogen, und wenn es eigentlich noch nicht geschehen ist, so hängt das jedenfalls nicht von mir ab. Ich war dazu schon bereit, ich wurde nur gestört, und ich täte es auch jetzt . . . jetzt, in diesem Augenblick! Ich weiß nicht, was ich täte . . ."

„Aber erlaube doch mal, erkläre mir erst . . ."

„So höre also. Als ich noch unverheiratet war, beging ich die Dummheit, mit einer Frau hier aus unserem Dorfe in Beziehungen zu treten . . . das heißt, ich traf mit ihr im Walde, auf dem Felde zusammen . . ."

„War sie hübsch?" fragte der Onkel.

Jewgenij runzelte bei dieser Frage die Stirn, doch er bedurfte so sehr der äußeren Hilfe, daß er tat, als habe er gar nichts gehört.

„Nun, ich dachte also, daß die Sache nichts weiter zu bedeuten hätte, daß ich einfach die Beziehungen abbrechen könnte und alles zu Ende sein würde", fuhr Jewgenij fort. „Ich brach auch wirklich vor meiner Verheiratung mit ihr und habe sie fast ein Jahr lang nicht gesehen noch an sie gedacht." Es erschien Jewgenij seltsam, daß er so aus seinem eigenen Munde die Schilderung seines Seelenzustandes vernahm; doch er fuhr fort: „Dann bekam ich sie plötzlich — ich weiß wirklich nicht, wie, man möchte manchmal fast an Zauberei glauben — wieder zu Gesichte, und ein Wurm nistete sich mir im Herzen ein und begann daran zu nagen. Ich schelte mich aus, ich begreife die ganze Schändlichkeit meiner Handlung . . . das heißt, der Handlung, die ich jeden Augenblick begehen kann . . . und dennoch gehe ich darauf los, und wenn ich sie noch nicht begangen habe, so war es nur, weil Gott mich davor bewahrt hat. Gestern ging ich gerade zu ihr, als Lisa mich zurückrufen ließ . . ."

„Wie, in dem Regen?"

„Ja; ich ertrage es nicht länger, Onkelchen, und so entschloß ich mich, es Ihnen zu sagen und Sie um Ihren Rat zu bitten."

„Gewiß, versteht sich, auf dem eigenen Gute geht das nicht. Es könnte Klatsch geben. Ich sehe wohl ein, daß Lisa schwach ist, daß sie der Schonung bedarf — aber warum soll es gerade hier, auf dem eigenen Gute geschehen?"

Wiederum bemühte sich Jewgenij, die Worte des Onkels zu überhören, und ging sogleich auf den Kern der Sache ein.

„Retten Sie mich vor mir selbst," sagte er, „das ist's, um was ich Sie bitte. Heute bin ich zufällig bei meinem Vorhaben gestört worden, morgen aber, oder irgendein anderes Mal, wird man mich nicht stören. Sie weiß es jetzt, daß ich hinter ihr her bin. Lassen Sie mich nicht allein fort . . ."

„Nun gewiß, gewiß“, sagte der Onkel. „Aber bist du denn so verliebt in sie?“

„Durchaus nicht. Nicht Liebe ist's ... sondern irgendeine unheimliche Macht, die mich unterjocht hat und mich gefesselt hält. Ich weiß nicht, was ich tun soll. Vielleicht gewinne ich wieder die Kraft ...“

„Es wird also wohl am besten sein, ihr folgt meinem Rate“, sagte der Onkel. „Reisen wir nach der Krim ...“

„Ja, ja, wir wollen reisen — solange ich aber hier bin, möchte ich Sie bitten, mein Vertrauter zu sein.“

18

Der Umstand, daß Jewgenij dem Onkel sein Geheimnis anvertraut hatte, vor allem aber die Gewissensbisse und die Scham, die er nach jenem regnerischen Tage empfand, hatte ernüchternd auf ihn eingewirkt. Die Abreise nach Jalta sollte nach einer Woche erfolgen. Während dieser Zeit fuhr Jewgenij nach der Stadt, um das für die Reise notwendige Geld zu beschaffen, und traf vom Hause oder vom Kontor aus alle notwendigen Anordnungen für die Wirtschaft. Er fand seine Fröhlichkeit wieder, war lieb zu seiner Frau und begann sichtlich wieder aufzuleben.

Ohne nach jenem regnerischen Tage Stepanida noch einmal gesehen zu haben, reiste er mit seiner Frau nach der Krim ab. Hier verbrachten sie zwei köstliche Monate. So viel neue Eindrücke stürmten auf Jewgenij ein, daß alles, was früher gewesen, wie er wenigstens meinte, ganz aus seiner Erinnerung entschwunden war. Sie trafen in der Krim alte Bekannte, mit denen sie in besonders freundschaftlichen Verkehr traten, und machten auch neue Bekanntschaften. Der Aufenthalt in der Krim erschien Jewgenij wie ein einziges, ununterbrochenes Fest, und er war überdies für ihn auch belehrend und nützlich. Sie traten dort in nähere Beziehungen zu dem früheren

Adelsmarschall ihres Gouvernements, einem sehr verständigen Manne von liberaler Richtung, der Jewgenij liebgewann, ihm sehr wertvolle Anregungen gab und ihn zu seiner Parteirichtung bekehrte.

Gegen Ende August gebar Lisa ein hübsches, gesundes Mädchen. Ihre Entbindung trat unerwartet ein und verlief sehr leicht.

Im September traten Irtenjews die Heimreise an, zu viert mit dem Kinde und der Amme, denn Lisa konnte nicht selbst nähren. Vollkommen befreit von dem furchtbaren Alp, der vorher auf ihm gelastet, kehrte Jewgenij als ein neuer, glücklicher Mensch in sein Heim zurück. Nach den Seelenqualen, die er, wie alle Ehemänner, bei der Geburt des Kindes durchgemacht, hatte er seine Frau noch mehr liebgewonnen. Sein Gefühl für das Kind, wenn er es so auf die Arme nahm, war ihm neu und angenehm, dabei ein wenig komisch, als kitzle man ihn.

Zu den wirtschaftlichen Angelegenheiten, die ihn bisher ausschließlich in Anspruch genommen hatten, trat jetzt dank seiner Annäherung an Dumtschin, den früheren Adelsmarschall, das neue, lebhafte Interesse für die landschaftliche Selbstverwaltung, die seinen Ehrgeiz und sein staatsbürgerliches Pflichtgefühl wachrief. Im Oktober sollte eine außerordentliche Versammlung stattfinden, in der er zur Wahl gestellt werden sollte. Nach seiner Rückkehr war er einmal in die Stadt und einmal zu Dumtschin gefahren.

An die Qualen, die ihm früher die Versuchung und der innere Kampf bereitet hatten, dachte er kaum noch zurück und konnte sie sich gar nicht mehr recht vorstellen. Das alles erschien ihm jetzt wie ein Anfall von geistiger Gestörtheit, der ihn jäh befallen hatte.

Er fühlte sich jetzt so völlig frei von allen jenen peinlichen Dingen, daß er sogar kein Bedenken trug, bei der ersten besten Gelegenheit den Verwalter nach jener Frau zu fragen. Da er mit ihm schon früher über sie gesprochen hatte, brauchte er sich jetzt keinen Zwang aufzuerlegen.

„Nun," begann er, „ist denn der Sidor Petschnikow noch immer nicht ins Dorf zurückgekehrt?"

„Nein, er ist immer noch in der Stadt."

„Und was macht denn eigentlich seine Frau?"

„Ach, das ist ein Mordsweib. Jetzt hat sie wieder mit dem Senowej angebändelt. Ganz aus Rand und Band ist sie."

„Um so besser", dachte Jewgenij. „Wie wunderbar gleichgültig sie mir doch geworden ist! Wie ich mich geändert habe!"

19

Alles, was Jewgenij sich gewünscht hatte, war in Erfüllung gegangen. Das Gut blieb in seinen Händen, die Fabrik war flott im Gange, die Rübenernte war vortrefflich ausgefallen, und die Gewinnaussichten schienen die allerbesten. Die Entbindung seiner Frau war glücklich verlaufen, die Schwiegermutter war abgereist, und seine Wahl in der Landschaft erfolgte einstimmig.

Nach der Wahl kehrte Jewgenij aus der Stadt nach Hause zurück. Man hatte ihn zu seiner Wahl beglückwünscht, er mußte seinen Dank aussprechen, und er hatte bei dem gemeinsamen Diner fünf Glas Champagner getrunken. Neue Lebenspläne waren vor seinem Geiste aufgetaucht, und als er nun nach Hause fuhr, dachte er über sie nach. Altweibersommer lag über den Feldern. Der Tag war schön, die Sonne leuchtete hell. Während Jewgenij sich dem Gutshofe näherte, sann er darüber nach, wie er nun, infolge der auf ihn gefallenen Wahl, die Stellung in der Öffentlichkeit einnehmen würde, von der er schon immer geträumt hatte — eine Stellung, die ihm nicht nur gestatten würde, dem Volke durch Schaffung von Arbeitsgelegenheit zu nützen, sondern ihm auch durch seinen unmittelbaren Einfluß zu dienen. Er stellte sich vor, wie wohl nach drei Jahren seine eignen und alle übrigen Bauern über ihn urteilen würden. „Dieser da zum Beispiel", dachte er, als er auf der Dorfstraße daherfuhr und einen Bauern und eine Bäuerin erblickte, die mit gefüllten Wassereimern seinen Weg kreuzten. Sie blieben stehen und ließen seinen Wagen vorüberfahren. Der Bauer war der alte Petschnikow, die Frau war Stepanida. Jewgenij sah sie an, erkannte sie und fühlte zu seiner Freude, daß er vollkommen ruhig blieb. Sie war noch ebenso hübsch wie früher, doch das berührte ihn nicht im geringsten.

Er kam nach Hause. Lisa begrüßte ihn an der Vortreppe. Es war ein wunderschöner Abend.

„Nun, darf man gratulieren?" sagte der Onkel.

„Ja, ich bin gewählt."

„Ei, das ist famos! Da müssen die Propfen knallen."

Am nächsten Morgen machte Jewgenij sich wieder mit Eifer an die Wirtschaft, die er ein wenig vernachlässigt hatte. Auf dem Vorwerk arbeitete eine neue Dreschmaschine. Jewgenij sah zu, wie sie arbeitete, und ging durch die Reihen der arbeitenden Weiber. Er bemühte sich, nichts zu bemerken; trotz aller Bemühungen jedoch sah er zweimal die schwarzen Augen und das rote Kopftuch Stepanidas, die gerade Stroh forttrug. Er schielte zweimal zu ihr hin und fühlte, daß wieder etwas in ihm aufstieg, doch konnte er sich keine Rechenschaft davon geben, was es war. Erst am folgenden Tage, als er wieder nach der Tenne des Vorwerks hinausgeritten war, wo er ganz unnötigerweise zwei Stunden lang verweilte und die hübsche Erscheinung des jungen Weibes mit den Augen verschlang — erst da fühlte er, daß er verloren, unrettbar verloren war. Wieder begannen diese furchtbaren Qualen, wieder senkte sich dieser furchtbare Schrecken, vor dem es keine Rettung gab, auf ihn herab.

*

Das, was er erwartet hatte, geschah nun auch wirklich mit ihm. Am Abend des folgenden Tages fand er sich — ohne selbst zu wissen, wie — hinter ihrem Hause, gegenüber dem Heuschuppen, ein, wo er einmal im Herbst ein Stelldichein mit ihr gehabt hatte. Er blieb, als wenn er zufällig vorüberkäme, stehen und steckte sich eine Zigarette an. Die Nachbarin sah ihn, und als er ein paar Schritte zurückging, hörte er, wie sie zu jemandem sagte: „Geh, er wartet — ich schwör's dir beim Himmel, er steht da! So geh doch, dumme Gans!"

Er sah, wie ein Weib — sie war es, sie selbst! — nach dem Heuschuppen lief, doch er konnte ihr nicht folgen, da ein Bauer ihm entgegenkam, und so ging er nach Hause.

20

Als er das Wohnzimmer betrat, kam ihm alles darin so fremd, so unnatürlich vor. Frühmorgens war er noch ganz munter aufgestanden, fest entschlossen, sich diesem Wahnsinn zu entwinden, alles zu vergessen, an nichts mehr zu denken. Im Laufe des Vormittags aber verlor sich diese Stimmung, das Interesse an seinen Geschäften verflüchtigte sich, ohne daß er selbst es merkte, und er suchte sich ihnen zu entziehen. Das, was ihm früher bedeutsam erschienen war und ihm Freude gemacht hatte, kam ihm jetzt erbärmlich und unwichtig vor. Ganz unbewußt suchte er sich von aller Beschäftigung freizumachen — er hielt das für notwendig, damit er in Ruhe seine Lage überdenken und mit sich ins reine kommen könnte. Zu diesem Zweck suchte er allein zu sein; sowie er aber allein war, begann er sogleich in Garten und Wald umherzuirren. Er suchte die Plätze auf, die für ihn mit jenen unreinen Erinnerungen verknüpft waren — Erinnerungen, die sich ihm gleichwohl mit unwiderstehlicher Gewalt aufdrängten. Er suchte sich zwar einzureden, er irre nur so umher, um über irgend etwas nachzudenken, er dachte jedoch über gar nichts weiter nach, sondern wartete, wartete nur wie ein Narr, ohne jeden triftigen Grund, ob sie nicht vielleicht durch irgendein Wunder erriet, daß er sich nach ihr sehne, ob sie nicht hierher oder sonstwohin kam, wo niemand, nicht einmal sie selbst, etwas sieht, vielleicht in der Nacht, wenn der Mond nicht scheint und alles dunkel ist, daß er sie an sich ziehen und ihren Leib berühren könnte ...

„Ja, da habe ich nun die Bescherung: ich wollte mit ihr brechen, wann es mir passen würde“, sprach er bei sich selbst. „Ich wollte, einzig meiner Gesundheit wegen, mit einem frischen, sauberen Weibe in Verkehr treten. Es erweist sich nun, daß man mit dem Weibe nicht so spielen darf. Ich glaubte, sie zu nehmen — und nun hat sie mich genommen und läßt mich nicht mehr los. Ich meinte frei zu sein, und ich war es längst nicht mehr. Ich betrog mich selbst, als ich heiratete. Alles, was ich seither trieb, war töricht, war Betrug. Als ich mit ihr in Verkehr trat, empfand ich ein neues Gefühl, als sei ich ihr Gatte geworden. Ich durfte mich nicht mehr von ihr trennen...

Zwei Leben sind für mich möglich: das eine ist jenes, das ich mit Lisa begonnen habe, die öffentliche Stellung, die Wirtschaft, das Kind, die Achtung der Leute. Wenn ich mich für dieses Leben entscheide, dann darf sie, Stepanida, nicht dableiben. Sie muß fort, wie ich es schon damals wollte, oder muß vernichtet werden, daß keine Spur von ihr zurückbleibt. Das andere Leben würde sich so gestalten: ich nähme sie ihrem Manne fort, würde ihm Geld geben, würde aller Scham und Schande nicht achten und mit ihr zusammenleben. Aber dann dürften Lisa und die kleine Mimi nicht sein. Oder nein: das Kind wäre nicht im Wege, aber Lisa dürfte nicht hierbleiben, sie müßte fort. Sie muß alles erfahren, muß mir fluchen und davongehen. Ich müßte ihr sagen, daß ich sie gegen ein Bauernweib eingetauscht habe, daß ich ein Betrüger, ein gemeiner Lump bin. Doch nein, das ist gar zu furchtbar, das darf nicht sein! Aber es ist auch möglich,“ spann er seine Gedanken fort, „daß Lisa krank wird und stirbt. Wenn Lisa stirbt — ja, das wäre wunderschön ...‘

Wunderschön? Oh, was für eine Schurke bin ich doch! Nein, wenn schon eine sterben soll, dann mag es die andere sein. Wenn Stepanida stürbe — ach, wenn sie doch stürbe! ...

Jetzt kann ich es begreifen, wie jemand seine Frau oder seine Geliebte vergiftet oder erschießt. Man nimmt einen Revolver, gibt ihr ein Stelldichein, und statt sie zu umarmen, jagt man ihr eine Kugel in die Brust — alles ist zu Ende.

Sie ist doch der Teufel, der leibhaftige Teufel! Gegen meinen Willen hat sie mich unterjocht![1])

Soll ich sie töten? Ja! Es gibt nur zwei Auswege: entweder muß meine Frau aus der Welt, oder sie. Denn so wie bisher kann ich unmöglich weiterleben.

Ganz unmöglich! Ich muß alles genau überlegen und mir klarzumachen suchen, was für Folgen entstehen könnten. Was würde eintreten, wenn alles beim alten bliebe? Nun denn — ich würde mir einzureden suchen, daß ich alles lassen und nicht mehr daran denken wolle, aber es würde eben beim bloßen Vorsatz bleiben: am Abend würde ich ihr doch wieder hinter ihrem Hause beim Heuschuppen auflauern, und da sie nun schon weiß, daß ich dort lauere, würde sie zu mir kommen. Und die Leute würden es erfahren und meiner Frau sagen, oder ich würde es ihr selbst sagen, da ich nicht lügen kann; ich könnte auf keinen Fall so weiterleben. Ganz bestimmt wird man es erfahren. Alle werden es erfahren, auch Parascha und der Schmied. Ist's überhaupt möglich, so zu leben?

Nein, sicherlich nicht! Es gibt, wie gesagt, nur zwei Auswege: entweder muß ich meine Frau töten — oder sie. Es gibt allerdings noch . . . ja, in der Tat: es gibt noch einen dritten Ausweg — daß ich nämlich mich selbst töte", sagte er ganz leise zu sich selbst. Und ein eisiger Schauer überlief ihn plötzlich bei diesem Gedanken.

„Ja, mich selbst töten — dann brauche ich *sie* nicht zu töten." Und er ward von jähem Schreck erfüllt, denn er fühlte, daß wirklich nur dieser eine Ausweg ihm übrigblieb. „Ich habe ja einen Revolver . . . Werde ich mich aber wirklich töten? Daran habe ich nie gedacht — wie merkwürdig! . . ."

[1]) Hier setzt die Variante des Schlusses ein. (S. 295.)

Er kehrte in sein Zimmer zurück und trat an den Schrank, in dem der Revolver sich befand. Eben hatte er ihn geöffnet, als seine Frau ins Zimmer trat.

21

Er warf eine Zeitung über den Revolver.

„Immer wieder dasselbe", sagte sie ganz erschrocken, nachdem sie einen Blick auf Jewgenij geworfen hatte.

„Dasselbe ... was willst du damit sagen?"

„Du hast wieder jenen schrecklichen Gesichtsausdruck, den du damals hattest, als du dich mir nicht anvertrauen wolltest. Genja, Liebster — sag' mir doch, was es ist! Ich sehe, es quält dich ganz schrecklich. Sag' es mir, es wird dir Erleichterung schaffen. Was es auch sein mag — auf jeden Fall ist's besser, du sagst es, als daß du dich so weiterquälst. Ich weiß ja, es kann nichts Schlechtes sein."

„Bist du dessen sicher? Nun, vorderhand ..."

„Sag' es mir, sag' es! Ich lasse dich nicht fort."

Er lächelte schmerzlich.

Sollte er es ihr sagen? Nein, das war unmöglich. Es lag ja auch schließlich gar nichts vor, was er ihr hätte sagen sollen. Vielleicht hätte er es ihr aber doch gesagt, wenn nicht in diesem Augenblick die Amme gekommen wäre, um zu fragen, ob sie mit dem Kinde spazierengehen solle. Lisa ging hinaus, um das Kind anzuziehen.

„Du sagst es mir also? Ich bin gleich wieder da."

„Ja, vielleicht ..."

Sie hat in der Folge nie jenes verzerrte Lächeln vergessen können, mit dem er diese Worte begleitete. Sie ging hinaus.

Ganz eilig, wie ein Dieb, griff er nach dem Revolver und zog ihn aus dem Futteral. Er war geladen, ja — allerdings schon vor langer Zeit, und ein Schuß fehlte.

„Was wird nun sein?"

Er setzte die Mündung an die Schläfe und schwankte einen

Augenblick. Sowie er jedoch an Stepanida dachte, an seinen Entschluß, sie nicht zu sehen, an all den Kampf, die Versuchung, das ewige Straucheln, den neuen Kampf, erschauerte er vor Entsetzen. „Nein, lieber das . . ." Und er drückte ab . . .

Als Lisa ins Zimmer stürzte — sie war kaum dazu gekommen, die Treppe hinunterzugehen — lag er mit dem Gesichte auf der Erde da; das dunkle, warme Blut quoll aus der Wunde, und die Leiche zuckte noch.

Eine gerichtliche Untersuchung wurde eingeleitet. Niemand konnte die Ursache des Selbstmordes begreifen und erklären. Der Onkel kam nicht einen Augenblick auf die Vermutung, daß der Selbstmord vielleicht mit dem Bekenntnis in Verbindung stehen könnte, daß Jewgenij ihm vor zwei Monaten gemacht hatte.

Warwara Alexejewna versicherte, daß sie das stets vorausgesagt habe. Man habe es ihm doch angesehen, wenn er mit jemandem stritt. Lisa und Maria Pawlowna konnten nicht begreifen, weshalb er die unselige Tat begangen, und wenn die Ärzte behaupteten, er sei geisteskrank gewesen, so glaubten sie ihnen nicht. Sie konnten dem Urteil der Ärzte unmöglich zustimmen, wußten sie doch, daß er gesünder war an Leib und Seele als Hunderte von Menschen, die sie kannten.

Und in der Tat, wenn Jewgenij Irtenjew damals geisteskrank war, dann sind es alle Menschen; am schwersten geisteskrank aber sind jene, die bei anderen Anzeichen von Geisteskrankheit sehen wollen, die sie an sich selbst nicht bemerken.

Jasnaja Poliana, 10.—19. November 1889

VARIANTE DES SCHLUSSES

„Soll ich sie töten? Ja! Es gibt nur zwei Auswege: entweder muß meine Frau aus der Welt oder sie. Denn so wie bisher kann ich unmöglich weiterleben", sagte er zu sich selbst, trat an den Tisch, nahm aus der Schublade seinen

Revolver, sah ihn nach — ein Schuß fehlte darin — und steckte ihn in die Hosentasche.

„Mein Gott, was tu' ich nur?“ rief er plötzlich aus, faltete die Hände und begann zu beten. „Hilf mir, o Gott, errette mich! Du weißt, daß ich nichts Böses will, doch ich bin allein nicht imstande, mir zu helfen. Hilf mir!“ sprach er und bekreuzte sich vor dem Heiligenbilde. „Nein, ich bin wirklich nicht mehr Herr über mich selbst,“ dachte er dann bei sich — „ich will mir ein wenig Bewegung machen und alles überdenken.“

Er ging ins Vorzimmer, zog seinen kurzen Pelz und die Gummischuhe an und trat auf die Freitreppe hinaus. Unwillkürlich schlug er, am Garten vorüberschreitend, die Richtung nach dem Vorwerk ein. Dort war die Dreschmaschine noch im Gange, man hörte ihr Getöse und das Geschrei der jungen Burschen, die an ihr beschäftigt waren. Er trat in der Kornspeicher. Sie war da. Sein Blick fiel sogleich auf sie: sie harkte die Ähren zusammen, und als sie ihn erblickte, lachten ihre Augen. Munter und keck lief sie über die verstreuten Ähren hin, die sie flink und gewandt zusammenharkte. Jewgenij tat sich allen Zwang an, um nicht nach ihr hinzusehen, hielt es jedoch nicht aus und blickte zu ihr hinüber. Erst als sie aus seinem Gesichtskreise verschwand, kam er wieder zur Besinnung. Der Verwalter meldete ihm, daß man jetzt dabei sei, das Korn, das sich auf dem Felde gelagert hatte, zu Ende zu dreschen, was mehr Zeit und Mühe erfordere und geringere Erträge ergebe. Jewgenij trat an die Trommel heran, die von Zeit zu Zeit, wenn ein schlecht aufgemachtes Bund durch sie hindurchging, vernehmlich zu klappern begann, und fragte den Verwalter, wieviel von diesem gelagerten Korn vorhanden sei.

„So an die fünf Fuhren werden es sein.“

„Dann müßte man eigentlich ...“ begann Jewgenij, vollendete jedoch den Satz nicht. Sie war ganz dicht an die Trommel herangetreten, unter der sie die verstreuten Ähren hervorharkte, und versengte ihn mit ihrem lachenden Blicke.

Dieser Blick sprach ihm von der fröhlichen, sorglosen Liebe, die zwischen ihnen bestand, und davon, daß sie wußte, wie sehr er sich nach ihr sehne, und wie er ihretwegen nach dem Heuschuppen gekommen sei. Er las in diesem Blick, daß sie, wie immer, bereit sei, mit ihm zu leben und vergnügt zu sein, ohne an irgendwelche Bedingungen oder Folgen zu denken. Er fühlte sich ganz in ihrer Gewalt, wollte aber nicht nachgeben.

Sein Gebet fiel ihm ein, und er versuchte, es zu wiederholen. Er sprach es vor sich hin, doch fühlte er sogleich, daß es zwecklos sei. Ein einziger Gedanke beschäftigte ihn ganz und gar: wie er ihr wohl, ohne daß die anderen etwas merkten, ein Stelldichein geben könnte.

„Was sollen wir tun, wenn wir hier fertig sind?“ fragte der Verwalter. „Sollen wir einen neuen Getreideschober vornehmen oder damit bis morgen warten?“

„Ja, ja ...“ antwortete Jewgenij und ging unwillkürlich hinter ihr her nach der Stelle, nach der sie mit einer anderen Frau die Ähren brachte.

„Kann ich denn meiner selbst gar nicht mehr Herr werden?“ sprach er zu sich selbst. „Soll ich wirklich an dieser Geschichte zugrunde gehen? O Gott! .. Es gibt gar keinen Gott ... Es gibt nur einen Teufel, und dieser Teufel — ist sie. Er hat mich unterjocht. Doch nein, ich leide es nicht, ich leid's nicht! Der Teufel ... ja, der Teufel! ..“

Er ging wieder zu ihr hin, zog den Revolver aus der Tasche und schoß sie ein-, zwei-, dreimal in den Rücken. Sie stürzte jäh davon und fiel auf den Ährenhaufen nieder.

„O Gott, was ist denn das?“ schrien die Weiber.

„Es war kein Zufall, nein ... ich habe sie absichtlich erschossen“, rief Jewgenij. „Holt die Polizei!“

Er kam nach Hause und ging, ohne seiner Frau etwas zu sagen, in sein Zimmer, in dem er sich einschloß.

„Komm nicht zu mir herein,“ rief er seiner Frau durch die Tür zu, „du wirst alles erfahren.“

Nach einer Stunde klingelte er und sagte zu dem eintretenden Diener:

„Geh, erkundige dich, ob Stepanida noch am Leben ist."

Der Diener wußte bereits alles und sagte, sie sei vor etwa einer Stunde gestorben.

„So — das ist gut. Laß mich allein, und melde es mir, wenn der Stanowoj oder der Untersuchungsrichter eintrifft."

Der Stanowoj wie der Untersuchungsrichter langten beide erst am nächsten Morgen an, und Jewgenij wurde, nachdem er von seiner Frau und seinem Töchterchen Abschied genommen, ins Gefängnis abgeführt.

Er kam vor das Gericht. Es war in der ersten Zeit nach der Einführung der Schwurgerichte. Man nahm an, daß er die Tat in einem Anfall von Geistesstörung begangen habe, und er wurde lediglich zu einer Kirchenbuße verurteilt. Neun Monate lang hatte er in Untersuchungshaft gesessen, dann mußte er noch einen Monat in einem Kloster absitzen.

Im Gefängnis bereits hatte er sich dem Trunke ergeben; im Kloster fuhr er fort, diesem Laster zu fröhnen, und als unverbesserlicher Alkoholiker kehrte er nach Hause zurück.

Warwara Alexejewna versicherte, daß sie das stets vorausgesagt habe. Man habe es ihm doch angesehen, wenn er mit jemandem stritt. Lisa und Maria Pawlowna konnten nicht begreifen, weshalb er die unselige Tat begangen, und wenn die Ärzte behaupteten, er sei geisteskrank gewesen, so glaubten sie ihnen nicht. Sie konnten dem Urteil der Ärzte unmöglich zustimmen, wußten sie doch, daß er gesünder war an Leib und Seele als Hunderte von Menschen, die sie kannten.

Und in der Tat, wenn Jewgenij Irtenjew damals, als er die unselige Tat beging, geisteskrank war, dann sind es alle Menschen; am schwersten geisteskrank aber sind jene, die bei anderen Anzeichen von Geisteskrankheit sehen wollen, die sie an sich selbst nicht bemerken.

WIEVIEL ERDE BRAUCHT DER MENSCH?

I

Die ältere Schwester aus der Stadt war zu der jüngeren ins Dorf zu Besuch gekommen. Die ältere war mit einem Kaufmann in der Stadt verheiratet, die jüngere hatte einen Bauern im Dorfe zum Manne. Die Schwestern tranken Tee und plauderten. Die ältere fing an, großzutun und ihr Leben in der Stadt zu rühmen: wie groß und sauber ihre Wohnung in der Stadt sei, wie gut sie sich kleidete, wie sie ihre Kinder ausputzte, wie lecker sie äße und tränke, wie sie Ausfahrten mache und sich vergnüge und in die Theater gehe.

Das ärgerte die jüngere Schwester; sie setzte das Leben der Kaufleute herab und pries ihr bäuerliches Leben.

„Ich möchte mein Leben nicht für das deine eintauschen", sagte sie. „Wenn wir auch sehr bescheiden leben, so kennen wir doch auch keine Sorge. Ihr lebt ja vornehmer; dafür verdient ihr einmal sehr viel, ein andermal verliert ihr aber alles. Ein Sprichwort sagt: des Gewinnes älterer Bruder ist der Verlust! Es kommt manchmal auch so: heute reich, morgen Bettler auf der Straße. Unser Bauernleben ist sicherer, unser Leben ist mager, währet aber lange. Wir werden nicht reich, sind aber satt."

Die ältere Schwester sagte: „Ein schönes Sattsein! Mit Schweinen und Kälbern! Keine Behaglichkeit, keine Umgangsformen! Wie sich dein Mann auch abplackt, ihr lebt nun einmal auf dem Mist und werdet auch darauf sterben. Und euren Kindern wird es nicht anders ergehen."

„Nun, wenn schon", sprach die Jüngere. „So ist eben unser Leben. Dafür leben wir aber sicher, bücken uns vor niemand, fürchten niemand. Ihr in der Stadt habt immer Anfechtungen zu bestehen: heute ist alles gut, aber morgen verführt der Böse deinen Mann zum Spielen oder zum Saufen, oder er bringt ihn mit einem schlechten Weibsbild zusammen. Und dann ist alles wieder dahin. Ist es etwa nicht so?"

Pachom, der Bauer, lag auf dem Ofen und hörte, was die Weiber schwatzten. „Das ist die lautere Wahrheit", sagte er. „Weil unsereins von klein auf unser Mütterchen Erde durchwühlt, kommen uns solche dummen Gedanken gar nicht erst in den Kopf. Nur eines ist ein Jammer: wir haben zu wenig Erde! Wenn wir genug Land hätten, würde ich mich vor niemand fürchten, — auch nicht vor dem Teufel selbst!"

Die Weiber tranken ihren Tee aus, schwatzten noch von ihren schönen Kleidern, räumten das Geschirr weg und legten sich schlafen.

Aber der Teufel hatte hinter dem Ofen gesessen und alles mit angehört. Er freute sich, daß die Bäuerin ihren Mann zur Prahlerei verleitet hatte. Denn er hatte doch geprahlt, wenn er genug Land hätte, könnte ihn auch der Teufel nicht holen.

„Schön", dachte der Teufel. „Das wollen wir noch miteinander abmachen. Ich werde dir also viel Erde geben, und mit dem Land bekomme ich dann dich!"

2

Beim Dorf lebte eine kleine Gutsbesitzerin. Sie besaß hundertundzwanzig Desiatinen Land. Früher hatte sie sich mit den Bauern gut gestanden und ihnen nie etwas angetan. Dann war aber ein verabschiedeter Soldat bei ihr als Verwalter angestellt worden, und der belästigte die Bauern dauernd mit Geldstrafen. Pachom konnte sich noch so sehr vorsehen: es kam doch mal vor, daß ein Pferd in fremdem Hafer lief oder eine Kuh sich in den Garten verirrte, oder daß die Kälber auf die Wiese rannten. Und gleich gab es Geldstrafen.

Pachom mußte zahlen; zu Hause schimpfte und prügelte er dann die Seinen. Viel Sünde beging Pachom in diesem Sommer, nur um des Verwalters willen. Er war froh, als endlich das Vieh wieder im Stall stand; zwar war es schade um das teure Futter, aber er hatte doch wenigstens nicht mehr immer diese Angst.

Im Winter verbreitete sich das Gerücht, die gnädige Frau wolle ihr Land verkaufen, und der Herbergswirt von der Landstraße verhandele mit ihr darüber. Als das die Bauern hörten, erhoben sie großes Geschrei. „Nu," dachten sie, „wenn der Herbergswirt das Land bekommt, dann wird er uns noch schlimmer als die gnädige Frau mit Strafen zusetzen. Wir können ohne dieses Land nicht auskommen, wir sind ja ganz eingeschlossen von ihm." Die Bauern gingen also auf Gemeindebeschluß zur gnädigen Frau und baten sie, das Land nicht an den Herbergswirt zu verkaufen, sondern es ihnen zu lassen. Sie seien auch bereit, mehr zu geben. Die gnädige Frau war einverstanden. Die Bauern wollten das ganze Land von Gemeinde wegen aufkaufen. Einmal und noch einmal hielten sie Versammlungen ab, aber sie kamen nicht weiter mit der Sache. Immer stiftete der Böse Unfrieden, und sie konnten sich nicht einigen. So beschlossen die Bauern schließlich, jeder für sich zu kaufen, jeder, soviel wie er könne. Auch damit war die Gutsherrin einverstanden. Pachom hörte, sein Nachbar habe zwanzig Desiatinen gekauft und sie habe ihm die Hälfte des Geldes auf Abzahlung gestundet. Da ward Pachom neidisch. „Sie werden noch das ganze Land aufkaufen, und ich bekomme gar nichts." Er beratschlagte mit seiner Frau.

„Alle Leute kaufen", sagte er. „Wir müssen auch so an die zehn Desiatinen kaufen. Es ist ja wirklich gar kein Leben mehr! Der Verwalter hat uns mit seinen Geldstrafen fast zugrunde gerichtet."

Sie überlegten, wie sie den Kauf bewerkstelligen könnten. Hundert Rubel hatten sie sich beiseite gelegt: nun verkauften sie ein Füllen und die Hälfte der Bienenstöcke, den Sohn verdingten sie als Arbeiter und borgten noch etwas beim Schwager. So kam die Hälfte des nötigen Geldes zusammen.

Als Pachom das Geld zusammen hatte, wählte er sich ein Stück aus, das ihm gefiel — fünfzehn Desiatinen mit Wald — dann ging er zur Gutsherrin, um über den Preis zu verhandeln. Er erstand die fünfzehn Desiatinen, gab den Handschlag und leistete die Anzahlung. Dann fuhren sie in die Stadt und setzten den Vertrag auf; er zahlte die Hälfte des Kaufpreises und verpflichtete sich, den Rest in zwei Jahren abzutragen.

So besaß Pachom nun Erde. Er kaufte auf Borg Saatgut und bestellte das neugekaufte Land. Alles gedieh gut. In einem Jahre zahlte er seine Schuld an seinen Schwager und an die Gutsherrin ab. So war also Pachom jetzt auch Gutsbesitzer: er pflügte und besäte sein eigenes Land, mähte auf seinem eigenen Land Heu, schlug Holz auf eigenem Lande, und hatte für das Vieh Futter vom eigenen Lande. Wenn er jetzt auf sein eigenes Land hinausfuhr, um zu pflügen oder um die junge Saat und die Wiesen anzusehen, dann konnte er sich gar nicht genug freuen. Ihm kam es immer so vor, als wüchse das Gras jetzt ganz besonders, als blühten die Blumen ganz anders als sonst. Wenn er früher an diesem Land vorbeigefahren war, war es einfach Erde gewesen; jetzt aber war es ganz besondere Erde für ihn geworden.

3

So lebte also Pachom und freute sich. Und alles wäre sehr schön gewesen, wenn die andern Bauern nicht immer auf seine Felder und auf seine Wiesen gekommen wären. Er bat sie im Guten, aber sie ließen nicht ab davon. Einmal ließen die Hirten ihre Kühe auf seine Wiesen, ein andermal liefen die Pferde von der Nachtweide auf sein Kornfeld. Pachom trieb sie wieder fort, trug es nicht nach und klagte nicht. Dann aber wurde es ihm doch zu viel, und er beschwerte sich beim Bezirksamt. Er wußte ja, daß alles vom Landmangel kam, daß die Bauern es nicht aus bösem Willen taten, aber er dachte: „Ich kann es ihnen doch nicht immer durchlassen, sie weiden mir sonst noch alles ab. Sie müssen mal einen Denkzettel bekommen."

Und er verschaffte ihnen durch das Gericht einmal, zweimal einen solchen Denkzettel: einer und noch einer mußte Geldstrafe zahlen. Das machte aber die benachbarten Bauern gerade wütend auf Pachom: das nächste Mal weideten sie schon absichtlich bei ihm. Dann ging mal einer bei Nacht in sein Wäldchen und schlug sich so an zehn junge Linden, um Bast zu machen. Als Pachom durch den Wald fuhr, schimmerte etwas Weißes. Er fuhr näher: da lagen die abgeschälten Stämmchen an der Erde, und die Stümpfe ragten hervor. „Wenn der Kerl wenigstens nur die äußersten Stämme aus einem Gebüsch genommen und einen stehen gelassen hätte! Aber der Halunke hat sie allesamt gefällt!" Da ward Pachom böse. „Ach," dachte er, „wenn ich nur herausbekäme, wer das getan hat! Dem würde ich es schon heimzahlen." Er grübelte und grübelte, wer es gewesen sein könnte. „Niemand anders als Siomka kann es gewesen sein!" Er ging auf Siomkas Gehöft und suchte da herum; aber er fand nichts, und es gab nur gegenseitiges Geschimpfe. Pachom war jetzt erst recht überzeugt, daß Siomka es getan hatte. Er klagte. Sie wurden vorgeladen. Dann wurde lange verhandelt, schließlich aber wurde der Mann freigesprochen. Es war ihm eben nichts nachzuweisen. Pachom wurde nun noch zorniger und schimpfte sich mit dem Bezirksvorsteher und den Richtern herum. „Ihr haltet es mit den Spitzbuben", sagte er. „Wenn ihr selbst ehrlich wäret, würdet ihr nicht Diebe freisprechen." So verzankte sich Pachom mit den Richtern und mit seinen Nachbarn. Sie drohten ihm schon mit dem roten Hahn. Pachom hatte jetzt zwar reichlich Erde, aber in der Gemeinde war es doch zu eng für ihn.

Zu der Zeit verbreitete sich das Gerücht, daß viel Volks nach neuen Stätten auswandere. Da dachte Pachom: „Ich selbst hätte eigentlich keinen Anlaß mein Land zu verlassen. Aber wenn jemand von unsern Leuten hier auswanderte, dann hätten wir andern mehr Raum. Ich würde ihnen gern ihr Land abnehmen und meinen Besitz abrunden. Dann könnte ich behaglicher leben. Denn so ist es immer noch zu eng."

Einmal saß Pachom daheim, da pochte ein Wanderer an seine Tür, ein Bauer. Er nahm den Bauern für die Nacht auf, gab ihm zu essen und fragte ihn, woher ihn Gott des Weges herführe. Der Bauer erzählte, er käme von unten, von der Wolga her, da habe er gearbeitet. Ein Wort gab das andere und der Bauer berichtete, wie das Volk dahin auswandere. Er erzählte, es seien auch Leute aus seinem Dorf dahingezogen, hätten sich in die Gemeinde aufnehmen lassen und hätten zehn Desiatinen auf den Kopf erhalten. Der Boden dort sei so gut, daß, wenn man Roggen baue, es solche Halme gäbe, daß ein Pferd dazwischen nicht mehr zu sehen sei, und er sei so voll, daß fünf Handvoll Ähren eine Garbe seien. Ein Bauer, erzählte er, sei ganz arm hingekommen und jetzt habe er schon sechs Pferde und zwei Kühe.

Bei der Erzählung wurde Pachom das Herz ganz warm. Er dachte: „Warum muß ich eigentlich hier in dieser Enge Not leiden, wenn man anderswo so gut leben kann? Ich will lieber mein Land und mein Gehöft hier verkaufen. Dann richte ich mich für das Geld da unten ein und fange eine richtige Wirtschaft an. Hier in dieser Enge hat man ja doch immer nur Ärger. Ich muß mich nur selbst erst über alles genau erkundigen."

Zum Sommer machte er sich auf und reiste ab. Bis Samara fuhr er mit dem Dampfschiff die Wolga hinab, dann machte er vierhundert Werst zu Fuß. Als er an Ort und Stelle ankam, fand er, daß alles wirklich stimmte. Die Bauern hatten reichlich Land, es waren ihnen zehn Desiatinen auf den Kopf zugeteilt worden, und Fremde wurden gern in die Gemeinde aufgenommen. Wenn aber einer gar Geld hatte, so konnte er außer dem ihm zustehenden Land noch soviel für sich als eigen dazukaufen wie er wollte; zu drei Rubel die Desiatine allerbesten Bodens.

Als Pachom alles erkundet hatte, kehrte er zum Herbst nach Hause zurück und verkaufte all sein Hab und Gut. Das Land verkaufte er mit Gewinn, er verkaufte sein Haus, alles Vieh und trat aus der Gemeinde aus. Er wartete den Frühling ab und machte sich mit seiner Familie auf nach den neuen Stätten.

4

Als Pachom mit seiner Familie an den neuen Stätten angelangt war, ließ er sich in einem großen Dorfe in die Gemeinde aufnehmen. Er bewirtete die Dorfältesten mit Schnaps und erhielt so alle nötigen Papiere. Sie nahmen Pachom auf, teilten ihm für fünf Köpfe fünfzig Desiatinen Gemeindeland auf verschiedenen Feldern zu, außer dem Anteil am Weideplatz. Dann baute sich Pachom an und kaufte Vieh. Allein an zugeteiltem Land hatte er dreimal so viel wie früher. Und es war fruchtbares Land. Er lebte jetzt zehnmal besser als bisher. Er hatte reichlich Acker- und Weideland. Vieh konnte er halten, so viel er wollte.

Zuerst, als er noch baute und sich einrichtete, erschien ihm alles vorzüglich. Als er sich dann aber eingelebt hatte, kam es ihm auch hier gleich wieder eng vor. Im ersten Jahr säte Pachom auf dem Anteilland Weizen, und er gedieh gut. So kam er auf den Geschmack, Weizen zu bauen, aber das Anteilland reichte ihm nicht zu. Und das, was er haben konnte, eignete sich nicht dazu. Man sät dort Weizen auf Steppenboden oder Brachland, man bestellt es ein oder zwei Jahre und läßt den Boden dann liegen, bis er wieder mit Steppengras bewachsen ist. Für solches Land waren immer viele Liebhaber da, aber für alle reichte es eben nicht. Darum gab es dauernd

Streit. Die reicheren Leute wollten selbst säen, die Armen aber ließen es Kaufleuten ab, um ihre Steuern bezahlen zu können. Pachom wollte nun mehr Land bestellen. Im zweiten Jahr ging er zu einem Kaufmann und pachtete Land auf ein Jahr. Er säte recht viel, es gedieh auch gut, aber das Feld war sehr weit vom Dorfe entfernt: fünfzehn Werst weit mußte er seine Ernte fahren. Dann sah er, daß in der Umgegend Bauern, die auch Handel trieben, in Einzelgehöften lebten und dabei immer reicher wurden. „Das wäre eine Sache," dachte Pachom, „wenn man sich auch eigenes Land kaufen und ein Einzelgehöft bauen könnte. Dann hätte man alles beieinander." Und Pachom grübelte darüber nach, wie er es machen könnte, um sich Land zu eigen zu kaufen.

So lebte Pachom drei Jahre. Er pachtete Land und baute Weizen. Es waren gute Jahre, und er konnte Geld beiseite legen. Er hätte sehr behaglich leben können, aber es verdroß Pachom, daß er jedes Jahr wieder bei anderen Leuten Land pachten mußte und wegen seines Landes immer wieder so viel Umstände hatte. War irgendwo guter Boden, so stürzten sich die Bauern darauf und rissen alles an sich. Man kam selbst nicht dazu, zur rechten Zeit zu pachten und hatte dann wieder kein Land zur Aussaat. Im dritten Jahre pachtete er mit einem Kaufmann zu gleichen Teilen Weideland bei den Bauern. Sie hatten schon gepflügt, da fingen die Bauern plötzlich an zu prozessieren, und so war die Arbeit vergeblich gewesen. „Wenn ich mein eignes Land hätte," dachte er immer, „so brauchte ich mich vor niemand zu bücken und hätte nicht immerzu diese Unannehmlichkeiten."

So erkundigte sich Pachom denn, wo er sich eigenes Land kaufen könnte. Und er traf zufällig auf einen Bauern, der sich fünfhundert Desiatinen gekauft hatte, dem es aber schlecht gagangen war, so daß er das Land jetzt gern billig verkauft hätte. Pachom verhandelte mit ihm. Sie redeten und redeten, und einigten sich schließlich auf tausend Rubel; die Hälfte der

Summe sollte gestundet werden. Sie waren schon handelseinig geworden, als eines Tages ein durchreisender Kaufmann bei Pachom auf dem Hof einkehrte, um seine Pferde zu füttern. Sie tranken Tee zusammen und kamen ins Gespräch. Der Kaufmann erzählte, er käme weither aus dem Lande der Baschkiren. Dort, so berichtete er, hätte er den Baschkiren an die fünftausend Desiatinen Land abgekauft. Und das alles hätte nur tausend Rubel gekostet. Pachom fragte ihn weiter aus. Und der Kaufmann erzählte: „Ich habe einfach die Ältesten beschenkt. So für hundert Rubel Kaftane und Teppiche habe ich verschenkt, eine Kiste Tee, und habe denen, die trinken wollten, Schnaps vorgesetzt. So habe ich die Desiatine für zwanzig Kopeken bekommen.“ Er zeigte auch seinen Kaufvertrag. „Das Land,“ sagte er, „liegt an einem Fluß; es ist üppiges Steppenland.“ Pachom fragte ihn ganz genau über alles aus. „Da gibt es so viel Land,“ sagte der Kaufmann, „daß man es in einem Jahre nicht umschreiten kann. Alles gehört den Baschkiren. Das Volk ist dumm wie Hammel. Man kann das Land fast umsonst haben.“ — „Nu,“ dachte da Pachom, „weshalb soll ich eigentlich für meine tausend Rubel hier fünfhundert Desiatinen kaufen, und mir dabei noch Schulden auf den Hals laden, wenn ich dort für tausend Rubel so viel haben kann?“

5

Pachom erkundigte sich auch nach dem Wege, und kaum hatte er sich von dem Kaufmann verabschiedet, da machte er sich selbst auf zu den Baschkiren. Das Haus vertraute er seiner Frau an; er nahm nur einen Knecht mit und reiste ab. Als sie in der Stadt anlangten, kauften sie eine Kiste Tee, allerhand Geschenke, Branntwein, — alles genau so, wie der Kaufmann gesagt hatte. Dann fuhren sie immer weiter und weiter, bis sie schließlich an die fünfhundert Werst gemacht hatten. Am siebenten Tage kamen sie in ein baschkirisches Lager. Da war alles so, wie der Kaufmann gesagt hatte. Die Baschkiren lebten alle in der Steppe, an einem Flusse, in Filzzelten. Sie pflügen gar nicht und essen auch kein Brot. In der Steppe weiden ihre Vieh- und ihre Roßherden. Hinter den Zelten sind die Füllen angebunden, und zweimal am Tage treibt man denen die Muttertiere zu. Bei den Baschkiren melkt man die Stuten und macht Kumys aus der Milch. Die Weiber rühren den Kumys und machen Käse; aber die Männer kennen nichts anderes, als Kumys und Tee zu trinken, Hammelfleisch zu essen und auf ihren Flöten zu blasen. Wohlgenährt und lustig sind sie alle, den ganzen Sommer über tun sie gar nichts. Das Volk ist völlig ungebildet und versteht kein Russisch, aber es ist sehr freundlich.

Kaum hatten die Baschkiren Pachom erblickt, als sie aus ihren Zelten herauskamen und den Fremdling umringten. Es fand sich auch ein Dolmetscher. Dem sagte Pachom, er sei wegen des Landes gekommen. Da freuten sich die Baschkiren, nahmen Pachom, führten ihn in ein schönes Zelt, setzten ihn auf Teppiche, legten ihm Daunenkissen unter, setzten sich um ihn herum und bewirteten ihn mit Tee und Kumys. Sie schlachteten einen Hammel und gaben ihm Hammelfleisch zu essen. Pachom holte die Geschenke aus seinem Wagen und verteilte sie an die Baschkiren. Allen gab er Geschenke und verteilte auch den Tee. Die Baschkiren freuten sich. Sie schwatzten untereinander in ihrer unverständlichen Sprache, dann befahlen sie dem Dolmetscher, alles zu übersetzen.

„Ich soll dir sagen," sagte der Dolmetscher, „daß du ihnen gefällst, und daß bei ihnen die Sitte herrscht, einem Gaste alles zu Gefallen zu tun und Geschenke auch zu erwidern. Du hast uns beschenkt. Sage also jetzt, was dir von unserer Habe gefällt, damit wir dir auch etwas schenken können."

„Am besten gefällt mir hier euer Land", sagte Pachom. „Bei uns zu Hause ist das Land knapp, und aller Boden steht schon unter dem Pfluge. Ihr aber habt noch viel Land, und euer Boden ist gut. Solche Erde habe ich überhaupt noch nicht gesehen!"

Der Dolmetscher übersetzte ihnen das. Die Baschkiren redeten wieder lange miteinander. Pachom konnte nicht verstehen, was sie redeten, aber er sah, daß sie lustig waren. Sie schrien laut und lachten. Dann verstummten sie und betrachteten Pachom. Der Dolmetscher sagte: „Ich soll dir sagen, daß sie als Dank für deine Geschenke gern bereit sind, dir so viel Land zu geben, wie du haben willst. Du mußt nur mit der Hand zeigen, welches du haben willst — es soll dein sein."

Sie sprachen noch eine Zeitlang und stritten dann. Pachom fragte, worüber sie stritten. Der Dolmetscher sagte ihm: „Die einen meinen, man müsse wegen des Landes erst den Ältesten befragen, ohne ihm ginge es nicht. Andere sagen aber, es könne auch ohne ihn gemacht werden."

6

So stritten die Baschkiren noch, da trat plötzlich ein Mensch ein in einer Mütze aus Fuchspelz. Alle verstummten und erhoben sich. Und der Dolmetscher sagte: „Das ist der Älteste selbst." Sofort nahm Pachom den besten Kaftan und verehrte ihn dem Ältesten; dazu gab er noch fünf Pfund Tee. Der Älteste nahm die Gabe entgegen und setzte sich auf den Ehrenplatz. Die anderen Baschkiren aber erzählten ihm sofort etwas. Der Älteste hörte lange zu, nickte dann mit dem Kopf, sie sollten still sein, und sprach Pachom russisch an:

„Nun gut," sagte er, „das können wir machen. Nimm, wo es dir gefällt. Land ist ja reichlich da."

„Wie soll ich mir denn Land nehmen, soviel ich will?" dachte Pachom. „Wir müssen doch einen Vertrag aufsetzen. Sonst sagen sie heute: ‚das Land gehört dir', und später nehmen sie es mir wieder weg."

„Ich danke euch vielmals", sagte er also, „für eure freundlichen Worte. Ihr habt tatsächlich sehr viel Land, und ich brauche ja nur wenig. Nur möchte ich auch wissen, welches Land mir denn gehören soll. Irgendwie müßten wir es doch vermessen und einen Vertrag darüber aufsetzen. Denn über Tod und Leben ist Gott allein mächtig. Ihr seid gute Menschen und gebt es mir, aber es könnte doch geschehen, daß eure Kinder es mir später wieder fortnehmen wollen!"

„Du hast ganz recht", sagte der Älteste. „Einen Vertrag müssen wir aufsetzen darüber."

Dann sagte Pachom: „Ich habe gehört, bei euch war unlängst ein Kaufmann. Ihm habt ihr auch Land gegeben und einen Kaufvertrag aufgesetzt. So möchte ich es auch machen."

Der Älteste verstand alles sehr wohl.

„Das können wir alles machen", sagte er. „Einen Schreiber haben wir ja. Wir fahren dann in die Stadt und lassen die Siegel beifügen."

„Und wie hoch ist der Preis?" fragte Pachom.

„Wir haben nur einen Preis: tausend Rubel für den Tag."

Das verstand Pachom nicht.

„Was ist denn das für ein Maß — ein Tag? Wieviel Desiatinen hat ein Tag?"

„So verstehen wir nicht zu rechnen. Wir verkaufen nur nach Tagen. So viel Land, wie du in einem Tage umschreiten kannst, ist dein. Und der Preis für einen Tag ist tausend Rubel."

Da wunderte sich Pachom.

„Ja, aber", sagte er, „in einem Tag kann man doch sehr viel Land umschreiten!"

Der Älteste lachte.

„Das ist dann alles dein", sagte er. „Nur eine Bedingung stellen wir. Wenn du an einem Tage nicht bis zu der Stelle zurückkommst, von der du ausgegangen bist, dann ist dein Geld verfallen!"

„Wie soll ich denn aber kenntlich machen, wo ich gegangen bin?" fragte Pachom.

„Wir bleiben alle auf einer Stelle stehen, die du aussuchen magst. Du gehst los und machst deinen Kreisweg, nimmst eine Hacke mit und machst überall, wo es nötig ist, ein Zeichen; an den Ecken machst du Löcher, gräbst den Rasen auf, und wir ziehen dann von einem Loch zum andern Furchen mit dem Pfluge. Wähle deinen Weg, wie du willst. Nur mußt du bis Sonnenuntergang zu der Stelle zurückkehren, von der du ausgegangen bist. Was du dann umschritten hast, gehört dir."

Darüber freute sich Pachom. Sie beschlossen, ganz früh herauszufahren. Sie redeten noch eine Weile, tranken noch Kumys, aßen Hammelfleisch und tranken auch noch Tee. So kam die Nacht heran. Die Baschkiren bereiteten für Pachom ein Lager auf Daunenkissen und gingen dann auseinander. Sie versprachen, beim Morgengrauen bereit zu sein und noch vor Sonnenaufgang an den Ort hinauszufahren.

7

Pachom legte sich auf seine Daunenkissen, aber er konnte nicht einschlafen, er mußte immerzu an sein Land denken. „Ich werde mir ein tüchtiges Stück aneignen", dachte er. „Fünfzig Werst kann ich doch an einem Tage wohl machen. Die Tage sind ja jetzt lang wie Jahre. In fünfzig Werst muß doch eine Menge Land enthalten sein. Das schlechtere verkaufe ich dann oder gebe es Bauern; was mir gefällt, behalte ich und sitze selbst darauf. Ich schaffe zwei Gespanne Ochsen an und miete zwei Knechte: so fünfzig Desiatinen nehme ich unter den Pflug, auf dem übrigen Land mag mein Vieh weiden."

Pachom schlief die ganze Nacht nicht. Erst kurz vor Tagesanbruch schlummerte er ein. Kaum war er eingeschlafen, da sah er einen Traum. Ihn träumte, er läge in diesem selben Zelt und hörte draußen jemand laut kichern. Er wollte nachsehen, wer da lachte, stand auf, trat aus dem Zelt und sah vor dem Zelt den Ältesten der Baschkiren sitzen: er hielt sich mit beiden Händen den Bauch und schüttelte sich geradezu vor Lachen über irgend etwas. Pachom trat hinzu und fragte: „Worüber lachst du so?“ Dann kam es ihm so vor, als wäre das gar nicht mehr der baschkirische Älteste, sondern der Kaufmann von damals, der bei ihm gewesen war und von dem Land hier erzählt hatte. Und er hatte den Kaufmann gerade gefragt: „Bist du schon lange hier?“ — da war es auch nicht mehr der Kaufmann, sondern jener Bauer, der von der Wolga her zu ihm gekommen war. Dann wieder kam es Pachom so vor, als wäre es nicht mehr der Bauer, sondern der Teufel selbst, mit Hörnern und Hufen. Der Teufel saß da und lachte, und vor ihm lag ein Mann, barfuß, in Hemd und Hosen. Pachom schaute genauer hin, was für ein Mensch das wohl sei, und sah, daß dieser Mensch tot war, und daß er selbst es war. Da erschrak Pachom gewaltig und erwachte. Als er ganz wach war, dachte er: „Was man doch so alles träumt!“ Er schaute sich um: durch die offne Tür sah er, daß schon der Morgen graute, daß es schon dämmerte. „Ich muß die Leute wecken,“ dachte er, „es ist Zeit aufzubrechen.“ Pachom stand auf, weckte seinen Knecht im Wagen, befahl anzuspannen und ging, die Baschkiren zu wecken. „Es ist Zeit, in die Steppe hinauszufahren und zu vermessen“, sagte er. Die Baschkiren standen auf und versammelten sich alle; auch der Älteste kam. Die Baschkiren fingen schon wieder an Kumys zu trinken, und wollten Pachom mit Tee bewirten, aber er hatte keine Lust darauf zu warten. „Wenn wir schon fahren wollen, dann ist es auch Zeit“, sagte er.

8

So machten sich die Baschkiren fertig. Manche stiegen zu Pferde, andere fuhren in Wagen. Pachom fuhr mit seinem Knecht in seinem eigenen Wagen und nahm eine Hacke mit.

Als sie in die Steppe kamen, rötete sich gerade der Himmel. Sie fuhren einen kleinen Hügel hinan — auf baschkirisch heißt das ein „Schichan“. Alle stiegen aus den Wagen und von den Pferden und sammelten sich zu einem Haufen. Der Älteste trat zu Pachom und wies mit der Hand.

„Hier, das alles ist unser, so weit das Auge reicht. Wähle aus, was dir gefällt.“

Pachoms Augen glühten: es war alles üppiges Steppenland, eben wie eine Handfläche, schwarz wie Mohn, und in den Senkungen wucherte mannigfaches Gras, so hoch, daß es bis an die Brust reichen mußte.

Der Älteste nahm seine Fuchspelzmütze ab und legte sie auf die Erde.

„So,“ sagte er, „das soll unser Kennzeichen sein. Von hier gehst du aus, hierher kehre auch wieder zurück. Alles, was du umschreitest, soll dir gehören!“

Pachom nahm das Geld aus der Tasche, legte es auf die Mütze, zog dann den Kaftan aus und blieb nur im Untergewand. Er schnallte seinen Leibriemen fester um den Bauch, zog tüchtig an, steckte einen Beutel mit Brot in den Busen, band eine Flasche mit Wasser an den Gürtel, zog die Stiefelschäfte hinauf, nahm dem Knecht die Hacke ab und rüstete sich zu gehen. Er überlegte noch eine Weile, in welcher Richtung er gehen sollte. Überall war es gleich schön. Da dachte er: „Es ist alles ganz gleich, ich werde gegen Sonnenaufgang zugehen.“ Er wandte das Gesicht der Sonne zu, reckte sich und wartete, bis die Sonne am Himmelsrande aufstieg. Er dachte: „Ich will keine Zeit unnütz verlieren. In der Kühle geht es sich leichter.“ Kaum sprühten die ersten Sonnenstrahlen am Himmelsrande, da warf Pachom seine Hacke über die Schulter und ging hinaus in die Steppe.

Pachom ging nicht zu langsam und nicht zu schnell. Als er etwa eine Werst gegangen war, blieb er stehen, grub ein Loch und schichtete Rasenstücke aufeinander, damit es besser zu sehen sei. Dann ging er weiter. Er kam allmählich in Schwung und beschleunigte seinen Gang etwas. Als er wieder ein Stück gegangen war, machte er wieder ein Loch.

Pachom sah sich um. Im Sonnenlicht war der Schichan deutlich zu sehen. Die Menschen standen alle da, und die Schienen der Wagenräder funkelten. Pachom berechnete, daß er etwa fünf Werst gemacht haben müßte. Ihm wurde allmählich warm, er zog sein Untergewand aus, warf es über die Schulter und ging so weiter. Es wurde heiß. Er schaute nach der Sonne. Es war schon Frühstückszeit.

„Die erste Tagesschicht habe ich hinter mir," dachte Pachom, „aber es sind ihrer vier am Tage. Es ist noch zu früh, um schon einzubiegen. Ich will mir nur die Stiefel ausziehen." Er setzte sich hin, zog die Stiefel aus, machte sie am Gürtel fest und ging weiter. Es ging sich jetzt leicht. Er dachte sich so: „Ich werde noch etwa fünf Werst machen, dann biege ich links ein. Der Boden ist hier gar zu schön, es wäre schade, darauf zu verzichten. Je weiter man kommt, desto besser wird er." So ging er immer weiter geradeaus. Er schaute sich um, der Schichan war kaum noch zu sehen, die Menschen darauf sah man nur dunkel wie Ameisen; etwas funkelte dort oben.

„Nun habe ich wohl in dieser Richtung genug", dachte Pachom. „Ich muß jetzt einbiegen. Ich bin ja schon ganz durchschwitzt. Und Durst habe ich auch." Er machte also halt, grub ein größeres Loch, legte wieder Rasenstücke aufeinander, band seine Wasserflasche los, trank, und bog dann scharf links ein.

Allmählich wurde Pachom doch müde. Er schaute nach der Sonne aus und sah, daß es gerade Mittagszeit war. „Nun," dachte er, „jetzt muß ich ein wenig ruhen." Er machte halt und setzte sich nieder. Er aß ein Stückchen Brot, mit Wasser befeuchtet, aber hinlegen tat er sich nicht. Er dachte: „Wenn ich mich erst einmal hinlege, dann schlafe ich ein." So saß er ein Weilchen, dann ging er weiter. Anfangs ging es sich leicht. Nach dem Essen hatte er wieder neue Kraft. Aber es wurde doch sehr heiß, auch mußte er gegen den Schlaf ankämpfen. Doch ging er immer weiter und dachte: „Eine Stunde dulden, dafür lange leben!"

Pachom ging auch in dieser Richtung ein großes Stück und wollte schon links einbiegen, da bemerkte er eine feuchte Senkung, — es wäre doch zu schade gewesen, auf die zu verzichten! Er meinte, hier müsse Flachs gut gedeihen. So ging er also geradeaus weiter. Er nahm die Senkung noch mit hinzu, dann grub er dahinter wieder ein Loch und machte die zweite Ecke. Er blickte nach dem Schichan zurück: es war vor Hitze dunstig, die Luft zitterte richtig, und durch den Dunst hindurch waren die Menschen auf dem Schichan kaum noch zu sehen. „Nun," dachte Pachom, „ich habe eine recht lange Seite gemacht, die letzte muß kürzer werden." Er schritt nun die dritte Seite ab und beschleunigte jetzt seine Schritte. Er schaute nach der Sonne aus: es ging schon auf die Vesperzeit zu, und er hatte von der dritten Seite erst etwa zwei Werst gemacht. Bis zum Ausgangspunkt aber waren immer noch fünfzehn Werst. „Nein," dachte er, „wenn mein Besitz auch schief wird, ich muß jetzt doch geradeswegs auf das Ziel losgehen. Ich kann nicht mehr sehr viel hinzunehmen. Ich habe ja jetzt auch so schon sehr viel Land. Pachon machte rasch wieder ein Loch und wandte sich dann geradeswegs dem Schichan zu.

9

Pachom schritt jetzt gerade auf den Schichan zu, und das Gehen wurde ihm schon recht schwer. Er war ganz durchschwitzt, die bloßen Füße hatte er sich aufgerissen und durchgelaufen, sie versagten ihm schon beinahe den Dienst. Gern hätte er ein wenig geruht, aber das ging auf keinen Fall: er wäre sonst nicht bis Sonnenuntergang an sein Ziel gelangt. Die Sonne wartete nicht, sie sank immer tiefer und tiefer.

„Ach," dachte er, „habe ich auch keinen Fehler begangen, habe ich auch nicht zuviel mitgenommen? Was soll nur werden, wenn ich nicht bis ans Ziel komme?" Er schaute nach dem Schichan aus, er schaute nach der Sonne: es war immer noch recht weit bis an sein Ziel, und die Sonne war schon nicht mehr viel vom Himmelsrande entfernt!

So lief Pachom dahin, es wurde ihm schon sehr sauer, aber er lief doch immer schneller und schneller. Er eilte dahin, aber es war immer noch sehr weit. Schon fing er an, im Trab zu laufen. Er warf sein Untergewand fort, seine Stiefel, die Wasserflasche, die Mütze — nur die Hacke behielt er bei sich und stützte sich darauf. „Ach," dachte er, „ich habe mich verlocken lassen, jetzt habe ich die ganze Sache verdorben. Ich komme doch nicht mehr ans Ziel vor Sonnenuntergang." Vor Angst wurde ihm das Atmen immer schwerer. So rannte Pachom dahin, Hemd und Hosen waren naß vom Schweiß und klebten ihm am Leibe, sein Mund war ganz ausgetrocknet. Seine Brust arbeitete wie ein Blasebalg in einer Schmiede, sein Herz klopfte wie mit Hämmern, seine Beine gehorchten nicht mehr und knickten ein. Unheimlich ward Pachom zumute, er fürchtete schon zu sterben vor Überanstrengung.

Er fürchtete zu sterben, aber haltmachen konnte er doch nicht. „Soweit bin ich jetzt gelaufen," dachte er, „wenn ich jetzt haltmache, schelten mich doch alle Menschen einen Narren!" So lief er immer weiter und weiter und war schließlich auch schon ganz nahe. Da hörte er, wie die Baschkiren kreischten und ihm zuschrien. Von diesem Geschrei entbrannte sein Herz noch mehr. Pachom lief mit seinen letzten Kräften. Die Sonne näherte sich schon dem Rande der Erde, sie steckte im Dunst und sah groß, rot und blutig aus. Gleich mußte sie untergehen. Sie war nahe am Untergehen, aber Pachom hatte es schon nicht mehr weit bis zum Ziel. Er konnte schon die Menschen auf dem Schichan erkennen, sie winkten ihm zu, sie trieben ihn an. Er sah die Fuchspelzmütze auf der

Erde und sein Geld darauf; er sah den Ältesten auf der Erde sitzen und sich den Bauch mit den Händen halten. Da fiel Pachom sein Traum ein. „Erde“, dachte er, „habe ich nun viel. Aber ob Gott mir wohl beschieden hat, darauf zu wohnen? Och, ich habe mich zugrunde gerichtet“, dachte er wieder. „Ich komme nicht mehr ans Ziel.“

Pachom schaute wieder nach der Sonne aus. Sie war schon bis zur Erde gesunken, ein Endchen war schon fort, wie ein Bogen lag sie auf dem Rande der Erde. Pachom raffte seine letzten Kräfte zusammen, warf sich mit dem ganzen Leib vorwärts, kaum konnten die Beine noch mit, fast fiel er. Jetzt hatte Pachom den Schichan erreicht, da wurde es plötzlich dunkel. Er sah sich um: die Sonne war untergegangen! Da schrie Pachom auf. „Vergebens“, dachte er, „war all meine Mühe!“ Schon wollte er haltmachen, aber er hörte die Baschkiren immer noch kreischen, da fiel ihm ein, daß es ihm nur hier unten so vorkam, als sei die Sonne schon untergegangen, vom Schichan aus mußte sie noch zu sehen sein. Pachom holte noch einmal tief Atem und stürmte den Schichan hinan. Oben auf dem Schichan war es noch hell. Als Pachom oben war, sah er seine Mütze. Vor der Mütze saß der Älteste, kicherte und hielt sich den Bauch mit den Händen. Da fiel Pachom wieder sein Traum ein, er schrie laut auf, die Beine knickten ihm ein, er fiel vornüber und griff mit den Händen nach der Mütze.

„Ai, tüchtiger Kerl!“ rief der Älteste. „So viel Erde hast du dir angeeignet!“

Pachoms Knecht lief hinzu, um ihm aufzuhelfen. Aber Blut stürzte aus seinem Munde ... er lag tot da ...

Da schnalzten die Baschkiren mit der Zunge und bedauerten ihn.

Der Knecht aber nahm die Hacke auf, grub ein Grab für Pachom, gerade so lang, wie er vom Kopf bis zu den Füßen maß — drei Arschin — und scharrte ihn ein.

1886

HERR UND KNECHT

I

Es war in den siebziger Jahren, im Dezember, am Tage nach St. Nikolaus. Im Kirchspiel war Feiertag, so daß der Kirchenälteste, der Herbergswirt und Kaufmann zweiter Gilde Wasilij Andreïtsch Brechunow das Dorf nicht verlassen konnte, denn er mußte in der Kirche anwesend sein und dann Verwandte und Bekannte empfangen und bewirten. Endlich waren auch die letzten Gäste fortgefahren, und Wasilij Andreïtsch machte sich bereit, sofort zu einem benachbarten Gutsbesitzer zu fahren und den Kauf eines Waldes abzuschließen, um den er schon seit längerer Zeit handelte. Wasilij Andreïtsch mußte sich eilen, damit ihm die Händler aus der Stadt bei diesem vorteilhaften Kauf nicht zuvorkämen. Der junge Gutsbesitzer forderte für den Wald nur deshalb zehntausend Rubel, weil Wasilij Andreïtsch siebentausend geboten hatte. Diese siebentausend Rubel waren aber nur der dritte Teil des wirklichen Wertes des Waldes. Wasilij Andreïtsch hätte wohl noch etwas abhandeln können, denn der Wald befand sich in seinem Bezirk, und zwischen ihm und den andern Dorfkaufleuten des Kreises war schon vor langer Zeit die Abmachung getroffen worden, daß kein Händler im Bezirk des andern den Preis in die Höhe treiben dürfte. Aber er hatte plötzlich erfahren, daß Holzhändler aus der Gouvernementsstadt den Wald von Goriatschkino zu kaufen beabsichtigten, und deshalb beschloß er, sofort hinzufahren und die Sache mit dem Gutsbesitzer ins reine zu bringen. Kaum war der Feiertag vorüber, als er seinem Kasten siebenhundert Rubel entnahm und noch zweitausenddreihundert Rubel Kirchengelder dazufügte, die er in Verwahrung hatte, so daß die runde Summe von dreitausend Rubel herauskam. Er zählte die Scheine noch einmal sorgfältig durch, legte sie dann in seine Brieftasche und machte sich reisefertig.

Der Knecht Nikita, der an diesem Tage der einzige nüchterne von Wasilij Andreïtschs Leuten war, ging hinaus, um anzuspannen. Nikita war eigentlich ein Trunkenbold, aber heute war er deshalb nicht betrunken, weil er vor Beginn der Fasten, nachdem er seinen Unterziehrock und seine Lederstiefel vertrunken, das Trinken verschworen hatte und jetzt bereits den zweiten Monat sein Gelübde hielt. Er trank auch jetzt nicht, ungeachtet der Versuchung, die an ihn herantrat, als an den beiden ersten Feiertagen überall Branntwein getrunken wurde.

Nikita war ein fünfzigjähriger Bauer aus dem nächsten Dorf. Wie die Leute ihm nachsagten, verstand er nicht zu wirtschaften, und er hatte den größten Teil seines Lebens bei fremden Leuten als Knecht verbracht. Man schätzte ihn überall seiner Arbeitsliebe, seiner Geschicklichkeit und seiner Kraft wegen, hauptsächlich aber wegen seines guten, angenehmen Wesens. Nirgends aber konnte er sich einleben, denn zweimal im Jahr, manchmal auch öfter, trank er stark und vertrank dann nicht nur alles, was er auf dem Leibe hatte, sondern wurde auch gewalttätig und händelsüchtig. Wasilij Andreïtsch hatte ihn auch schon einigemal fortgejagt, er nahm ihn aber immer wieder, denn seine Ehrlichkeit, seine Liebe für die Tiere und hauptsächlich auch seine Anspruchslosigkeit waren ihm viel wert. Er zahlte Nikita nicht achtzig Rubel, die er jedem andern Arbeiter geben mußte, sondern nur vierzig, die er ihm in kleinen Beträgen gab und meistens nicht bar, sondern in Waren, die er ihm aus seinem Laden zu einem teuern Preis abließ.

Nikitas Frau Marfa, die früher einmal ein hübsches, flinkes Weib gewesen war, wirtschaftete daheim mit einem heranwachsenden Sohn und zwei Töchtern. Sie forderte ihren Mann nicht auf, zu Hause zu bleiben, erstens, weil sie bereits seit zwanzig Jahren mit einem Böttcher aus einem entfernten Dorf zusammenlebte, der bei ihnen im Hause wohnte, und zweitens, weil sie ihren Mann wie das Feuer fürchtete, sobald er betrunken war, wenn sie ihn auch sonst ganz nach Belieben lenken konnte. Einmal hatte Nikita sich zu Hause betrunken und hatte, wohl um sich an seiner Frau für die Behandlung zu rächen, die sie ihm, wenn er nüchtern war, zuteil werden ließ, ihren Kasten erbrochen, ihre besten Kleidungsstücke herausgenommen und dann auf dem Hauklotz mit dem Beil ihre Sarafane und Kleider in kleine Stücke zerhackt. Nikitas ganzen Verdienst erhielt seine Frau, ohne daß er dagegen Einspruch erhoben hätte. So war Marfa auch diesmal zwei Tage vor dem Fest gekommen und hatte sich von Wasilij Andreïtsch Weizenmehl, Tee, Zucker und ein Achtel Branntwein, im ganzen etwa für drei Rubel Ware, und dazu fünf Rubel bar geben lassen, für die sie ihm dankte wie für eine besondere Gnade, obgleich Nikita bei billigster Berechnung vielleicht zwanzig Rubel von Wasilij Andreïtsch zu fordern hatte.

„Hab' ich denn mit dir irgendeinen Kontrakt gemacht?" pflegte Wasilij Andreïtsch zu Nikita zu sagen. „Wenn du etwas nötig hast, so fordere! . . . Du wirst es schon abarbeiten. Ich mache es nicht wie andre Leute; ich lasse nicht warten, mache keine Abrechnungen und setze keine Geldstrafen an. Ich verfahre nach Ehre und Gewissen . . . Du dienst mir, und dafür lasse ich dich nicht im Stich."

Wenn er so sprach, war Wasilij Andreïtsch aufrichtig der Meinung, daß er Nikita Wohltaten erweise, so überzeugend verstand er zu sprechen, und so bestärkten ihn alle, die auf seine Zahlungen angewiesen waren, Nikita voran, in der Überzeugung, daß er sie nicht betrüge, sondern ihnen Wohltaten erweise.

„Ich begreife es ja, Wasilij Andreïtsch . . . Ich diene dir ja auch und gebe mir solche Mühe, als ob du mein leiblicher Vater wärest . . . Ich begreife es sehr gut . . .“ erwiderte Nikita, der sehr wohl einsah, daß Wasilij Andreïtsch ihn betrog. Doch fühlte er, daß er es nicht versuchen dürfe, ihn um Abrechnung zu bitten, sondern ruhig dableiben und nehmen müsse, was man ihm gab, solange er keine andre Stelle hatte.

Als ihm also jetzt der Herr befahl, anzuspannen, ging Nikita sich wiegend, fröhlich und willig wie immer, mit leichten, munteren Schritten nach der Scheune, nahm von einem Nagel einen schweren ledernen Zaum mit einer Troddel und begab sich, mit den kleinen Ringen des Stangengebisses rasselnd, nach einem verschlossenen Stall, in dem für sich allein das Pferd stand, welches ihm Wasilij Andreïtsch anzuspannen aufgetragen hatte.

„Du langweilst dich wohl, langweilst dich, Närrchen?“ sagte Nikita als Antwort auf das schwache, begrüßende Wiehern, mit dem ihn der mittelgroße, schöne, dunkelbraune Hengst mit dem etwas hängenden Hinterteil und den gelblichen Flecken empfing, der allein im Stall stand. „Nu, nu! Du hast noch Zeit, laß mich dir zuerst zu trinken geben, Närrchen!“ sprach er zum Pferde genau so, wie man mit einem Wesen spricht, das das Gesagte begreift. Nachdem er mit dem Schoß seines Pelzes den fetten, gutgepflegten, bestäubten und mit einer Rille in der Mitte versehenen Rücken des Hengstes abgewischt hatte, zäumte er seinen hübschen Kopf, wobei er ihm die Ohren und den Haarschopf freilegte, zog die Halfter herunter und führte das Tier zur Tränke.

Als Muchortyj, der Braune mit den gelben Flecken, vorsichtig aus dem mit Mist hoch belegten Stall heraustrat, begann er zu spielen und schlug aus. Dabei stellte er sich, als wolle er mit einem Hinterbein dem im vollen Lauf mit ihm zum Brunnen eilenden Nikita einen Schlag versetzen.

„Mach’ nur Unsinn, mach’ nur, du Schelm!“ rief Nikita,

der die Vorsicht kannte, mit der Muchortyj mit dem Hinterbein so schlug, daß er nur seinen Pelz berührte, ohne richtig zu treffen. Dieses Kunststück des Pferdes machte Nikita immer besonderen Spaß.

Als das Pferd genug kaltes Wasser getrunken hatte, verschnaufte es sich, wobei es die nassen, kräftigen Lippen bewegte, von deren Haaren klare Tropfen in den Trog fielen, und stand still wie in Gedanken; dann schnaubte es laut.

„Wenn du nicht mehr willst, so laß es, wir werden uns das merken. Aber bitte nicht um mehr", sagte Nikita, der vollständig ernst und gründlich Muchortyj sein Betragen erklärte. Dann lief er wieder zur Scheune und zog das junge, muntere Tier, das nach allen Seiten geräuschvoll ausschlug, am Zügel hinter sich her.

Von den Leuten war niemand da, nur einen fremden Bauern fand er, den Mann der Köchin, der auch zum Fest gekommen war.

„Geh bitte, liebe Seele," sagte Nikita zu ihm, „frage, welchen Schlitten er anzuspannen befiehlt, den großen breiten oder den kleinen?"

Der Mann der Köchin ging in das mit Blech gedeckte Haus auf dem hohen Fundament und kehrte bald mit der Nachricht zurück, daß befohlen sei, den kleinen Schlitten zu nehmen. Nikita hatte indessen schon das Kumt angelegt, das mit kleinen Nägeln beschlagene Rückenpolster befestigt und trat nun, in einer Hand das gestrichene Krummholz haltend, mit der andern das Pferd führend, an zwei Schlitten heran, die bei der Scheune standen.

„Wenn es der kleine Schlitten sein soll, so muß es eben der kleine sein", sagte er und führte das kluge Pferd, das sich die ganze Zeit stellte, als ob es ihn beißen wollte, in die Deichsel und begann mit Hilfe des fremden Bauern anzuspannen.

Als alles beinahe fertig war und nur noch übrigblieb, die Leine durchzuziehen, schickte Nikita den Mann in die Scheune nach Stroh und auf den Speicher, um einen derben Sack zu holen.

„Jetzt ist es gut. No, no, hab' dich nicht so", sagte Nikita und preßte das frische Haferstroh in den Schlitten. „Und jetzt wollen wir die Matte herauflegen und den Sack darüber breiten ... so wird es gut sein, so wird es zum Sitzen gut sein", sagte er, ließ seinen Worten die Tat folgen und legte auf den Sitz den Sack, dessen Enden er in den Schlitten stopfte. „Dank dir, liebe Seele," sagte Nikita zu dem andern, „zu zweien geht es besser." Und nachdem er die lederne Leine durch die Ringe gezogen, setzte sich Nikita auf den Kutschersitz und lenkte das ungeduldige wackere Pferd über den mit gefrorenem Mist bedeckten Hof dem Tore zu.

„Onkel Mikit, Onkelchen, hör' doch, Onkelchen!" rief hinter ihm mit dünner Stimme ein siebenjähriger Knabe in schwarzem Pelzrock, neuen weißen Filzstiefeln, mit einer warmen Mütze auf dem Kopf, der eilig aus dem Hausflur auf den Hof herauskam. „Setz' mich doch hinein", bat er und knöpfte sich im Gehen sein Pelzröckchen zu.

„Nun, dann beeil' dich, Junge!" sagte Nikita, hielt an, setzte das vor Freude strahlende Söhnchen des Herrn in den Schlitten und fuhr auf die Straße hinaus.

Es war in der dritten Nachmittagsstunde, wohl zehn Grad Kälte, finster und windig. Der halbe Himmel war von einer niedrig hängenden, finsteren Wolke bedeckt. Auf dem Hofe war es ruhig, aber im Freien blies ein starker Wind. Vom Dache der benachbarten Scheune stäubte der Schnee herab, und um die Ecke, beim Badehaus, fegte der Wind. Kaum war Nikita herausgefahren und hatte das Pferd zur Vortreppe gewendet, als Wasilij Andreïtsch, eine Zigarette rauchend, in einem bezogenen Schafspelz, der fest und tief umgürtet war, aus dem Flur auf die unter seinen Filzschuhen knarrende, schneebedeckte Treppe hinaustrat und stehenblieb. Er tat noch einen Zug aus seiner Zigarette, warf sie fort, trat sie aus, blies den Rauch durch den Schnurrbart und bog, nach dem Pferde schielend, die Ecken des Pelzkragens auf beiden Seiten seines rotwangigen, nur auf der Oberlippe nicht rasierten Gesichtes nach innen, um den Pelz nicht mit dem Atem zu befeuchten.

„Sieh nur den Schelm an! Schon ist er drin!“ sagte er, als er sein Söhnchen im Schlitten erblickte. Wasilij Andreïtsch war durch den Schnaps, den er mit seinen Gästen getrunken hatte, angeregt, und deshalb noch mehr als sonst mit allem, was ihm gehörte und was er tat, zufrieden. Der Anblick seines Sohnes, den er in Gedanken immer seinen „Erben“ nannte, machte ihm jetzt großes Vergnügen; blinzelnd und seine langen Zähne zeigend, sah er ihn an.

Kopf und Schultern in ein großes, wollenes Tuch gehüllt, so daß nur die Augen sichtbar waren, stand hinter ihm im Flur seine Frau, ein blasses, mageres, schwangeres Weib, um ihn hinauszubegleiten.

„Wirklich, nimm lieber Nikita mit“, sagte sie schüchtern, aus der Tür heraustretend.

Wasilij Andreïtsch erwiderte nichts auf ihre Worte, die ihm offenbar unangenehm waren, machte ein finsteres Gesicht und spuckte aus.

„Du hast doch Geld bei dir“, fuhr die Frau mit derselben kläglichen Stimme fort. „Und ein Unwetter könnte kommen, wirklich, bei Gott!“

„Was denn? Meinst du, ich kenne den Weg nicht, daß ich durchaus einen Begleiter haben muß?“ fragte Wasilij Andreïtsch mit einer unnatürlichen Spannung der Lippen, so wie er gewöhnlich mit Verkäufern und Käufern sprach, jede Silbe scharf betonend.

„Wirklich, nimm ihn mit, ich bitte dich bei Gott!“ wiederholte die Frau, das Tuch nach der andern Seite schlagend.

„Du bist doch wie eine Klette ... Wo soll ich denn hin mit ihm?“

„Ich bin bereit, Wasilij Andreïtsch", sagte fröhlich Nikita. „Daß nur die Pferde auch ihr Futter bekommen, wenn ich nicht da bin!" fügte er zu der Frau gewendet hinzu.

„Ich werde danach sehen, Nikituschka, ich werde es Semion auftragen", sagte sie.

„Soll ich also mitfahren, Wasilij Andreïtsch?" fragte Nikita, auf die Entscheidung des Herrn wartend.

„Ich muß meiner Alten schon den Gefallen tun. Wenn du aber mitfährst, so geh und such' dir erst ein wärmeres Feierkleid", rief Wasilij Andreïtsch lächelnd und blinzelte mit einem Auge nach Nikitas Pelz hin, der schon vieles durchgemacht hatte, unter den Ärmeln und auf dem Rücken geplatzt, am Saume ausgefranst und schmierig und verfilzt war.

„Heda, liebe Seele, komm her und halt mir das Pferd", rief Nikita dem Mann im Hofe zu.

„Ich kann ja halten", sagte der Knabe, zog seine rotgefrorenen Händchen aus den Taschen und griff nach der kalten, ledernen Leine.

„Halt dich aber nicht zu lange auf mit deinem Feierkleid, mach' schnell!" rief Wasilij Andreïtsch und grinste Nikita zu.

„Gleich bin ich fertig, Väterchen Wasilij Andreïtsch", rief Nikita, und mit einwärts gesetzten Spitzen seiner alten geflickten Filzstiefel rannte er eiligst in den Hof, nach der Leutestube.

„Gib mir schnell meinen Rock vom Ofen, Arinuschka, ich muß mit dem Herrn mitfahren", rief Nikita, in die Stube tretend, und nahm von einem Nagel seinen Gürtel herunter.

Die Köchin, die nach dem Essen geschlafen hatte und jetzt gerade den Samowar für ihren Mann zurechtmachte, empfing Nikita freundlich und, angesteckt von seiner Eilfertigkeit, rührte sie sich ebenso schnell wie er, langte vom Ofen den dort trocknenden, schlechten, abgetragenen Tuchkaftan, schüttelte ihn und klopfte ihn zurecht.

„Nun hast du ja schön Platz, um mit deinem Mann zu feiern", sagte Nikita, der aus gutmütiger Höflichkeit immer etwas sprach, wenn er mit einem andern Menschen allein blieb.

Er legte sich den schmalen, zusammengefilzten Gurt um, zog den ohnehin schon mageren Leib ein und gürtete sich so fest er konnte.

„So ist es gut", sagte er dann, nicht zur Köchin, sondern zu seinem Gürtel gewendet, dessen Ende er feststeckte. „So wirst du festsitzen!" Dann hob und senkte er die Schultern, um sich die Arme frei zu machen, zog den Kaftan an, reckte noch einmal den Rücken, um die Arme noch freier zu machen, schlug sich unter die Achsel und nahm die Fausthandschuhe von einem Wandbrett. „Nun ist es gut!"

„Du müßtest andres Schuhwerk anziehen, Stepanytsch," sagte die Köchin, „deine Stiefel sind ja zerrissen."

Nikita blieb stehen, als überlege er.

„Es wäre nötig ... Nun, es wird auch so gehen, es ist ja nicht weit."

Und er lief auf den Hof hinaus.

„Wird es dir so nicht zu kalt sein, Nikituschka?" fragte die Hausfrau, als er an den Schlitten trat.

„Wieso kalt? Mir ist ganz warm", antwortete Nikita. Er legte das Stroh am vorderen Ende des Schlittens zurecht, um seine Füße damit zu bedecken, und steckte die Peitsche hinein, die er für das brave Pferd doch nicht brauchte.

Wasilij Andreïtsch saß schon im Schlitten und füllte mit seinem Rücken, der in zwei Pelzen steckte, den gebogenen hinteren Teil des Schlittens fast aus. Er faßte gleich die Leine und trieb das Pferd an. Nikita sprang, während der Schlitten schon fuhr, von der linken Seite vorn auf, setzte sich und ließ ein Bein heraushängen.

2

Der brave Hengst zog unter leisem Knirschen der Kufen den Schlitten auf dem im Orte glattgefahrenen Winterweg hinter sich her.

„Wo hockst du denn da? Gib doch mal die Peitsche her, Nikita", rief Wasilij Andreïtsch, der sich sichtlich über seinen „Erben" freute, der versuchte, sich hinten auf die Kufen zu stellen. „Ich werde dir zeigen! Lauf sofort zur Mutter, du Hundesohn!"

Der Knabe sprang ab. Muchortyj beschleunigte seinen Paßgang, schüttelte sich und fing an zu traben.

Das Dorf Kresty, in dem Wasilij Andreïtschs Haus sich befand, bestand aus sechs Häusern. Als sie am letzten Häuschen vorbeifuhren, das dem Schmied gehörte, fühlten sie sofort, daß der Wind viel stärker war, als sie gedacht hatten. Der Weg war fast gar nicht zu erkennen. Die Spur der Kufen wurde sofort verweht, und man konnte den Weg nur daran erkennen, daß er eine Erhöhung bildete. Über das ganze Feld stürmte es, und die Linie, wo Himmel und Erde zusammenstoßen, war nicht zu sehen. Der Wald von Teliatinki, der sonst immer gut sichtbar war, dunkelte undeutlich durch das Schneegestöber hindurch. Der Wind blies von der linken Seite und wehte beharrlich die Mähne auf dem festen, wohlgenährten Halse Muchortyjs nach der einen Seite, kehrte sogar seinen aufgebundenen Schweif dahin und drückte Nikitas langen Kragen, der auf der Windseite saß, gegen dessen Gesicht und Nase.

„Er kann nicht recht laufen, es kommt zuviel Schnee", sagte Wasilij Andreïtsch, stolz auf sein gutes Pferd. „Ich bin einmal mit ihm nach Paschutino gefahren, und in einer halben Stunde waren wir da."

„Was?"

„Nach Paschutino, sage ich, kam ich mit ihm in einer halben Stunde", schrie Wasilij Andreïtsch.

„Da läßt sich nichts sagen, er ist ein gutes Pferd“, erwiderte Nikita.

Sie schwiegen. Wasilij Andreïtsch wollte aber gern plaudern.

„Nun, deiner Frau hast du wohl verboten, dem Böttcher zu trinken zu geben?“ sagte Wasilij Andreïtsch ebenso laut, überzeugt, daß es Nikita schmeichelhaft sein müsse, mit einem so bedeutenden und klugen Manne, wie er war, zu sprechen. Und er war so zufrieden mit seinem Scherz, daß es ihm gar nicht in den Sinn kam, daß Nikita dieses Gespräch unangenehm sein könnte.

Nikita hatte aber die durch das Toben des Windes verwehten Worte seines Herrn wieder nicht gehört.

Wasilij Andreïtsch wiederholte mit seiner lauten, deutlichen Stimme den Scherz über den Böttcher.

„Gott sei mit ihnen beiden, Wasilij Andreïtsch! Ich kümmere mich um diese Dinge nicht. Sie soll nur meinem Jungen kein Leid antun. Im übrigen: Gott mit ihr!“

„So ist es“, sagte Wasilij Andreïtsch. „Also, wirst du dir zum Frühling ein Pferd kaufen?“ begann er von etwas anderem zu sprechen.

„Es wird nicht anders gehen“, antwortete Nikita, der den Kragen seines Rockes zurückgeschlagen und sich zu seinem Herrn hinübergebogen hatte.

Das Gespräch interessierte jetzt Nikita, und er wünschte, alles zu hören.

„Mein Junge ist herangewachsen und muß selbst pflügen . . bisher haben wir immer jemand gemietet“, fügte er hinzu.

„Nun, so nehmt mir doch meinen Beskostretschnyj ab . . . ich bin auch nicht teuer“, rief Wasilij Andreïtsch, der sich angeregt fühlte und deshalb auf seine Lieblingsbeschäftigung verfiel, die ihn ganz in Anspruch nahm, — den Handel.

„Oder geben Sie mir lieber fünfzehn Rubel, und ich kaufe mir eins auf dem Pferdemarkt“, sagte Nikita, der wohl wußte, daß Beskostretschnyj, der „Kreuzschwache", den ihm Wasilij Andreïtsch verkaufen wollt, nur sieben Rubel wert war, ihm aber mit fünfundzwanzig Rubel angerechnet werden würde, so daß er dann länger als ein halbes Jahr von seinem Herrn kein Geld zu sehen bekommen würde.

„Es ist ein gutes Pferd. Ich meine es mit dir so gut wie mit mir selbst. Auf mein Gewissen! Brechunow wird keinen Menschen übervorteilen. Lieber will ich selbst Schaden haben ... Ich mache es nicht so wie andre! Auf Ehre!" rief er mit der Stimme, mit der er immer auf Käufer und Verkäufer einredete. „Es ist ein tüchtiges Pferd."

„Versteht sich", sagte Nikita seufzend, und überzeugt, daß es sich nicht mehr lohne zuzuhören, ließ er den Kragen los, der ihm sofort wieder Gesicht und Ohren verhüllte.

Eine halbe Stunde fuhren sie stillschweigend. Der Wind durchwehte Nikita, so daß ihm die Seite und der Arm froren, da wo der Pelz zerrissen war.

Er kauerte sich zusammen und hauchte in den Kragen hinein, der ihm den Mund bedeckte, und ihm schien es, als erwärme ihn dieser Hauch.

„Wie denkst du, sollen wir über Karamyschewo fahren oder geradeaus?" fragte Wasilij Andreïtsch.

Über Karamyschewo führte eine vielbefahrene Straße, zu deren beiden Seiten Merkstangen standen; aber es war weiter. Geradeaus war es näher, doch war der Weg wenig befahren und hatte keine Merkstangen oder nur schlechte, die unter dem Schnee verschwanden.

Nikita dachte einen Augenblick nach.

„Über Karamyschewo ist es zwar weiter, aber der Weg ist besser eingefahren", sagte er dann.

„Aber geradeaus müssen wir nur richtig durch den Hohlweg kommen, ohne uns zu verirren; weiterhin durch den Wald ist der Weg gut", wandte Wasilij Andreïtsch ein, der lieber geradeaus fahren wollte.

„Wie Sie wollen", sagte Nikita und ließ den Kragen wieder los.

Wasilij Andreïtsch tat also so. Eine halbe Werst weiter, bei einer hohen dünnen Eiche, die mit ihren wenigen trockenen Blättern vom Winde bewegt wurde, bog er nach links ab.

Hinter der Wegbiegung wehte ihnen der Wind fast gerade entgegen. Es begann stärker zu schneien. Wasilij Andreïtsch lenkte das Pferd, blies die Backen auf und hauchte sich von unten in den Schnurrbart. Nikita druselte.

So waren sie etwa zehn Minuten schweigend gefahren. Plötzlich sagte Wasilij Andreïtsch etwas.

„Wa—as?" fragte Nikita und öffnete die Augen.

Wasilij Andreïtsch antwortete nicht, sondern drehte und wendete sich und sah sich nach hinten und, am Pferde vorbei, nach vorn um.

Das Pferd, das vor Schweiß an Hals und Weichen ganz rauh war, ging Schritt.

„Was sagst du?" wiederholte Nikita.

„Was, was?" äffte ihn Wasilij Andreïtsch ärgerlich nach. „Nirgends sind Merkstangen zu sehen! Wir sind anscheinend vom Wege abgekommen."

„So halte doch, ich werde den Weg suchen", sagte Nikita, sprang leicht vom Schlitten herab, nahm die Peitsche aus dem Stroh und ging nach links, nach der Seite, wo er gesessen hatte.

Der Schnee war in diesem Jahre nicht tief, so daß man überall gehen konnte, aber hie und da reichte er Nikita doch bis zum Knie und kam ihm in die Stiefel. Nikita ging umher, fühlte mit den Füßen und der Peitsche den Boden, aber den Weg entdeckte er nirgends.

„Nun, was ist?" fragte Wasilij Andreïtsch, als sich Nikita dem Schlitten wieder näherte.

„Auf dieser Seite ist kein Weg zu finden. Ich muß es auf der andern versuchen."

„Da, nicht weit, ist etwas Schwarzes ... Geh mal hin und sieh nach", sagte Wasilij Andreïtsch.

Nikita ging hin und näherte sich dem, was schwarz aussah. Es war Erde, die von entblößten Wintersaatfeldern hierher geweht war und den Schnee schwarz färbte. Nachdem er auch rechts herumgegangen war, kehrte Nikita zum Schlitten zurück, klopfte sich den Schnee ab, schüttelte ihn auch aus dem Stiefel und setzte sich wieder in den Schlitten.

„Wir müssen rechts fahren", sagte er entschieden. „Der Wind blies mir vorher in die linke Seite, jetzt bläst er aber gerade ins Gesicht. „Los nach rechts", fügte er bestimmt hinzu.

Wasilij Andreïtsch hörte auf ihn und hielt nach rechts. Auf einen Weg kamen sie aber immer noch nicht. Einige Zeit waren sie so dahingefahren. Der Wind hatte nicht nachgelassen, und es schneite noch immer.

„Wir sind anscheinend ganz vom Wege abgekommen, Wasilij Andreïtsch", sagte plötzlich Nikita, fast wie mit Vergnügen. „Was ist denn das?" fragte er und zeigte auf schwarzes Kartoffelkraut, das aus dem Schnee hervorlugte.

Wasilij Andreïtsch hielt das in Schweiß gebadete Pferd an, das seine dicken Flanken heftig bewegte.

„Was ist denn?" fragte er.

„Wir sind auf dem Felde von Sacharowka! Da sind wir also hingeraten!"

„Blödsinn!" rief Wasilij Andreïtsch.

„Kein Blödsinn, Wasilij Andreïtsch; ich sage die Wahrheit", entgegnete Nikita. „Das hört man ja auch am Schlitten, daß wir auf einem Kartoffelfelde sind, und da stehen auch Haufen von Kartoffelkraut. Das ist das Feld, das zur Brennerei von Sacharowka gehört."

„Sieh mal an, wie wir uns verirrt haben", sagte Wasilij Andreïtsch. „Was sollen wir jetzt nur machen?"

„Wir müssen uns geradeaus halten, weiter nichts! Irgendwo müssen wir ja hinkommen", sagte Nikita. „Wenn nicht nach

Sacharowka, so kommen wir nach dem herrschaftlichen Vorwerk."

Wasilij Andreïtsch gehorchte und ließ das Pferd so laufen, wie Nikita geheißen hatte. Ziemlich lange fuhren sie nun dahin. Bald fuhren sie über entblößte Wintersaat, und der Schlitten stieß laut gegen hartgefrorene Erdklumpen; manchmal kamen sie über Stoppelfeld — mal von Winter-, mal von Sommergetreide — wo Beifußstauden und Strohhalme aus dem Schnee herausschauten und im Winde schwankten; dann wieder fuhren sie durch tiefen, überall gleichmäßig weißen, ebenen Schnee, auf dessen Oberfläche nichts mehr zu sehen war. Es schneite von oben und stiebte von unten. Einmal kam es ihnen so vor, als führen sie bergab, dann wieder, als ginge es bergauf, bisweilen, als ständen sie auf einem Fleck still und die Schneefelder eilten an ihnen vorüber.

Beide schwiegen.

Das Pferd war sichtlich ermattet, war vom Schweiß ganz rauh geworden und mit Reif bedeckt und ging im Schritt. Plötzlich brach es ein und stand still. Man konnte nicht unterscheiden, ob das eine vom Wasser ausgespülte Stelle oder ein Graben war. Wasilij Andreïtsch wollte absteigen, aber Nikita schrie ihm zu:

„Weshalb wollen wir halten? Wir sind hineingefahren und müssen wieder heraus. Nu, nu, Lieber!" rief er mit fröhlicher Stimme dem Pferde zu. Er sprang aus dem Schlitten und blieb selbst im Graben stecken.

Das Pferd zog an und kam auf einen gefrorenen Erdhügel. Es war also doch ein künstlicher Graben.

„Wo sind wir denn eigentlich?" fragte Wasilij Andreïtsch.

„Wir werden es schon erfahren!" erwiderte Nikita. „Fahr nur zu, irgendwo müssen wir doch hinkommen."

„Das muß doch der Wald von Goriatschkino sein?" sagte Wasilij Andreïtsch und zeigte auf etwas Schwarzes, das vor ihnen aus dem Schnee auftauchte.

„Wenn wir näher kommen, werden wir schon sehen, was das für ein Wald ist", sagte Nikita.

Nikita sah, daß der Wind aus jener Richtung dürre, längliche Weidenblätter herwehte, und wußte also, daß es kein Wald, sondern eine bewohnte Gegend war, aber er wollte es nicht sagen. Und wirklich, sie waren von dem Graben aus noch nicht zehn Sashen weiter gefahren, als vor ihnen etwas Dunkles aufstieg, allem Anschein nach Bäume, und ein neues melancholisches Geräusch ertönte. Nikita hatte richtig geraten: es war kein Wald, sondern eine Reihe hoher Weiden, an denen hie und da noch Blätter hingen. Die Bäume waren augenscheinlich längs des Grabens, der sich an einer Dreschtenne hinzog, gepflanzt. Als sie sich den Weiden näherten, durch die der Wind so schauerlich fuhr, setzte das Pferd plötzlich die Vorderfüße auf eine Stelle, die höher lag als der Schlitten, zog dann auch die Hinterfüße nach, und ging nun nicht mehr bis an die Knie im Schnee. Sie waren auf die Landstraße gekommen.

„Da wären wir also", sagte Nikita. „Aber ich weiß nicht wo."

Unbeirrt lief das Pferd jetzt auf dem verwehten Wege weiter, und als sie noch nicht vierzig Sashen zurückgelegt hatten, tauchte vor ihnen als dunkle Masse der geflochtene Zaun einer Getreidedarre mit dicht verschneitem Dach auf, von dem unaufhörlich Schnee herunterfiel. Als sie bei der Darre vorüber waren, machte der Weg eine Biegung nach der Richtung, in welcher der Wind blies, und sie fuhren in eine Schneewehe hinein. Doch vor sich sahen sie eine Gasse zwischen zwei Häusern, so daß sichtlich diese Schneewehe, die sie durchfahren mußten, sich auf dem Fahrwege gebildet hatte. Und wirklich gelangten sie auf die Straße, als sie sie hinter sich hatten. Auf dem ersten Hofe zerrte der Wind gefrorene Wäsche wild hin und her, die an einer Leine hing: Hemden — eins rot, eins weiß — Hosen, Röcke, Fußlappen, ein

Weiberrock. Das weiße Hemd, dessen Ärmel hin und her fuchtelten, flatterte besonders wild.

„So ein faules Weib, oder liegt sie vielleicht im Sterben? Sie hat zum Feiertag nicht mal ihre Wäsche abgenommen", sagte Nikita, auf das im Winde flatternde Zeug weisend.

3

Am Anfang der Straße blies der Wind immer noch, und der Weg war verschneit, aber in der Mitte des Dorfes war es ruhig, warm und behaglich. Auf einem Gehöft bellte ein Hund, bei dem andern kam eine Frau gelaufen, die sich den Kopf mit ihrem Rock bedeckt hatte. Sie trat in die Haustür, blieb aber auf der Schwelle stehen, um die Vorüberfahrenden zu mustern. In der Mitte des Dorfes hörte man Mädchen Lieder singen.

Im ganzen Dorfe schien weniger Wind, Kälte und Schnee zu sein.

„Das ist ja Grischkino", sagte Wasilij Andreïtsch.

„Ja, das ist es", antwortete Nikita.

Und es war wirklich Grischkino. Es ergab sich also, daß sie in der Richtung nach links abgekommen waren und einen Weg von acht Werst zurückgelegt hatten, der nicht ganz nach jener Seite lag, wohin sie mußten, sie aber doch ihrem Ziele näher gebracht hatte. Von Grischkino waren nur noch fünf Werst bis Goriatschkino.

In der Mitte des Dorfes stießen sie auf einen hochgewachsenen Mann, der mitten auf der Straße ging.

„Wer kommt denn da?" schrie dieser, hielt das Pferd an, und als er Wasilij Andreïtsch erkannte, packte er sofort die Deichselstange, hielt sich an derselben, bis er zum Schlitten selbst kam, und setzte sich auf den Rand.

Es war der Wasilij Andreïtsch wohlbekannte, in der ganzen Umgegend als größter Pferdedieb berüchtigte Bauer Isaj.

„Ah, Wasilij Andreïtsch, wohin des Weges?" fragte Isaj, und Nikita strömte Branntweingeruch entgegen.

„Wir wollen nach Goriatschkino."

„Da seid ihr ja schön herumgefahren! Ihr müßt doch über Malachowo fahren."

„Das wissen wir, sind aber nicht hingekommen", sagte Wasilij Andreïtsch, das Pferd anhaltend.

„Ein gutes Pferdchen", sagte Isaj, das Pferd betrachtend, fuhr mit geübter Bewegung nach dem Schwanz und zog den sich lösenden Knoten bis zur Rübe hoch.

„Wollt ihr hier übernachten?"

„Nein, Bester, wir müssen unbedingt weiterfahren."

„Man sieht, daß ihr es eilig habt. Aber wer ist denn das? Ah! Nikita Stepanytsch."

„Wer denn sonst?" erwiderte Nikita. „Wenn wir uns nur nicht wieder verirren, liebe Seele."

„Wie kann man sich hier verirren? Kehr' um, fahr die Straße herunter, und wenn du da herauskommst, immer geradeaus. Nur nicht links. Erst wenn du auf die große Landstraße kommst, dann rechts."

„Wo biegt man denn von der Landstraße ab? Auf einen Sommerweg oder einen Winterweg?" fragte Nikita.

„Auf einen Winterweg. Sobald ihr da seid, seht ihr ein Gebüsch und gegenüber dem Gebüsch ist eine große, dicke, eichene Merkstange mit Laub. Das ist der Weg."

Wasilij Andreïtsch kehrte um, und sie fuhren durch das Dorf.

„Ihr solltet lieber hier übernachten", rief ihnen Isaj noch nach.

Aber Wasilij Andreïtsch antwortete ihm nicht, sondern trieb das Pferd an. Die fünf Werst glatten Weges, von denen zwei durch den Wald gingen, schienen ihm leicht zurückzulegen, um so mehr, als der Wind anscheinend beinahe aufgehört hatte, und es auch nicht mehr schneite.

Sie fuhren die Straße, die glatt gefahren und hie und da mit frischem Mist bedeckt war, zurück, kamen an dem Hofe mit der Wäsche vorbei, wo das weiße Hemd jetzt nur noch an einem steif gefrorenen Ärmel hing, gelangten wieder zu jenen Bäumen, durch die der Wind so heulte, und bald auch aufs freie Feld. Das Schneegestöber hatte aber nicht nur nicht aufgehört, sondern war noch stärker geworden. Der ganze Weg war verweht, und man konnte nur nach den Merkstangen schließen, daß man nicht abgekommen war. Aber auch die waren in einiger Entfernung schwer zu erkennen, denn der Wind blies dem Schlitten entgegen.

Wasilij Andreïtsch kniff die Augen zu, neigte den Kopf und achtete auf den Weg, ließ aber mehr das Pferd gewähren, dem er vollständig vertraute. Und das Pferd kam wirklich nicht vom Wege ab, sondern lief, sich bald rechts, bald links wendend, je nach den Krümmungen des Weges, den es unter seinen Füßen fühlte. Auf diese Weise waren die Stangen noch immer sichtbar, obwohl es heftiger schneite, und der Wind sich noch verschärft hatte.

So waren sie etwa zehn Minuten gefahren, als sich plötzlich gerade vor dem Pferde etwas Schwarzes zeigte, das sich in dem schrägen Netz des Schneetreibens vorwärtsbewegte. Da fuhren auch Leute. Muchortyj holte sie bald ein und schlug mit den Vorderfüßen an die Hinterwand des vorausfahrenden Schlittens.

„Fahr vorbei!.. A—a—ai!.. Fahr vor!“ wurde aus jenem Schlitten gerufen.

Wasilij Andreïtsch wollte vorbeifahren. In dem Schlitten saßen drei Männer und eine Frau. Augenscheinlich kamen sie von einem Feiertagsbesuch zurück. Einer von ihnen schlug mit einer langen Rute auf das schneebedeckte Hinterteil des Pferdes. Die beiden andern fuchtelten mit den Armen und schrien etwas von ihrem Vordersitz aus. Die Frau, ganz eingemummt, mit Schnee bedeckt, saß still, wie ein Vogel, der seine Federn sträubt, auf dem Hintersitz.

„Woher seid ihr?" schrie Wasilij Andreïtsch.

„Von A—a—a . . . !" vernahm man nur.

„Ich frage, woher ihr seid?"

„Von A—a—a . . . !" schrie wieder aus allen Kräften ein Insasse des andern Schlittens; mehr verstand man nicht.

„Los! Nicht vorlassen!" schrie der andre und schlug immerzu mit einer Rute auf das Pferd ein.

„Ihr habt wohl mächtig gefeiert?"

„Vorwärts, vorwärts! Los, Siomka! Fahr vor! Los!"

Die Schlitten stießen an der unteren Seitenstange zusammen, verhakten sich beinahe, kamen aber wieder los, und der Bauernschlitten blieb allmählich zurück.

Das zottige, ganz mit Schnee bedeckte, dickbäuchige Pferdchen keuchte schwer unter dem niedrigen Krummholz und schleppte sich sichtlich mit Aufbietung der letzten Kräfte mit den kurzen Beinen, die es dicht unter den Leib zog, durch den tiefen Schnee, vergeblich bemüht, den Schlägen der Rute zu entgehen. Der Kopf des anscheinend noch jungen Pferdes, mit zusammengezogener Unterlippe, wie bei einem Fisch, mit erweiterten Nüstern und vor Angst angelegten Ohren, hielt sich jetzt einige Sekunden neben Nikitas Schulter, blieb aber bald immer mehr zurück.

„Was der Branntwein alles macht", sagte Nikita. „Sie haben das Pferd zuschanden gefahren . . . Das sind ja die reinen Asiaten!"

Einige Minuten war noch das Schnaufen des abgematteten Pferdes und das trunkene Geschrei der Bauern zu hören, dann wurde das Schnaufen still, und bald verstummte auch das Geschrei. Und wieder war ringsum nichts vernehmbar, als das Pfeifen des an den Ohren vorbeisausenden Windes und hin und wieder ein schwaches Knirschen der Kufen, wenn sie über freigewehte Stellen fuhren.

Diese Begegnung hatte Wasilij Andreïtsch munterer und mutiger gemacht, und er trieb das Pferd, auf das er sich ganz verließ, zuversichtlicher an, ohne sich um die Merkstangen zu kümmern.

Nikita hatte nichts zu tun und druselte, wie immer in solchen Fällen, ein, um vielen versäumten Schlaf nachzuholen. Plötzlich blieb das Pferd stehen, und der stark nach vorn übergeneigte Nikita wäre beinahe herausgefallen.

„Wir fahren ja schon wieder nicht richtig", sagte Wasilij Andreïtsch.

„Wieso denn?"

„Die Stangen sind nicht mehr zu sehen. Wir sind gewiß wieder vom Wege abgekommen."

„Wenn wir vom Wege abgekommen sind, müssen wir ihn eben wieder suchen", sagte kurz Nikita, stieg aus und stapfte wieder mit einwärts gekehrten Füßen behend durch den Schnee dahin.

Lange verschwand er aus dem Gesichtskreise, tauchte auf, um dann wieder zu verschwinden, und kehrte endlich zurück.

„Hier ist kein Weg. Vielleicht weiter vorn", sagte er und setzte sich in den Schlitten.

Indessen war es dunkel geworden. Das Gestöber verstärkte sich nicht, wurde aber auch nicht schwächer.

„Wenn wir doch jetzt die Bauern von vorhin hören würden!" sagte Wasilij Andreïtsch.

„Die haben uns doch nicht eingeholt . . . Wir müssen weit vom Wege abgekommen sein . . . Vielleicht haben aber auch die andern sich verirrt", sagte Nikita.

„Nach welcher Richtung soll ich denn jetzt fahren?" wandte sich Wasilij Andreïtsch an ihn.

„Wir müssen das Pferd gewähren lassen", erwiderte Nikita. „Es wird uns schon auf den Weg bringen. Gib die Leine."

Das tat Wasilij Andreïtsch um so lieber, als ihn die Hände trotz der warmen Handschuhe jetzt doch froren.

Nikita nahm die Leine, hielt sie aber nur, bemüht, sie nicht zu bewegen, und freute sich über den Verstand seines Lieblings.

Und wirklich, das kluge Pferd drehte bald das eine, bald das andre Ohr nach der einen, dann nach der andern Seite und machte schließlich eine Wendung.

„Nur nicht sprechen", sagte Nikita. „Sieh, was er macht ... Geh, geh, such' ... So, so."

Der Wind stand ihnen jetzt im Rücken, und es wurde wärmer.

„Er ist wirklich klug ..." fuhr Nikita fort, sich über sein Pferd freuend. „Unser Kirgise ist stark, aber dumm. Aber der hier, sieh nur, was er mit den Ohren macht. Man braucht keinen Telegraphen, er wittert alles eine Werst vorher."

Eine halbe Stunde war noch nicht vergangen, als in der Tat etwas Dunkles vor ihnen auftauchte, wie ein Wald oder ein Dorf, und rechts erschienen von neuem die Stangen. Offenbar waren sie wieder auf der Straße.

„Das ist ja schon wieder Grischkino", rief plötzlich Nikita.

Und wirklich zeigte sich jetzt auf der linken Seite die Darre, von der der Schnee herunterstiebte, und derselbe Strick mit der gefrorenen Wäsche, den Hemden, den Hosen, die immer noch wie toll im Winde flatterten.

Wieder kamen sie auf die Dorfstraße, wieder wurde es still, warm, behaglich, wieder sahen sie den Weg mit dem frischen Mist, hörten wieder Stimmen, Lieder und Hundegebell. Es war schon so dunkel, daß hinter einigen Fenstern Lichter aufblitzten.

Von der Mitte der Dorfstraße aus lenkte Wasilij Andreïtsch das Pferd zu einem großen zweistöckigen Ziegelhause und machte vor dem Tore halt.

„Ruf mir mal den Taras heraus!" rief er Nikita zu.

Nikita trat an das beschneite, erhellte Fenster, in dessen Licht die umherflatternden Schneeflocken flimmerten, und klopfte mit der Peitsche an.

„Wer ist da?" antwortete eine Stimme aus dem Zimmer auf Nikitas Klopfen.

„Aus Kresty, Brechunow, mein Lieber", erwiderte Nikita. „Komm einen Augenblick heraus!"

Der drinnen war vom Fenster zurückgetreten, und nach zwei Minuten hörte man, wie die Tür nach dem Flur aufgeklinkt, der Riegel der Außentür zurückgeschoben wurde. Die Tür öffnend und sie gegen den Wind haltend, schaute ein alter, weißbärtiger Mann heraus, mit hoher Mütze, einen Pelz über das feiertägliche Hemd geworfen. Hinter ihm stand ein Bursche in rotem Hemd und Lederstiefeln.

„Bist du es, Andreïtsch?" fragte der Alte.

„Wir haben uns verirrt, Bester", sagte Wasilij Andreïtsch. „Wir wollten nach Goriatschkino, sind aber hierher geraten, fuhren dann weiter und sind wieder nach hier verschlagen worden."

„Eine schöne Irrfahrt", sagte der alte Mann. „Petruschka, geh, öffne das Tor", wandte er sich an den Burschen im roten Hemd.

„Das kann ich tun", erwiderte dieser mit fröhlicher Stimme und lief nach dem Flur zurück.

„Wir wollen hier nicht übernachten", sagte Wasilij Andreïtsch.

„Wo willst du denn jetzt hinfahren, es ist doch Nacht. Übernachte lieber!"

„Ich würde gern hierbleiben. Aber ich muß weiter. Ich habe Geschäfte, Bester. Es geht nicht."

„Nun, so wärme dich wenigstens auf. Ihr kommt gerade zum Samowar zurecht", sagte der Alte.

„Ja, wärmen könnte man sich", sagte Wasilij Andreïtsch. „Dunkler wird es nicht mehr werden; im Gegenteil heller, wenn der Mond aufgeht. Komm, Nikita, wir wollen hineingehen und uns wärmen."

„Das können wir ja tun", sagte Nikita, der ganz erfroren war und nur den einen Wunsch hatte, am Ofen seine erstarrten Glieder zu wärmen.

Wasilij Andreïtsch ging mit dem Alten ins Haus. Nikita fuhr durch das von Petruschka geöffnete Tor und brachte nach dessen Anweisung das Pferd unter das Schutzdach des Schuppens. Der war voll Mist, und das hohe Krummholz stieß gegen die Querstange, auf der die Hühner saßen. Die Hühner und der Hahn gackerten ärgerlich und krallten sich fester an die Stange. Die geängstigten Schafe drängten zur Seite, über den gefrorenen Mist trappelnd. Ein junger Hund winselte entsetzt und bellte die Fremden dann erschreckt und wütend an.

Nikita sprach mit allen: er entschuldigte sich bei den Hühnern, beruhigte sie und versprach, sie nicht weiter zu stören; er machte den Schafen Vorwürfe, daß sie solche unnütze Angst hätten und redete dem Hund ins Gewissen, während er das Pferd festband.

„So wird es gut sein", sagte Nikita, den Schnee von sich abschüttelnd. „Was der für Lärm macht", fügte er hinzu, zu dem Hund gewandt. „Hör' doch endlich auf — genug, dummes Tier. Du regst dich unnütz auf, wir sind ja keine Diebe, wir sind doch Freunde", sagte er.

„Das sind, wie es heißt, die drei Ratgeber im Hause", sagte der Junge und schob mit kräftigem Arm den draußenstehenden Schlitten unter das Schutzdach.

„Wieso Ratgeber?" fragte Nikita.

„So steht es im Pulson gedruckt: ‚Schleicht sich ein Dieb ins Haus — so bellt der Hund, du darfst dann keine Maulaffen feilhalten. Der Hahn kräht, das heißt: steh auf! Die Katze putzt sich, das heißt: ein lieber Gast kommt, triff Vorbereitungen, ihn zu bewirten' ", sagte der Bursche lächelnd.

Petrucha konnte lesen und schreiben und konnte Paulsons Lesebuch fast auswendig, das einzige Buch, das er hatte, und er führte gern, wenn er etwas getrunken hatte, passende Zitate daraus an.

„Das ist schon so", sagte Nikita.

„Du bist wohl ordentlich durchfroren, Onkelchen?“ fragte Petrucha noch.

„Ja, das kann ich wohl sagen“, antwortete Nikita. Sie gingen über den Hof durch den Flur ins Haus.

4

Das Gehöft, in dem Wasilij Andreïtsch eingekehrt war, gehörte zu den reichsten im Dorfe. Der Familie gehörten fünf Parzellen, und außerdem hatte sie noch Land zugepachtet. Im Stalle standen sechs Pferde, drei Kühe, zwei Kälber und an die zwanzig Schafe. Die ganze Familie bestand aus zweiundzwanzig Personen: vier verheiratete Söhne, sechs Enkel, von denen Petrucha auch schon verheiratet war, zwei Urenkel, drei Waisen und vier Schwiegertöchter mit kleinen Kindern. Es war eine der wenigen Wirtschaften, die noch nicht geteilt waren; aber schon längst gärte auch hier im Innern dumpfe, stille Zwietracht, die unter den Frauen begonnen hatte und sicher bald zur Teilung führen mußte. Zwei Söhne lebten in Moskau als Wasserfahrer; einer war Soldat. Im Hause befanden sich jetzt der Alte, seine Frau, ein Sohn, der wirtschaftete, der älteste Sohn, der zu den Feiertagen aus Moskau gekommen war, und alle Frauen und Kinder.

Außerdem war ein Gast da, ein Nachbar und Gevatter.

In der Stube hing eine Lampe mit einem Schirm und beleuchtete grell das auf dem Tisch stehende Teegeschirr, eine Flasche Branntwein, kalten Imbiß und die roten Ziegelwände, die in der „schönen Ecke“ mit Heiligenbildern und auf beiden Seiten mit andern Bildern behängt waren. Auf dem Ehrenplatz am Tisch saß, nur im schwarzen Pelz, Wasilij Andreïtsch, sog an seinem steifgefrorenen Schnurrbart und musterte ringsum mit seinen hervorstehenden Habichtsaugen die Stube und die Leute. Außer Wasilij Andreïtsch saß am Tisch der greise weißbärtige, kahlköpfige Hausherr in einem weißen, daheim gewebten Hemd; neben ihm, in einem feinen Kattunhemd, mit mächtigem Rücken und starken Schultern, der Sohn aus Moskau; dann der andre Sohn, der breitschultrige älteste Bruder, der die Wirtschaft führte, und der magere, rothaarige Nachbar.

Die Männer hatten Branntwein getrunken, etwas gegessen, und waren im Begriff, Tee zu trinken. Der Samowar stand auf der Diele am Ofen und summte schon. Auf dem Schlafboden und dem Ofen lagen und saßen Kinder. Auf einer Pritsche saß über eine Wiege gebeugt eine Frau. Die greise Hausfrau, deren Gesicht ganz und gar mit Falten durchzogen war, so daß sogar die Lippen runzlig waren, bemühte sich um Wasilij Andreïtsch.

In dem Augenblick, als Nikita ins Zimmer trat, hatte sie ein dickes Schnapsglas gefüllt und reichte dieses dem Gast.

„Nimm fürlieb, Wasilij Andreïtsch. Man muß den Feiertag ehren", sagte die Alte. „Trink, Lieber!"

Der Anblick und der Geruch des Branntweins brachte Nikita, der so erfroren und ermüdet war, sehr in Erregung. Er machte ein finsteres Gesicht, klopfte den Schnee von Rock und Mütze, stellte sich vor die Heiligenbilder, als ob niemand da wäre, bekreuzte sich dreimal und verbeugte sich vor ihnen. Dann wandte er sich an den Alten, machte erst ihm eine Verbeugung, dann allen, die am Tisch saßen, darauf den Frauen, die am Ofen standen, sagte: „Meinen Glückwunsch zum Fest!" und kleidete sich dann aus, ohne nach dem Tisch zu blicken.

„Nun, Onkelchen, du bist aber tüchtig bereift", sagte der älteste Sohn mit einem Blick auf Nikitas Gesicht, Bart und Augen, die ganz mit Reif bedeckt waren.

Nikita zog seinen Kaftan aus, klopfte ihn noch einmal ab, hing ihn an den Ofen und trat dann an den Tisch. Man bot ihm ebenfalls Branntwein an. Es war eine Minute harten Kampfes: beinahe hätte er nach dem Glase gegriffen und das duftige, helle Naß in die Kehle gegossen. Aber er blickte Wasilij Andreïtsch an, dachte an sein Gelöbnis, an die vertrunkenen Stiefel, an den Böttcher, an seinen Sohn, dem er zum Frühling ein Pferd versprochen hatte, seufzte und wies den Branntwein zurück.

„Ich trinke nicht ... ich danke ergebenst“, sagte er mit finsterem Gesicht und setzte sich am zweiten Fenster auf die Bank.

„Weshalb denn nicht?“ fragte der älteste Sohn.

„Ich trinke nicht, und so ist's eben!“ sagte Nikita, ohne den Blick zu erheben. Er schielte nach seinem Bart und taute die Eiszapfen in ihm auf.

„Es bekommt ihm nicht“, sagte Wasilij Andreïtsch und aß zum Glase Branntwein, das er getrunken, einen Kringel.

„Nun, so trink Tee“, sagte die freundliche Alte. „Du bist wohl tüchtig durchfroren, Lieber? Was macht ihr Frauensleute denn so lange mit dem Samowar?“

„Fertig!“ erwiderte eine junge Frau, die mit einer Schürze den überkochenden, zugedeckten Samowar befächelte; sie schleppte ihn mühsam heran, hob ihn in die Höhe und setzte ihn geräuschvoll auf den Tisch nieder.

Unterdessen hatte Wasilij Andreïtsch erzählt, wie sie vom Wege abgekommen, zweimal nach diesem Dorfe verschlagen, wie sie umhergeirrt und den betrunkenen Bauern begegnet waren. Die andern wunderten sich, erklärten, wo und warum sie den Weg verfehlt hätten, wer die betrunkenen Bauern gewesen seien und belehrten sie, wie sie fahren müßten.

„Von hier bis Moltschanowka kann ein kleines Kind fahren, wenn es nur die Stelle nicht verfehlt, wo man von der Landstraße abbiegen muß. Da ist ein Gebüsch. Ihr seid nicht so weit gekommen“, sagte der Nachbar.

„Es wäre besser, hier zu übernachten. Die Frauen werden euch ein Lager zurecht machen“, redete ihnen die Alte zu.

„Ihr tut am besten, wenn ihr erst morgen fahrt“, bekräftigte der Alte.

„Ich kann nicht, Bester, ich habe Geschäfte", sagte Wasilij Andreïtsch. „In einer Stunde kann man manchmal so viel versäumen, daß es in einem Jahre nicht einzuholen ist", fuhr er fort und dachte an den Wald und die Kaufleute, die ihm bei diesem Kauf zuvorkommen konnten. „Nicht wahr, wir werden schon hinkommen", wandte er sich an Nikita.

Nikita antwortete lange nicht und tat so, als ob er mit dem Auftauen seines Bartes beschäftigt wäre.

„Wenn wir nur nicht wieder den Weg verfehlen", sagte er dann mürrisch.

Mürrisch war Nikita deshalb, weil er einen unbezähmbaren Wunsch nach Branntwein hatte. Das einzige, was ihm darüber hinweggeholfen hätte, war Tee. Aber Tee hatte man ihm noch nicht angeboten.

„Wenn wir nur bis zum Kreuzweg kommen, können wir den Weg ja nicht verfehlen; er geht dann bis zu unserm Ziel durch den Wald", erwiderte Wasilij Andreïtsch.

„Das ist Ihre Sache, Wasilij Andreïtsch, ob wir fahren sollen oder nicht", sagte Nikita, ein ihm gereichtes Glas Tee nehmend.

„Wir wollen Tee trinken, und dann vorwärts!"

Nikita schwieg, aber er schüttelte den Kopf. Vorsichtig goß er den Tee in die Untertasse und wärmte an dem Dampf die erfrorenen Hände mit den immer von der Arbeit geschwollenen Fingern. Dann biß er ein kleines Stückchen Zucker ab, verbeugte sich vor den Wirtsleuten und sprach:

„Auf eure Gesundheit!"

Und er sog gierig die wärmende Flüssigkeit ein.

„Wenn jemand uns bis zum Kreuzweg begleiten könnte", sagte Wasilij Andreïtsch.

„Nun, das ist ja zu machen", rief der älteste Sohn. „Petrucha kann anspannen und euch bis zum Kreuzweg begleiten."

„So spanne an, Bester. Ich werde dir's Dank wissen."

„Wozu das, Lieber?" sagte die freundliche Alte. „Wir tun es ja von Herzen gern."

„Petrucha, geh, spann' die Stute an", sagte der älteste Sohn.

„Das kann ich machen!" sagte Petrucha lächelnd, langte seine Mütze vom Nagel und eilte hinaus, um anzuspannen.

Während das Pferd angeschirrt wurde, kehrte die Unterhaltung wieder zu dem Gegenstand zurück, von dem man gerade gesprochen hatte, als Wasilij Andreïtsch vorgefahren war. Der Alte beklagte sich bei dem Nachbar, dem Starosten des Dorfes, über den dritten Sohn, der zu den Feiertagen ihm nichts, seiner jungen Frau aber ein französisches Tuch geschickt hatte.

„Das junge Volk wird zuchtlos!" schloß der Alte.

„Und wie!" bekräftigte der Gevatter. „Man kann mit ihm nicht fertig werden. Sie werden alle zu klug. Da hat der Deomotschkin seinem Vater sogar den Arm gebrochen. Das kommt doch alles von zu großer Klugheit."

Nikita hörte aufmerksam zu, betrachtete die Gesichter um sich herum und hatte offensichtlich den Wunsch, an dem Gespräche teilzunehmen; aber er war vom Teetrinken ganz in Anspruch genommen und nickte nur zustimmend mit dem Kopfe. Er trank ein Glas nach dem andern, und ihm wurde immer wärmer und immer behaglicher. Das Gespräch drehte sich dauernd um ein und dasselbe: um die bösen Folgen der Teilungen; und es war sichtlich kein abstraktes Gespräch, sondern es handelte sich um die Teilung in diesem Hause, die der zweite Sohn, der finster und schweigend dasaß, gerade forderte. Sichtlich war das ein wunder Punkt, und die Sache beschäftigte alle Hausgenossen; aber aus Anstand ließen sie in Gegenwart Fremder die Privatangelegenheit ruhen. Endlich hielt es aber der Alte nicht länger aus und sagte mit tränenvoller Stimme, er würde bei seinen Lebzeiten eine Teilung nicht zugeben: jetzt stehe, Gott sei Dank, das Haus gut, nach einer Teilung müßten aber alle betteln gehen.

„Wie bei Matwejews“, sagte der Nachbar. „Es war eine so schöne Wirtschaft, da haben sie aber geteilt, und nun hat niemand etwas.“

„So weit willst du es also auch bringen“, sagte der Alte zu seinem Sohne.

Der Sohn erwiderte nichts, und es trat eine peinliche Stille ein. Dieses peinliche Schweigen unterbrach Petrucha, der das Pferd angespannt hatte, vor einigen Minuten in die Stube getreten war und des Alten Worte lächelnd mit anhörte.

„Da im Pulson steht so eine Fabel. Ein Vater gab seinen Söhnen einen Rutenbesen und forderte sie auf, ihn zu zerbrechen. Den ganzen Besen konnten sie nicht zerbrechen, aber die einzelnen Ruten mit Leichtigkeit. So ist es auch hier“, sagte er, über das ganze Gesicht lächelnd. „Es ist angespannt“, fügte er hinzu.

„Wenn's fertig ist, dann wollen wir fahren“, sagte Wasilij Andreïtsch. „Und in betreff der Teilung, Großväterchen, gib nicht nach! Du hast es erworben, folglich bist du der Herr. Wende dich an den Friedensrichter, der wird schon Ordnung schaffen.“

„Immer lehnt er sich auf, immer tut er das . . .‘ beharrte mit weinerlicher Stimme der Alte. „Ich kann mit ihm gar nicht fertig werden! Er ist rein des Satans.“

Nikita hatte unterdessen das fünfte Glas Tee geleert, stellte das Glas aber noch immer nicht umgekehrt hin, sondern legte es auf die Seite, hoffend, daß man es ihm auch zum sechsten Male füllen werde. Doch im Samowar war kein Wasser mehr, und die Wirtin goß ihm nicht mehr ein. Auch zog Wasilij Andreïtsch sich schon an. So blieb Nikita nichts andres übrig, als auch aufzustehen. Er legte sein von allen Seiten benagtes Stück Zucker in die Zuckerdose zurück, wischte sich mit dem Schoße seines Rockes den Schweiß vom Gesicht und wandte sich zum Ofen, um seinen Kaftan anzuziehen.

Als er fertig war, seufzte er schwer auf, dankte den Wirtsleuten und verabschiedete sich von ihnen. Dann trat er aus dem hellen, warmen Zimmer in den dunklen, kalten Flur, dessen Diele der durch die Türritzen eingedrungene Schnee bedeckte und durch den der Wind heulte, und von da auf den Hof.

Petrucha stand im Pelz neben seinem Pferde, in der Mitte des Hofes, und sagte lächelnd eine Strophe aus Paulson auf:

„Schwarzer Wolken Sturmeseilen,
Schneegeflock im Wirbelwind . . .
Horch — es tönt wie Wolfesheulen,
Horch — nun weint es wie ein Kind!“

Nikita nickte zustimmend mit dem Kopfe und machte die Leine zurecht.

Der Alte geleitete Wasilij Andreïtsch und brachte eine Laterne in den Flur, um zu leuchten, doch sie erlosch sofort.

Draußen spürte man, daß das Schneegestöber immer stärker wurde.

„Nun, das ist aber ein Wetter“, dachte Wasilij Andreïtsch. „Wir kommen vielleicht doch nicht hin . . . Aber es hilft nichts, das Geschäft ruft! Außerdem bin ich ja schon fertig. Das Pferd des Wirtes ist auch angespannt. Mit Gottes Hilfe werden wir unser Ziel erreichen.“

Der alte Wirt war auch der Meinung, sie sollten lieber nicht fahren, aber er hatte schon einmal zum Bleiben zugeredet, ohne daß man auf ihn hörte. Er konnte nicht noch mehr bitten. „Vielleicht bin ich so ängstlich, weil ich alt werde, und sie werden schon hinkommen“, dachte er. „Wenigstens können wir so zur Zeit schlafen gehen und haben keine Umstände.“

Petrucha aber dachte an keine Gefahr; er kannte den Weg und die ganze Gegend; außerdem ermutigte ihn die Strophe von Sturm und Schnee, die so genau das Wetter draußen schilderte. Nikita hatte nicht die geringste Lust zum Fahren, doch war er längst gewöhnt, keinen eigenen Willen mehr zu haben und sich ganz demjenigen andrer unterzuordnen. So hielt niemand die Abfahrenden zurück.

5

Wasilij Andreïtsch trat an den Schlitten — es kostete ihn Mühe, ihn in der Dunkelheit zu finden — stieg ein und nahm die Zügel.

„Fahr voran", rief er.

Petrucha, der auf seinem Schlitten kniete, trieb sein Pferd an. Muchortyj, der schon lange gewiehert hatte, weil er vor sich die Stute witterte, rannte hinterher, und sie kamen auf die Straße. Wieder fuhren sie auf demselben Wege durch das Dorf, an dem Hof mit der aufgehängten, gefrorenen Wäsche vorbei, die jetzt nicht mehr zu sehen war, an der Darre, die fast ganz vom Schnee verweht war und von deren Dach unaufhaltsam Schnee herunterrieselte, an den traurig rauschenden, pfeifenden, sich biegenden Weiden vorbei, und kamen wieder in das von oben und unten stiebende Schneemeer. Der Wind war so stark, daß er, als die Fahrenden ihn in der Seite hatten und unter seiner Einwirkung standen, den Schlitten auf die Seite legte und das Pferd seitwärts trieb. Petrucha fuhr mit seiner flott trabenden Stute voraus und rief ihr ermunternd zu. Muchortyj lief hinterher.

Als sie so zehn Minuten gefahren waren, wandte sich Petrucha um und rief ihnen etwas zu. Weder Wasilij Andreïtsch noch Nikita konnten bei dem Winde etwas verstehen, aber sie vermuteten, daß sie am Kreuzweg angekommen seien. Und wirklich drehte Petrucha sein Pferd nach rechts, so daß der Wind, der bisher von der Seite gekommen war, ihnen jetzt entgegenwehte, und durch den Schnee hindurch von rechts wurde etwas Schwarzes sichtbar. Das war das Gebüsch am Kreuzweg.

„Nun, mit Gott!"

„Besten Dank, Petrucha."

„Schwarzer Wolken Sturmeseilen . . ." schrie Petrucha ihnen noch zu und verschwand.

„Sieh mal an, was der für ein Dichter ist", sagte Wasilij Andreïtsch und rührte die Leine.

„Ja, er ist ein flinker Bursche, ein echter Bauer", sagte Nikita.

Sie fuhren weiter.

Nikita hatte den Kopf in die Schultern gedrückt und sich so eingemummt, daß sein nicht allzu großer Bart den Hals verdeckte. Bedacht, die durch den Tee angesammelte Wärme nicht zu verlieren, saß er da und schwieg. Er sah vor sich die geraden Linien der Deichselstangen, die ihm unaufhörlich einen eingefahrenen Weg vortäuschten, und das schaukelnde Hinterteil des Pferdes mit dem nach einer Seite gekehrten, aufgebundenen Schweif, und weiter vorn das hohe Krummholz, den schaukelnden Kopf und Hals des Pferdes mit der flatternden Mähne. Bisweilen sah er Merkstangen zur Seite und wußte daher, daß sie immer noch auf der Landstraße waren und daß es für ihn jetzt nichts zu tun gab.

Wasilij Andreïtsch lenkte, überließ es aber dem Pferde, den rechten Weg zu gehen. Muchortyj aber, trotzdem er sich im Dorf ausgeruht hatte, lief nur ungern und so, als wollte er vom Wege abbiegen, so daß Wasilij Andreïtsch ihn einige Male zurechtlenkte.

„Rechts ist eine Stange, da noch eine, da die dritte," zählte Wasilij Andreïtsch, „und da vorn ist der Wald", dachte er, als er etwas Dunkles vor sich sah. Aber was er für einen Wald gehalten hatte, war nur ein Gebüsch. Sie fuhren daran vorüber und vielleicht noch zwanzig Sashen weiter, aber sie sahen weder die vierte Stange noch den Wald. „Der Wald muß gleich kommen", meinte Wasilij Andreïtsch, und durch Schnaps und Tee erregt, zog er unaufhörlich die Leine an. Das willige, gute Tier gehorchte und lief bald im Paßgang, bald im kurzen Trabe, wohin man es lenkte, obgleich es wußte, daß man es durchaus nicht nach der richtigen Seite lenkte. Es vergingen noch zehn Minuten, und noch immer war der Wald nicht sichtbar.

„Wir haben den Weg schon wieder verloren“, sagte Wasilij Andreïtsch und hielt das Pferd an.

Nikita stieg schweigend aus dem Schlitten, und seinen Kaftan haltend, der sich infolge des Windes bald fest um ihn legte, bald von ihm wegflatterte, watete er durch den Schnee, bald nach der einen, bald nach der andern Seite. Etwa dreimal verschwand er ganz aus dem Gesichtskreise. Endlich kehrte er zurück und nahm Wasilij Andreïtsch die Leine aus der Hand.

„Wir müssen uns rechts halten“, sagte er ernst und entschieden und wendete das Pferd.

„Nun, dann wollen wir also nach rechts fahren“, sagte Wasilij Andreïtsch, ließ ihm die Leine und schob seine erfrorenen Hände in die Ärmel.

Nikita gab keine Antwort.

„Nun, Freundchen, gib dir Mühe“, rief er dem Pferde zu, aber das Pferd ging nur im Schritt, obgleich er mit der Leine schüttelte.

Hier und da reichte der Schnee bis an die Knie, und der Schlitten kam bei jeder Bewegung des Pferdes nur ruckweise vorwärts.

Nikita langte nach der Peitsche, die am Vorderteil des Schlittens hing, und schlug das Pferd. Das gute Tier, das daran nicht gewöhnt war, schreckte auf und setzte sich in Trab, ging aber bald wieder in Paßgang und in Schritt über. So fuhren sie fünf Minuten. Es war dunkel, und die Schneeflocken tanzten von oben und unten, so daß manchmal sogar das Krummholz nicht zu sehen war. Manchmal war es, als stände der Schlitten fest auf einem Fleck und das Feld liefe dahin. Plötzlich blieb das Pferd wie angewachsen stehen, offenbar etwas Böses vor sich witternd. Nikita sprang wieder behend heraus, warf die Leine hin und ging nach vorn, um nach der Ursache zu sehen. Kaum aber hatte er einen Schritt vor das Pferd getan, als seine Füße ausglitten und er einen Abhang hinunterrollte.

„Brr, brr, brr!“ rief er sich selbst zu, während er fiel und bemüht war, sich zu halten, was ihm nicht eher gelang, als bis er mit den Füßen auf eine dichte Schneemasse fiel, die sich unten in der Schlucht angehäuft hatte.

Ein am Rande der Schlucht überhängender Schneehaufen kam durch Nikita in Bewegung, fiel auf ihn und schüttete Schnee auch in seinen Kragen.

„Aber was ist denn das?“ wandte sich Nikita vorwurfsvoll an den Schneehaufen und an die Schlucht und versuchte, seinen Nacken vom Schnee zu reinigen.

„Nikit! He, Nikit!“ schrie Wasilij Andreïtsch von oben.

Aber Nikita antwortete nicht.

Er hatte keine Zeit dazu, denn er mußte den Schnee abschütteln und die Peitsche suchen, die er verloren hatte, als er den Abhang hinunterrollte. Als er sie gefunden, wollte er an derselben Stelle wieder hinaufklettern, wo er hinabgerollt war; doch es erwies sich als unmöglich, und er fiel immer wieder zurück, so daß er genötigt war, unten nach einem Aufstieg zu suchen. Drei Sashen weiter von der Stelle, wo er gefallen war, kroch er auf allen vieren mit Mühe die Anhöhe hinauf und ging am Rande der Schlucht entlang dahin zurück, wo das Pferd sein mußte. Doch fand er weder Pferd noch Schlitten, hörte aber, weil er gegen den Wind ging, Wasilij Andreïtschs Schreien und Muchortyjs Wiehern, die ihn riefen.

„Ich komme, ich komme. Was brüllst du denn so?“ sagte er noch für sich.

Erst als er ganz dicht am Schlitten war, erblickte er das Pferd und den neben dem Schlitten stehenden Wasilij Andreïtsch, der ungeheuer groß erschien.

„Wo bist du denn, zum Teufel, geblieben? Wir müssen zurück, meinethalben nach Grischkino“, rief der Herr Nikita zornig zu.

„Ich würde gern umkehren, Wasilij Andreïtsch, aber wohin sollen wir? Hier sind ja solche Schluchten — wenn wir da hineinfahren, kommen wir nicht wieder heraus. Ich bin so hineingeplumpst, daß ich mich kaum wieder herausfand."

„Wir können doch aber nicht hier stehenbleiben? Irgendwo müssen wir doch hinfahren", sagte Wasilij Andreïtsch.

Nikita schwieg. Er setzte sich auf den Schlitten, den Rücken gegen den Wind, zog die Stiefel aus, schüttete den Schnee heraus, nahm Stroh und verstopfte sorgfältig von innen aus ein Loch im linken Stiefel.

Wasilij Andreïtsch schwieg auch, als ob er jetzt alles Nikita überließe. Nachdem Nikita seine Stiefel wieder angezogen hatte, nahm er seine Füße in den Schlitten, zog die Fausthandschuhe an, nahm die Leine und lenkte das Pferd an der Schlucht entlang. Sie waren aber noch nicht hundert Schritte gefahren, als das Pferd jählings wieder stehenblieb. Wieder kam eine Schlucht.

Nikita stieg wieder aus und watete durch den Schnee. Ziemlich lange war er verschwunden, schließlich erschien er von der entgegengesetzten Seite.

„Wo sind Sie, Andreïtsch?" rief er.

„Hier", rief Wasilij Andreïtsch. „Nun, was ist?"

„Man kann nichts sehen, es ist zu dunkel . . . Hier sind überall Schluchten. Wir müssen wieder gegen den Wind fahren."

Wieder fuhren sie, wieder mußte Nikita durch den Schnee gehen und fiel dabei; wieder stieg er ein, wieder watete er und fiel; endlich blieb er ganz außer Atem beim Schlitten stehen.

„Nun, was ist?" fragte Wasilij Andreïtsch.

„Was soll sein? Ich bin schon ganz matt. Das Pferd kann auch nicht weiter."

„Was sollen wir denn aber tun?"

„Warte einen Augenblick."

Nikita ging wieder fort, kehrte aber bald zurück.

„Fahr mir nach", sagte er, vor dem Pferde hergehend. Wasilij Andreïtsch befahl gar nichts mehr und folgte genau Nikitas Anordnungen.

„Mir nach", rief Nikita, sich rasch nach rechts wendend, ergriff Muchortyj am Zügel und ging auf einen Schneehaufen zu. Das Pferd sträubte sich anfangs, zog dann aber stark an, um darüber wegzukommen, vermochte es aber nicht und blieb bis zum Kumt darin stecken.

„So steig doch aus!" rief Nikita seinem Herrn zu, der im Schlitten sitzengeblieben war. Er ergriff die Deichsel und zog den Schlitten an das Pferd heran. „Es ist schwer, Lieber", wandte er sich an Muchortyj. „Was sollen wir aber machen ... no, no, noch ein wenig", rief er.

Das Pferd zog ein-, zweimal an, vermochte aber nicht herauszukommen, sondern blieb wieder stecken. Es bewegte die Ohren, beschnupperte den Schnee, auf den es den Kopf legte, und tat, als ob es sich etwas überlegte.

„Aber, Lieber, das ist nicht brav", ermahnte Nikita den Muchortyj. „Nun, versuch' noch einmal!"

Wieder zog Nikita an der einen Deichselstange, an der andern Wasilij Andreïtsch. Das Pferd wendete den Kopf hin und her, plötzlich ruckte es mit aller Kraft an.

„Nu, nu, du wirst nicht versinken, keine Angst!" rief Nikita.

Ein Sprung, noch einer, ein dritter, und glücklich war das Pferd aus dem Schneehaufen heraus und blieb schwer atmend, sich schüttelnd, stehen. Nikita wollte es weiterführen, aber Wasilij Andreïtsch war in seinen zwei Pelzen so außer Atem gekommen, daß er nicht weiter konnte und sich in den Schlitten warf.

„Laß mich erst Luft schöpfen", sagte er, das Tuch lösend, das er im Dorf über den Kragen seines Pelzes gebunden hatte.

„Hier schadet es nichts, hier kannst du liegen", erwiderte Nikita. „Ich werde es weiterführen", und während Wasilij Andreïtsch im Schlitten lag, führte er das Pferd am Zügel zehn Schritte nach unten, dann einige Schritte nach oben und blieb stehen.

Die Stelle, wo Nikita haltmachte, war keine Vertiefung, wo sich von oben herabgewehter Schnee hätte anhäufen können, aber sie wurde teilweise durch eine Anhöhe gegen den Wind geschützt. Es gab Augenblicke, in denen es schien, als hätte der Wind nachgelassen, aber das dauerte nie lange, dann raste der Sturm, gleichsam um das Versäumte nachzuholen, mit zehnfacher Kraft daher und wirbelte noch ärger. Solch ein Windstoß traf sie gerade, als Wasilij Andreïtsch, der sich wieder erholt hatte, den Schlitten verließ und zu Nikita herantrat, um das Weitere zu überlegen. Beide bückten sich unwillkürlich und warteten, bis die Wut des Stoßes vorüber war. Auch Muchortyj legte unwillig die Ohren an und schüttelte den Kopf. Als der Windstoß einigermaßen vorüber war, zog Nikita seine Fausthandschuhe aus, steckte sie in den Gürtel, hauchte in die Hände und begann, vom Krummholz die Zügel herunterzunehmen.

„Was machst du denn da?“ fragte Wasilij Andreïtsch.

„Ich spanne aus. Was soll ich denn noch machen? Ich kann nicht mehr“, erwiderte Nikita, als wollte er sich entschuldigen.

„Können wir denn nicht irgendwo hinfahren?“

„Nirgends können wir hin, wir würden nur das Pferd zu Tode quälen. Das gute Tier ist doch schon wie umgewandelt“, sagte Nikita und wies auf das gehorsam dastehende, zu allem bereite Pferd, das zusammenschauernd die nassen Weichen bewegte. „Wir müssen hier übernachten“, fügte er in einem Tone hinzu, als stünde er im Begriff, in einer Herberge zu übernachten, und löste den Kumtriemen.

Die Bügel des Krummholzes sprangen auseinander.

„Werden wir auch nicht erfrieren?“ meinte Wasilij Andreïtsch.

„Was sollen wir machen? Auch wenn wir erfrieren, können wir nichts dagegen tun“, gab Nikita zur Antwort.

6

Wasilij Andreïtsch fühlte sich in seinen zwei Pelzen ganz warm, besonders nachdem er in dem Schneehaufen herumgearbeitet hatte. Aber es überlief ihn doch kalt, als er einsah, daß er wirklich hier übernachten müsse. Um sich zu beruhigen, setzte er sich in den Schlitten und langte nach Zigaretten und Streichhölzern.

Nikita spannte unterdessen das Pferd aus. Er löste den Bauchriemen, den Sattelriemen, nahm die Zügel, den Kumtriemen ab, zog das Krummholz heraus und ermunterte das Pferd, indem er fortwährend mit ihm sprach.

„Nu, komm heraus, komm", sagte er, als er es aus den Deichselstangen herausführte. „Hier binden wir dich an ... ich lege dir Stroh unter und zäume dich ab", rief er und tat alles, was er sagte. „Du mußt etwas fressen, dann wird dir schon fröhlicher zumute werden."

Muchortyj ließ sich aber scheinbar durch Nikitas Reden nicht beruhigen und war erregt. Er trat von einem Bein auf das andre, drückte sich an den Schlitten, stellte sich mit dem Hinterteil gegen den Wind und rieb den Kopf an Nikitas Ärmel.

Als wollte er Nikitas Gabe, der ihm Stroh unter die Nase hielt, nicht zurückweisen, zog Muchortyj mit einem Ruck ein Bündel Stroh aus dem Schlitten, besann sich aber sofort, daß es jetzt nicht angebracht sei, sich damit zu befassen, und warf das Bündel wieder hin, das der Wind sofort zerstiebte, davontrug und mit Schnee verwehte.

„Jetzt wollen wir ein Notzeichen machen", sagte Nikita. Er wandte den Schlitten gegen den Wind, band die Deichselstangen mit dem Sattelriemen fest, stellte sie auf und befestigte sie am Vorderteil des Schlittens. „So! wenn wir jetzt verschneit werden, werden es gute Menschen an den Stangen sehen und uns ausgraben", rief er. „So haben uns die alten Leute gelehrt."

Wasilij Andreïtsch hatte unterdessen seinen Pelz geöffnet, hielt sich die Schöße schützend vor und rieb ein Streichholz nach dem andern an dem stählernen Kästchen. Seine Hände zitterten aber, und die aufflammenden Streichhölzer verloschen eins nach dem andern, noch ehe sie richtig brannten oder gerade, wenn er die Zigarette anzünden wollte. Endlich brannte eins, beleuchtete das Innere seines Pelzes, seine Hand mit dem goldenen Ringe auf dem nach innen gebogenen Zeigefinger, und das mit Schnee bedeckte Haferstroh, das unter dem Sack hervorsah — und die Zigarette kam in Brand. Zweimal etwa sog er gierig den Rauch ein, schluckte ihn herunter, blies ihn über den Schnurrbart hinweg wieder aus und wollte eben noch einen Zug tun, als ein Windstoß den glimmenden Tabak wegnahm und mit sich führte wie das Stroh.

Aber auch diese wenigen Züge hatten Wasilij Andreïtsch schon heiterer gestimmt.

„Wenn wir also übernachten müssen, so wollen wir uns fügen", sagte er entschlossen.

„Warte, ich werde noch eine Flagge aufstecken", sagte er und nahm das Tuch, das er um seinen Kragen getragen und eben erst in den Schlitten geworfen hatte. Er zog seine Handschuhe aus, reckte sich in die Höhe, um bis oben zu reichen, und band das Tuch an den Sattelriemen der Deichselstange.

Das Tuch begann sofort wie toll hin und her zu flattern, schlug bald an die Stange an, bald wehte es zur Seite, spannte sich und knatterte.

„Sieh, wie geschickt!" rief Wasilij Andreïtsch und stieg, sich über seine Arbeit freuend, in den Schlitten. „Es wäre wohl zu zweien wärmer, aber für zwei ist kein Platz da", sagte er.

„Ich werde schon ein Plätzchen finden", erwiderte Nikita. „Ich muß nur erst mein Pferd zudecken; es ist ja so in Schweiß gekommen, das arme Tier! — Laß mal", fügte er hinzu, trat an den Schlitten und zog den Sack unter Wasilij Andreïtsch hervor.

Er legte ihn doppelt zusammen, nahm den Umgangsriemen und das Rückenpolster vom Pferd herunter und bedeckte Muchortyj mit dem Sack.

„Immerhin wird es dir so wärmer sein, Närrchen", sprach er, dem Pferde den Umgang und das schwere Rückenpolster über dem Sack wieder auflegend.

„Brauchen Sie die Matte? Geben Sie mir auch etwas Stroh!" sagte Nikita, als er damit fertig war und wieder an den Schlitten trat.

Und nachdem er das eine und das andre unter Wasilij Andreïtsch hervorgezogen hatte, trat er an die Rücklehne des Schlittens, machte sich da im Schnee eine kleine Grube, legte das Stroh hinein, zog sich die Mütze tief ins Gesicht, hüllte sich in seinen Kaftan und außerdem in die Matte, und setzte sich auf das ausgebreitete Stroh. Dann lehnte er sich an die aus Bast gefertigte Hinterwand des Schlittens, die ihn gegen Wind und Schnee schützte.

Wasilij Andreïtsch schüttelte zu dem, was Nikita machte, mißbilligend den Kopf, wie er überhaupt die Unwissenheit und Dummheit der Bauern verachtete, und machte sich dann selbst für die Nacht zurecht.

Er breitete das übriggebliebene Stroh über den ganzen Schlitten aus, besonders dicht dahin, wo er auf die Seite zu liegen kam, steckte die Hände in die Ärmel und legte seinen Kopf unter dem vorderen Sitzbrett zurecht, das ihn vor dem Winde schützen sollte.

Schlafen wollte er nicht. Er lag da und begann nachzudenken. Unausgesetzt dachte er an ein und dasselbe, was den einzigen Zweck, den Sinn, die Freude und den Stolz seines Lebens ausmachte: wieviel Geld er schon verdient hatte und wieviel er noch verdienen könnte; wieviel andre Leute, die er kannte, verdient hatten und besaßen, wie diese andern es verdient hatten und noch verdienten, und wie er gleich ihnen noch sehr viel verdienen könnte. Der Kauf des Waldes von

Goriatschkino war für ihn von höchster Wichtigkeit. Er hoffte, bei diesem Geschäft auf einmal vielleicht zehntausend Rubel zu verdienen. Und in Gedanken schätzte er den Wald ab, den er im Herbst gesehen hatte, und in dem er auf zwei Desiatinen alle Bäume gezählt hatte.

„Die Eichen geben Schlittenbäume ... Natürlich auch Balken ... Brennholz wird jede Desiatine noch dreißig Klafter liefern", sagte er für sich. „Aus jeder Desiatine kann ich im schlechtesten Falle zweihundert Rubel auf fünfundzwanzig herausholen. Sechsundfünfzig Desiatinen, also sechsundfünfzig mal hundert und nochmal sechsundfünfzig mal hundert; und sechsundfünfzig mal zehn und nochmal sechsundfünfzig mal zehn; und sechsundfünfzig mal fünf." Er fand, daß an zwölftausend herauskamen, konnte es aber ohne Rechenbrett doch nicht genau ausrechnen. „Zehntausend Rubel gebe ich ihm aber keinesfalls, sondern nur acht, und dann ziehe ich auch für das Rodeland ab ... den Landmesser muß ich schmieren ... so hundert oder hundertfünfzig ... Fünf Desiatinen mehr Rodeland wird er mir doch herausmessen ... Und für acht wird der mir den Wald schon verkaufen ... Dreitausend Rubel muß ich ihm gleich in den Rachen werfen ... Er wird schon mürbe werden ..." dachte er und fühlte mit dem Oberarm nach seiner Brieftasche. „Gott weiß, wie wir uns seit dem Kreuzweg verirrt haben ... Da müßte doch in der Nähe der Wald und das Wächterhäuschen sein ... Kein Hund zu hören ... Niemals bellen die verfluchten Biester, wenn man sie braucht ..." Er öffnete ein wenig den Kragen und horchte hinaus. Immer noch war dasselbe Heulen des Windes, an den Deichselstangen das Flattern und Knattern des Tuches, und das Anschlagen des niederfallenden Schnees an die Bastwand des Schlittens zu hören. Er zog den Kragen wieder in die Höhe.

„Wenn man das gewußt hätte ... Wir wären über Nacht geblieben. Nun, es ist einerlei, dann kommen wir eben morgen hin. Nur ein Tag ist verloren . . . In solch einem Unwetter werden auch die andern nicht fahren." Und er erinnerte sich, daß er am 9. Dezember Geld vom Schlächter für Hammel bekommen müsse. „Er wollte ja selbst kommen; mich trifft er nun nicht, und meine Frau wird nicht verstehen, das Geld in Empfang zu nehmen . . . Sie ist gar zu ungebildet . . . Versteht nicht mit Leuten umzugehen", dachte er, als er sich erinnerte, daß sie nicht verstanden hatte, sich in Gesellschaft des Stanowoj zu benehmen, der sie gestern am Feiertag besucht hatte. „Natürlich, sie ist ja nur eine Frau . . . Wo sollte sie etwas gesehen haben? Wie war unser Haus, als die Eltern noch lebten? Wie bei einem reichen Dorfbauern, weiter nichts . . . Eine Graupenmühle und eine Herberge — das war der ganze Besitz . . . Und was habe ich in den fünfzehn Jahren daraus gemacht! Ich habe einen Laden, zwei Schenken, eine Mühle, handle mit Getreide und habe zwei Güter in Pacht. Mein Haus und mein Speicher haben Blechdächer", sagte er sich voller Stolz. „Das ist jetzt anders als bei Lebzeiten meines Vaters. Wer ist jetzt in der ganzen Gegend der große Mann? Brechunow!"

„Und weshalb ist das so? Weil ich ans Geschäft denke, mich abmühe, und nicht wie andre ein Faulenzer bin und mich mit Dummheiten abgebe. Ich schlafe die Nächte nicht und arbeite . . . Ein Schneegestöber ist für mich kein Gestöber, ich fahre doch. Nun, selbstverständlich geht das Geschäft . . . Andre aber denken, mit Späßen Geld zu verdienen . . . Nein, man muß arbeiten und sich den Kopf zerbrechen. Auf offenem Felde übernachten und nicht schlafen. Wie ein Kissen gehen einem die Gedanken im Kopf herum", dachte er voll Stolz. „Sie hoffen durch einen Glückszufall zu etwas zu kommen. Da ist jetzt der Mironow Millionär geworden. Und warum? Arbeiten muß man . . . Dann gibt Gott es . . . Möge mir Gott nur Gesundheit schenken."

Und der Gedanke, daß auch er ein Millionär wie Mironow

werden könne, der mit nichts angefangen hatte, erregte Wasilij Andreïtsch so, daß er das Bedürfnis fühlte, mit jemand zu plaudern. Aber es war niemand da, mit dem er hätte reden können ... Ja, wenn er nur bis Goriatschkino gelangen könnte, er würde dann schon mit dem Gutsbesitzer sprechen und ihm ein Licht aufstecken!

„Sieh mal, wie das bläst! Wir werden so einschneien, daß wir uns am Morgen nicht herausarbeiten können", dachte er, auf die Stöße des Windes lauschend, der am Vorderteil des Schlittens tobte, es bog und die Bastwand mit Schnee bewarf. Er richtete sich auf und blickte sich um. In dem weißen, wogenden Dunkel war nur Muchortyjs schwarzer Kopf zu sehen, sein mit dem Sack bedeckter Rücken und der dichte, hochgebundene Schwanz; ringsum aber, auf allen Seiten, vorn und hinten, war überall ein und dieselbe gleichmäßige, weiße, wogende Finsternis, die manchmal etwas heller zu werden schien, dann aber wieder um so dunkler und dichter wurde.

„Schade, daß ich auf Nikita gehört habe", dachte er. „Wir hätten ruhig fahren sollen ... Irgendwohin wären wir schon gekommen ... Wenn wir auch nur nach Grischkino zurückgekommen wären, so hätten wir doch bei Taras übernachten können. Und jetzt sitz' hier einer die ganze Nacht ... Aber an was dachte ich doch vorhin gerade? Gott gibt nur, wenn man sich müht, und nicht Taugenichtsen, Faulenzern und Narren ... Jetzt möchte ich rauchen ..." Er setzte sich wieder, holte seine Zigarettentasche hervor, legte sich auf den Bauch, versuchte, mit seinen Schößen den Wind abzuhalten, um Feuer zu bekommen: aber der Wind fand doch einen Zugang, ein Streichholz nach dem andern verlöschte. Endlich gelang es ihm doch, eine Zigarette in Brand zu setzen, und jetzt rauchte er. Es freute ihn, daß er das erreicht hatte. Obgleich mehr der Wind die Zigarette aufrauchte als er selbst, vermochte er doch etwa drei Züge zu tun, und das stimmte ihn fröhlicher. Er legte sich wieder mit dem Kopf nach hinten, wickelte sich ein und gab sich von neuem seinen Erinnerungen und Träumen hin. Dann, ganz unerwartet, schwand ihm das Bewußtsein, und er schlief ein.

Plötzlich aber machte ihn etwas zusammenfahren und weckte ihn. Hatte Muchortyj Stroh unter ihm hervorgezogen, oder war etwas in seinem Inneren vorgegangen ... Genug, er erwachte, und sein Herz begann so stark und so schnell zu hämmern, daß es ihm schien, als zittere der Schlitten unter ihm. Er öffnete die Augen. Rings um ihn war alles unverändert; es war nur etwas heller. „Es tagt," dachte er, „der Morgen kann nicht mehr fern sein ..." Doch begriff er sofort, daß es nur deshalb so hell war, weil der Mond aufgegangen war. Er erhob sich und sah zuerst nach dem Pferde. Muchortyj stand noch immer mit dem Hinterteil gegen den Wind und zitterte am ganzen Körper. Der mit Schnee bedeckte Sack war auf einer Seite umgeschlagen, der Umgang saß schief, und der beschneite Kopf des Pferdes mit dem flatternden Haarschopf und der Mähne war jetzt deutlicher sichtbar. Wasilij Andreïtsch bog sich gegen die Rückwand und sah über sie hinweg. Nikita saß noch immer in der gleichen Stellung, wie er sich hingesetzt hatte. Die Matte, die ihn bedeckte, und seine Beine waren dicht beschneit. „Wenn der Mensch mir nur nicht erfriert ... Seine Kleidung ist gar zu schlecht. Ich werde dann noch für ihn verantwortlich gemacht ... Es ist doch zu dummes Volk, wirklich zu ungebildet", dachte Wasilij Andreïtsch, wollte dem Pferd den Sack abnehmen und Nikita damit zudecken; aber es war doch zu kalt, um aufzustehen und sich zu bewegen; auch fürchtete er, das Pferd könne erfrieren. „Wozu habe ich ihn nur mitgenommen? An allem ist nur ihre Dummheit schuld!" dachte Wasilij Andreïtsch, sich an seine ungeliebte Frau erinnernd, und nahm seinen früheren Platz wieder ein, mit dem Kopf nach dem Vorderteil. „Mein Onkel hat auch mal eine ganze Nacht im Schnee gesessen," fiel ihm ein, „und es hat ihm nichts geschadet.

Ja, aber den Sewastian hat man ausgegraben," kam ihm ein andrer Fall in den Sinn, „er war tot, erstarrt wie ein gefrorenes Stück Schlachtvieh . . ."

„Das alles wäre nicht gewesen, wenn wir in Grischkino über Nacht geblieben wären." Und sorgfältig wickelte er sich wieder ein, so daß die Wärme des Pelzes nicht verlorenging und ihm Hals, Knie und Fußsohlen wärmte. Dann schloß er die Augen und versuchte zu schlafen. Wie sehr er sich aber auch abmühte, er blieb doch völlig wach und fühlte sich ganz munter und lebendig. Wieder dachte er an seine Gewinne, an die Summen, die ihm andre schuldeten, prahlte wieder vor sich selbst und freute sich über sich und seine Stellung . . . Aber jetzt stahlen sich zu diesen Gedanken immer Furcht und Ärger darüber, daß er nicht in Grischkino über Nacht geblieben war. „Das wäre eine ganz andere Sache; ich könnte jetzt warm auf der Bank liegen." Einigemal warf er sich von einer Seite auf die andere und versuchte, seine Lage zu bessern und sich mehr gegen den Wind zu schützen. Aber immer war es ihm unbequem; wieder und wieder erhob er sich, legte sich anders hin, wickelte sich die Beine ein, schloß die Augen und lag wieder ruhig. Aber dann schmerzten ihn die krumm gebogenen, in hohen Filzstiefeln steckenden Füße, oder es zog an einer Stelle; immer und immer, wenn er kurze Zeit gelegen hatte, mußte er mit Ärger über sich selbst daran denken, daß er jetzt ruhig in der warmen Stube in Grischkino hätte schlafen können; und er erhob sich wieder, drehte sich, hüllte sich aufs neue ein und legte sich wieder hin.

Einmal kam es Wasilij Andreïtsch so vor, als höre er in der Ferne Hähne krähen. Es überkam ihn wie Freude; er schlug den Kragen seines Pelzes zurück und horchte nach diesen Lauten hin. Doch wie sehr er auch sein Gehör anstrengte, nichts vernahm er als das Toben des Windes, der durch die Deichselstangen pfiff und an dem Tuch zerrte, und das Anschlagen der Schneemassen an die Bastwand des Schlittens.

Nikita saß noch immer, ohne sich zu rühren, so da, wie er sich am Abend hingesetzt hatte; er hatte sogar Wasilij Andreïtsch nicht geantwortet, der ihm zweimal etwas zugerufen hatte. „Ihn kümmert es wenig, er schläft gewiß", dachte Wasilij Andreïtsch ärgerlich, der über die Rückwand des Schlittens hinweg nach dem dicht beschneiten Nikita hinsah.

So erhob sich Wasilij Andreïtsch und legte sich nieder, vielleicht zwanzigmal. Es schien ihm, als wollte diese Nacht gar kein Ende nehmen. „Jetzt muß der Morgen schon nahe sein", dachte er einmal, als er sich erhob und um sich blickte. „Ich will mal nach der Uhr sehen . . . Ich werde zwar dabei frieren, aber wenn ich sehe, daß es bald Morgen wird, wird mir immerhin besser zumute sein. Wir wollen dann langsam anspannen." Im Innern seiner Seele wußte Wasilij Andreïtsch, daß es noch nicht Morgen sein konnte; aber seine Angst wurde immer größer, und er wollte zu gleicher Zeit die Wahrheit wissen und sich selbst täuschen. Vorsichtig öffnete er die Haken an seinem Pelz und tastete mit der Hand nach der Brust, mühte sich aber lange vergebens, ehe er die Weste fand. Mit großer, großer Mühe zog er seine silberne, mit emaillierten Blumen verzierte Uhr hervor und suchte die Zeit zu entziffern. Ohne Licht konnte er aber nichts sehen. Deshalb legte er sich wieder auf Bauch und Knie, in dieselbe Lage, in der es ihm vorher gelungen war, seine Zigarette anzuzünden, zog Streichhölzer heraus und versuchte, eins anzustreichen. Jetzt machte er sich behutsamer an die Sache. Zuerst wählte er tastend das Streichholz mit dem größten Kopf aus und bekam auch sofort Feuer. Er hielt das Zifferblatt unter die Flamme, sah hin und traute seinen Augen nicht . . . Es waren erst zehn Minuten nach zwölf! Die ganze Nacht lag noch vor ihm.

„Och, ist die Nacht lang!" dachte Wasilij Andreïtsch und fühlte, wie es ihn kalt überlief. Nachdem er den Pelz wieder zugeknöpft und sich eingewickelt hatte, drückte er sich abermals in die Ecke des Schlittens, in der Absicht, geduldig auszuharren. Plötzlich vernahm er durch das einförmige Tosen des Windes hindurch deutlich einen neuen, lebendigen Ton. Dieser Ton wurde gleichmäßig stärker und immer stärker, bis er ganz deutlich war, dann wurde er mit derselben Gleichmäßigkeit schwächer. Es war kein Zweifel: es war ein Wolf. Und dieser Wolf heulte so nahe, daß der Wind den Ton deutlich herübertrug, wie er die Kinnladen drehte und seine Stimme änderte. Wasilij Andreïtsch hatte seinen Kragen zurückgeschlagen und lauschte aufmerksam. Muchortyj horchte gleichfalls angestrengt, die Ohren bewegend, setzte, als der Wolf still war, einen Fuß vor den andern und schnaubte wie warnend. Jetzt konnte Wasilij Andreïtsch nicht mehr an Schlaf denken und sich auch nicht beruhigen. Wie sehr er sich auch abmühte, an seine Geschäfte und Rechnungen, an seinen Ruhm, sein Ansehen und seinen Reichtum zu denken — trotzdem erfaßte ihn immer größere Angst, und seine Gedanken wurden nur von dem einen Gedanken beherrscht, weshalb er in Grischkino nicht Nachtquartier genommen habe.

„Gott mit ihm, mit diesem Wald ... Auch ohne ihn habe ich, Gott sei Dank, genug Geschäfte ... Ach, wenn ich doch da übernachtet hätte ... Man sagt, Betrunkene erfrieren besonders leicht ... Und ich habe getrunken ...“ dachte er.

Und als er sich über seine Empfindungen klar werden wollte, fühlte er, daß er zitterte, ohne zu wissen, ob vor Furcht oder vor Kälte. Er versuchte sich einzuhüllen und wie früher zu liegen, aber er vermochte es nicht mehr. Es war ihm unmöglich, länger auf seinem Platze zu bleiben, es trieb ihn, aufzustehen und etwas zu unternehmen, um die Angst, die in ihm aufstieg, gegen die er sich machtlos fühlte, zu übertäuben.

Wieder nahm er Streichhölzer und Zigaretten aus der Tasche, aber er besaß nur noch drei Streichhölzer, und die waren alle schlecht. Alle drei rieben sich ab, ohne zu brennen.

„Hol' dich der Teufel, verfluchtes Aas, weg mit dir!“ schimpfte er und wußte selbst nicht, auf wen. Die zerdrückte

Zigarette schleuderte er zu Boden. Auch die Zündholzbüchse sollte denselben Weg gehen, aber er hielt noch rechtzeitig seine Hand zurück und schob sie in die Tasche. Länger hielt er es aber auf seinem Platze doch nicht mehr aus, denn immer größere Unruhe packte ihn. Er stieg aus dem Schlitten, stellte sich mit dem Rücken gegen den Wind und zog den Gürtel fest, tief unten, zusammen.

„Wozu soll ich hier liegen und auf den Tod warten? ... Ich setze mich aufs Pferd und vorwärts!" fiel ihm plötzlich ein. „Nur mit einem Reiter wird es schon noch laufen können ... Ihm —" dabei dachte er an Nikita—„ist es einerlei, ob er jetzt stirbt. Was ist das auch für ein Leben! Ihm kann um sein Leben nicht leid sein, aber ich habe ja Gott sei Dank was zum Leben ..."

Er band das Pferd los, warf ihm die Zügel über den Hals und wollte aufsteigen, aber Pelz und Stiefel waren so schwer, daß er ausglitt. Dann stellte er sich auf den Schlitten, um so aufs Pferd zu kommen. Aber der Schlitten schwankte unter seinem Gewicht, und er glitt wieder aus. Endlich, beim drittenmal, stellte er das Pferd dicht an den Schlitten, trat vorsichtig auf den Rand des Schlittens und kam so mit dem Bauch quer über das Pferd zu liegen. Einen Augenblick blieb er so, dann schob er sich ein-, zweimal nach vorn, bis es ihm gelang, ein Bein über den Rücken des Pferdes zu werfen. Er setzte sich auf und stemmte seine Sohlen, in Ermangelung von Steigbügeln, gegen den Umgangsriemen. Der Stoß des schwankenden Schlittens hatte Nikita aufgeweckt, der sich ein wenig erhob. Wasilij Andreïtsch schien es so, als sagte er etwas.

„Auf euch Narren soll man hören ... Soll ich etwa so mir nichts, dir nichts umkommen?" schrie Wasilij Andreïtsch, schob die flatternden Schöße seines Pelzes unter sich, wendete das Pferd und trieb es vom Schlitten fort, in der Richtung, wo, wie er meinte, der Wald und das Wächterhäuschen sein mußten.

7

Nikita saß noch immer, wie er sich hingesetzt hatte, unbeweglich, zugedeckt mit der Matte, hinter der Rücklehne des Schlittens. Wie alle Menschen, die mit der Natur leben und die Not kennen, war auch er geduldig und konnte stunden-, ja tagelang warten, ohne von Unruhe oder Mißmut heimgesucht zu werden. Er hatte gehört, wie ihn vorher sein Herr gerufen hatte, aber er hatte nicht geantwortet, weil er keine Lust hatte, sich zu bewegen und zu antworten.

Obgleich ihm nach dem genossenen Tee und dem vielen Waten im Schnee noch warm war, wußte er doch, daß diese Wärme nicht lange vorhalten und er nicht imstande sein würde, sich wieder durch Bewegung zu erwärmen. Denn er fühlte sich sehr müde; er fühlte sich in dem Zustand eines Pferdes, das nicht weiterkann trotz aller Peitschenhiebe, so daß der Herr sieht, daß es erst gefüttert werden muß, ehe es wieder arbeiten kann. Auch war der eine Fuß in dem zerrissenen Stiefel ganz erstarrt, und die große Zehe war wie abgestorben. Überdies wurde sein ganzer Körper immer kälter und kälter. Der Gedanke, daß er in dieser Nacht sterben könnte, ja wahrscheinlich sterben würde, war ihm zwar gekommen, schien ihm aber weder traurig noch besonders schrecklich zu sein. Besonders traurig war er deshalb für ihn nicht, weil sein ganzes Leben kein beständiger Feiertag war, sondern im Gegenteil in fortwährender Arbeit verlief und ihn allmählich mürbe machte. Besonders schrecklich war es ihm deshalb nicht, an den Tod zu denken, weil er, abgesehen von den Herren wie Wasilij Andreïtsch, denen er jetzt diente, sich von dem höchsten Herrn, der ihn in die Welt gesandt, abhängig wußte; und weil er wußte, daß er auch im Tode in der Hand dieses Herrn sein werde, der ihm sicherlich kein Unrecht antun würde. „Es ist schade, das Bekannte und Gewohnte zu lassen ... Doch was ist da zu tun? Auch an das Neue muß man sich gewöhnen.“

„Und deine Sünden?“ kam ihm in den Sinn, und er erinnerte sich an seine Trunksucht, an das vertrunkene Geld, an die Kränkungen, die er seiner Frau zugefügt, an seine Schimpfreden, an seinen mangelhaften Kirchenbesuch, an die Mißachtung der Fasttage und alles das, was der Pope in der Beichte an ihm gerügt hatte. „Gewiß habe ich Sünden. Trage ich aber selbst die Schuld daran? Sichtlich hat mich Gott so erschaffen. Nun schön, ich habe Sünden . . . Was kann ich dabei tun?“

So dachte er an das, was ihm in dieser Nacht zustoßen konnte und kehrte dann nicht zu diesen Gedanken zurück, überließ sich vielmehr anderen und Erinnerungen, die von selbst in ihm aufstiegen. Bald erinnerte er sich an Marfas Besuch, an die Sauferei der Knechte und seine Weigerung, daran teilzunehmen, an die jetzige Fahrt, die Stube bei Taras, an die Gespräche über Teilungen, dann an seinen Sohn, an Muchortyj, der sich jetzt unter der Decke wärmte, und an seinen Herrn, der sich umherwälzte, so daß der Schlitten knarrte. „Der gute Mann ist gewiß jetzt selbst nicht froh, daß er gefahren ist,“ dachte er, „von solch einem Leben will man nicht scheiden, das ist doch ganz etwas andres als bei unsereinem.“ Alle diese Erinnerungen und Gedanken verwirrten und verketteten sich in seinem Kopfe und er schlief schließlich ein.

Als aber Wasilij Andreïtsch sich aufs Pferd setzte und den Schlitten wanken machte und die Hinterwand, an die sich Nikita stützte, zurückwich und er im Rücken einen Stoß mit der Kufe erhielt, wurde er wach und war gegen seinen Willen genötigt, seine Lage zu verändern. Mit Mühe richtete er seine Beine gerade, schüttelte den Schnee von ihnen ab und erhob sich. Eine peinigende Kälte durchdrang seinen ganzen Körper. Als er begriffen hatte, um was es sich handelte, wollte er, Wasilij Andreïtsch sollte ihm den Sack dalassen, den das Pferd nicht mehr nötig hatte, um sich selbst mit ihm zuzudecken. Das war es, was er ihm zurief.

Wasilij Andreïtsch aber hielt sich nicht mehr auf und verschwand im Schneegestöber.

Allein geblieben, überlegte Nikita noch einen Augenblick, was er jetzt anfangen solle. Eine menschliche Wohnung suchen zu gehen, dazu fühlte er nicht mehr die Kraft in sich. Den alten Platz wieder einzunehmen, war unmöglich, da er vom Schnee schon verweht war. Im Schlitten aber, das wußte er, würde er sich nicht wärmen können, denn er hatte nichts, um sich zuzudecken, und sein Pelz und der Kaftan wärmten ihn jetzt gar nicht mehr. Es war ihm so kalt, als ob er im bloßen Hemd wäre. Ihm wurde unheimlich zumute. „Herr Gott, himmlischer Vater", sprach er vor sich hin, und das Bewußtsein, daß er nicht allein sei, daß ihn jemand höre und ihn nicht verlassen werde, beruhigte ihn. Ein tiefer Seufzer entfuhr ihm; ohne die Matte vom Kopf zu nehmen, kroch er in den Schlitten und nahm den bisherigen Platz seines Herrn ein.

Aber auch im Schlitten konnte er sich nicht erwärmen. Zuerst zitterte er am ganzen Leibe, dann ging das Zittern vorüber, und er verlor allmählich das Bewußtsein. Er wußte nicht, ob er starb oder einschlief — aber er fühlte sich ebenso zu dem einen wie zu dem andern bereit.

8

Unterdessen trieb Wasilij Andreïtsch das Pferd mit Zügel und Füßen an und jagte nach jener Richtung, wo nach seiner Meinung der Wald und das Wärterhäuschen sein mußten. Der Schnee verklebte ihm die Augen, und der Wind, so schien es ihm, wollte ihn zurückhalten; aber er trieb unaufhörlich, nach vorn übergebeugt, das Pferd an. Dabei zog er fortwährend den Pelz zu und drückte die Schöße desselben zwischen seinen Körper und das mit Nägeln beschlagene Rückenpolster, das ihn beim Sitzen störte. Wenn auch mit Mühe, so ging das Pferd doch gehorsam im Paßgang dahin, wohin er es lenkte.

Etwa fünf Minuten ritt er so, wie ihm schien, immer geradeaus, ohne etwas andres zu sehen als den Kopf seines Pferdes und die weiße Wüste, und ohne etwas andres zu hören als das Pfeifen des Windes um die Ohren des Pferdes und um den Kragen seines Pelzes.

Plötzlich sah er etwas Schwarzes vor sich. Das Herz fing an, ihm freudig zu schlagen; er ritt auf das Schwarze los und glaubte schon, die Wände von Dorfhäusern vor sich zu erkennen. Aber das Schwarze war nicht unbeweglich, es rührte sich fortwährend und war kein Dorf, sondern ein Grenzrain, der mit hohem Beifuß bewachsen war, der aus dem Schnee herausragte und durch den Wind fortwährend nach einer Seite gebogen wurde. Und ohne rechte Ursache ließ der Anblick des vom Wind unbarmherzig zerzausten Beifußes Wasilij Andreïtsch zusammenfahren. Eiligst trieb er das Pferd an, ohne zu bemerken, daß er, an das Gewächs heranreitend, vollständig seine frühere Richtung verändert hatte und jetzt den Gaul nach einer andern Seite trieb, immer im Glauben, daß er nach der Seite reite, wo das Wärterhäuschen sein müßte. Das Pferd wandte sich immer nach rechts, aber er lenkte es fortwährend nach links.

Wieder sah er etwas Dunkles vor sich. Er freute sich, überzeugt, daß es nun sicher das Dorf sei. Doch wieder war es ein mit Beifuß bewachsener Grenzrain. Und wieder sah er, wie der Beifuß wild hin und her gezaust wurde, was Wasilij Andreïtsch eine unerklärliche Angst einflößte. Und nicht genug, daß es der gleiche Beifuß war, es waren da auch Pferdespuren, die der Wind schon fast verweht hatte. Wasilij Andreïtsch hielt an, beugte sich hinunter und sah scharf hin. Es war eine leicht vom Schnee verwehte Pferdespur, und sie konnte von keinem andern als von seinem eigenen Pferde herrühren. Er war augenscheinlich im Kreise geritten, und zwar in einem ganz kleinen Raum. „Wenn es so geht, bin ich verloren!" dachte er und trieb das Pferd immer noch stärker an, um nicht ganz von der Furcht übermannt zu werden. Er starrte in das schneeweiße Dunkel, doch konnte er in ihm nichts sehen als nur hie und da leuchtende Punkte, die aber sofort verschwanden. Einmal glaubte er sogar, Hundegebell oder Wolfsgeheul zu hören, aber diese Laute waren so schwach und unbestimmt, daß er sich keine Rechenschaft geben konnte, ob er sie wirklich höre oder sich das nur einbilde. Er hielt an und lauschte gespannt.

Plötzlich ertönte neben seinen Ohren ein fürchterliches, betäubendes Schreien, und alles zitterte und bebte unter ihm. Wasilij Andreïtsch griff nach dem Hals des Pferdes, aber auch dieser Hals zitterte, und das fürchterliche Schreien wurde nur noch entsetzlicher. Einige Sekunden lang konnte Wasilij Andreïtsch nicht zu sich kommen und begreifen, was geschehen war. Es war aber weiter nichts geschehen, als daß Muchortyj, um sich selbst Mut zu machen oder um Hilfe herbeizurufen, laut und schallend gewiehert hatte. „Pfui, zum Teufel, hast du mich aber erschreckt, Verfluchter", sagte Wasilij Andreïtsch vor sich hin. Aber auch nachdem er den wahren Grund seines Schreckens begriffen hatte, war er doch nicht imstande, diesen zu bannen.

„Ich muß besonnener und überlegter handeln", dachte er, konnte sich aber doch nicht zusammennehmen und trieb das Pferd immer noch an, wobei er ganz außer acht ließ, daß er jetzt mit dem Winde und nicht mehr gegen ihn ritt. Sein Körper fror, schmerzte und zitterte, besonders im Schritt, wo er vom Pelze nicht bedeckt war und das Rückenpolster berührte. Arme und Beine bebten und der Atem ging stockend. Er sah, daß er in dieser entsetzlichen Schneewüste umkommen mußte, und daß es keine Rettung mehr gab.

Plötzlich sank das Pferd unter ihm ein, blieb dann in einem Schneehaufen stecken, schlug mit den Beinen aus und fiel auf die Seite. Wasilij Andreïtsch sprang ab, schob den Umgang, auf den er den Fuß gestützt hatte, beiseite, und zog das

Rückenpolster, an dem er sich beim Herunterspringen gehalten hatte, schief. Als Wasilij Andreïtsch abgesprungen war, richtete sich das Pferd wieder auf, machte einen Ruck nach vorn, dann einen Sprung und noch einen und verschwand wiehernd, hinter sich den Umgang und den Sack schleppend, und ließ Wasilij Andreïtsch allein in dem Schneehaufen zurück. Wasilij Andreïtsch stürzte nach, aber der Schnee war so tief, seine Pelze so schwer, daß er nach kaum zwanzig Schritten, wobei er mit jedem Bein bis über die Knie einsank, ganz außer Atem geriet und stehenblieb. „Der Wald, die Hammel, die Pacht, der Laden, die Schenke, das Haus mit dem Blechdach, die Scheune, mein Erbe — was soll aus all dem werden? Was ist denn das? ... Das kann doch nicht sein", durchfuhr es ihn. Und unwillkürlich mußte er wieder an den vom Wind zerzausten Beifuß denken, an dem er zweimal vorbeigeritten war, und ihn erfaßte solches Grauen, daß er an die Wirklichkeit dessen, was mit ihm vorging, gar nicht glaubte. „Ist das nur ein Traum?" dachte er und wollte aufwachen, aber es war kein Traum, aus dem er erwachen konnte. Es war wirklich Schnee, der ihm ins Gesicht peitschte und ihn bedeckte und seine rechte Hand frieren machte, von der er den Handschuh verloren hatte; das war eine wirkliche Wüste, in der er jetzt ebenso allein war wie jener Beifuß, in der Erwartung des unausbleiblichen, baldigen, sinnlosen Todes.

„Himmlische Königin, heiliger Nikolaus, Lehrer der Enthaltsamkeit" — erinnerte er sich an die gestrigen Gebete und an das Heiligenbild mit der schwarzen Malerei und der goldenen Einfassung und an die Kerzen, die er für dieses Heiligenbild verkaufte, die ihm aber immer gleich wieder zurückgebracht wurden und die er, weil sie nur wenig gebrannt hatten, wieder in seinen Kasten legte. Und er flehte jetzt zu demselben Wundertäter Nikolaus, er solle ihn erretten, und gelobte ihm zu Ehren einen Dankgottesdienst und Kerzen. Dabei verstand er aber ganz klar, ohne Zweifel, daß dieses Heiligenbild, die Einfassung, die Kerzen, die Geistlichen, die Gottesdienste wohl dort in der Kirche sehr wichtig und nötig seien, ihm aber hier nichts helfen könnten, daß zwischen diesen Kerzen, Gottesdiensten und seiner jetzigen unglücklichen Lage nicht der geringste Zusammenhang war und sein konnte. „Ich darf nicht verzagen", dachte er. „Ich muß den Spuren des Pferdes nachgehen, sonst werden sie noch verweht", fiel ihm ein. „Das Pferd bringt mich auf den rechten Weg, vielleicht hole ich es auch ein. Nur nicht übereilen, sonst komme ich wieder ab, und meine Lage wird noch schlechter." Aber ungeachtet seiner Absicht, langsam zu gehen, lief er, fiel fortwährend, stand auf und fiel wieder. Die Pferdespuren waren kaum noch bemerkbar an den Stellen, wo der Schnee nicht tief war. „Ich bin verloren . . . Ich verliere auch diese Spur . . ." dachte Wasilij Andreïtsch, aber in diesem Augenblick sah er nach vorn und bemerkte etwas Dunkles. Das war Muchortyj, aber nicht nur dieser, sondern auch der Schlitten und die Stangen mit dem Tuch. Der Gaul stand, mit schief hängendem Sack, Umgang und Rückenpolster, nicht auf der früheren Stelle, sondern näher zu den Stangen, und warf den Kopf hin und her, den ihm die Zügel, auf die er getreten war, nach unten zogen. Es erwies sich, daß Wasilij Andreïtsch in jener Vertiefung steckengeblieben war, in der ihm schon früher mit Nikita dasselbe zugestoßen war, daß ihn das Pferd zu dem Schlitten zurückgebracht hatte und daß er nur fünfzig Schritt entfernt von der Stelle abgesprungen war, wo sich der Schlitten befand.

9

Nachdem sich Wasilij Andreïtsch bis zum Schlitten geschleppt hatte, stützte er sich auf diesen, stand lange nach Atem ringend da und suchte sich zu beruhigen. Nikita war nicht mehr an derselben Stelle wie vorher, aber im Schlitten lag etwas, ganz mit Schnee bedeckt, und Wasilij Andreïtsch erriet, daß es Nikita sein müsse. Wasilij Andreïtschs Furcht war jetzt vollständig vergangen, und wenn er jetzt etwas fürchtete, so war es nur jener entsetzliche Angstzustand, den er auf dem Pferde und besonders vorhin, als er im Schneehaufen versunken war, durchgemacht hatte. Um keinen Preis durfte er jetzt zulassen, daß ihn jene Furcht wieder überkam, und damit das nicht geschah, durfte er nicht an sich selbst denken, sondern mußte an etwas andres denken und mußte etwas tun. Und deshalb war das erste, was er tat, daß er sich mit dem Rücken gegen den Wind stellte und den Pelz öffnete. Als er ein wenig Luft geschöpft hatte, schüttelte er den Schnee aus den Stiefeln und dem linken Handschuh; der rechte war rettungslos verloren und stak wohl schon irgendwo zwei Spannen tief unter dem Schnee. Dann umgürtete er sich aufs neue fest und so tief, wie er es machte, wenn er aus seinem Laden trat, um das von den Bauern gebrachte Getreide von den Wagen zu kaufen, und bereitete sich auf seine Tätigkeit vor. Vor allem erschien es ihm notwendig, das Bein des Pferdes zu befreien, und er tat es. Nachdem er die Zügel herausgezogen, band er Muchortyj wieder an die eiserne Krampe am Vorderteil des Schlittens an der alten Stelle, und trat hinter das Pferd, um Umgang, Rückenpolster und Sack in Ordnung zu bringen. In diesem Augenblick aber sah er, daß sich im Schlitten etwas bewegte, und Nikitas Kopf sich unter seiner Schneedecke hob. Es war zu sehen, daß Nikita sich nur mit großer Mühe erhoben und hingesetzt hatte. Darauf fuhr er so sonderbar mit der Hand vor seiner Nase hin und her, als ob er Fliegen verscheuchte, und sagte etwas, was Wasilij Andreïtsch so vorkam, als riefe er ihn.

Wasilij Andreïtsch ließ den Sack fahren, ohne ihn zurechtgelegt zu haben, und trat an den Schlitten.

„Was willst du?“ fragte er. „Was sagst du?“

„Ich ste—ster—be“, brachte Nikita mit Mühe stoßweise

hervor. „Meinen Verdienst gib meinem Sohn . . . oder meiner Frau . . . einerlei."

„Was ist dir denn? Bist du erfroren?" fragte Wasilij Andreïtsch.

„Ich fühle meinen Tod . . . Verzeih um Christi willen . . ." sagte Nikita mit weinerlicher Stimme und fuhr fort, mit seinen Händen vor dem Gesicht herumzufuchteln, als verscheuchte er Fliegen.

Ungefähr eine halbe Minute stand Wasilij Andreïtsch schweigsam und unbeweglich da, dann trat er plötzlich mit jener Entschiedenheit, mit der er mittels Handschlags einen vorteilhaften Kauf zu bestätigen pflegte, einen Schritt zurück, streifte die Ärmel seines Pelzes auf und machte sich daran, mit beiden Händen den Schnee aus dem Schlitten und von Nikita herabzuwerfen. Nachdem das gemacht war, gürtete sich Wasilij Andreïtsch eiligst auf, öffnete den Pelz, gab Nikita einen Stoß und legte sich auf ihn, so daß er ihn nicht nur mit seinem Pelz, sondern mit seinem ganzen warmen, erhitzten Körper bedeckte. Mit den Händen stopfte Wasilij Andreïtsch die Schöße seines Pelzes zwischen Nikitas Körper und den Rand des Schlittens, mit den Knien hielt er das untere Ende des Pelzes fest. Er lag auf dem Bauch, mit dem Kopf gegen die Bastwand des Vorderteiles und hörte weder die Bewegungen des Pferdes noch das Pfeifen des Sturmes, sondern nur Nikitas Atem. Zuerst lag Nikita lange unbeweglich, dann seufzte er laut auf und machte einige Bewegungen.

„Nun, siehst du, und du sprichst vom Sterben. Liege still, wärme dich! So machen wir es . . ." fing Wasilij Andreïtsch an.

Zu seinem großen Erstaunen aber konnte er nicht weitersprechen, denn Tränen traten ihm in die Augen, und sein Kinn begann zu zucken. Er stockte und schluckte die Tränen, die ihm in die Kehle stiegen, herunter. „Ich bin ja ganz eingeschüchtert und schlaff", dachte er bei sich, aber diese Erschlaffung war ihm jetzt nicht nur nicht unangenehm, sondern gewährte ihm ein besonderes, nie gekanntes freudiges Gefühl.

„So machen wir es", sagte er zu sich selbst und empfand dabei eine besonders feierliche Rührung. Ziemlich lange lag er schweigend da, trocknete seine Tränen an dem Pelz und preßte den rechten Schoß des Pelzes, den der Wind immer hervorzerrte, unter sein Knie.

Aber es verlangte ihn so sehr, jemandem etwas über seinen freudigen Gemütszustand mitzuteilen.

„Mikita!" rief er.

„Mir ist wohl und warm", vernahm er von unten.

„So ist es, Bester! Ich wäre umgekommen, und du wärst erfroren, und ich . . ."

Wieder fingen seine Backenknochen an zu zittern, und seine Augen füllten sich mit Tränen, so daß er nicht weiterreden konnte.

„Nun, das tut nichts", dachte er. „Ich weiß schon selbst, was ich weiß . . ."

Und er schwieg. So lag er lange.

Ihm war warm von unten durch Nikita, und oben war ihm warm durch seinen Pelz. Nur die Hände, mit denen er die Schöße seines Pelzes an Nikitas Seiten festhielt, und die Füße, von denen der Wind andauernd den Pelz fortriß, fingen an zu erfrieren. Besonders fror die rechte Hand ohne Handschuh. Aber er dachte nicht an seine Füße und Hände; er dachte nur daran, wie er den unter ihm liegenden Menschen erwärmen könnte.

Ein paarmal sah er nach dem Pferde hin und bemerkte, daß dessen Rücken bloßgelegt war und daß der Sack mit dem Umgang auf den Schnee herunterhing. Er hätte aufstehen müssen, um das Pferd zu bedecken, aber er konnte sich nicht entschließen, Nikita auch nur einen Augenblick zu verlassen und den freudigen Gemütszustand, in dem er sich befand, zu unterbrechen. Seine Angst war vollständig verschwunden.

Mit derselben Großtuerei, mit welcher er von seinen Einkäufen und Verkäufen zu sprechen pflegte, sagte er sich jetzt bei dem Gedanken, daß er Nikita erwärme: „Keine Sorge! Der kommt mir nicht aus!"

So lag Wasilij Andreïtsch eine Stunde und noch eine und noch eine dritte; aber er merkte nicht, wie die Zeit verging. Anfangs sah er im Geiste das Schneegestöber, die Deichselstangen, das Pferd unter dem Krummholz, die vor seinen Augen nachzitterten, und er gedachte Nikitas, der unter ihm lag. Dann tauchten in ihm Erinnerungen an das Fest, an seine Frau, an den Stanowoj, an den Kerzenkasten auf, und wieder dachte er an Nikita, der jetzt unter diesem Kasten lag. Dann glaubte er Bauern zu sehen, die kauften und verkauften, und weiße Wände und mit blechernen Dächern versehene Häuser, unter denen wieder Nikita lag. Und dann vermischte sich alles, eins mit dem andern, und wie die Farben des Regenbogens sich zu einer weißen Farbe vereinen, so vereinten sich die verschiedenen Eindrücke zu einem Nichts, und er schlief ein. Lange schlief er traumlos, aber gegen Morgen träumte er wieder. Es war ihm, als stände er beim Kerzenkasten und als fordere Tichons Frau ein Fünfkopekenlicht zum Feiertag, und als wolle er es ihr geben. Aber seine Hände bewegen sich nicht und stecken geballt in den Taschen. Er will um den Kasten herumgehen, doch die Füße rühren sich nicht, und die neuen, geputzten Galoschen sind an die steinerne Diele gewachsen, so daß er sie nicht aufheben kann, und auch nicht imstande ist, seine Füße herauszuziehen. Und plötzlich ist der Kerzenkasten kein Kerzenkasten mehr, sondern ein Bett, und Wasilij Andreïtsch sieht sich mit dem Bauche auf dem Kerzenkasten, das heißt, zu Hause auf seinem Bett, liegen. Und so liegt er auf seinem Bett und kann nicht aufstehen und muß doch aufstehen, denn gleich wird ihn der Stanowoj Iwan Matweïtsch abholen, mit dem er gehen muß, entweder den Wald zu kaufen oder den Umgang auf Muchortyj zurechtzulegen. „Ist er noch nicht da?“ fragt er seine Frau. „Nein, er ist noch nicht da“, antwortet sie, und er hört, wie ein Wagen sich dem Hause nähert. Das muß er sein ... Nein, er fährt vorüber. „Mikolawna, du, Mikolawna, ist er immer noch nicht da?“ — „Nein!“ Und so liegt er auf dem Bett und kann sich nicht erheben und wartet, und das Warten ist so unheimlich und so schön. Plötzlich überkommt es ihn freudig, denn der Erwartete tritt ein, es ist aber gar nicht der Stanowoj Iwan Matweïtsch, sondern jemand anders, gerade der, den er erwartet. Er ist da und ruft ihn, und dieser Rufende ist derselbe, der ihn vorhin gerufen und ihm befohlen hat, sich auf Nikita zu legen. Und Wasilij Andreïtsch freut sich, daß dieser jemand gekommen ist, um ihn abzuholen. „Ich komme“, ruft er freudig. Und dieser Schrei erweckt ihn. Und er erwacht, aber er erwacht als ein ganz andrer, als der er eingeschlafen ist. Er will aufstehen und vermag es nicht; er will die Hand rühren, aber er kann es nicht; er will den Fuß bewegen, aber er ist nicht imstande dazu; er will seinen Kopf wenden, aber auch das kann er nicht. Und er ist ganz erstaunt darüber, aber es betrübt ihn keineswegs. Er begreift, daß das der Tod ist, aber auch das macht ihn nicht traurig. Und er erinnert sich, daß Nikita unter ihm liegt und warm geworden ist und lebt, und es kommt ihm so vor, als sei er Nikita und Nikita er, und als weile sein Leben nicht in ihm, sondern in Nikita. Er strengt sein Gehör an und vernimmt Nikitas Atmen, ja sogar sein schwaches Schnarchen. „Nikita lebt, folglich lebe auch ich“, sagt er sich triumphierend. Und etwas ganz Neues, was er noch nie in seinem Leben gefühlt hat, überkommt ihn.

Er denkt an sein Geld, an seinen Laden, an sein Haus, an seine Käufe und Verkäufe, an Mironows Millionen; es fällt ihm schwer, zu begreifen, weshalb dieser Mann, der Wasilij Brechunow hieß, sich mit all dem beschäftigt hat, womit er sich eben beschäftigt hatte ... „Nun, er wußte eben nicht, worauf es ankommt“, dachte er über Wasilij Brechunow.

„Ich wußte es nicht, aber jetzt weiß ich es. Jetzt weiß ich es ohne jeden Irrtum. Jetzt weiß ich es.“ Und wieder hört er den Ruf dessen, der ihn schon vorhin gerufen hat. „Ich komme, ich komme!“ sagt mit freudiger Rührung sein ganzes Ich. Und er fühlt, daß er frei ist und daß ihn nichts mehr hält.

Und weiter hat Wasilij Andreïtsch auf dieser Welt nichts mehr gesehen oder gehört oder gefühlt.

Ringsum tobte noch immer ebenso der Schneesturm. Ebenso wirbelte der Schnee, bedeckte den Pelz des toten Wasilij Andreïtsch, den am ganzen Körper zitternden Muchortyj, den Schlitten, der kaum noch zu sehen war, und den wieder warm gewordenen Nikita, der tief unten im Schlitten, unter seinem jetzt toten Herrn lag.

10

Gegen Morgen erwachte Nikita. Ihn weckte die Kälte, die sich von neuem am Rücken bemerkbar machte. Er hatte geträumt, er komme mit einer Fuhre Mehl, die seinem Herrn gehörte, aus der Mühle, verfehlte bei Liapino aber die Brücke, und die Fuhre blieb stecken. Und er sah im Traume, wie er unter die Fuhre kroch, um sie in die Höhe zu bringen, indem er sich mit dem Rücken dagegenstemmte. Aber es war sonderbar! Die Fuhre bewegte sich nicht und schien ihm am Rücken angewachsen zu sein, so daß er sie weder in die Höhe heben noch unter ihr hervorkriechen konnte. Das ganze Kreuz war ihm zerdrückt. Dabei war sie so kalt! ... Es war klar, er mußte hervorkriechen. „Genug“, rief er jemandem zu, der ihm die Fuhre auf den Rücken preßte. „Nimm die Säcke heraus.“ Aber die Fuhre wurde immer kälter und kälter und drückte ihn immer mehr, und plötzlich vernahm er ein sonderbares Klopfen, wurde ganz wach und begriff alles. Die kalte Fuhre war der tote, erfrorene Herr, der auf ihm lag, und geklopft hatte Muchortyj, der mit den Hufen zweimal an den Schlitten geschlagen hatte.

„Andreïtsch, heda, Andreïtsch!“ rief Nikita vorsichtig seinen Herrn, den wahren Zusammenhang ahnend, und versuchte seinen Rücken in die Höhe zu bringen.

Aber Wasilij Andreïtsch antwortete nicht; sein Bauch und seine Hände waren steif und kalt und schwer wie Bleigewichte.

„Er muß schon tot sein! Gott hab' ihn selig“, dachte Nikita.

Er wendete den Kopf hin und her, entfernte mit der Hand den Schnee von sich und öffnete die Augen. Es war schon hell. Noch immer pfeift der Wind um die Deichselstangen, noch immer fliegen die Schneeflocken umher, nur mit dem Unterschiede, daß sie nicht mehr an die Bastwand des Schlittens anschlagen, sondern lautlos Schlitten und Pferd immer mehr und mehr verschütten, und daß keine Bewegungen und keine Atemzüge des Pferdes mehr zu hören sind. „Der Gaul ist wahrscheinlich auch erfroren“, dachte Nikita über Muchortyj. Und wirklich, jene Hufschläge gegen den Schlitten, die Nikita erweckt hatten, waren die letzten Anstrengungen des schon ganz erstarrten Muchortyj gewesen, sich auf den Beinen zu halten.

„O Herr, mein Vater, du rufst wohl auch mich“, spricht Nikita zu sich selbst. „Es ist dein heiliger Wille ... Aber mir ist bange. Nun, zweimal stirbt man nicht, aber einmal muß es sein ... Wenn es nur schneller ginge ...“ Er steckte seine Hand wieder unter, schloß die Augen und verlor das Bewußtsein in der sicheren Gewißheit, daß es jetzt ganz mit ihm zu Ende gehe.

Erst um die Mittagszeit des nächsten Tages gruben Bauern mit Schaufeln Wasilij Andreïtsch und Nikita aus, dreißig Sashen von der Landstraße und eine halbe Werst vom Dorfe entfernt.

Der Schnee lag höher als der Schlitten, aber die Deichselstangen mit dem daran befestigten Tuch waren noch sichtbar gewesen. Muchortyj stand bis an den Bauch im Schnee. Von seinem Rücken waren der Umgang und der Sack heruntergeglitten, und so stand er da, ganz weiß, und hielt seinen toten Kopf gegen den erstarrten Hals gedrückt. Die Nüstern waren mit Eiszapfen bedeckt, die Augen waren bereift und wie mit gefrorenen Tränen überzogen. In der einen Nacht war das Pferd so abgemagert, daß von ihm nur Haut und Knochen übriggeblieben waren. Wasilij Andreïtsch war starr wie ein gefrorenes Stück Schlachtvieh. Die Füße gespreizt, so, wie er sie zuletzt gehalten hatte, nahm man ihn von Nikita herunter. Seine hervorstehenden Habichtsaugen waren ebenfalls überfroren, und sein offener Mund unter dem kurz geschorenen Schnurrbart war voll Schnee. Nikita, obwohl ganz starr, lebte noch. Als man ihn aufweckte, war er überzeugt, daß er bereits gestorben sei, und daß das, was mit ihm vorging, nicht in dieser, sondern schon in jener Welt geschähe. Als er das Geschrei der Bauern hörte, die ihn ausgruben und Wasilij Andreïtschs Leichnam von ihm herunterwälzten, war er zuerst erstaunt, daß die Bauern in jener Welt auch so schreien und ebensolchen Körper haben. Nachdem er endlich begriffen hatte, daß er sich noch hier, in dieser Welt, befinde, war er eher betrübt als erfreut darüber, besonders, als er fühlte, daß ihm die Zehen an beiden Füßen erfroren waren.

Zwei Monate lag Nikita im Krankenhause. Drei Zehen wurden ihm abgenommen, die andern heilten, so daß er wieder arbeiten konnte. Zwanzig Jahre lang lebte er noch danach, und zwar zuerst als Knecht, später als Wächter. Erst in diesem Jahre starb er, und zwar, wie er gewünscht hatte, zu Hause unter den Heiligenbildern, mit einer brennenden Wachskerze in der Hand. Vor seinem Tode bat er seine Frau um Verzeihung, wie auch er ihr den Böttcher verzieh; er verabschiedete sich von seinem Sohne und seinen Enkeln und starb, aufrichtig froh darüber, daß er seinen Sohn und seine Schwiegertochter von der Last eines überflüssigen Essers befreite, und daß er selbst nun wirklich aus dem ihm zuwider gewordenen Leben in jenes andre Leben überging, das ihm mit jedem Jahre und jeder Stunde verständlicher und verheißungsvoller geworden war. Ob es ihm dort, wo er nach seinem Tode erwacht ist, besser oder schlechter geht, ob er sich in seinen Hoffnungen betrogen gesehen oder das gefunden hat, was er erwartete — das werden wir alle bald erfahren.

1895

Bitte beachten Sie
auch die folgenden Seiten

Leo Tolstoi im Diogenes Verlag

»Tolstoi steht stark und fest, er hat eine Riesenautorität, und solange er lebt, wird aller schlechter Geschmack in der Literatur, alle mögliche Trivialität, ob frech oder tränenselig, wird alle struppige, zornentbrannte Eitelkeit weit und tief im Schatten stehen.«
Anton Čechov

»Er hatte das Format des neunzehnten Jahrhunderts, dieser Riese, der epische Lasten trug, unter denen das soviel schmächtiger und kürzer atmende Geschlecht von heute zerknicken würde.« *Thomas Mann*

Anna Karenina
Roman. Aus dem Russischen von Arthur Luther
Mit einem Nachwort von Egon Friedell

Gesammelte Erzählungen
in sechs Bänden in Kassette

Außerdem erschienen:

Meistererzählungen
Ausgewählt von Christian Strich
Deutsch von Arthur Luther, Erich Müller
und August Scholz

Nikolai Gogol
Die toten Seelen

Roman. Aus dem Russischen von Philipp Löbenstein. Mit einem Nachwort von Horst Bienek

Die Reise des Kollegienrats Tschitschikow führt durch die Provinz des zaristischen Rußland, wo er zu einem Spottpreis ›tote Seelen‹, d.h. verstorbene Leibeigene, einkauft, um diese später zum Marktwert zu verpfänden und so zu Reichtum zu gelangen. So ausgefallen wie dieses Vorhaben ist, so ungewöhnlich gestaltet sich auch Tschitschikows Reise von Gut zu Gut: Es entsteht eine grotesk-komische Sammlung geistig deformierter Grundbesitzer, der wahren ›toten Seelen‹. Ein zeitloses, irrwitziges Bild der ›condition humaine‹.

»Die schönste Galerie von Charakteren, die sich in der Weltliteratur überhaupt findet.« *Iso Camartin*

»Es gibt wenige Werke der Weltliteratur, die sich so amüsant und vergnüglich lesen lassen wie Gogols *Tote Seelen.*« *Horst Bienek*

»Er hat Menschen mit ›toten Seelen‹ dargestellt, und das ist eine unheimliche Wahrheit: solche Menschen gab es und gibt es noch immer; bei ihrer Schilderung war Gogol ›Realist‹.« *Maxim Gorki*

»Auf mich hat Gogol den stärksten Eindruck gemacht.« *Georges Simenon*

»Wie unmittelbar, wie stark ist Gogol! Das ist einfach begeisternd und nichts weiter. Er ist der größte russische Schriftsteller.« *Anton Čechov*

Iwan Turgenev im Diogenes Verlag

Aufzeichnungen eines Jägers

Samt drei »Jägerskizzen« aus dem Umkreis
Aus dem Russischen und mit einem Nachwort
von Peter Urban

Turgenevs *Aufzeichnungen eines Jägers*, eine Sammlung von 25 meisterhaften Erzählungen, verhalf ihrem Autor 1852 zum literarischen Durchbruch, sorgte jedoch auch für politischen Sprengstoff.
Hinter dem unpolitisch klingenden Titel verbarg sich eine scharfe Anklage der sozialen Verhältnisse im damaligen Russland, was auch den Machthabern nicht lange verborgen blieb: noch im Erscheinungsjahr wurden die Erzählungen von der Zensurbehörde verboten. Den späteren Zaren Alexander II. sollte das Buch jedoch zu seinem Entscheid bewegen, die Leibeigenschaft aufzuheben.
Die *Aufzeichnungen eines Jägers* sind allerdings weit mehr als nur reine Sozialkritik. – Dank Turgenevs Erzählkunst, seiner Fähigkeit, den Leser mit seinen Natur- und Landschaftsbeschreibungen mitten hinein in das Russland des 19. Jahrhunderts zu versetzen und die unterschiedlichsten Menschen mit »Genauigkeit, Mitgefühl und feiner Ironie« zu schildern (Brigitte van Kann / Deutschlandfunk, Köln), zählen diese Erzählungen zu den schönsten Prosatexten der russischen Literatur.

»Peter Urban führt seine Fassung möglichst nahe an die sprachlichen Eigenheiten der kargen Prosa Turgenevs heran. Er folgt dem Ideal der ›Genauigkeit und Kürze‹ und erzeugt damit eine ganz eigene Poesie des schlichten Tons.«
Steffen Martus / Süddeutsche Zeitung, München

»Das ist eins dieser ewigen Bücher. Das man immer und immer wieder lesen kann und muss, und wo man sich verliert im Lesen und in der Welt, die es beschreibt.« *Volker Weidermann / Frankfurter Allgemeine Sonntagszeitung*

»Turgenevs *Aufzeichnungen eines Jägers* verbindet stilistische Virtuosität mit humanistischer Emphase, Sozialkritik mit großer Kunst.«
Wolfgang Schneider / Deutschlandradio, Berlin

Erste Liebe

Deutsch von
Johannes von Günther

Es ist nach Mitternacht, als Vladimir zwei Freunden die Geschichte seiner ersten Liebe erzählt: Sechzehn Jahre ist er alt, als er sich unsterblich in die fünf Jahre ältere Fürstentochter Zinaida verliebt. Doch Vladimir muss erfahren, dass er nur als Spielzeug zur Befriedigung ihrer Launen gedient hat. Zinaida liebt einen anderen. Eine schmerzhafte und bittere Erkenntnis…

»Diese zart abgetönten Genrebilder – eher Aquarellen vergleichbar als dem flämischen Glanz von Gogols Bildergalerie –, die sich hie und da in seine Prosa mischen, bewundern wir noch heute.« *Vladimir Nabokov*

»Er beobachtet alles wundervoll: Natur, Tiere und Menschen; er hat so was von einem fotografischen Apparat in Aug und Seele.« *Theodor Fontane*

»Er ist der Meister eines der vollkommensten Werke der Weltliteratur.« *Thomas Mann*

Anton Čechov im Diogenes Verlag

Anton Čechov wurde 1860 in Taganrog (Südrussland) geboren, wuchs in ärmlichen Verhältnissen auf und studierte dank eines Stipendiums in Moskau Medizin. Den Arztberuf übte Čechov nur kurze Zeit aus. Der Erfolg seiner Theaterstücke und Erzählungen machte ihn finanziell unabhängig. Seine Lungentuberkulose jedoch erzwang immer häufigere Aufenthalte in südlichem Klima, so dass Čechov auf die Krim übersiedelte. Er starb 1904 in Badenweiler.

»Wir verdanken Peter Urban einen deutschen Čechov, wie er schöner nicht sein könnte: sprachlich makellos, akribisch annotiert und von einer Vollständigkeit, die weder vom Pléiade- noch vom Oxford-Čechov erreicht wird.«
Manfred Papst / NZZ am Sonntag, Zürich

»Für mich bleibt Čechov unerreicht: Er schrieb Komödien der Verzweiflung über das Leiden und die Sehnsüchte der Menschen. Und weil man davon gleichzeitig amüsiert ist und zerrissen wird, wirkt seine Kunst so eindringlich.« *Woody Allen*

In hochwertiger Leinenausstattung, übersetzt und herausgegeben von Peter Urban:

Er und sie
Frühe Erzählungen 1880–1885

Ende gut
Frühe Erzählungen 1886–1887

Späte Erzählungen in 2 Bänden
Rothschilds Geige
Erzählungen 1893–1896

Die Dame mit dem Hündchen
Erzählungen 1897–1903

Gesammelte Stücke in 1 Band

Briefe (1877–1904) in 5 Bänden

Čechov-Chronik
Daten zu Leben und Werk
Zusammengestellt von Peter Urban

Wie soll man leben?
Anton Čechov liest Marc Aurel
Herausgegeben, übersetzt und mit einem Vorwort von Peter Urban
Auch als Diogenes Hörbuch erschienen, gelesen von Ulrich Matthes

Anton Čechov – Sein Leben in Bildern

Herausgegeben von Peter Urban. Mit 793 Abbildungen, einem Anhang mit Daten zu Leben und Werk und einem Personenregister

In Taschenbuchausgaben:

Das dramatische Werk in 8 Bänden
Aus dem Russischen übersetzt und herausgegeben von Peter Urban. Zurzeit sind folgende Titel lieferbar:

Der Kirschgarten
Komödie in vier Akten

Der Waldschrat
Komödie in vier Akten

Die Möwe
Komödie in vier Akten

Onkel Vanja
Szenen aus dem Landleben in vier Akten

Ivanov
Komödie und Drama in vier Akten

Drei Schwestern
Drama in vier Akten

Sämtliche Einakter

Das erzählende Werk in 10 Bänden
Deutsch von Gerhard Dick, Wolf Düwel, Ada Knipper, Georg Schwarz, Hertha von Schulz und Michael Pfeiffer. Herausgegeben und mit Anmerkungen von Peter Urban. Zurzeit sind folgende Titel lieferbar:

Ein unbedeutender Mensch
Erzählungen 1883–1885

Gespräch eines Betrunkenen mit einem nüchternen Teufel
Erzählungen 1886

Die Steppe
Erzählungen 1887–1888

Flattergeist
Erzählungen 1888–1892
Daraus die Erzählung *Flattergeist* auch als Diogenes Hörbuch erschienen, gelesen von Ernst Schröder

Rothschilds Geige
Erzählungen 1893–1896

Die Dame mit dem Hündchen
Erzählungen 1897–1903
Daraus die Erzählung *Die Dame mit dem Hündchen* auch als Diogenes E-Hörbuch erschienen, gelesen von Otto Sander

Eine langweilige Geschichte / Das Duell
Kleine Romane I
Das Duell auch als Diogenes Hörbuch erschienen, gelesen von Ulrich Matthes

Krankenzimmer Nr. 6 / Erzählung eines Unbekannten
Kleine Romane II
Erzählung eines Unbekannten auch als Diogenes Hörbuch erschienen, gelesen von Rolf Boysen

Drei Jahre / Mein Leben
Kleine Romane III

Außerdem erschienen:

Das Drama auf der Jagd
Eine wahre Begebenheit. Roman. Deutsch von Peter Urban

Ein unnötiger Sieg
Frühe Novellen und Kleine Romane. Deutsch von Beate Rausch und Peter Urban. Herausgegeben, mit Anmerkungen und einem Nachwort von Peter Urban
Ausgewählte Texte auch als Diogenes Hörbuch erschienen, gelesen von Frank Arnold

Wintergeschichten
Deutsch von Peter Urban. Ausgewählt von Christine Stemmermann

Sommergeschichten
Deutsch von Peter Urban. Ausgewählt von Christine Stemmermann

Über Theater
Herausgegeben von Jutta Hercher und Peter Urban, in der Übersetzung von Peter Urban

Meistererzählungen
Deutsch von Ada Knipper, Hertha von Schulz und Gerhard Dick. Ausgewählt von Franz Sutter. Mit einem Nachwort von W. Somerset Maugham

Freiheit von Gewalt und Lüge
Gedanken über Aufklärung, Fortschritt, Kunst, Liebe, Müßiggang und Politik. Zusammengestellt von Peter Urban

Das Čechov-Lesebuch
Herausgegeben, kommentiert und mit einem Vorwort von Peter Urban

Kaschtanka
und andere Kindergeschichten. Diogenes Hörbuch, 2 CD, gelesen von Peter Urban, aus dem Russischen von Peter Urban

Veročka
Geschichten von der Liebe. Diogenes Hörbuch, 4 CD, gelesen von Otto Sander, aus dem Russischen von Peter Urban. Diogenes Sammler-Edition

Wie soll man leben?

Anton Čechov liest Marc Aurel

Herausgegeben, aus dem Russischen übersetzt und mit einem Vorwort von Peter Urban

Die *Selbstbetrachtungen* Marc Aurels – des römischen Kaisers und Stoikers – gehören seit annähernd zwei Jahrtausenden zu den meistgelesenen Werken der Menschheit. Philosophen, Staatsmänner und Literaten aller Zeiten fanden durch die Lektüre dieser Maximen zu mehr Gelassenheit und Seelenfrieden.
Bis heute wurde kaum erkannt, von welcher Wichtigkeit Marc Aurels *Selbstbetrachtungen* für das Werk von Anton Čechov sind: Das Buch machte sämtliche Umzüge mit und mußte jederzeit zur Hand sein. Peter Urban, Herausgeber und Übersetzer, hat in Jalta Čechovs Handexemplar der *Selbstbetrachtungen* studiert, das zahlreiche Randbemerkungen und Anstreichungen enthält, und stieß dabei auf Stellen, die Čechov mehr oder weniger wörtlich in sein Werk – seine Erzählungen, Theaterstücke und Briefe – integriert hat. Dieser Band bringt den Teil der *Selbstbetrachtungen*, den Anton Čechov für sich als Künstler wie als Mensch für wichtig hielt, den er, wäre er Herausgeber einer Marc-Aurel-Edition gewesen, ausgewählt hätte.

»Čechov hat sich in einer Phase der Krise die *Selbstbetrachtungen* regelrecht erarbeitet und zu eigen gemacht. Als für ihn die Frage nach dem Sinn seiner Existenz immer bedrängender wurde, suchte er bei Marc Aurel Rat – und fand ihn.« *Peter Urban*

»Ich wünsche Dir reinen Himmel, heiteres Gemüt und empfehle als mein Stärkungsmittel den Marc Aurel. Man wird so ruhig dabei.«
Friedrich Nietzsche an seinen Freund Erwin Rohde

Auch als Diogenes Hörbuch erschienen, gelesen von Ulrich Matthes

Anton Čechov

Ein unnötiger Sieg

Frühe Novellen und
Kleine Romane
Aus dem Russischen von Beate Rausch und
Peter Urban. Herausgegeben, mit Anmerkungen und
einem Nachwort von Peter Urban

In diesen frühen Werken begegnet man einem nahezu unbekannten Čechov – einem witzigen und wortgewandten Gesellschaftskritiker. Zielscheibe seiner Kritik sind die verkommene russische Adelsgesellschaft und ihre verlogenen Sitten in den 70er und 80er Jahren des 19. Jahrhunderts, die große Kluft zwischen dem unverdienten Luxus der Herrschenden und dem armseligen Leben der ehemals Leibeigenen, die sich aus der Rolle der Unterdrückten auch nach Aufhebung der Leibeigenschaft 1861 nicht befreien konnten.

»Von der verzweifelten Sehnsucht nach einem besseren Leben erzählen diese wunderbaren Frühwerke Čechovs, die meist voller Humor sind und doch erschütternd traurig.« *Martina Hinz / KulturSpiegel, Hamburg*

»Peter Urban ist es nicht nur gelungen, sehr nah am Text zu übersetzen, sondern auch jeder Erzählung ihre eigene Stimme zu geben, ihren eigenen Charakter. Das konnte wohl nur glücken, weil er wie kaum ein anderer mit dem Werk Čechovs vertraut war.«
Ingo Schulze / Frankfurter Allgemeine Zeitung

Auch als Diogenes Hörbuch erschienen,
gelesen von Frank Arnold

Andrzej Szczypiorski

Die schöne Frau Seidenman

Roman. Aus dem Polnischen
von Klaus Staemmler

Dieser Roman handelt von der Rettung der Irma Seidenman, einer blauäugigen, schlanken und schönen Polin, und einer Vielfalt von Gestalten und Geschichten, die der Autor in einer großartigen Komposition um sie herum gruppiert. Ein Roman wie ein unvergleichliches Gemälde, voller Poesie und leisen Humors, scharf beobachtet und unsentimental.

»Jedes Porträt für sich ist ein Meisterstück, und die Komposition des ganzen Romans ist es erst recht: ein Erinnerungsbuch als weiterwirkendes Stück Weltliteratur, damit diese Welt vielleicht ein bißchen besser würde. Diese Utopie hat die Kraft des Trostes.«
Salzburger Nachrichten

»Das macht Szczypiorskis Roman so überzeugend: daß er zwar Systeme verurteilt und Ideologien an den Pranger stellt, aber nie über Menschen den Stab bricht, auch über den erbärmlichsten nicht.«
Klara Obermüller / Die Weltwoche, Zürich

»Ein leises und sehr poetisches Buch, das ausspricht, was beim Namen genannt zu werden verdient – damit wir nicht vergessen, was niemand mehr hören und sehen und wissen mag.«
Franz Josef Görtz / Frankfurter Allgemeine Zeitung

Marta Kijowska

Andrzej Szczypiorski

Eine Biographie

Mit 18 Abbildungen

Zwei Tendenzen begleiteten das Autorenleben von Andrzej Szczypiorski: In Deutschland galt er als sehr erfolgreich, ein charismatischer Stargast der Medien, in Polen war er bis zu seinem Tode umstritten. Die vorliegende Biographie erhellt die Hintergründe. Vieles von dem, was Szczypiorski ebenso Feinde wie Bewunderer einbrachte, erklärt sich aus der europäischen Geschichte des letzten Jahrhunderts. Dessen deutsch-jüdisch-polnisches Kapitel hat Szczypiorski, wie kaum ein anderer, selbst durchlebt. Aus diesen Erfahrungen resultiert das, was viele an ihm kritisieren: sein Wandel von einem regimetreuen zum oppositionellen Schriftsteller, seine Art, das polnisch-jüdische Verhältnis darzustellen, sein nachsichtiger Umgang mit den Deutschen. Seine persönliche Maxime ›Nicht urteilen, sondern verstehen‹ legten die einen fälschlicherweise als ›versöhnlerische‹ Geste aus, die anderen verstanden sie als Brücke.

»Marta Kijowska hat nicht nur eine Biographie Szczypiorskis vorgelegt, sondern zugleich eine materialreiche und lebendige polnische Kulturgeschichte.«
Stephan Wachwitz / Frankfurter Allgemeine Zeitung

»Marta Kijowska hat eine höchst lesenswerte Szczypiorski-Biographie verfaßt, die weit über das hinausgeht, was eine traditionelle Darstellung von Autor und Werk bietet.«
Ulrich M. Schmid / Neue Zürcher Zeitung